L'AMOUR COMME PAR HASARD

Née dans une famille d'amateurs de musique, Eva Rice est l'auteur de deux précédents ouvrages, un roman et un essai. *L'Amour comme par hasard*, vendu à plus de 220 000 exemplaires en Angleterre, a été finaliste des British Book Awards en 2006. Eva Rice vit à Londres.

EVA RICE

L'Amour comme par hasard

TRADUIT DE L'ANGLAIS PAR MARTINE LEROY-BATTISTELLI

FLAMMARION

Titre original :

THE LOST ART OF KEEPING SECRETS
Publié par Review, Headline Book Publishing, Londres.

Extrait de *Jeunes filles seules* d'Edna O'Brien (1962)
reproduit avec l'aimable autorisation de l'auteur.
© Eva Rice, 2005.
© Flammarion, 2007, pour la traduction française.
ISBN : 978-2-253-12474-0 – 1re publication LGF

Pour Donald « Capability » Rice,
qui m'a aidée à inventer Milton Magna.

« Elle disait qu'il fallait faire quelque chose pour ces pièces. Les murs étaient tout humides et de la moisissure s'était installée sur le papier peint à certains endroits. Mais nous nous sommes contentés de refermer les portes et de vite redescendre dans la cuisine où il faisait bien chaud. »

Edna O'Brien,
Jeunes filles seules.

I

La fille au manteau vert

J'avais fait la connaissance de Charlotte à Londres, un après-midi où j'attendais l'autobus. Notez bien cette phrase : elle contient une information déjà extraordinaire en soi, puisque je ne prenais l'autobus qu'une ou deux fois par an à peine, et encore n'était-ce qu'histoire de changer un peu et d'emprunter un autre moyen de transport que le train ou la voiture. On était en 1954, à la mi-novembre, et il faisait un froid comme jamais je n'en avais connu dans la capitale. Trop froid pour neiger, disait mon frère en pareil cas, une remarque qui m'avait toujours laissée perplexe. J'avais ma pelisse de chez Whiteleys, un peu fatiguée mais toujours superbe, et des gants de laine en jacquard qu'une amie d'Inigo avait oubliés à Magna le week-end précédent, aussi me trouvais-je dans les meilleures dispositions pour affronter ces conditions polaires. J'étais donc là, en train de penser à Johnnie Ray et d'attendre patiemment en compagnie de deux vieilles dames, d'un adolescent d'environ quatorze ans et d'une jeune mère avec son bébé, quand ma rêverie fut interrompue par l'apparition d'une fille maigre comme un clou, revêtue d'un long manteau vert émeraude. Elle était presque aussi grande que moi, ce qui retint aussitôt mon attention, vu que je mesure un mètre quatre-vingts tout rond, avec mes chaussures. Elle se planta devant nous et toussa pour s'éclaircir la voix.

« Y a-t-il quelqu'un qui voudrait partager un taxi avec moi ? demanda-t-elle. Je ne peux pas rester toute la journée ici à attendre. » Elle parlait fort et vite, sans une ombre de timidité, et je compris instantanément que même si sa proposition s'adressait à tous, c'était moi qu'elle souhaitait convaincre d'accepter.

Le garçon ouvrit la bouche, la referma, puis rougit en enfonçant les mains dans ses poches. L'une des vieilles dames marmonna : « Non, merci », et l'autre devait être sourde, car elle n'eut aucune réaction. La jeune mère secoua la tête avec un soupir de profond regret qui est resté imprimé dans mon esprit longtemps après la fin de cette journée. Moi, je haussai les épaules et, sans trop savoir pourquoi, je lui demandai :

« Où allez-vous ?

– Oh, vous êtes un amour ! Venez. »

Elle se précipita sur la chaussée et agita la main pour faire signe à un taxi. Quelques secondes plus tard, une voiture s'arrêta à sa hauteur.

« Venez ! cria-t-elle.

– Attendez une minute ! Où allez-vous ? » demandai-je pour la seconde fois, tout émotionnée et regrettant en premier lieu d'avoir ouvert la bouche.

« Oh, par pitié, montez vite ! » m'ordonna-t-elle, en ouvrant la portière. L'espace de quelques instants, le monde entier parut s'immobiliser dans l'attente d'un signal. Quelque part dans un univers parallèle, je m'entendis hurler que j'avais changé d'avis, que je ne pouvais pas l'accompagner. Mais, dans la réalité, je m'élançai vers le taxi et m'assis à côté d'elle, à la seconde même où le feu passait au vert, et fouette cocher.

« Mince alors ! s'exclama-t-elle. J'ai cru que vous ne vous décideriez jamais ! »

Elle parlait sans me regarder, les yeux fixés droit devant elle, dans la direction vers laquelle nous roulions. Je restai un moment sans rien dire, à m'imprégner de la beauté de son profil – le teint pâle, lisse et laiteux, les longs cils recourbés et les cheveux blond foncé, lourds, raides et épais, étonnamment épais, qui lui arrivaient bien en dessous des épaules. Elle paraissait un peu plus âgée que moi, mais à sa façon de parler, je lui donnai peut-être un an de moins. Elle restait immobile, sa grande bouche figée dans un petit sourire.

« Où allons-nous ? demandai-je pour la troisième fois.

– C'est tout ce que vous savez dire ?

– Je ne vous le demanderai plus si vous me donnez une réponse.

– Je vais à Kensington. Pour prendre le thé chez tante Clare et Harry, une chose dont les mots ne peuvent pas donner idée, aussi j'aimerais bien que vous veniez avec moi, ce qui nous permettra de passer un après-midi agréable. Ah ! au fait, je m'appelle Charlotte. »

Elle avait dit ça comme ça. Alice au Pays des merveilles, tout craché. Évidemment, étant ce que j'étais, je me sentis flattée par ces suppositions sans fondement, primo, que j'avais envie de lui tenir compagnie et, secundo, que nous passerions un après-midi agréable si j'acceptais sa proposition.

« Il faut que j'aie lu tout l'acte IV d'*Antoine et Cléopâtre* avant 17 heures, dis-je, espérant montrer une certaine indifférence.

– Oh ! c'est simple comme bonjour. Il meurt, elle se tue avec un aspic. "Donne-moi mon manteau. Je sens une soif immortelle", récita-t-elle à mi-voix. On doit éprouver de l'admiration pour une femme qui choisit de se supprimer en se faisant mordre par un serpent, vous ne trouvez pas ? C'est pour se rendre intéressante, dirait tante Clare. Moi, je trouve que c'est une façon de tirer sa révérence qui ne manque pas de panache.

– Pas facile à mettre à exécution en Angleterre, rétorquai-je, réaliste. On voit peu de serpents traîner dans les quartiers ouest de Londres.

– Au contraire, ils y pullulent ! répliqua-t-elle. J'ai dîné avec l'un d'eux hier soir. »

Je ris. « Qui était-ce ?

– Le dernier en date des chevaliers servants de ma mère. Il voulait à tout prix la faire manger à la cuiller, comme si elle avait trois ans. Elle riait comme une petite folle, à croire qu'il ne lui était jamais rien arrivé d'aussi drôle. Il faut que je note de ne plus dîner avec elle cette année, remarqua-t-elle, pensive, en sortant un carnet et un crayon. Sans compter que son nouvel admirateur s'est révélé bien différent de ce qu'il est dans la fosse.

– La fosse ?

– C'est un chef d'orchestre qui se nomme Michael Hollowman. Je parie que vous allez faire celle qui est au courant et me dire que vous savez parfaitement qui il est et que son exécution de *Rigoletto* était remarquable, c'est bien ça ?

– Sauf qu'elle était un peu trop rapide et dépourvue d'émotion. »

Elle parut atterrée et je souris.

« Je plaisante, avouai-je.

– Heureusement. Sinon, je crois que j'aurais été contrainte de retirer mon invitation sur-le-champ. »

Il avait commencé à pleuvoir et la circulation était de plus en plus difficile.

« Qui sont tante Clare et Harry ? » demandai-je, ma curiosité l'emportant largement sur certaines considérations pratiques, tel le fait que nous allions dans une direction totalement opposée à la gare de Paddington, d'où partait mon train. Charlotte soupira.

« En réalité, tante Clare est ma mère. C'est-à-dire, non, elle n'est pas ma mère, c'est la sœur de ma mère, mais ma mère ne s'intéresse plus à rien, sauf aux hommes qui manient une baguette, dont elle espère qu'ils l'aideront à faire une carrière. Elle s'est mis dans la tête qu'elle était une grande cantatrice dont la voix est restée en friche, ajouta-t-elle d'un air sombre.

– Et c'est vrai ?

– Pour la voix en friche, elle a certainement raison. Elle se fait un sang d'encre pour presque tout, sauf pour ce qui me concerne, ce qui tombe bien puisque nous n'avons absolument aucun point commun – à part la folie des grandeurs –, par conséquent je suis presque tout le temps chez tante Clare et le moins possible à la maison.

— Et où se trouve cette maison ? m'enquis-je, avec l'impression de parler comme ma grand-mère.

— À Clapham.

— Ah ! »

Elle aurait aussi bien pu dire sur Vénus. Je savais que Clapham existait, mais je n'avais pas la moindre idée de sa situation géographique.

« Quoi qu'il en soit, tante Clare est en train d'écrire ses mémoires, reprit-elle. Je l'aide. Je veux dire par là que je me contente de l'écouter parler et de taper ce qu'elle raconte. Elle me paie une misère parce qu'elle estime que je devrais me sentir honorée de faire ce travail. D'après elle, beaucoup de gens donneraient leurs deux yeux pour entendre des histoires comme les siennes prises directement à la source, pour ainsi dire.

— Je n'en doute pas. Et Harry ? »

Elle se tourna enfin vers moi. « Il y a encore trois ans de ça, tante Clare était mariée à un monsieur élégant, qui s'appelait Samuel Delancy. Un de ces types terriblement séduisants qui sont en fait des minables. D'ailleurs, il a été tué par la chute d'une bibliothèque.

— Non !

— Si, c'est vrai, elle lui est tombée sur la tête pendant qu'il était en train de lire *Les Origines de l'espèce* – quelle ironie ! disait tout le temps ma mère – et résultat, ma tante a hérité d'une masse de dettes et de pas grand-chose d'autre. C'était un individu plutôt effrayant, avec un pied-bot pour faire plus beau... ha ha, pardon pour le calembour. Harry est leur seul enfant ; il a vingt-cinq ans et il est persuadé que la terre entière conspire contre lui. C'est vraiment pénible.

– Je suis contente de partager ce taxi avec vous, mais je n'ai pas pour habitude de prendre le thé avec des inconnus, dis-je, tout en me rendant compte que je n'étais pas très convaincante.

– Oh, pour l'amour du Ciel, je ne vous demande pas d'en faire une habitude ! Mais venez. S'il vous plaît ! Pour moi ! » implora-t-elle.

Bien que ce fût là un argument absurde, étant donné que nous ne nous connaissions que depuis quelques minutes, il emporta mon adhésion. Il y avait quelque chose dans la façon dont parlait cette créature, quelque chose dans sa manière d'être, qui me donnait la certitude que personne ne pouvait jamais rien lui refuser, qu'on la connût depuis cinq minutes ou depuis cinquante ans. En ce sens, elle me faisait penser, et très fortement, à mon frère. J'avais l'impression de regarder le taxi depuis l'extérieur et je me voyais comme quelqu'un de charmant, de passionnant – parce que j'étais avec Charlotte et jamais une fille comme Charlotte ne m'aurait choisie pour prendre le thé si elle ne m'avait pas trouvé quelque chose d'intéressant, non ? Elle produisait sur moi l'effet inverse des Alicia, des Susan et des Jennifer qui appartenaient au circuit des débutantes. Auprès d'elles, j'avais l'impression de rapetisser, je sentais mon ombre se ratatiner, ma vision se rétrécir jusqu'à ce que je sois prise de panique à l'idée que, si je n'y prenais garde, toutes les idées originales que j'avais eues jusque-là allaient me fuir. Avec Charlotte, en revanche, tout semblait possible. Elle était de ces personnes qu'on rencontre dans les romans et rarement dans la vie, et si c'était le début d'un roman... alors pas question pour moi de descendre du taxi avant qu'il se soit arrêté en bas de chez tante Clare qui nous attendait pour le thé. J'avais toujours cru au destin mais, jusqu'à présent, lui n'avait jamais cru en moi. Cependant, il ne fallait pas que Charlotte s'imagine m'avoir séduite aussi facilement...

« Vous êtes très tenace. Je ne sais pas si je dois vous faire confiance, pontifiai-je.

— Oh ! vous n'avez pas besoin de me faire confiance. J'ai toujours pensé que les gens dignes de confiance étaient d'affreux raseurs, et Dieu sait que j'en connais beaucoup. Je vous demande seulement de m'aider. Ce n'est pas la même chose.

— Vous n'avez pas d'autres amis qui pourraient vous accompagner ?

— Ce ne serait pas aussi drôle.

— Comment ça ? »

Elle eut un petit claquement de langue agacé. « Écoutez. Je ne peux pas vous forcer à venir avec moi. Si cette idée vous est à ce point insupportable, n'en parlons plus. L'ennui, c'est que vous ne cesserez de vous poser des questions par la suite, je me trompe ? Vous passerez une nuit blanche à vous dire : "Voyons, voyons, je me demande comment tante Clare était habillée. Je me demande si c'est vraiment un monstre. Je me demande si Harry est bien le plus beau garçon de Londres." Mais vous ne le saurez jamais, parce qu'il sera trop tard et que je ne viendrai pas vous chercher une deuxième fois.

— Il l'est ? demandai-je, méfiante.

— Quoi ?

— Le plus beau garçon de Londres ?

— Oh non ! Pas du tout ! » Elle eut au moins le bon goût de rire d'elle-même, ce qui produisit un bruit étrangement sonore et strident, semblable à celui d'une moto qui démarre. « Il n'est pas beau du tout, mais c'est le garçon le plus intéressant de la terre. Vous allez l'adorer, conclut-elle. Tout le monde l'adore, au bout d'un certain temps. Et alors, on ne peut plus se passer de lui. C'est agaçant.

— Vous dites n'importe quoi. » Je m'en voulais de l'avoir interrogée sur ce cousin.

« Les thés de tante Clare sont un régal, poursuivit Charlotte. Des montagnes de beurre, de confiture de framboise, du cake et des scones au gingembre à s'en étouffer. Ma mère refuse d'admettre qu'il est capital de servir des thés copieux. »

Le taxi venait de s'engager dans Bayswater Road.

« En tout cas, je ne pourrai pas rester longtemps, dis-je mollement.

— Bien entendu. »

Il y eut un silence et je crus qu'elle allait me demander comment je m'appelais, mais elle n'en fit rien et je me rendis compte par la suite qu'elle n'y avait même pas songé. C'était la première fois que j'assistais à une manifestation de ce talent incomparable qu'elle avait de ne pas se comporter ainsi qu'on s'y attendait.

« J'étais sûre que vous monteriez dans ce taxi avec moi, disait-elle. Je vous ai vue à l'arrêt du bus, depuis le trottoir d'en face, et je me suis dit : Voilà une fille qui sera parfaite pour venir prendre le thé chez tante Clare et Harry. »

Ne sachant trop que penser de cette déclaration, je fronçai les sourcils.

« Absolument parfaite ! répéta-t-elle. Et puis j'adore votre manteau ; il est superbe ! » Elle tâta mon col de fourrure. « C'est du beau travail. Moi, je fais mes vêtements moi-même. C'est devenu une drogue. Pour ma pauvre mère, c'est une chose incompréhensible. Elle prétend que tout homme sensé quel qu'il soit prendra obligatoirement la fuite en apprenant que je passe des heures entières derrière ma machine à coudre, comme une vieille fille tout droit sortie de D.H. Lawrence. Je lui ai dit que ça m'était bien égal, vu que les hommes sensés ne m'intéressent pas du tout.

– Vous avez raison. Mais dites-moi, comment faites-vous ?

– J'ai taillé ce manteau dans une vieille couverture de voyage. Tante Clare dit toujours que je suis terriblement débrouillarde, sur un ton qui signifie qu'elle me trouve terriblement vulgaire.

– Une couverture de voyage ? m'étonnai-je. Mais il est magnifique, ce manteau ! »

J'éprouvai pour elle un sentiment de respect accru. Sous des dehors légers, elle possédait à l'évidence une éthique de travail rigoureuse, et une éthique de travail rigoureuse (car elle me fait totalement défaut) est quelque chose que j'admire infiniment chez autrui.

« Ça m'a pris un temps fou et les poches sont un peu bâclées, pourtant c'est assez réussi. Mais quand je vois un manteau comme le vôtre ! Ça, c'est carrément la catégorie au-dessus.

– Vous n'aurez qu'à le mettre pour le thé, si vous voulez, dis-je, à ma propre stupéfaction.

– Je peux, vraiment ? hésita-t-elle. Ça ne vous ennuie pas ? Ça me ferait tellement plaisir. » Avant que j'aie pu changer d'avis, elle entreprit de déboutonner son manteau vert, qu'elle me tendit en disant : « Tenez ! Essayez le mien. »

Le manteau de Charlotte était merveilleusement chaud et confortable. On aurait dit qu'une parcelle de sa personne était restée blottie dans la doublure et j'en retirai une impression curieuse, un peu comme si j'avais mis un masque. Elle enfila ma pelisse en se tortillant et ramena son épaisse chevelure par-dessus le col. L'effet produit me causa un choc, dû en grande partie à ce talent d'actrice qu'elle possédait de transformer son environnement rien qu'en changeant de tenue. Comme si on venait de lui remettre son costume pour une représentation et qu'elle se coulait aussitôt dans son personnage.

« Merci, chuchota-t-elle. N'est-ce pas que je fais un peu plus riche ? ajouta-t-elle avec un petit rire.

– Oui, répondis-je, et j'étais sincère.

– Oh ! nous sommes arrivées, s'exclama-t-elle joyeusement. C'est extraordinaire. Non, non, c'est moi qui paie. C'est le moins que je puisse faire. Je me sens soudain animée d'une grande générosité. »

Le taxi s'était arrêté devant une de ces grandes bâtisses assez laides qui bordent Kensington High Street. Au moment où je descendais, le vent cingla le manteau vert et j'eus l'impression qu'il me transperçait. Charlotte paya donc la course, déversant de ses longs doigts une cascade de pièces dans la main du chauffeur, avec l'air d'une princesse qui remercierait son valet de pied. Je jure que je vis cet homme incliner la tête avant de redémarrer. Elle me prit par le bras pour me faire monter les marches du perron et pressa la sonnette.

« Tante Clare occupe les deux étages supérieurs de cette monstruosité. Une fois payées toutes les dettes d'oncle Samuel, elle n'a pu s'offrir rien de mieux. Elle se plaît beaucoup ici. Comme tous les gens intelligents, elle fonctionne parfaitement dans un désordre extrême. »

La porte nous fut ouverte par une fille assez dodue qui devait avoir dans les dix-huit ans. Elle posa sur nous un regard excédé, puis remonta devant nous les deux étages d'aspect peu engageant menant à l'appartement de tante Clare, avant de disparaître sans un mot.

« Phoebe, dit Charlotte. Une petite sotte. Elle est follement amoureuse d'Harry.

— La pauvre, dis-je d'un ton compatissant.

— Pas du tout. Tante Clare l'avait prise pendant quelques mois, pour lui donner un coup de main après la mort de mon oncle, et elle est toujours là à gagner plus qu'elle ne vaut. Elle ne m'adresse jamais la parole, mais j'ai cru comprendre qu'elle récitait de longs passages du *Paradis perdu* à Harry, toutes les fois qu'elle arrive à lui mettre la main dessus. » Elle me sourit. « Surtout, ne vous sauvez pas, je vous en supplie. J'en ai pour une minute. »

Sur ces mots, elle me laissa. Et c'est ainsi que commença le premier des après-midi que j'allais passer dans le bureau de tante Clare.

II

Tante Clare et Harry

Je ne suis pas du genre à sauter dans un taxi sur l'invitation d'une personne que je ne connais pas – ce serait davantage le style de mon petit frère Inigo. Je m'efforçais donc de réfléchir à ce qui m'avait poussée à agir aussi inconsidérément, sans parvenir à mettre le doigt sur une raison quelconque. Après tout, jusqu'au moment où Charlotte était apparue devant moi, cette journée avait été semblable en tout point aux autres lundis de l'année – j'avais pris le train de 8 h 35 reliant Westbury à la gare de Paddington ; jusqu'à 15 heures, j'avais suivi d'une oreille distraite un cours d'italien et un autre de littérature anglaise, à Knightsbridge, puis traversé Hyde Park, sans me presser, en rêvant à Johnnie Ray et à de nouvelles robes. Seule la décision de prendre l'autobus pour aller de Bayswater à Paddington était inhabituelle. Mais j'étais là, maintenant, et je n'avais guère d'autre choix que de me soumettre aux injonctions de Charlotte. J'étais à la fois curieuse et inquiète, et totalement étonnée de moi-même. Je tentais de me persuader qu'il s'agissait peut-être d'un enlèvement et qu'on ne tarderait pas à me libérer une fois qu'on s'apercevrait que sous ce manteau coûteux se cachait une fille sans fortune ni bijoux de valeur. Je pris le poudrier que j'avais chipé sur la coiffeuse de ma mère et je me regardai à la dérobée. Mes cheveux avaient besoin d'un peigne (article dont je ne disposais pas) et une tache d'encre ombrait mon menton, mais mon reflet me renvoya un regard de défi. Profite de l'occasion, pensai-je. Pour la première fois depuis bien longtemps, j'avais le sentiment très ardent de vivre.

Je rangeai vite le miroir et jetai un coup d'œil autour de moi. La pièce était petite et il y faisait une chaleur étouffante. Le feu y était allumé depuis déjà plusieurs heures et, la porte étant fermée, je crus soudain que j'allais m'évanouir. J'aurais volontiers enlevé le manteau vert, mais, curieusement, je sentais que je devais le garder, qu'il faisait partie de moi tant que je resterais là. J'ai toujours eu un petit creux au milieu de l'après-midi et aujourd'hui ne faisait pas exception ; mon estomac gargouillait et j'espérais que le thé ne tarderait pas à arriver, tout en constatant avec inquiétude qu'il y avait tout juste de la place pour poser une tasse. L'espace était si encombré de tout un bric-à-brac d'objets que j'en avais presque mal aux yeux. Dominant le tout (et je ne voyais pas comment on avait pu le faire entrer dans la pièce), trônait un superbe piano à queue couvert de papiers, de plumes, d'encriers et de lettres. Fouineuse de nature (un trait de caractère hérité de ma famille maternelle), je lus à la hâte la première phrase d'une carte postale inachevée. L'écriture était nette, turquoise et joyeuse. *Cher Richard*, disait-elle, *vous êtes complètement fou et je ne vous en aime que davantage. N'est-ce pas que Wootton Bassett était merveilleux ?* Mon regard se porta ensuite vers une grande table, près de la fenêtre, sur laquelle un haut-de-forme défraîchi couronnait un tas de billets de banque froissés, évoquant un Monopoly géant abandonné au milieu d'une partie. J'imaginais déjà tante Clare comme une sorte de Miss Havisham[1], quand je m'aperçus que les grandes vitres étaient d'une propreté immaculée – à en croire ma mère, il était tout aussi indispensable d'avoir des vitres nettes que des dents bien brossées. (En disant cela, elle se tirait elle-même une balle dans le pied, étant donné que nous avions une quantité innombrable de fenêtres et qu'elle n'avait jamais fini d'embaucher des jeunes du village pour les nettoyer. Un jour, un garçon un peu plus âgé que les autres était tombé par la fenêtre de la salle de bains bleue pour atterrir dans une brouette remplie de roses fanées. Il s'était cassé la jambe mais aimait tant maman qu'il était revenu la semaine suivante pour achever son travail, mastic et le reste. Mais revenons au bureau de tante Clare.)

Il y avait des livres, des livres et encore des livres, empilés au hasard partout sur le plancher ou dégringolant des étagères, et parmi eux – ce que je remarquai non sans un petit frisson d'épouvante – une magnifique édition reliée de l'ouvrage de Darwin que le mari de tante Clare était supposé lire au moment de sa mort prématurée. Il émanait de cet endroit une puissante atmosphère de savoir, différente de l'ambiance sereine, confinée et studieuse caractéristique des lieux emplis de grande littérature, mais possédant cette qualité dérangeante,

---

1. L'excentrique héroïne du roman de Charles Dickens, *Les Grandes Espérances*. (*N.d.T.*)

moite et fébrile qui accompagne l'accumulation de connaissances en vue de passer un examen ou encore le désir de satisfaire une obsession. Qui que fût tante Clare, elle n'avait pas de temps à perdre. Je m'assis sur un canapé rouge très bas, les jambes allongées devant moi. La pendule de l'entrée sonna cinq coups mélancoliques et je me demandai combien de temps j'allais encore rester ici, avant de tirer ma révérence et de reprendre le train pour Westbury. Déjà anormalement nerveuse, je faillis faire un bond quand un énorme chat roux émergea de l'ombre et sauta sur mes genoux en ronronnant comme un tracteur. En général, je n'aime pas les chats, mais celui-là m'avait véritablement prise en affection ou alors c'était à cause du manteau vert de Charlotte. La chose qui m'avait le plus frappée, cet après-midi, je m'en souviens, c'est que je n'avais jamais vu un tel calme dans un appartement de Londres, et j'en éprouvais un malaise ; Londres ne s'accorde pas avec ce silence lourd et bas qui pesait sur moi et me donnait envie de me manifester, de faire savoir que j'étais là.

Il me semblait avoir attendu une bonne heure quand Phoebe, tante Clare et Charlotte entrèrent, mais en réalité cela faisait moins de dix minutes. J'eus l'impression qu'elles étaient apparues très soudainement et l'insupportable tension qui ne se crée que lorsqu'on est seul dans des lieux qu'on ne connaît pas, dans une maison étrangère, dans le manteau d'une inconnue, se dissipa instantanément.

Tante Clare transforma la pièce ainsi que l'aurait fait un grand bouquet de printemps, emplissant tout l'espace d'une beauté vibrante, surprenante, et d'une violente senteur d'eau de rose. C'était une femme forte, mais élégante et bien proportionnée, avec d'immenses yeux vert doré, des pommettes hautes et, comme sa nièce, des cheveux raides et épais, plutôt gris que blonds, empilés sur le sommet de sa tête en un magnifique chignon. Cinquante-cinq ans, pensai-je, pas plus. (Je me targue de savoir donner un âge aux gens avec une assez grande précision.) Je me levai brusquement, à l'indignation du chat endormi qui fila sous le piano.

« La voici donc ! s'écria tante Clare d'une voix chantante. Dépêche-toi de faire les présentations, Charlotte.

– Oh... je te présente Pénélope », déclara cette dernière. Il y eut un silence et mes yeux s'écarquillèrent de stupéfaction. À aucun moment je ne lui avais dit comment je m'appelais.

« Enchantée. » Dans ma grande main, la petite menotte de tante Clare semblait aussi fragile que la patte d'une perruche.

« Quel bonheur ! s'exclama-t-elle. Voici mon fils, Harry, ajouta-t-elle et du corridor obscur surgit un jeune homme. Je soupirai intérieurement car Charlotte avait dit vrai. Il n'était assurément pas le plus beau garçon de Londres. Il était plus petit que moi de quelques centimètres et très maigre, dans sa chemise blanche froissée et son pantalon gris anthracite. Il avait les mêmes cheveux blond foncé que Charlotte, en beaucoup moins raides et tout ébouriffés. On aurait dit qu'il venait de se réveiller de sa sieste.

« Bonjour... », commençai-je, et je ne pus en dire

davantage, car son regard posé sur moi me décontenança complètement. Je n'avais jamais rien vu d'aussi insolite, d'aussi surprenant, d'aussi lumineusement *original*. Son œil gauche était d'un bleu-vert feutré, tandis que le droit avait la couleur du chocolat noir, et tous deux étaient frangés de cils épais, noirs et recourbés, donnant l'impression gênante qu'il avait passé des heures à se maquiller.

« Tiens. Salut, dit-il.

— Enchantée. » Je me ressaisis et lui tendis la main. Il la prit et soutint mon regard jusqu'à ce que je devienne écarlate, après quoi il sourit en réprimant un petit rire. Je le détestai aussitôt.

« Vous devez avoir faim, dit tante Clare, en examinant le manteau vert désormais couvert de poils roux.

— Oui, dis-je, en me retournant vers elle, soulagée.

— Phoebe, apportez-nous des toasts et un peu de la confiture de framboise de Mrs. Finch, du gâteau au chocolat, des scones au gingembre et une grande théière, s'il vous plaît, dit Charlotte à la petite bonne, avec un grand sourire. Et aussi, quelques-uns de ces délicieux sablés au chocolat, pas les immondes biscuits à la noix de coco, s'il vous plaît. »

De la noix de coco !

Phoebe lui adressa un regard venimeux et sortit.

« Allons, venez vous mettre près de moi, Pénélope », ordonna tante Clare, qui s'assit en tapotant le canapé à côté d'elle. Charlotte l'approuva de la tête. De ses longs doigts, Harry était en train d'allumer une cigarette. « Harry va dîner chez les Hamilton à 19 heures, expliqua tante Clare. Il appréhende terriblement de revoir Marina.

– Ah bon ? » dit Harry d'une voix traînante. À cet instant, le téléphone sonna et il traversa la pièce d'un bond pour répondre.

« Allô ?... ça y est ? La petite chérie, je savais qu'elle en serait capable... Non, merci... Pas du tout... »

Pendant qu'il parlait, tante Clare était restée immobile comme une lionne, respirant à peine, le visage crispé par l'attention. Elle n'avait en tout cas pas la subtilité de ma mère quand il s'agissait de surprendre une conversation. La communication terminée, Harry raccrocha bruyamment, retraversa précipitamment la pièce et prit un manteau sur le dos d'une chaise.

« Ce tuyau que j'ai eu pour la course de 16 h 50 était bon », annonça-t-il. Il parlait vite, tout en ramassant des pièces de monnaie, des clés et des bulletins de pari sur la table placée près de la porte. « Et, s'il te plaît, maman, ne parle pas de moi quand je serai parti, c'est assommant. » Sur ce, il sortit en claquant la porte derrière lui.

« Quelle grossièreté ! s'exclama tante Clare.

– N'est-ce pas ? renchérit gaiement Charlotte.

– Oh ! il est impossible. Pénélope, vous devez savoir qu'Harry est amoureux fou de Marina Hamilton depuis un an.

– Ah ! » fis-je, poliment. Je connaissais Marina, bien entendu, mais seulement par les photos illustrant les rubriques mondaines. Harry et elle me paraissaient bien mal assortis.

« Ils sont bien mal assortis, dit tante Clare. Les parents de Marina sont ces horribles Américains qui ont acheté la charmante Dorset House aux FitzWilliams.

– Ah ! Bien sûr. » Je connaissais Dorset House et les FitzWilliams, un couple ennuyeux, étaient de vieilles connaissances de ma mère.

« Dieu seul sait ce qu'ils ont fait de cette demeure ; je préfère ne pas y penser.

– J'ai un goût désastreux en matière de décoration intérieure, soupira Charlotte. J'imagine qu'elle devrait beaucoup me plaire.

– Ne dis pas de bêtises, ma fille, coupa sèchement tante Clare. Quoi qu'il en soit, Marina s'est fiancée la semaine dernière avec George Rogerson – un gros garçon, le malheureux, terriblement gentil et très riche, paraît-il – et Harry a dû s'avouer vaincu, chose qu'il n'apprécie guère, dans le meilleur des cas. »

Je ris discrètement.

« Ce soir, il doit dîner avec l'heureux couple et, le 3 décembre, il y aura une réception pour leurs fiançailles, à Dorset House, naturellement, une soirée si épouvantable, selon moi, qu'il n'y a pas de mots pour la qualifier. Harry n'a jamais pu supporter les rebuffades, ce qui est très pénible pour tout le monde. Je regrette bien que son père ne soit plus là pour le secouer un peu. »

Je voyais bien que tante Clare servait de modèle à Charlotte dans sa façon de s'exprimer. Toutes deux parlaient d'une manière à la fois précieuse et totalement naturelle.

« Oh ! j'aimerais bien que Phoebe se dépêche d'apporter le thé, grogna Charlotte. Je suis à moitié morte de faim.

– Elle ne pense qu'à manger, celle-là, m'informa tante Clare. Mais parlons de vous, mon enfant. Quelle joie de voir une amie de Charlotte, et une jeune fille aussi jolie, qui plus est ! Est-ce que je connais vos parents ? » Elle s'éclaircit la voix et s'interrompit d'une façon qu'un romancier qualifierait de théâtrale. « Vous... vous ressemblez terriblement à... à... Archie Wallace. »

Pour la deuxième fois, je faillis rester sans voix.

« Il... c'était mon père, réussis-je à articuler. Il a été tué. La guerre... » Je ne terminai pas ma phrase et regardai mes mains, affreusement mal à l'aise. Tante Clare pâlit et, un instant, je fus prise de panique à l'idée qu'elle ne savait pas que papa était mort.

« Oui, dit-elle enfin. Oui, je suis désolée. J'ai su pour Archie. J'en ai été tellement peinée. » Elle s'étreignit la poitrine. « Et vous, pauvre chérie. Sa fille. Seigneur Dieu. »

Il y avait quelque chose dans la façon dont elle avait prononcé ces quelques mots qui me donnait envie de la consoler, de lui dire que ce n'était pas grave, que, oui, j'avais perdu mon père, mais qu'en fait je l'avais très peu connu. Ses yeux se voilèrent, comme morts soudain, et, pendant quelques secondes, le même silence pesant que tout à l'heure s'abattit sur la pièce. Au secours, pensai-je. Elle va se mettre à pleurer.

Mais elle n'en fit rien, et bientôt elle reprit : « Évidemment, Talitha et lui s'étaient mariés avant même d'être sevrés. » Les nuages s'écartèrent de nouveau.

« Heu... que voulez-vous dire ? m'étonnai-je.

— Ils étaient eux-mêmes des enfants.

— Ah ! Oui, sans doute. Ma mère avait dix-sept ans quand je suis née, expliquai-je à Charlotte.

— Dix-sept ans ! Comme c'est romantique !

31

– Talitha Orr était d'une beauté stupéfiante, dit tante Clare. Une classe folle, bien qu'irlandaise, la pauvre petite. Des cheveux magnifiques, et toujours habillée pour les hommes, pas pour les femmes. C'était la clé de son succès, voyez-vous. »

Je ris. Ce fut plus fort que moi. « C'est la pure vérité. D'ailleurs, elle déteste les femmes.

– C'est un trait commun aux jolies femmes.

– Ah bon ? Moi, j'adore les femmes. C'est sans doute que je ne suis pas jolie », déclara tristement Charlotte, et tante Clare s'en étrangla presque d'indignation.

« Ne dis pas de bêtises ! L'ennui chez toi, c'est que tu fais bien trop confiance aux gens. »

Charlotte me regarda en haussant les sourcils et tante Clare toussota en m'adressant un coup d'œil légèrement égrillard.

« Vous avez un frère, je crois ?

– Inigo. Il a presque deux ans de moins que moi.

– Il vous ressemble ?

– C'est difficile à dire. Il tient de ma mère. En principe, il est pensionnaire à Sherbourne, mais il revient en cachette à la maison tous les week-ends.

– Eh bien ! Tu entends ça, Charlotte. Est-ce que tu le connais ?

– Non, ma tante.

– Ce que tu peux être négligente, ma fille. Ce n'est vraiment pas bien. Il faut que tu dises à Pénélope de te présenter son frère. Il m'a l'air d'un garçon brillant.

– Charlotte et moi on ne se connaît pas depuis très longtemps..., commençai-je.

– On s'est rencontrées à une soirée il y a quinze

jours, mais nous sommes déjà de grandes amies, coupa Charlotte, en me lançant un regard d'avertissement.

– Quelle soirée ?

– La réception pour le mariage d'Harriet Fairclough, répondit-elle du tac au tac.

– Vraiment ? Comme c'est astucieux de ta part, Charlotte, de faire la connaissance d'une jeune fille aussi mignonne et intéressante que Pénélope à l'occasion d'un événement aussi ennuyeux.

– N'est-ce pas. »

Je faillis m'étouffer. Cinq secondes plus tard, Phoebe entra, avec le plateau du thé.

« Oh ! débarrassez la table, ordonna tante Charlotte. Vous n'avez qu'à tout mettre par terre. »

Étant pour ma part quelqu'un d'un peu complexé, j'étais très impressionnée qu'elle ne ressentît aucun besoin de fournir des excuses au désordre spectaculaire qui régnait partout. Phoebe versa le thé dans les tasses et me tendit une assiette avec un toast et de la confiture, comme si elle me faisait une immense faveur que jamais je ne pourrais lui rendre. Je dois reconnaître que le gâteau était exceptionnel, que les scones fondaient délicieusement dans la bouche et que le thé avait un goût fumé étrange, mais délicieux. Charlotte mangea comme si elle avait jeûné pendant des semaines, allongeant le bras pour saisir des scones, fourrant des morceaux de gâteau dans sa bouche à la manière d'un enfant et buvant son thé comme si c'était de la bière, réduisant ainsi à néant toute l'élégance que lui conférait mon manteau.

« Chez moi, on n'a jamais des thés comme ça, soupira-t-elle, la bouche pleine.

– Comment le savez-vous ? me surpris-je à lui demander. Vous n'êtes jamais chez vous, n'est-ce pas ? »

Tante Clare s'étrangla de rire. « C'est bien vrai, ma chère Pénélope.

– Sans doute, mais que ferais-tu sans moi, ma tante ?

– Je me débrouillerais très bien, j'en suis sûre.

– Pas du tout. Que ferais-tu si je n'étais pas là pour garder un œil sur ton vagabond de fils ?

– Voyez-vous, les filles, Harry m'inquiète, murmura tante Clare, en me passant étourdiment un jeu de cartes au lieu du pot de lait. Jamais je n'aurais imaginé que mon fils jouerait aux courses ! D'accord, c'est quelque chose qu'on peut admettre de la part de ceux qui s'y connaissent un peu, mais Harry n'est même pas capable de distinguer la tête de la queue d'un cheval. La nuit, je n'arrive pas à dormir et je passe mon temps à me demander ce qu'on pourrait faire pour remédier à ce problème », dit-elle en refoulant une sorte de sanglot.

Malheureusement pour elle, tante Clare avait les yeux limpides, la peau lisse et l'expression vive de ceux qui s'endorment pour neuf heures de sommeil ininterrompu dès qu'ils posent la tête sur l'oreiller. Je dus retenir un gloussement.

« Il a besoin d'aide, reconnut Charlotte. Personne ne peut le nier. »

Tante Clare prit une tranche de cake. « Tout allait très bien quand il était petit, remarqua-t-elle en soupirant. En ce temps-là, Julien le Pain nous faisait bien rire.

– Julien ? m'étonnai-je.

– Oui, il avait mis un pain qu'il avait baptisé Julien dans une cage grillagée parce que je ne voulais pas lui acheter un lapin. Si Julien était blanc, bis ou tranché, je ne m'en souviens plus. Harry a été très perturbé quand son père lui a ordonné de mettre un terme à ces enfantillages. Je dois le dire, on s'était tous beaucoup attachés à ce pain.

– Harry a toujours été comme ça, remarqua Charlotte, en enfournant un scone dans sa bouche. Débordant d'idées. Une espèce d'inventeur.

– Oh oui ! Toujours en train d'inventer quelque chose. Mais je regrette vraiment de ne pas être intervenue quand c'était encore possible. J'aurais dû me méfier dès le début, évidemment. Après tout il n'y a pas beaucoup d'enfants dont le premier mot ait été "monte-plats" », déclara tante Clare d'un ton attristé, et je dus de nouveau faire un effort pour ne pas rire.

« Il s'entraîne pour devenir magicien, expliqua Charlotte. Il est vraiment très fort.

– Quel genre de magicien ? fis-je, soupçonneuse.

– Le genre habituel. Des tours de passe-passe. Il sort des lapins, ou peut-être des pains, d'un chapeau, dit Charlotte en riant. Apparemment, il a beaucoup de talent.

– Oui, tout ça est très impressionnant, en effet, dit tante Clare d'un ton agacé. Très amusant pour tout le monde, sauf pour sa mère. Quel avenir y a-t-il à tromper les gens ? Et comment diable peut-il espérer mettre le grappin sur une fille comme Marina Hamilton sans des revenus assurés ? Je me le demande. Il faut qu'il soit fou à lier.

– Oh, ma tante ! Tu exagères. De toute manière, à quoi bon parler de ces questions devant Pénélope qui ne peut nous aider en aucune façon ? »

Charlotte chassa les miettes parsemant le revers de mon manteau. Sur le moment, je me sentis un peu froissée mais en me remémorant sa remarque, un peu plus tard dans la soirée, je pensai que ç'avait peut-être été une façon de me mettre au défi.

« Comment va ta mère ? Tu l'as vue hier ? demanda tante Clare à sa nièce, en changeant brusquement de sujet.

– Elle n'est pas en forme, ces jours-ci. Un rhume effroyable dont elle n'arrive pas à se débarrasser.

– Bien, bien. Et ta sœur ?

– Toujours pas rentrée.

– Bigre, ça fait longtemps qu'elle est partie. Bien sûr, il paraît que New York est l'endroit où il faut être.

– Ça fait deux mois qu'elle est à Paris, ma tante.

– Ah bon ? Quelle futilité ! C'est un Français, je suppose.

– Non. Un Anglais qui vit à Paris.

– De pire en pire, dit tante Clare avec entrain. Il n'existe rien de plus déprimant qu'un Anglais qui veut jouer les Français. Je devrais le savoir. »

Ni moi ni Charlotte ne nous risquâmes à lui demander pourquoi elle aurait dû le savoir, mais personnellement je ne mettais pas en doute sa connaissance du sujet. Je pris un autre toast et examinai Charlotte. Je n'avais jamais vu un visage aussi changeant. Quand elle parlait, il prenait une expression amusée, vaguement lascive, mais quand elle écoutait sans bouger, elle avait un air ébloui et innocent, comme si jamais une pensée impure ne lui avait traversé l'esprit. Elle écoutait beaucoup (comme toute personne qui venait prendre le thé chez tante Clare, je suppose), mais, contrairement à la plupart des gens qui font semblant d'écouter ce qu'on leur dit et qui ont tout oublié au bout de deux minutes, elle paraissait réellement attentive, un peu comme si elle devait passer un examen à l'occasion duquel elle serait interrogée sur les points qui avaient été abordés. Tante Clare était incapable de parler d'un même sujet plus de trente secondes d'affilée, en revanche on revenait invariablement à Harry, à croire qu'on jouait à un jeu dans lequel il fallait prononcer son nom toutes les trois minutes. Après m'être efforcée une demi-heure durant de ne pas perdre le fil de la conversation, j'estimai que je pouvais prendre congé sans manquer aux règles de la civilité.

« Il faut vraiment que je parte, dis-je. J'ai un train à prendre pour rentrer chez moi.

– Et c'est où, chez vous ? demanda tante Clare.

– Dans le Wiltshire, près de Westbury.

– Milton Magna Hall. Bien sûr. » Tante Clare avait presque murmuré. J'étais habituée à ce que les gens connaissent le nom de notre maison, mais il y avait dans son ton quelque chose qui m'avait troublée.

« Milton Magna Hall ! s'exclama Charlotte. Quel nom !

– C'est censé être la demeure la plus somptueuse de tout le West Country, dit tante Clare, qui avait recouvré sa voix.

– Autrefois, peut-être. Aujourd'hui elle est en plutôt mauvais état. En fait, elle ne s'est pas encore remise de la guerre. Il y a eu beaucoup de dégâts quand elle a été réquisitionnée. L'armée ne l'a pas ménagée... »

Je m'interrompis, mon cœur battait furieusement. Je ne parlais jamais de la situation à laquelle était confrontée Magna, avec personne, pas même avec ma mère. Ce sujet m'angoissait plus que n'importe quoi d'autre au monde.

« Regarder mourir une grande demeure est une horrible tragédie, dit tante Clare à mi-voix. Une des plus grandes tragédies que l'homme puisse connaître. Dieu sait si j'en ai vu disparaître. Un jour, on sera épouvanté en repensant à cette époque, croyez-moi, les filles. Dans cinquante ans, personne ne croira que tant de belles maisons sont tombées en ruine sans qu'on puisse rien y faire.

— Nous nous battons pour qu'elle reste debout, marmonnai-je, en buvant mon thé bruyamment, afin de dissimuler mon émotion.

— La maison doit être magnifique au moment de Noël, dit Charlotte, qui avait senti mon embarras.

— Oui, elle est très belle. Mais atrocement froide.

— J'adore le froid ! Ça m'inspire. Je suis sûre que nous allons bientôt nous évanouir de chaleur ici. »

Tante Clare se leva pour aller tisonner le feu. « Harry aime avoir chaud à la maison, dit-elle, non sans mauvaise humeur. Il n'a aucune résistance.

— Mais il a le cœur chaud », remarqua Charlotte.

Tante Clare ricana. Ah, Harry ! pensai-je. On en revient toujours à lui.

« Alors, dites-moi, Pénélope. Que faites-vous ? Est-ce que vous travaillez beaucoup ? Avez-vous l'intention d'entreprendre une carrière, comme Charlotte ?

– Je travaille un jour par semaine chez un antiquaire de Bath, répondis-je, sautant sur l'occasion de me mettre en valeur. Il s'appelle Christopher Jones et c'était un camarade de classe de papa. Il est très calé pour tout ce qui touche à l'art. Avec lui, j'en apprends énormément sur les belles choses, ajoutai-je sans conviction.

– Avec Christopher ? Ça m'étonnerait, dit tante Clare, sans aucune méchanceté. C'est surtout une incorrigible commère.

– Ah ! Vous le connaissez ?

– Oh oui ! » Elle sourit. « Oh oui », répéta-t-elle. Charlotte me lança un regard qui disait : Ne posez pas de questions.

« Dites-moi, Pénélope, avez-vous déjà été amoureuse ? » fit tante Clare, changeant de sujet encore une fois, comme si elle me demandait si je mettais du sucre dans mon thé. Je devins écarlate. (Autant vous dire que je suis quelqu'un qui rougit pour un rien ; c'est une caractéristique que j'ai héritée de mon père, qui avait lui aussi le teint pâle et des taches de rousseur. J'avais entendu dire que le fait de remuer les doigts de pied, quand on se sent gêné ou honteux, peut distraire le cerveau, qui ne pense plus alors à vous faire rougir. Eh bien, je passe mon temps à tortiller des orteils et je n'ai jamais constaté que cela m'empêchait en quoi que ce soit de piquer des fards.)

« Ça non, alors, répondis-je enfin. À vrai dire, je connais très peu de garçons. Bien sûr, mon frère a des camarades de classe, mais je les trouve terriblement jeunes et bêtes.

– Quelle chance d'avoir un frère cadet avec des

amis charmants ! » soupira Charlotte. Et comme ils la trouveraient jolie, elle, pensai-je.

« Très utile pour le tennis », remarqua curieusement tante Clare.

Alors, sans transition, et au moment même où je me préparais à partir, la porte se rouvrit et Harry apparut. En dépit des propos de tante Clare concernant ses malheurs, il n'avait absolument pas l'air éprouvé – il nous regardait avec un peu de pitié et non sans une légère ironie, ses cheveux en bataille cachant presque totalement ses yeux surprenants. Ce que je venais d'apprendre concernant ses talents de magicien cadrait parfaitement avec son aspect ; jamais encore je n'avais rencontré quelqu'un qui parût capable de transformer des hommes en grenouilles et des grenouilles en princes. Charlotte lui sourit.

« Déjà rentré ?

– Je ne suis pas encore sorti. Je me suis fait coincer dans la cuisine par Phoebe, chuchota-t-il.

– Oh, mon pauvre ! Tu ne veux pas un peu de thé ?

– Non, merci.

– Est-ce que tu appréhendes beaucoup cette soirée ? demanda encore Charlotte, d'une voix douce et pleine de compassion.

– Pas particulièrement. Je l'aime. Elle l'aime. Ce n'est pas une histoire des plus originales, non ? »

Je bus quelques gorgées de thé refroidi, afin de dissimuler ma stupéfaction. Là d'où je venais, personne ne parlait ainsi, surtout en famille. Harry alluma une cigarette de ses doigts agiles et s'approcha du feu.

« Il fait toujours bigrement froid dans cette maison,

remarqua-t-il sèchement. Et puis, j'aimerais bien que tu cesses de parler de moi à tout le monde, maman. »

Je supposai qu'il faisait allusion à moi, tout en me demandant qui étaient les autres. Peut-être Charlotte ramenait-elle quelqu'un chaque semaine chez tante Clare pour prendre le thé. Peut-être n'étais-je que la dernière d'une longue série de mystérieuses invitées.

« Pénélope n'est pas tout le monde, c'est mon amie, rectifia Charlotte.

– Dans ce cas, je ne pense pas que ses idées diffèrent beaucoup des tiennes.

– Ça, je n'en sais rien », dis-je, ce qui était la pure vérité. Charlotte allongea le bras pour reprendre une tranche de gâteau. Un instant, je croisai le regard d'Harry, mais cette fois, au lieu de s'amuser à me faire rougir, il sembla regarder à travers moi, comme si je n'existais pas.

« Vous avez vu ? demanda tante Clare sur un ton triomphant, une fois qu'il fut reparti. Il n'a rien de la capacité de son père à rester tranquille, sans rien faire. Vous devez m'excuser, les filles, dit-elle en se levant. Il faut que j'aille voir Phoebe. Ç'a été un vrai plaisir, Pénélope. »

Je me levai en hâte à mon tour. « Oh ! merci beaucoup pour le thé. Je me suis régalée », dis-je en prenant soudain conscience que je m'étais effectivement régalée.

Tante Clare me sourit.

« Chère petite. Revenez nous voir très bientôt. »

Au moment de sortir de la pièce, elle s'arrêta et me murmura quelque chose à l'oreille : « Faites mes amitiés à Christopher. Dites-lui simplement : Rome, septembre 1935, d'accord ? » Elle me fit un clin d'œil, sourit et disparut.

Je pris congé peu après. Charlotte me raccompagna à la porte.

« Vous avez été tout simplement merveilleuse, dit-elle en ôtant ma pelisse qu'elle me restitua. Tante Clare a dit que je devais vous la rendre. Elle s'est tout de suite aperçue que je vous avais demandé d'échanger nos manteaux. Elle me trouve diabolique.

– Pas du tout.

– Et je suis désolée pour votre père. Le mien est mort aussi, vous savez. Une crise cardiaque, ce qui est bien moins romantique que de mourir pour son pays, non ?

– Je ne vois rien de romantique dans la mort. »

Elle me considéra d'un air surpris. « Vraiment ? Alors, c'est que vous n'en êtes même pas arrivée à la moitié d'*Antoine et Cléopâtre*. »

Je ne trouvai rien à répondre.

« Je ne vous remercierai jamais assez d'avoir partagé le taxi avec moi et d'être restée pendant toute la durée du thé. Ça fait un tel changement lorsqu'on invite quelqu'un. Même Harry n'a pu s'empêcher de venir vous reluquer.

– Je n'ai pas eu l'impression qu'il m'avait reluquée, dis-je en lui rendant son manteau vert. Bon, au revoir alors, déclarai-je avec raideur, ne sachant quoi ajouter. J'espère qu'on se reverra un jour.

– Ce que vous êtes drôle ! s'esclaffa-t-elle. Bien sûr qu'on se reverra.

— Vous en êtes bien sûre, dis-je en riant à mon tour. Et pourquoi devrions-nous nous revoir ?

— Tout le monde vous adore déjà, dit-elle en m'embrassant sur les deux joues. On ne vous lâchera plus maintenant. Rentrez bien. »

Je partais quand Charlotte me rappela : « Hé, Pénélope !

— Oui ?

— Vous aimez la musique ?

— Quoi ?

— La musique. Quel genre de musique aimez-vous ? »

Je réfléchis. Charlotte était sûrement une fan de jazz et moi je détestais le jazz. Mais comment pouvais-je lui dire que j'étais folle de Johnnie Ray ? D'un autre côté, comment pouvais-je ne pas le lui dire ?

« Oh ! un peu de tout, marmonnai-je.

— Quoi par exemple ?

— Euh, comme tout le monde, un peu de jazz, un peu de...

— Oh, le jazz ! s'écria-t-elle d'une voix lourde de désappointement. C'est ennuyeux à mourir. Je ne vous imaginais pas faisant partie de ces gens. Harry, lui, est accro, il n'en a jamais assez. Personnellement ça me laisse totalement froide. »

Il y eut un silence.

« Je trouve que le jazz est quelque chose d'important », affirmai-je, mais Charlotte se taisait. Je peux le lui dire, pensai-je. Elle comprendra. Je pris une grande inspiration. « Mais j'aime mieux... en réalité, je suis absolument et complètement fana de... de Johnnie Ray. »

Voilà. Je l'avais dit. Charlotte fit mine de s'évanouir. « Pour moi, c'est l'homme le plus séduisant de la terre.

– Vous trouvez ?

– Bien entendu. Comment faire autrement ?

– Vous croyez qu'il viendra à Londres, un de ces jours, et qu'il nous épousera ?

– Il aurait bien tort de ne pas le faire », déclara-t-elle, sans la moindre ironie.

Sur le chemin de la gare, je n'arrêtais pas de fredonner « If You Believe ». C'était comme si je venais d'assister à une pièce de théâtre et ne m'étais rendu compte qu'à la fin qu'elle était excellente. Dans le train, ce soir-là, j'eus l'impression qu'ils me manquaient déjà, oui, ils me manquaient, Charlotte, tante Clare et Harry. Il leur avait fallu à peine deux heures pour transformer ma vie, même si je ne savais pas encore très bien en quoi.

Ce n'est qu'au moment de monter dans le wagon que je sentis dans ma poche quelque chose de bizarre, qui ne s'y trouvait pas quand j'avais donné mon manteau à Charlotte, dans le taxi. C'était un petit coffret recouvert de velours vert. Je l'ouvris et y trouvai un papier que je dépliai. Un seul mot figurait dessus, écrit à l'encre émeraude. *Merci !*

Le point d'exclamation me ravit. Je trouvais que Charlotte ressemblait elle-même à un point d'exclamation.

III

Le Dîner de canard

Quand le train eut quitté Londres, je m'assis à une place côté fenêtre et commandai un thé au lait en songeant à ce que tante Clare avait dit concernant Magna et mes parents. C'était vrai, mes parents s'étaient mariés avant d'être sevrés. Bien entendu, je n'avais jamais eu conscience d'avoir une mère aussi jeune avant mes huit ans, quand je commençais à prêter attention à l'apparence des mères de mes camarades. Je me souviens d'un jour d'août pluvieux où j'avais annoncé, au cours du déjeuner, que c'était l'anniversaire de la mère de ma meilleure amie Janet.

« Elle va avoir trente ans ! m'étais-je exclamée, tant je trouvais que c'était vieux. Quel âge as-tu, toi, maman ?

– Vingt-cinq ans, ma chérie. Vingt-cinq ans et heureuse d'être en vie... Oh ! Pénélope, s'il te plaît, ne mets pas de la confiture sur ta robe... non, trop tard. »

Il me faut dire maintenant quelques mots au sujet de Magna, ou plutôt de Milton Magna Hall, la maison qu'admirait tellement tante Clare. Parler de sa beauté reviendrait à laisser de côté le pouvoir qu'elle exerçait. Parler de son pouvoir signifierait oublier son état de délabrement. À vrai dire, je ne devrais pas appeler cette maison Magna – c'est un peu comme de dire le Château en parlant du château de Windsor – mais lorsque nous étions petits, Inigo et moi, ce nom nous venait naturellement à la bouche, sans doute parce qu'il sonnait un peu comme « maman » et que maman était le centre de notre univers. Quand j'avais commencé à travailler chez lui, Christopher m'avait signalé notre erreur. J'avais choisi de ne pas en tenir compte.

Mes parents s'étaient connus à Magna, au mois de juin, à l'occasion d'un cocktail. Il va sans dire que la version des événements fournie par ma mère reste sujette à discussion, mais elle a toujours prétendu que, en voyant mon père pour la première fois, elle avait compris « en cinq minutes » qu'il était l'homme de sa vie. Ma mère, qui avait alors seize ans et s'apprêtait à rentrer au Royal College of Music, pour y étudier le chant pendant trois ans, n'avait pas été invitée officiellement à cette soirée, mais elle y accompagnait une amie qui avait besoin d'un soutien. Cette amie timide, la fameuse lady Lucy Sinclair, était très amoureuse de mon père et elle espérait le prendre dans ses filets, ce soir-là. Vous imaginez bien sûr ce qui se produisit quand elle arriva avec maman. Je me suis souvent demandé comment lady Lucy avait pu être assez bête pour lui avoir demandé de venir avec elle – croyait-elle vraiment qu'on la regarderait une seule seconde, alors qu'il y avait dans la même pièce une fille comme Talitha Orr ? Ma mère ne se lassait pas de nous décrire sa toilette – une robe diaphane en satin et soie rose pâle de chez Barkers de Kensington – et, des années après, il m'arrivait souvent d'aller sans bruit jusqu'au placard où elle était rangée et de la sortir avec précaution du papier de soie qui l'enveloppait. En me regardant dans le grand miroir de ma mère, revêtue de sa robe rose, je sentais des frissons d'excitation et de tristesse parcourir ma colonne vertébrale. Après la guerre, quand l'armée avait quitté Magna, on s'était aperçu que la glace était cassée, mais que la robe était toujours là, soigneusement pliée dans le tiroir du bas. Il y a des choses qui sont destinées à survivre. Je suis sûre que mille guerres seraient incapables de détruire cette robe.

Le père de maman était médecin, et sa mère, une Irlandaise d'une grande beauté, vouait une adoration à ses deux enfants, Talitha et Loretta. Je suppose que, même dans leurs rêves les plus extravagants, les parents de ma mère n'auraient jamais imaginé que l'une de leurs filles habiterait un jour en Amérique et l'autre dans une maison comme Magna, mais cela montre bien jusqu'où la beauté peut vous mener. Maman est belle à couper le souffle. À l'époque de la soirée donnée à Magna, elle n'avait pratiquement jamais quitté Londres.

À dix-huit ans, Archie n'était ni particulièrement grand ni particulièrement beau, mais il possédait d'innombrables hectares de terre et, surtout, de la distinction à revendre. Il avait d'épais cheveux blonds et des taches de rousseur parsemaient son nez retroussé. Il riait tout le temps. Oh ! je sais qu'on dit souvent cela des gens qu'on aime, mais, dans son cas, c'était la pure vérité. Un jour, maman avait déclaré qu'elle ne conservait aucun souvenir de mon père avec une expression sérieuse. Elle en semblait très attristée, ce qui m'avait rendue perplexe à l'époque, mais aujourd'hui je crois comprendre pourquoi. Quand Archie la vit traverser la pelouse de son pas aérien, il s'évanouit, paraît-il. Lorsqu'il revint à lui, une minute plus tard, elle lui tendait la main en disant : « Bonjour. Je suis heureuse de vous connaître. Je croyais que c'était moi qui étais censée me trouver mal. »

Ils se marièrent cinq mois après, dans la chapelle de Magna. Les parents d'Archie avaient tout fait pour le dissuader d'épouser maman dont la beauté les inquiétait et qu'ils jugeaient trop jeune et trop inexpérimentée pour prendre en main une aussi vaste maison, mais leurs arguments étaient tombés dans l'oreille d'un sourd. La fiancée remonta jusqu'à l'autel en courant presque et se jeta dans ses bras, une fée aux yeux verts et aux cheveux noirs d'ébène, déjà enceinte de trois mois. On était en 1937. Maman déménagea ses quelques possessions de Londres dans le Wiltshire où elle attendit ma naissance. Elle était convaincue que ce premier enfant serait un garçon, aussi mon arrivée causa-t-elle une sorte de choc. À l'époque déjà, je ressemblais beaucoup à mon père, ce dont elle était tour à tour ravie et agacée, rassurée qu'elle était de se dire que je n'égalerais jamais sa beauté, mais un peu jalouse de ce lien instantané qui s'était établi entre le père et l'enfant. Tout cela pourrait laisser penser qu'elle était égocentrique, difficile, capricieuse – ce qu'elle était sans aucun doute –, mais elle n'avait que dix-sept ans. Quelquefois, je dois faire un effort pour m'en souvenir.

Des années durant, après que mon père nous eut quittées pour aller se battre, ma mère commémorait la date de cette première rencontre en allant s'asseoir dans l'escalier conduisant au jardin potager clos de murs, et là elle buvait un verre de sirop de fleur de sureau. Un jour – je devais avoir dans les treize ans –, j'étais allée la rejoindre en lui proposant de porter un toast à cet événement, avec une coupe de champagne. Elle avait paru consternée.

« Mais je buvais du sirop de fleur de sureau, le soir où nous nous sommes connus !

– On pourrait tout de même porter un vrai toast ; on pourrait fêter votre rencontre. » Je ne sais pas pourquoi j'avais insisté, alors que je voyais bien que l'idée de chambouler son rituel la contrariait.

« Pénélope, quelquefois tu es épouvantablement moderne.

– C'était seulement une suggestion, maman.

– Assieds-toi près de moi », implora-t-elle et j'obéis, sentant la pierre chaude sous mes cuisses, en cette fin d'après-midi ensoleillé. Je caressai une tige de romarin et m'adossai à une marche en écoutant le bourdonnement lancinant des guêpes dans leur nid du vieux poirier. Le jardin était le centre de l'univers et, à l'intérieur de cet enclos, résidait tout un monde, un Éden. Existait-il quelque chose d'important hors des vieux murs de pierres sèches de Magna ?

Je regardai mes compagnons de voyage, en me demandant s'il y en avait un parmi eux qui avait passé un après-midi aussi extraordinaire que moi. J'étais dans un état de grande agitation et je dus m'asseoir sur mes mains pour ne pas laisser éclater mon envie de raconter mon aventure. Je ne connaissais personne qui, mieux que tante Clare, m'avait paru comprendre d'instinct que vivre dans une maison comme Magna était à la fois un privilège et un inconvénient. À dix-huit ans, lorsqu'on attend impatiemment qu'il se passe quelque chose (et n'importe quoi peut faire l'affaire, du moment que cela implique la présence d'un garçon et de jolies toilettes), le fait d'habiter une telle demeure donne de vous une idée très précise, avant que vous ayez même ouvert la bouche. Ce n'est pas seulement à cause de son ancienneté (la plus grande partie de la maison a été construite en 1462 par sir John Wittersnake, un fidèle serviteur de la famille royale) mais aussi de son ampleur que les yeux s'illuminent d'émerveillement au seul énoncé de son nom. Entraperçue depuis la route, par une brèche dans le mur d'enceinte de la propriété ou par une trouée dans l'allée des bouleaux murmurants, Magna apparaît tel un saphir parmi les arbres – un mélange de gâteau d'anniversaire, de paquebot transatlantique, de sculpture et de squelette : un morceau d'histoire, magnifique et ostentatoire, attribuant instantanément à ceux qui l'habitent les mêmes qualificatifs.

Même dans l'école que je fréquentais, il m'était difficile de faire croire à mes camarades que nous n'étions pas riches. Hélas, le temps que j'atteigne mes huit ans, tout ce qui possédait un peu de valeur avait pris le chemin de Christie's. Les gens qui venaient nous voir ne parvenaient pas à croire qu'il était encore possible, dans les années cinquante, d'habiter une demeure aussi incroyablement médiévale. Vouliez-vous du grandiose ? il y avait le grand hall ; des ruines ? l'aile ouest en était pleine ; des fantômes ? il suffisait d'y séjourner pendant une nuit. La salle la plus vaste était inhabitée, condamnée et peuplée d'araignées. Avant la guerre, il y avait quarante domestiques. Maintenant ils n'étaient plus que deux – une bonne et un jardinier. Pourtant, rien ne réussissait à altérer l'idée de luxe attachée à Milton Magna Hall. C'était vraiment exaspérant.

En descendant du train, à Westbury, je m'attendais à voir Johns, qui venait habituellement me chercher dans la vieille Ford, mais j'eus le plaisir de trouver à sa place Inigo, appuyé au capot de la voiture, en train de fumer une cigarette d'un air maussade. Inigo, qui avait à peine seize ans, s'habillait en Teddy Boy dès qu'il le pouvait, c'est-à-dire moins souvent qu'il l'aurait voulu, car maman piquait une crise chaque fois qu'il coiffait ses cheveux en pointe sur la nuque (à la façon d'une queue de canard). Il venait juste de quitter la pension pour le week-end et portait encore son uniforme, ce qui aurait donné un air ringard à n'importe qui. Mais pas à Inigo. Des filles qui se trouvaient sur le quai le regardèrent à la dérobée et se mirent à glousser en se poussant du coude, ce qu'il feignit de ne pas remarquer, mais moi je savais qu'il s'en était aperçu. N'ayant pas encore passé son permis, il n'aurait pas dû prendre le volant, bien qu'il fût un excellent conducteur.

« Grouille-toi, bougonna-t-il en remontant précipitamment dans la voiture. C'est "Grove Family". »

Inigo est un fidèle de "Grove Family", et, comme nous n'avons pas la télévision, il va regarder l'émission au village, chez Mrs. Daunton. Elle n'arrête pas de lui parler pendant toute la durée du feuilleton, mais il ne l'écoute pas. C'est un arrangement qui semble convenir assez bien aux deux parties.

Inigo roulait vite et, moins de sept minutes plus tard, nous étions arrivés dans le village. Je m'étais mise à penser à Christopher et à la remarque – parfaitement juste – qu'avait faite tante Clare concernant son penchant au commérage. Qu'est-ce qui avait bien pu se passer à Rome entre tante Clare et lui ? J'étais trop timide pour lui poser directement la question. D'ailleurs, tante Clare n'était-elle pas encore mariée jusqu'à l'an dernier ? J'étais tellement absorbée dans mes réflexions que je ne m'étais même pas aperçue qu'Inigo s'était arrêté en bas de l'allée.

« Si tu te dépêches de descendre, j'ai encore une chance de ne pas rater le début de l'émission, me dit-il.

– Tu es trop gentil, répliquai-je en ouvrant ma portière. Il fait si bon, ce soir, criai-je, tandis que le vent m'arrachait les mots de la bouche.

– N'est-ce pas ? »

Je lui lançai un regard assassin, mais il se contenta de me sourire et je partis avant qu'il ait pu me voir sourire à mon tour. Impossible de rester longtemps fâché contre Inigo. D'ailleurs, j'avais envie de marcher un peu. L'allée est presque l'endroit de la propriété que je préfère, même si le trajet jusqu'à la maison par une nuit venteuse peut parfois procurer quelques frayeurs. En arrivant au tournant d'où l'on a la première vue dégagée sur la maison, j'imaginai ce que Charlotte en penserait. Magna a une double personnalité. Une fois qu'on s'est imprégné du charme du bâtiment médiéval, on peut s'intéresser à l'addition apportée à l'équation en 1625 – une grande aile accolée au côté du manoir, où les boiseries Renaissance remplacent la pierre nue et le marbre le chêne. Ma grand-tante Sarah écrivait dans son journal que l'aile est donnait l'impression qu'un ingénu recommandé par un ami avait un jour débarqué à Magna muni d'une plume d'oie neuve, d'une feuille de papier vierge et d'instructions pour « égayer un peu les lieux ». Elle croyait sans doute être drôle – précisons qu'elle faisait référence à l'illustre architecte Inigo Jones dont mon frère porte le prénom. J'avais déjà quatorze ans quand je me rendis compte à quel point il était célèbre, combien son œuvre avait compté. Jusque-là, tantes, oncles, historiens, domestiques, métayers, touristes, tout le monde avait concernant Magna une opinion qui nous faisait comprendre que la maison passait bien avant ceux qui l'occupaient.

C'est l'une des choses les plus curieuses quand on vit dans une demeure de la dimension et de la notoriété de Magna – chacun se croit habilité à dire ce qu'il en pense. Cela suscite des questions fort embarrassantes de la part de personnes qui devraient avoir le bon goût de se taire. Je n'oublierai jamais le jour où mon professeur d'histoire de l'art m'avait interrogée sur le remarquable Stubbs qui se trouvait dans le bureau, en me demandant si je savais en quelle année il avait été peint. *Oh ! le poney qui rue, avec ses drôles de fanons ?* m'étais-je exclamée, toute contente de moi. *On l'a vendu l'an dernier pour payer la toiture.* Le visage étroit de miss Davidson avait pâli et j'avais compris que c'était le genre d'information que j'aurais peut-être dû garder pour moi.

Huit ans après, il ne restait plus grand-chose de quelque valeur à Magna. Le seul moyen de financer les réparations, suite aux dégâts causés par l'armée qui avait réquisitionné le manoir pendant quatre longues années de guerre, était de vendre ce qu'il y avait à l'intérieur pour sauver l'extérieur. La mort de papa ajouta une note funèbre au tic-tac des innombrables pendules – les droits de succession s'appliquaient même aux familles de ceux qui étaient morts en héros. À cette époque, c'était une chose que je ne comprenais pas et je trouvais curieux de devoir payer alors que nous venions de perdre papa. Quant à maman, les questions d'argent la dépassaient – elle trouvait constamment des moyens de s'en défaire.

J'ouvris la porte d'entrée et un frisson me parcourut. Le grand hall de Magna est la première chose qu'on voit en pénétrant dans la maison et il faut un moment pour s'y faire. Lorsqu'un nouveau visiteur se présente, je dois me rappeler qu'il va mettre quelques minutes avant de reprendre ses esprits. Décidément moyen-âgeux, alourdi par des boiseries sombres et des fenêtres basses, il se caractérise par la présence de dix personnages en bois grandeur nature, les bras levés pour soutenir le plafond. Il paraît qu'ils représentent les maîtres maçons qui construisirent l'édifice, une sacrée équipe s'il en fut. Inigo prétend que tout fantôme qui se respecte évitera cet endroit comme la peste. Des armures sont immobilisées au garde-à-vous dans tous les coins et là où il n'y a pas assez de place pour y mettre un énième portrait d'ancêtre trônent fièrement des bois de cerf. Recouvrant le sol, devant la cheminée, une immense peau d'ours montre les dents, les yeux fixes et écarquillés. Cet ours était un cadeau de mon arrière-arrière-grand-père à sa future épouse (pas étonnant qu'elle soit morte jeune, disait ma mère) et ses longues griffes me terrorisaient tellement que je n'entrais jamais seule dans cette pièce, de peur qu'elles ne reviennent à la vie dans le seul but de me déchiqueter. Aussi, quand le téléphone fut installé dans le hall, maman fit en sorte qu'il soit placé à proximité de la peau d'ours, convaincue que cela m'inciterait à mettre plus vite un terme à la communication. Elle ne se trompait pas. Plusieurs autres animaux empaillés étaient disséminés un peu partout – un ours polaire au pied de l'escalier, une peau de zèbre devant la porte d'entrée –, rendant les lieux sinon plus accueillants, du moins inoubliables pour quiconque y a pénétré un jour. L'effet d'ensemble est rehaussé par une immense cheminée – cinq enfants pourraient tenir à l'intérieur en été, mais durant l'hiver, bien que du feu y brûle constamment, elle semble incapable de dégager beaucoup de chaleur.

Je me plantai au milieu du hall, en criant que j'étais rentrée, mais comme l'information ne parut intéresser personne, j'entrepris de tisonner le feu jusqu'au moment où je me rendis compte que, si je ne me pressais pas un peu, je n'aurais pas le temps de me changer pour le dîner, coutume à laquelle maman tenait par-dessus tout. Je grimpai l'escalier quatre à quatre et remontai l'aile est au pas de course. « Grâces soient rendues à Inigo Jones », nous disait souvent maman et, sur ce point, je suis assez d'accord avec elle. Dans l'aile est, on n'a pas l'impression que des fantômes écoutent chacune de nos paroles par le trou des serrures ou, en tout cas, s'il y a des fantômes, ils sont probablement chic et bien vêtus, et savent apprécier le bel ouvrage.

Tout en m'aspergeant le visage à l'eau froide, je me demandai si j'allais parler au dîner de l'étrange après-midi que je venais de passer. Mieux vaut ne rien dire, décidai-je. Je n'avais pas envie d'entendre ma mère déclarer que tante Clare était une femme épouvantable. Pour elle, toutes les femmes étaient épouvantables, et celles qu'elle ne connaissait pas (ou qu'elle ne se rappelait pas avoir connues) *avaient l'air* épouvantable. Les hommes étaient soit « très quelconques », soit carrément « irrésistibles », et il n'existait pas de catégorie intermédiaire. Je mis une jupe propre, vaporisai sur mon corsage quelques gouttes du parfum qu'oncle George m'avait rapporté de Paris et appliquai une trace de rouge sur mes lèvres et mes joues. Ma mère m'aimait mieux maquillée.

« C'est du canard, lança Inigo depuis le seuil de ma chambre. Attends-toi au pire. »

Je poussai un grognement. C'est toujours mauvais signe quand il y a du canard au dîner.

Je dévalai l'escalier et entrai dans la salle à manger. Cette pièce, elle aussi, sent le Moyen Âge à plein nez – grâce, entre autres choses, aux rangées de gargouilles qui vous observent depuis le plafond – mais la lumière y entre à flots par les hautes fenêtres qui ont été ouvertes dans les murs épais de deux mètres, une fois la guerre de siège passée de mode. Les silences pétrifiés des Dîners de canard détonnent dans ce cadre qui évoque plutôt l'entrechoquement des hanaps, les accents joyeux du luth et les voix des convives qui s'interpellent de part et d'autre de la table, en grignotant un os de cochon de lait. Maman était déjà là. Vêtue de la tenue qu'elle aimait le moins – une robe longue en lainage gris et rugueux qui lui donnait des démangeaisons –, elle réussissait à avoir l'air à la fois exaspérée et indifférente. Je me tassai sur ma chaise (atrocement inconfortable ; rien d'étonnant si personne à Magna ne s'attardait longtemps à boire son porto) et lui adressai un sourire radieux.

« Ce soir, c'est du canard, annonça-t-elle, en détachant bien chaque mot.

– Pourquoi, maman ? Quelque chose ne va pas ?

– En dehors de cet atroce parfum bon marché que tu as mis ? Je ne peux même pas commencer à penser, avec ce French Fern qui me donne la nausée.

– Le week-end dernier, tu l'as trouvé agréable.

– Ne dis pas de bêtises. »

Inigo entra en valsant, la chemise à moitié déboutonnée et ses cheveux noirs lui tombant dans les yeux. Je me préparai au pire.

« Belle soirée, dit-il en embrassant maman sur la joue. Tu ne raffoles pas de cette époque de l'année ? »

Il tira sa chaise et s'assit. Inigo est de ces personnes qui transforment en grand spectacle les choses les plus simples et font durer le moindre de leurs gestes jusqu'à ce que tout le monde en vienne à se demander quand ça se terminera. Ce soir-là, il avait imaginé de prolonger indéfiniment l'opération visant à éteindre sa cigarette, si bien que, le temps qu'il eût fini, je me sentis épuisée rien qu'à le regarder. Cela fait, il entreprit de disposer sa serviette sur ses genoux, de façon tout aussi théâtrale ; il la déplia, la secoua bien haut, puis l'étala soigneusement sur son pantalon. Nous assistions à ce numéro avec des soupirs agacés (maman) et des gloussements contenus (moi). Quand enfin il fut prêt, Mary, notre bonne, avait déjà apporté le malheureux canard, accompagné ce jour-là de pommes de terre à la vapeur et d'oignons entiers rôtis. Sachant que les Dîners de canard ne présageaient rien de bon, elle partit se réfugier dans sa cuisine aussi vite que son arthrose le lui permettait. Je n'avais pas faim mais je me disais que plus tôt nous sortirions de table, plus vite je pourrais me livrer de nouveau tout entière à une activité de la plus haute importance : échafauder toutes sortes d'hypothèses au sujet de Charlotte, tante Clare et Harry. J'avais l'intention de chercher leur numéro dans le Bottin mondain avant d'aller me coucher. Au fait, où était-il passé, ce Bottin ? Les Dîners de canard étaient chaque fois une véritable épreuve, mais aujourd'hui je savais d'avance que rien de ce que pourrait dire ma mère n'aurait beaucoup d'effet sur le vacarme assourdissant de mon imagination.

« Comment se sont passés tes cours, cet après-midi, Pénélope ? » me demanda maman d'une voix douce mais ferme. Je la regardai dans les yeux, ce qui a tendance à l'énerver, dans ce genre de cas.

« C'était très supportable, merci, maman. Je crois que je commence à maîtriser les choses. »

Elle piqua une rondelle d'oignon avec sa fourchette, sans faire aucun commentaire.

« Je veux dire par là que je commence à comprendre ce qu'il essaie de dire, précisai-je.

– Et qu'est-ce qu'il essaie de dire ?

– Dans *Antoine et Cléopâtre*, je pense qu'il veut nous faire comprendre que l'amour l'emporte sur tout. La peur, la mort, la guerre, la vieillesse – tout s'agenouille, s'humilie, en présence de l'amour, continuai-je, avec l'impression que Charlotte m'encourageait dans mon lyrisme.

– Quel tissu de niaiseries, Pénélope. Je me demande où tu as trouvé ça, dit maman, le regard furibond, tout en répandant généreusement du sel dans son assiette.

– À vrai dire, je trouve ça très bien », remarqua Inigo.

J'achevai de manger une pomme de terre. Un courant d'air vigoureux tournait autour de mes pieds que j'enfonçai dans mes souliers. Je songeai avec regret à la chaleur étouffante du bureau de tante Clare.

« Aujourd'hui, j'ai apporté tes chaussures habillées chez le cordonnier, Inigo, déclara maman.

– Merci.

– Et j'ai commandé deux taies d'oreiller assorties à

la paire que je t'ai offerte pour ton anniversaire, Pénélope. Harrods les avait à carreaux verts et blancs et également roses et blancs. Lesquels préfères-tu ?

– Ça m'est égal, maman. »

Elle regarda fixement ses pommes de terre, un peu froissée.

« Peut-être les carreaux verts et blancs, me hâtai-je de rectifier. Ça... ça ira merveilleusement bien avec ma chemise de nuit. »

Mon frère s'esclaffa. Puis ma mère reposa bruyamment son couteau et sa fourchette et se mordit la lèvre inférieure. Je lançai un regard à Inigo, qui me répondit par un léger hochement de tête. Ça y était. La raison du canard de ce soir. Je retins ma respiration.

« Cet après-midi, Johns est monté sur le toit pour inspecter la couverture, au-dessus de la Grande Galerie. Il semblerait que la tempête ait fait plus de dégâts que nous le pensions. Il envisage d'essayer de faire lui-même les réparations, mais c'est impossible. Tout est impossible. »

Tel était le thème du dîner de ce soir. Sans doute aurais-je dû m'y attendre, mais cela ne m'en alarma pas moins. L'argent. Ou le manque d'argent. Nous l'avions déjà entendue parler de ce problème, mais jamais il n'avait été le thème d'un Dîner de canard. Cela exigeait une réaction appropriée.

« Que veux-tu dire ? » demandai-je, sans réfléchir.

Elle me regarda avec une expression soudain adoucie et empreinte d'un sentiment qui me parut être de la pitié.

« Nous n'avons pas d'argent, ma chérie. Comment te le faire mieux comprendre ? » Comme durant l'étrange suspens qui s'installe avant que le sang ne gicle d'un doigt coupé, nous restâmes tous les trois sans bouger à écouter le vent secouer les branches basses du cerisier, devant la fenêtre, dans l'attente de l'inévitable. Elle renifla et tira un mouchoir de la manche de sa robe.

« Ne pleure pas, ne pleure pas. » Inigo ne supportait pas de la voir se décomposer. Pour ma part, je trouvai cela curieusement réconfortant. À vrai dire, elle pleurait rarement. Il approcha sa chaise de la sienne et l'entoura de son bras. Une grosse larme silencieuse tomba de son œil sur sa cuisse de canard intacte. Elle malaxait son mouchoir avec des gestes nerveux.

« Il me manque », murmura-t-elle. Inigo n'avait pas dû l'entendre, mais moi si. Je sentis mon cœur chavirer d'amour ; pour ma maman, si jolie, ridicule, compliquée. Je repoussai ma chaise pour aller m'accroupir auprès d'elle, de l'autre côté, et l'attirai contre moi.

« L'été sera bientôt là, dis-je d'une voix tremblée. Nous n'aurons plus à nous soucier du froid et le jardin sera magnifique. On pourrait organiser une fête, tu ne crois pas ? Ou bien un autre gymkhana ? Tout le monde a trouvé que le gymkhana de l'an dernier avait été un grand succès. Magna ne nous laissera pas mourir de faim.

– Elle a raison, renchérit Inigo. Magna ne nous laissera pas mourir de faim. »

Elle m'embrassa la main en disant : « Tu es une gentille fille », puis elle déposa un baiser sur le front d'Inigo, en murmurant : « Tu es un gentil garçon. »

J'avais fait durer ce moment le plus longtemps possible. Aujourd'hui, en fermant les yeux, je nous revois tous les trois, de petits personnages recroquevillés, minuscules dans la vaste salle à manger, occupant si peu de place autour de la longue table, miniaturisés encore davantage par la hauteur du plafond et les imposantes fenêtres qui vibraient. J'imaginais mon père entrant dans la pièce et voyant ses deux enfants désemparés, ainsi que sa Talitha bien-aimée relevant lentement les yeux, comme si elle savait qu'il allait lui revenir. J'avais pris l'habitude de me le représenter sous la forme d'une sorte d'hybride de James Stewart et de James Dean, revêtu d'un habit de soirée de grand faiseur et chaussé de souliers vernis, évoluant au milieu d'une fête merveilleuse, une cigarette dans une main et un verre de whisky dans l'autre. Je savais pourtant que l'image était erronée puisque papa ne fumait pas. La sonnerie stridente du téléphone nous fit sursauter tous les trois. Inigo renversa le verre de maman, qui se leva d'un bond, ses yeux verts lançant des éclairs. Elle croit que c'est lui, exactement comme nous, pensai-je.

Un instant après, Mary vint annoncer qu'une jeune fille demandait à parler à Mademoiselle Pénélope. Inigo m'interrogea du regard.

« Je peux aller répondre, maman ?

– Qui donc peut bien appeler à une heure pareille ? »

Mais j'étais déjà sortie de la salle à manger en courant.

« Allô ? » J'étais dans le hall, claquant des dents de froid et de curiosité. Plus le hall est glacé, plus courte est la communication, tel était l'un des mantras favoris de ma mère.

« Allô ? Pénélope ? C'est toi ? Charlotte à l'appareil. Charlotte Ferris. On a pris le thé ensemble cet après-midi, vous m'avez accompagnée...

– Oui. Je sais qui vous êtes.

– Ah, parfait ! Pardon d'appeler si tard. Je vous dérange ?

– Ça n'a aucune importance.

– Mais si. Vous étiez à table, c'est ça ?

– Oui. Mais ça ne fait rien. Je vous assure.

– Qu'est-ce que vous mangiez ?

– Du canard.

– Ah ! »

Il y eut un silence puis Charlotte reprit, de la voix claire et posée qu'elle avait eue à l'arrêt de l'autobus :

« Tante Clare a décrété que tu étais la meilleure chose qui me soit jamais arrivée. Alors j'ai pensé à te téléphoner pour te le dire. C'est toujours agréable de savoir qu'on a fait bonne impression, hein ?

– Oh oui, bien sûr ! » C'est tout ce que je trouvai à dire.

« Bien, voilà qui est fait. Je voulais juste te remercier encore une fois. Tu sais... d'avoir partagé le taxi, et pour le thé, et tout. Et aussi te dire que je suis désolée si tu as trouvé Harry pénible. On l'a pris dans un moment difficile. »

J'entendis les talons de maman claquer sur le parquet de la salle à manger et je fus soudain prise de panique. Que se passerait-il si je raccrochais et ne reparlais plus jamais à Charlotte ? Je décidai de me jeter à l'eau.

« Pourquoi ne viendrais-tu pas à la maison ? Le week-end prochain, peut-être. Ce serait... ce serait... »

Il y eut un silence.

« À Milton Magna Hall ?

– Oui. Bien sûr.

– Mon Dieu, Pénélope, nous serions ravis.

– Nous ?

– Oh, ça ferait tellement plaisir à Harry ! C'est exactement ce qu'il lui faut pour arrêter de penser au mariage de Marina. Ce serait formidable si on pouvait venir tous les deux.

– D'accord, vous êtes invités tous les deux, dis-je, avec un enthousiasme que j'étais loin de ressentir. Le vendredi soir, le train arrive à Westbury à 17 h 29. J'enverrai Johns vous chercher avec la vieille Ford. Ouvrez l'œil.

– Oh ! Quelle fête ce sera !

– Ah, et puis, Charlotte...

– Quoi ?

– Comment connaissais-tu mon nom ? J'ai oublié de te poser la question quand on s'est quittées.

– L'étiquette, ma cocotte. Cousue dans le col de ton manteau. Je l'ai vue quand on a fait l'échange. *Pénélope Wallace. Pavillon des Oiseaux.*

– Ah ! » Tout au fond de moi, j'étais déçue par cette explication trop logique. Banale.

« J'aurais bien aimé être pensionnaire. Tu n'imagines pas à quel point c'est triste d'aller en classe à Londres. J'ai toujours regretté de ne pas avoir connu ces soirées à bavarder dans les dortoirs et les fêtes autour de la piscine, à minuit.

– Tu as trop lu Enid Blyton. Ça ne se passe pas du tout comme ça.

– Laisse-moi le croire, au moins, soupira-t-elle. Et puis, dis-moi, s'il te plaît, ce que je dois emporter.

– Douze paires de chaussettes. En ce moment, il fait plus froid ici qu'au cercle polaire, dis-je au souvenir de la remarque qu'avait faite tante Clare concernant la résistance de Harry.

– Des chaussettes. Douze paires. Je le note. Autre chose ? »

La peau d'ours me lançait des regards menaçants et Inigo, qui était presque aussi curieux que maman, rôdait aux alentours.

« Non. Vous-mêmes. C'est tout. »

Je raccrochai et adressai un sourire oblique à mon frère. Parler au téléphone à Magna me perturbait toujours un peu. Maman repoudrait son nez rougi devant le miroir craquelé. Quand elle avait pleuré, tout son visage enflait comme si elle faisait une allergie à ses propres larmes. J'étais persuadée qu'elle aurait pleuré plus souvent si les conséquences n'avaient pas été aussi fâcheuses, esthétiquement parlant.

« C'était qui ? demanda aussitôt Inigo.

– Une amie. Elle s'appelle Charlotte Ferris. Je l'ai invitée à passer le week-end ici, avec quelqu'un de sa famille.

– Qui est-ce, Pénélope ? Tu ne nous as jamais parlé de cette fille, nota maman.

– C'est une nouvelle amie. Inigo se fait tout le temps de nouveaux amis. Je ne vois pas pourquoi ça ne m'arriverait pas, à moi aussi, pour une fois.

– Eh bien, tu as parfaitement raison, ma chérie », dit maman, le regard soupçonneux.

On se remit à table ; Inigo entreprit de découper une pomme de terre en menus morceaux.

« Vois-tu, tu aurais dû me demander mon avis avant d'inviter des inconnus à la maison, remarqua maman avec un soupir d'impuissance.

– Je suis sûre qu'ils vous plairont, fis-je, péremptoire.

– Où vous êtes-vous connues ?

– Oh, je ne sais plus ! » Maman aurait été horrifiée si je lui avais raconté ce qui s'était passé, non seulement parce que, personnellement, elle aurait préféré mourir qu'être vue à un arrêt de bus, mais aussi parce qu'elle jugeait qu'on ne devait jamais accepter des invitations pour le thé, conformément au précepte voulant que le thé ne se prît qu'en famille, sous peine de tomber dans la vulgarité. On faisait des exceptions pour les malades, qui avaient droit à des visites à l'heure du thé, étant donné qu'ils étaient moins susceptibles de contagion à ce moment paisible de la journée.

« Tu ne sais pas. C'est vraiment curieux.

– Je l'ai connue par des amis de mon cours de littérature », repris-je, sentant cette maudite rougeur m'envahir insidieusement. Zut, ce que je mentais mal. Maman se resservit du vin.

« Charlotte Ferris, tiens tiens. Où habite-t-elle ?

– Je ne sais pas exactement.

– Mais qu'est-ce que tu sais, bon sang ? Vraiment, je me demande de quoi tu peux bien parler, avec ces gens que tu ne connais pas, Pénélope. »

Inigo alluma une cigarette. « Elle est sûrement comme toutes les amies de Pénélope. À peine mignonne et très ennuyeuse.

– Tu sais que tu es injuste, mon chéri », se récria ma mère qui, en réalité, buvait du petit-lait, car rien ne lui causait de plus grande satisfaction que d'entendre critiquer les personnes de son sexe. Hélas, ce qu'avait dit Inigo à propos de mes amies était la pure vérité, mais je me consolais en imaginant sa bouche qui s'ouvrirait de stupéfaction quand il ferait la connaissance de Charlotte. Il serait à la fois charmé et désarmé, une combinaison mortelle.

« Elle est différente, dis-je prudemment. Plutôt amusante, en fait.

– Amusante ? répéta maman. C'est moi qui en jugerai. Et la personne de sa famille ? Elle a beaucoup d'esprit, elle aussi ?

– C'est un cousin. Il s'entraîne pour devenir magicien. Quand il était petit, il avait mis un pain dans une cage à oiseau, en guise d'animal de compagnie. »

Ma mère frissonna. « Comme c'est vulgaire !

– Vulgaire ! Mais c'est très bien ! glapit Inigo. Bientôt, tu vas me dire qu'il est ru... pin ! »

Je m'en voulais d'avoir parlé de Julien le Pain. Hors des limites du bureau de tante Clare, c'était par trop absurde.

« Il s'appelle Harry, poursuivis-je. Sa mère se nomme Clare Delancy et elle dit qu'elle te connaît – et papa aussi, ajoutai-je, le cœur cognant comme chaque fois que j'évoquais mon père.

– Clare Delancy, Clare, Clare, Clare Delancy. Attends un peu. »

C'était le passe-temps favori de ma mère : essayer de se remémorer qui étaient les dizaines de personnes qui disaient la connaître, ce qu'elles faisaient et quand et où elle les avait rencontrées. Il était rare qu'elle s'en souvînt – combien de fois l'avais-je entendue dire : « Qui peut bien être cette femme épouvantable ? » alors que la plupart du temps elle avait vu au moins cinq fois la personne en question. Elle s'enfouit le visage dans les mains pour mieux se concentrer. Inigo vida son verre de vin et profita de l'occasion pour refiler son canard à Fido.

« À quoi ressemble-t-elle ? » Une description détaillée faisait partie du jeu.

« Comment dire ? Grande, assez forte et tirant plus sur le gris que le blond, mais plutôt jolie, d'une curieuse façon. Et bien plus vieille que toi, maman, me hâtai-je d'ajouter.

– Forte et belle ? Ne dis pas de bêtises.

– Son mari est mort l'année dernière. À ce qu'il paraît, il a été tué par la chute d'une bibliothèque. »

Maman s'esclaffa. « On dit toujours ça.

– Elle habite à Kensington, dans un drôle d'appartement, et elle semble tout savoir concernant Magna. À mon avis, ce n'est pas le genre de personne qu'on oublie.

– Elle me donne plutôt l'impression d'être justement le genre de personne qu'on oublie facilement. Une veuve trop grosse qui ne sait pas quoi faire de son temps. Bientôt, tu vas me dire qu'elle a un chat.

– Elle a un chat, en effet », soupirai-je.

Ma mère regarda Inigo, l'air de dire « Qu'est-ce que je t'avais dit ? ».

« Ne faites jamais confiance à une personne qui a un chat, alors qu'elle habite à moins de trente kilomètres de Londres. Cela signifie forcément une maison mal tenue. Sans parler de l'odeur et des poils...

– Mais Fido dort dans ton lit ! s'indigna Inigo, et je fis chorus.

– Fido est un chien. Son odeur et ses poils sont totalement différents.

– Bien pires, tu veux dire, fit Inigo en caressant Fido du bout de son pied.

– Chat ou pas, je n'ai aucun souvenir d'avoir rencontré cette femme. Qu'a-t-elle dit à mon sujet ?

– Elle a dit que tu étais d'une beauté stupéfiante.

– Hem. Eh bien...

– Elle savait que vous vous étiez mariés très jeunes, papa et toi, et elle a entendu dire que Magna était une maison magnifique.

– Je la lui laisse volontiers.

– Oh ! ne dis pas ça, maman. Tu ne le penses pas vraiment.

– Je crois pouvoir traduire les paroles de cette Clare de la façon suivante : elle veut nous lâcher son fils – un déséquilibré, sans nul doute – dans les jambes – avec l'espoir qu'il t'épousera, toi Pénélope, ou sinon une de tes cousines riches et mûres. Eh bien, c'est raté ! Pas un sou, une maison qui tombe en ruine et, malheureusement, pas l'ombre d'une cousine riche et mûre.

– Je ferais n'importe quoi pour des cousines riches et mûres, dit Inigo, avec beaucoup de sincérité.

– Frederick et Lavinia ? dit maman, en parlant des

enfants de la sœur de papa, qui avaient à peu près notre âge.

– Freddie est un ange mais Lavinia est épouvantable, ricana Inigo. La dernière fois qu'elle est venue ici, je l'ai surprise en train de mettre un piège à souris dans sa chambre. Elle prétendait qu'elle ne pourrait pas dormir sachant qu'il y avait plein de ces bestioles en liberté partout. Alors je lui ai dit que les saxophonistes me faisaient le même effet.

– On a été envahis par les souris, l'an dernier, reconnut maman.

– Évidemment, si on avait un chat... »

Je sentais que la conversation commençait à dévier, comme souvent avec Inigo et maman. Je picorai mon canard, mangeai les pommes de terre et les oignons et bus trois verres d'eau contre trois verres de vin pour Inigo. (Mais je n'allais pas tarder à faire mon apprentissage en œnologie.)

Mary apporta du pudding aux raisins pour le dessert, ce qui égaya l'humeur de ma mère, et Inigo fuma une cigarette pendant que je buvais une tasse de cacao granuleux. Je me déchaussai et m'assis sur mes pieds pour les réchauffer, en me demandant ce qu'allait devenir ce pauvre Harry, par un froid pareil. Mon cacao terminé, j'annonçai que j'allais au lit et me levai pour embrasser maman. Tel un diable à ressort, elle se leva aussi. C'était une autre de ses manies, ce besoin d'être couchée avant tout le monde. Je suppose qu'elle avait contracté cette habitude au début de son mariage avec papa, quand elle faisait des sorties spectaculaires. Elle m'avait dit un jour qu'il fallait impérativement aller se coucher de bonne heure, de manière à permettre à ceux qui restaient de faire votre éloge devant l'être aimé.

« Bonne nuit, ma chérie, dit-elle avec un bâillement discret. Je suis désolée pour le canard, mais, en définitive, cette soirée a été très supportable. Ta mystérieuse tante Clare est tombée à point nommé pour nous changer les idées. »

Je souris et déposai un baiser sur sa joue. Ma mère regagne généralement sa chambre dès 22 h 30, mais je crois qu'elle ne s'endort que bien après minuit. Je la regardai monter l'escalier d'un pas léger, suivie de Fido, puis j'allai boire un verre d'eau dans la cuisine. En retournant dans la salle à manger, je trouvai Inigo en train d'examiner la pochette d'un nouveau disque.

« Guy Mitchell, dit-il.

— Fais-moi voir.

— Tu devrais écouter ce morceau. Sa voix... » Il secoua la tête d'émerveillement, ses cheveux noirs retombant sur ses yeux. « C'est en Amérique que je devrais être. Toute personne sensée devrait vivre en Amérique.

— Attends que le week-end soit passé, plaisantai-je.

— Oui. Bien sûr. Je resterai pour poser des questions embarrassantes à tes nouveaux amis.

— Quel drôle de dîner de canard, ce soir.

— Oui, très bizarre. Il faudra voir avec Johns pour organiser un autre gymkhana. Je m'étais bien amusé à regarder ces hordes de gamines de dix ans en vieux shetlands dévaster le parc. Cette année, on devrait peut-être faire payer le spectacle plus cher. »

Déjà à cette époque, je crois que nous étions conscients l'un et l'autre de l'inutilité de ces remèdes.

Tout au fond de moi, je me disais qu'il faudrait un gymkhana chaque jour de l'année, et cela pendant dix ans, pour avoir une chance de maintenir Magna dans un état convenable. Chassant ces tristes pensées, je souhaitai bonne nuit à Inigo et décidai de passer voir maman pour m'assurer qu'elle avait bien récupéré, après le dîner de canard. Je m'engageai dans le couloir du premier étage à pas de loup, l'imaginant assise à son bureau, en train d'écrire son journal, sa main gauche courant sur la page. Enfant, je descendais sur la pointe des pieds l'escalier en colimaçon conduisant à sa chambre, afin de grappiller quelques mots de réconfort et jeter un bref coup d'œil au fameux journal relié en cuir noir. À l'époque, elle ne cherchait pas à le soustraire à ma vue – elle ne se doutait probablement pas que je savais déjà lire parfaitement – mais peu après mon onzième anniversaire, elle avait pris l'habitude de le fermer avec un petit cadenas et, au lieu de m'inspirer amour et respect, il était devenu pour moi un objet de haine. Mais ce soir, je m'étais interdit de penser à ce journal qui ne pouvait que me rendre mélancolique.

Je frappai doucement à sa porte et, n'obtenant pas de réponse, j'entrai sur la pointe des pieds.

« Maman ? » Des bruits d'eau s'échappaient de la salle de bains attenante. Ouvert sur la table de chevet, à côté d'une photographie de mon père en train de rire, une photo où il ne ressemblait pas du tout à James Stewart et terriblement à moi, était posé le sacro-saint journal. Elle ne m'avait pas entendue entrer. J'ignore ce qui me poussa à m'approcher, ce soir-là, mais le fait est que je ne pus m'en empêcher et il serait inutile de prétendre le contraire.

16 novembre 1954. Pénélope a invité une jeune fille du nom de Charlotte Ferris à venir à la maison. Elle a une tante prénommée Clare et, bien que je n'aie rien dit aux enfants, je crois savoir exactement qui est cette Clare. Est-il possible qu'elle réapparaisse maintenant que...

Je pris la fuite et courus me réfugier dans mon lit, le cœur battant et me demandant si ma mère aurait le nez assez fin pour détecter l'odeur traîtresse de French Fern. Je ne pouvais même pas consulter le Bottin qui, je l'avais remarqué, maintenait héroïquement ouverte la fenêtre de sa chambre, laissant entrer l'air glacé de novembre.

IV

Un mètre quatre-vingts tout rond

J'espérais vaguement que Charlotte me retéléphonerait avant le week-end. Les dix journées que j'allais devoir occuper avant son arrivée avec Harry me paraissaient une éternité. Il me tardait d'être à mardi, jour où j'allais travailler au magasin de Christopher (j'avais l'intention d'aiguiller subtilement la conversation sur Rome et tante Clare), mais à ma grande déception il m'appela la veille pour me prévenir qu'il allait s'absenter jusqu'après le Nouvel An, afin de se réapprovisionner en objets d'art.

« Vous allez à Rome ? dis-je, sans trop savoir pourquoi.

– À Rome ? Je me demande bien ce qui a pu te faire penser que je pouvais aller à Rome ?

– Oh rien ! Je croyais qu'un grand congrès sur les céramiques devait s'y tenir, lançai-je avec aplomb.

– Les céramiques ? Juste Ciel, Pénélope, ne me dis pas ça, s'il te plaît ! » J'entendis un bruit de papiers qu'on déplaçait. « Je n'ai rien reçu concernant un congrès sur les céramiques, à Rome. Ah ! Tu parles peut-être de cette lamentable chose organisée par

William Knightly ? Il ne serait même pas capable de reconnaître un objet d'art potable, même s'il lui courait après pour lui mordre les chevilles.

— Ah ! Oui, c'est sûrement ça. » Je tâchai de ne pas rire. « Au fait... vous êtes déjà allé à Rome, Christopher ? Dans votre folle jeunesse, peut-être ? dis-je, rougissant de mon toupet.

— Évidemment, je suis déjà allé à Rome, petite sotte. Comment diable pourrais-je faire ce que je fais si je n'y étais jamais allé ?

— On se reverra l'année prochaine, alors », me hâtai-je de conclure. Quelquefois Christopher savait se montrer très intimidant.

« Et surtout, ne compte pas sur une augmentation », me prévint-il.

Je passai de longues heures dans la bibliothèque de Magna. J'avais deux examens à présenter au cours de l'été et des tas de devoirs à rendre entre-temps. Trois mois auparavant, maman et moi étions convenues que je suivrais des cours de littérature anglaise, d'histoire de l'art et d'italien pendant un an, avant d'aller passer six mois chez des amis de papa, en Italie, où je me perfectionnerais dans la langue, tout en visitant Rome et Florence (maman se méfiait inexplicablement de Venise et de Milan). Beaucoup de filles de mon âge entretenaient des projets similaires, ce qui me rassurait et m'agaçait en égales proportions, mais depuis que je connaissais Charlotte, l'agacement l'emportait totalement sur l'aspect rassurant. Pas un seul instant je ne l'imaginais en train de suivre le troupeau et je savais qu'elle me trouverait bien dénuée de personnalité si j'acceptais de le faire. Impossible d'alléguer que mes études me passionnaient. Je m'étais réjouie à l'idée d'étudier la littérature anglaise mais j'avais constaté très vite que la dissection et l'analyse sans fin des textes étaient suprêmement destructrices. J'avais envie de lire, pas d'écrire sur ce que j'avais lu. Shakespeare en apportait la plus belle démonstration. J'avais été emballée en voyant au théâtre *Le Marchand de Venise* et le *Conte d'hiver*, mais décortiquer chacune des répliques de ces œuvres m'ennuyait profondément. Les cours d'histoire de l'art ne valaient guère mieux. L'examen des photographies de la cathédrale de Florence ou de l'intérieur de celle de Salisbury me paraissait tout aussi vain. J'avais besoin de humer les édifices, d'entendre le claquement sec de mes talons sur les dalles. J'irais même jusqu'à dire que les grands monuments me laissaient de glace si je n'avais pas avec eux un contact physique, me permettant d'en imprégner tous mes sens. C'est ce que j'avais dit un jour à Christopher. Il m'avait reproché d'être bien trop naïve pour mon âge, et j'avais répliqué que je ne comprenais pas ce qu'il voulait dire. Il avait rétorqué que cela prouvait le bien-fondé de son jugement.

Les journées précédant la venue de Charlotte et d'Harry à Magna j'eus encore plus de mal à travailler que d'habitude. Je ne pouvais me défaire de l'idée que quelque chose d'important, de décisif, se trouvait presque à ma portée, quelque chose qui changerait définitivement mon existence. Ce thé pris en compagnie de Charlotte avait fait bifurquer le cours de ma vie, m'avait projetée hors de la voie familière que j'avais suivie jusque-là. J'essayais de me concentrer sur mes livres, mais cela se terminait presque toujours par une tasse de chocolat et un disque de Johnnie Ray, mes jambes emmaillotées dans de vieilles couvertures pour tenir le froid en respect. Le mercredi, j'en étais arrivée à comprendre que Cléopâtre pût réclamer de la mandragore. Je songeais parfois à me glisser dans la chambre de ma mère pour jeter un coup d'œil à son journal, mais au dernier moment je me ravisais ; je redoutais d'être prise en flagrant délit, mais, plus encore, j'avais peur de ce que je pourrais y lire. Elle n'avait plus reparlé de nos invités depuis le Dîner de canard, mais je voyais bien qu'elle y pensait. Chose étrange, j'avais remarqué que le Bottin qui coinçait la fenêtre de sa chambre avait été remplacé par un gros dictionnaire. Que cela eût ou non une signification, je l'ignorais et n'osais pas poser de questions.

Je me sentis soulagée d'un grand poids, un matin, lorsque maman me proposa d'aller à Londres pour faire des achats.

« Tu as besoin d'au moins deux robes pour les fêtes, me dit-elle, tout en étalant une mince couche de confiture sur son toast. Tu es ma fille et il faut que tu sois belle. »

Elle posa son couteau et avança la main vers moi, avec une expression pleine de compassion. Elle me regardait souvent ainsi, mais je ne lui en voulais pas, tant sa pitié était sincère. La saison des fêtes approchant à grands pas, elle se désolait de voir que je ne possédais pas le quart de sa séduction. Sans doute lui était-il impossible de concevoir qu'on pût trouver une fille passablement jolie si elle était grande, avec des taches de rousseur et un sourire plein de gentillesse. Pour ma mère, il n'était pas de beauté féminine sans des yeux immenses, des cheveux d'ébène et le pouvoir de faire s'évanouir les hommes.

« Je ne crois pas avoir besoin de vêtements neufs », commençai-je.

Elle eut un claquement de langue agacé. « Voyons, Pénélope, ne dis pas de bêtises. Il te faut au moins une nouvelle robe ; c'est mon dernier mot.

– Mais c'est... c'est si cher, bredouillai-je. Tu as dit toi-même que nous n'avions pas d'argent. Je trouve qu'on devrait plutôt faire remettre en état le piano ou la cheminée du bureau...

– Johns nous conduira à la gare. Tu veux bien mettre une jupe, ma chérie ? Dépêche-toi ! »

Je sortis en courant pour monter dans ma chambre au plus vite.

J'ai toujours pensé que faire des courses avec quelqu'un était une épreuve, mais les courses avec ma mère représentaient une expérience risquée que je tentais (sans succès) d'éviter le plus possible. Ce n'était pas seulement parce que nos goûts différaient – de même que toutes les filles d'un mètre quatre-vingts, je préférais les tenues simples et les chaussures discrètes, alors qu'elle affectionnait les frous-frous de la haute couture parisienne et les talons de dix centimètres – mais surtout, sa beauté attirait autour d'elle les vendeuses de magasin, me laissant à claquer des talons (plats) à l'arrière-plan. Je ne voudrais pas avoir l'air de trop me plaindre, mais il n'y a rien de plus déprimant pour une fille de dix-huit ans que de se voir éclipsée par une mère qui en a trente-cinq. Alors que j'enfilais une paire de bas et une jupe noire, je pensai soudain que l'exaltation que je ressentais d'avoir fait la connaissance de Clare, de Charlotte et d'Harry était peut-être encore accrue par le fait que ma mère n'y était pour rien.

Ah, combien j'aurais voulu être trop intellectuelle pour m'intéresser à de nouveaux vêtements ! Empilés sur la cheminée de ma chambre, il y avait cinq bristols élégamment libellés, envoyés par des jeunes filles répondant entre autres aux noms de Katherine Leigh-Jones ou Alicia Davidson-Fornby. Ces deux-là, je ne les connaissais pas, mais ma mère me pressait d'accepter leurs invitations, me jurant que les Leigh-Jones élevaient des lamas dans le Devon et que les Davidson-Fornby avaient le meilleur cuisinier du Hampshire. J'avais résisté à la tentation de lui dire : « Et alors ? » mais, je dois le reconnaître, je résistais presque toujours à la tentation de discuter avec maman. Elle avait beau mesurer près de trente centimètres de moins que moi, elle me faisait un peu peur – bien davantage qu'à Inigo, qui était mon cadet mais dont les avis étaient péremptoires. Résultat, j'étais prise entre ma propension à me soumettre à toutes les volontés de ma mère et une envie forcenée de me libérer de sa tutelle. La guerre avait encore élargi le fossé séparant les deux générations situées de part et d'autre de la trentaine, et maman était une personne particulièrement difficile. J'étais effrayée de voir que nous avions si peu de choses en commun, et mes années de pensionnat n'avaient fait que me renforcer insidieusement dans la suspicion qu'elle était totalement différente des autres mères. J'ai un souvenir très vif des exclamations admiratives de mes camarades, quand j'avais mis sa photo sur ma commode, le jour de la rentrée.

« Quelle jolie dame ! avait dit une dénommée Victoria, qui occupait le lit à côté du mien.

– C'est ta mère ? avait demandé Ruth, une fillette à face de lune, dotée d'une grosse voix.

– Oui.

– On dirait une vedette de cinéma. La photo a été prise quand ?

– Il y a quelques semaines à peine », avais-je répondu, surprise de leur intérêt.

Les onze filles étaient déjà toutes assemblées autour de mon lit.

« Elle ne te ressemble pas, avait remarqué Ruth, diplomate.

– Moi, je trouve que si, avait dit Victoria.

– Non, pas du tout. Elle, elle a les cheveux noirs. » Le doigt potelé de Ruth était pointé sur le cadre.

« Elles ont les mêmes yeux. »

C'était faux, bien entendu, mais Victoria avait deviné mon embarras. Je lui avais adressé un sourire reconnaissant et proposé de partager avec elle le tube de lait concentré Nestlé rangé dans ma malle (j'adorais ça et le rationnement était toujours en vigueur). Dès ce jour, nous étions devenues de grandes amies.

« Pénélope ! Il ne faut surtout pas qu'on rate le

train ! » cria maman. Je glissai le magazine du fan-club de Johnnie Ray dans un vieux numéro du *Tatler* et dévalai l'escalier en trombe.

Je passai une partie du voyage à m'interroger sur le cas d'Harry et son grand amour pour la mystérieuse Marina Hamilton, tout en me demandant pourquoi ma mère ne m'avait toujours pas dit qu'elle connaissait tante Clare. Je me réserve assez souvent des sujets de réflexion pour le train – le balancement engourdissant des wagons sur les rails en fait un lieu de méditation idéal. Maman lisait le *Times* en marmonnant des choses comme : « Je me demande pourquoi on se donne cette peine », chaque fois qu'elle tournait une page.

À Reading, une bande de Teddy Boys monta dans le train en faisant un raffut épouvantable. Ces garçons avaient quelque chose qui me captivait, quand bien même je savais qu'ils avaient souvent maille à partir avec la police. Ceux-là n'étaient guère attirants – pas plus de dix-sept ans, maigres et mal embouchés –, mais je ne parvenais pas à quitter des yeux celui qui parlait le plus fort. Il sortit son peigne de sa poche pas moins de quinze – oui, quinze ! – fois au cours du trajet, et les revers de son veston étaient doublés d'un velours rouge somptueux. Voyant que je le dévisageais, ma mère me donna un coup de pied sous la tablette – elle vivait dans la hantise que je m'enfuie avec un Teddy Boy, alors qu'il y avait bien peu de chances que l'occasion m'en soit offerte. Son antipathie à leur égard provenait essentiellement du fait qu'ils étaient tous boutonneux car, de son point de vue, une peau saine constituait le deuxième paramètre incontournable, après de belles mains, sur la liste des caractéristiques physiques indispensables que devait pos-séder tout mari potentiel. Pauvre maman, elle était si belle que les garçons du train ne pouvaient s'empêcher de la regarder et ils se poussèrent du coude quand elle se leva, à l'arrivée. Elle portait une jupe à carreaux gris et blancs avec un manteau de lainage souple et un soupçon de rouge à lèvres incarnat. Ses chevilles très fines et ses mollets bien galbés étaient gainés dans ses plus beaux bas de soie. Quand elle se mettait sur son trente et un pour aller à Londres, elle resplendissait à l'égal d'une star de Hollywood.

« Espèce d'idiots, lança-t-elle d'un ton irrité, parce qu'ils la sifflaient sur le quai. Par pitié, Pénélope, arrête de sourire, tu les encourages.

– Ils ne me regardent pas », rétorquai-je, ce qui était la pure vérité.

« D'abord Selfridges, dit-elle, quand le taxi démarra.
– On aurait pu prendre l'autobus.
– Avec ces chaussures. Voyons, ma chérie.
– Tu as donné un pourboire énorme au porteur, maman. »

Elle ne répondit pas et, d'ailleurs, je ne lui en tenais pas rigueur. Les arbres de Hyde Park scintillaient d'argent dans le timide soleil de novembre et je m'en voulus de lui avoir rappelé nos soucis financiers. Je me pelotonnai dans mon manteau en regrettant d'avoir oublié mes gants de laine. Elle ouvrit son sac et en sortit son rouge à lèvres et son poudrier.

« Je pense qu'Inigo a raison pour le gymkhana, dit-elle en haussant les sourcils pour mieux s'examiner. (Elle avait d'exquis sourcils.) Ça a fait une belle réclame à Magna, l'été dernier. »

Contre toute raison, je sentis monter une bouffée de ressentiment. C'était moi, pas Inigo, qui avais parlé d'organiser un autre gymkhana à Magna. Il n'y avait pas la moindre malveillance dans ce que disait ma mère, mais l'idée implicite que toute suggestion sensée ne pouvait provenir que de mon frère me mettait en rage.

« Les gens sont tellement reconnaissants, poursuivit-elle. Ça leur donne un sujet de conversation, tu ne trouves pas ? Mrs. Daunton, qui tenait le stand des pâtisseries, n'en est pas revenue d'avoir vendu autant de gâteaux. "Tous les choux à la crème sont partis, sauf trois, Mrs. Wallace, répétait-elle, et il n'est resté qu'un seul macaron." »

Je m'étouffai de rire malgré moi. Ma mère avait des dons d'imitatrice. Elle riait, elle aussi. Je vis le chauffeur nous sourire dans son rétroviseur et, l'instant d'après, le taxi sauta sur une bosse, bousculant maman et faisant tomber mon chapeau de ma tête. Eh bien, cela nous acheva. Quand ma mère attrapait le fou rire, personne n'y coupait ; elle était aussi contagieuse que la rougeole.

« Un seul macaron, répéta-t-elle, en sortant son mouchoir pour s'essuyer les yeux. Ah, au secours, on est presque arrivées. Ressaisis-toi, Pénélope ! »

Le chauffeur de taxi eut droit, lui aussi, à un pourboire excessif.

Il émanait de Selfridges une atmosphère de somptueuse théâtralité, encore accentuée par les senteurs enivrantes de poudres et de parfums, ainsi que par les régiments de vendeuses aux ongles vernis arborant leur sourire du jeudi après-midi. Impossible d'imaginer qu'il pût advenir quoi que ce soit de désagréable en semblable lieu et, comme chaque fois, je sentis faiblir ma résolution. J'avais envie de tout, de tout, de tout – en fait, je me sentais positivement emportée par une frénésie d'achats.

« Deuxième étage, décréta maman. Montons. »

Au rayon des tenues de soirée, elle fit signe à une blonde à l'air bovin et la mit au travail sur-le-champ.

« Comment vous appelez-vous, mon petit ? demanda-t-elle.

– Vivienne, déclara la blonde.

– Vraiment ? » dit ma mère, dubitative.

Vivienne écarquilla les yeux.

« Bien, Vivienne, nous allons avoir besoin de votre aide. Il faut à ma fille que voilà quelques robes pour les fêtes, pas de noir, d'accord ? Elle a des jambes superbes et de jolies pommettes. Nous devons en tirer le meilleur parti possible.

– De jolies pommettes, entonna Vivienne. Elle est très grande, ajouta-t-elle d'un ton de reproche.

– Un mètre quatre-vingts, reconnut maman.

– Elle paraît encore plus grande que ça.

– Peut-être, mais je ne fais pas plus. Un mètre quatre-vingts, tout rond. »

Vivienne n'avait pas l'air de me croire, néanmoins elle me conduisit dans une cabine d'essayage et prit mes mesures pendant que maman parcourait le rayon, ses doigts exquis, arachnéens, tâtant les vêtements au passage. Je l'entendais marmonner tout bas tandis que je me déshabillais. *Magnifique, épouvantable, trop vieille.* Je revoyais Charlotte dans mon manteau, qui lui allait tellement mieux qu'à moi.

Vivienne me tendit une robe en satin rouge et noire, bordée de dentelle. « Ce sont des couleurs qui font fureur en Amérique, dit-elle. On va vous prendre pour une vedette de cinéma. Je vous le dis. »

J'avais des doutes sur la robe. Entre mes mains elle paraissait minuscule, presque un vêtement de poupée.

« J'ai peur qu'elle soit un peu juste, criai-je, tout en marchant sur l'ourlet.

– Je t'en prie, essaye-la, au moins », s'impatienta ma mère.

Bien entendu, je ne pus la fermer et la malheureuse Vivienne pas davantage.

« Elle est trop courte et trop étroite pour moi. Je suis trop grande pour cette robe, maman, bredouillai-je, rouge de contrariété.

– Ne dis pas de bêtises. Apportez-la-lui dans la taille du dessus. »

Vivienne détala.

« Vivienne, mon œil, ricana ma mère. J'ai entendu une de ses collègues l'appeler Dora. Je me demande ce qu'elles ont dans la tête, ces jeunes filles d'aujourd'hui. »

La réflexion était comique venant de quelqu'un qui ne paraissait pas plus âgé que Vivienne elle-même. Je pense parfois que ma mère était épouvantée par sa jeunesse. Elle lui rappelait le nombre des années qu'elle allait devoir vivre sans mon père.

« J'ai une idée, fit-elle. Pourquoi est-ce que je n'essayerais pas cette robe, moi aussi ? Comme ça, tu verras l'effet qu'elle fait. C'est la seule façon de se rendre compte. » Elle s'engouffra dans la cabine avant que j'aie pu faire la moindre objection et en ressortit au bout d'une minute dans la robe rouge que je venais juste d'ôter. Vivienne, qui arrivait avec un modèle plus grand, en resta frappée de stupeur.

« Comme vous êtes belle ! s'exclama-t-elle. On ne croirait jamais que vous avez une fille de cet âge, ajouta-t-elle avec un coup d'œil dans ma direction. On dirait plutôt deux sœurs. »

Seigneur, aidez-moi, murmurai-je à mi-voix.

« La couleur est superbe, reconnut ma mère, en tournoyant devant le miroir pour s'inspecter sous tous les angles, avec un sourire satisfait.

– Tu ne me trouves pas trop vieille pour cette robe ? »

Je ne pris pas la peine de répondre, sachant parfaitement que les soupirs d'envie poussés par Vivienne suffisaient à apaiser ses craintes.

« Si je l'essayais en vert ? dit maman d'un air songeur.

– Nous l'avons aussi dans un très joli rose, proposa Vivienne.

– Ah ça non ! Pas de rose. Jamais de rose.

– J'ai envie d'aller faire un petit tour dans le magasin, dis-je tout à coup. J'ai promis à Inigo d'essayer de lui trouver un disque qui vient de sortir.

– Ne sois pas trop longue, ma chérie. Et puis, s'il te plaît, ne lui achète pas des choses qui l'encouragent dans son obsession. »

Je crois que je savais que j'allais tomber sur tante Clare. C'est facile à dire aujourd'hui, bien sûr, mais quand je la vis, en train de remplir un chèque au rayon messieurs, je n'en fus aucunement surprise. Elle me sembla imposante, comme dans son bureau, tout en étant d'une incroyable élégance avec son chemisier et sa jupe vert bouteille coupée à la perfection. Je remarquai pour la première fois qu'elle avait les chevilles et les pieds étonnamment petits et je me demandai comment elle s'y prenait pour ne pas basculer. En attendant qu'elle se retourne, je feignis de m'intéresser à deux mannequins représentant un joueur de cricket à l'air avenant et un joueur de golf hilare. Elle prenait vraiment son temps. Pour me donner un prétexte à m'attarder, j'ôtai la casquette de la tête du joueur de cricket et en examinai l'étiquette. J'entendis ce qu'elle disait au vendeur.

« Mon fils va être enchanté. Il a bien besoin d'une cravate neuve. Et puis cette couleur cerise est tellement originale, n'est-ce pas ?

– Vous avez fait un excellent choix. C'est l'un des modèles qui a le plus de succès, cette saison.

– Ah bon ? Quel dommage.

– Je souhaite bonne chance à votre fils pour son entretien. J'*adorerais* travailler dans les avions.

– Oui, c'est sûrement passionnant. »

Si vous croyez qu'il m'arrive souvent d'écouter des conversations qui ne me sont pas destinées, alors je suis désolée. Ce n'est pas dans mes habitudes et ce jour-là j'en fus bien punie. J'ai honte quand je repense que je perdis l'équilibre au moment où je me hissais sur la pointe des pieds et que je trébuchai, bousculant le pauvre joueur de cricket qui alla choir au sol. Le vendeur de tante Clare réagit aussitôt.

« Excusez-moi, madame, mais il semble que quelqu'un a dérangé notre étalage "Des hommes et des saisons" », s'écria-t-il, en se précipitant sur les lieux du crime, où je m'efforçais de remettre le mannequin dans sa position originelle.

« Je suis désolée, haletai-je. J'ai perdu l'équilibre.

– Ces mannequins sont très fragiles. Nous déconseillons à notre aimable clientèle de toucher aux effets qu'ils portent. » Il désigna une pancarte où figurait justement cette recommandation.

« Je sais, dis-je d'un ton piteux.

– Il y a quelque chose qui vous intéresse dans ce que vous avez fait tomber ?

– Eh bien, je...

– Mais bien sûr qu'elle est intéressée. Nous prendrons la casquette. » C'était tante Clare. Elle me fit un clin d'œil.

« Oh ! Non, vraiment, je n'en ai pas besoin. Je regardais seulement...

– La casquette a été légèrement écrasée, mentit le vendeur.

– Mettez-la sur ma note », dit tante Clare, avec désinvolture.

Il hocha la tête et s'éloigna discrètement, nous laissant toutes les deux en tête à tête. J'étais frappée de la trouver si différente hors des murs de son salon, mais j'avais du mal à définir exactement pourquoi.

« Ce n'est vraiment pas la peine que vous achetiez

cette casquette. Je ne faisais que regarder. Elle coûte cher et je n'en ai absolument pas besoin.

— Ah ! Il ne faut pas dire ça. Il suffit qu'on prétende ne pas avoir besoin d'une chose pour que l'occasion se présente de la posséder. Si je ne vous l'achète pas aujourd'hui, vous êtes presque assurée de vous retrouver bientôt sans couvre-chef adéquat pendant un match. »

Je ris. « Mais je ne joue pas au cricket.

— Votre frère si, je suppose ?

— Oui, mais...

— Eh bien, l'affaire est réglée.

— Vous pourriez la donner à Harry.

— Harry ? Jouer au cricket ? Quand les poissons voleront », ricana tante Clare.

Ça pourrait bien lui arriver, à lui, de voler, pensai-je.

« Quel bonheur de vous revoir si vite, me dit-elle en me pressant affectueusement le bras. Ça nous a fait tellement plaisir de vous avoir pour le thé. Il faut que je vous demande pardon pour la conduite d'Harry. À propos, je lui ai obtenu un entretien avec un ami qui travaille dans l'industrie aéronautique. Il pilote des avions, ce genre de choses. Je pense que ça lui conviendra très bien. »

D'après le peu que je connaissais d'Harry, je n'imaginais rien qui pût moins lui convenir.

« Charlotte et lui viennent passer le week-end à la maison.

— Mais bien sûr ! » Je me demandai soudain si elle était au courant et je regrettai de lui avoir parlé de cette visite, au cas où Harry aurait préféré qu'elle n'en sût rien.

« J'allais au rayon des disques, repris-je. Je cherche quelque chose pour mon frère Inigo. Il aime la musique pop, Bill Haley et tous ces chanteurs américains, vous voyez ? »

Tante Clare eut l'air horrifiée. « C'est renversant. Vous êtes venue seule ?

– J'ai laissé ma mère en train d'essayer la moitié de la collection Christian Dior.

– Elle est ici ?

– Au deuxième étage, oui. »

L'espace d'une fraction de seconde, tante Clare parut décontenancée. « Surtout, faites-lui mes amitiés. Ma chère enfant, il faut que je me sauve. J'étais seulement venue acheter un vase et on dirait que je vais repartir avec la moitié du magasin. » Elle m'embrassa sur les deux joues et ajouta : « Prenez bien soin d'Harry.

– Oh oui, bien sûr. »

Je la suivis des yeux tandis qu'elle sortait du magasin en écartant au passage la nuée des clients. Je savais déjà que je ne parlerais pas de cette rencontre à ma mère.

Nous quittâmes Selfridges dans un état de quasi-euphorie. Dopée par les compliments de Vivienne et trop heureuse de mettre momentanément de côté nos soucis financiers, maman s'était acheté trois robes. Et Vivienne, grâces lui en soient rendues, avait déniché pour moi une robe d'un vert menthe chatoyant qui convenait à mon teint « difficile ». Elle était posée à

91

côté de moi, sur la banquette, emballée dans du papier de soie blanc et enchâssée dans un grand sac noir portant le nom du magasin. Elle me semblait presque vivante.

En arrivant à Magna, nous trouvâmes Inigo dans un état d'intense excitation car, à sa deuxième tournée, le facteur lui avait remis un paquet envoyé par oncle Luke, depuis la Louisiane, USA. La seule vue de timbres américains suffisait à plonger Inigo (et moi également) dans la plus grande effervescence. Tout ce qui était bien, tout ce qui était excitant et tout ce qui valait la peine qu'on en parlât provenait de l'autre rive de l'Atlantique et nous avions la bonne fortune de posséder un oncle américain.

Loretta, la sœur aînée de ma mère, avait épousé un soldat américain nommé Luke Hanson et elle était partie vivre aux États-Unis avec lui, après la guerre. Aujourd'hui, huit ans plus tard, elle était devenue presque aussi yankee que son mari. Ma mère aimait se prétendre consternée par l'empressement avec lequel sa sœur avait adopté un pays qu'elle jugeait profondément vulgaire, mais au fond d'elle-même elle l'enviait férocement, et qui aurait pu le lui reprocher ? Nous étions toutes deux fascinées par ces images de réfrigérateurs dans chaque cuisine, de machines à laver et de sèche-linge, de cinémas drive-in et de Coca-Cola. Pour Inigo, fanatique de la nouvelle musique américaine, avoir un contact sur la terre promise représentait un avantage inestimable et l'oncle Luke se faisait un malin plaisir de contrarier ma mère en alimentant l'appétit d'Inigo pour tout ce que l'Amérique produisait de nouveau et de scintillant. Nous venions à peine de franchir le seuil de la maison et de déposer nos paquets qu'il nous annonça la grande nouvelle.

« Oncle Luke m'a envoyé le dernier disque de Guy Mitchell !

– Il n'est pas ton oncle, soupira ma mère.

– Il est marié avec ma tante. Ce qui fait de lui mon oncle. Et puis il m'envoie des disques. Ce qui fait de lui la chose la plus proche de Dieu, dans la région.

– Inigo !

– Fais-moi voir, dis-je en laissant tomber mes paquets.

– Pas question. Je ne veux pas de tes petits doigts crasseux sur mes disques. Tu peux regarder mais pas toucher.

– Oh ! ne sois pas vache.

– Montre-le-lui, Inigo. »

Il me lança un regard sévère et me tendit l'objet sacré.

« Il est bizarre, ce disque, dis-je, étonnée par ses dimensions inusitées.

– C'est un quarante-cinq tours. Bientôt c'en sera fini de ces vieux soixante-dix-huit tours.

– Je ne te crois pas.

– C'est la vérité.

– Pour qui Luke se prend-il ? je me le demande, déclara sèchement ma mère, que tout changement effrayait.

– Attends que j'aie montré ça à Alexander », dit Inigo. (J'avais été plus qu'un peu amoureuse du meilleur ami d'Inigo jusqu'au jour de mon anniversaire, l'été précédent, quand il avait vomi dans le carré d'asperges, parce qu'il avait trop bu. Je vous laisse imaginer ce que ma mère avait dit à cette occasion.)

« Comment vas-tu faire ? Il ne marchera sûrement pas sur notre vieux phono.

– Bien sûr que si. C'est seulement la vitesse qui change, voilà tout. Quarante-cinq tours par minute au lieu de soixante-dix-huit. C'est tout simple. Je l'ai déjà écouté une vingtaine de fois en vous attendant. »

Ma mère me regarda puis leva les yeux au ciel.

« Oh ! allez, maman, il faut écouter ce disque. Tu te rends compte, nous sommes sans doute les premiers à l'entendre, en Angleterre !

– Bon, d'accord, soupira maman, qui annonça, après une courte hésitation : Ça me rappelle une chose, ma chérie. Je ne serai pas là le week-end prochain.

– Comment ça ?

– Je vais chez ta marraine, à Salisbury. Je serai absente pendant trois jours.

– Chez tante Belinda ? Mais ça fait des années qu'on ne l'a pas vue !

– Justement. Ça fait beaucoup trop longtemps. Vous êtes parfaitement capables de vous occuper tout seuls de vos invités. Il faudra voir avec Mary pour les repas. »

Au même instant, on entendit hurler le nouveau disque d'Inigo, depuis le salon.

« Va lui dire de baisser le son, Pénélope, bougonna maman. Ma pauvre tête ! »

Le soir, après que maman fut partie se coucher, je retournai au salon avec Inigo pour écouter le nouveau disque, deux heures durant. Nous avions réglé le son si bas qu'on l'entendait à peine. Au comble du bonheur, mon frère examinait la pochette, s'efforçant de capter chacune des paroles des chansons, allant même jusqu'à imiter de temps à autre la voix de Guy Mitchell. Ce qu'il faisait avec beaucoup de talent.

V

De la neige et des quarante-cinq tours

Le vendredi matin, ma mère partit pour Salisbury, chez ma marraine, ainsi qu'elle l'avait annoncé. Elle semblait pressée de s'en aller et prit à peine le temps de nous donner ses consignes habituelles, à savoir abréger le plus possible les communications téléphoniques, sortir Fido et le passer au jet si jamais il se roulait dans de quelconques matières en décomposition (il affectionnait tout particulièrement les cadavres de moutons et de blaireaux qui traînaient).

« J'ai dit à Mary de vous avoir à l'œil. » Tel fut l'avertissement qu'elle nous lança en partant. J'aperçus son journal, qui dépassait du compartiment extérieur de sa valise. De même que Gwendoline, elle aimait à l'évidence avoir quelque chose de palpitant à lire dans le train.

« Tu rentres quand, maman ? lui demandai-je, en proie à ces sentiments conflictuels de panique et d'euphorie qui s'emparaient de moi chaque fois que nous restions seuls à Magna.

– Oh ! dimanche soir, ou lundi matin. Je vous téléphonerai pour vous le dire. Au revoir, mes chéris. »

Je la regardai monter dans l'auto à côté de Johns, qui allait devoir retourner à la gare dans quelques heures pour chercher Charlotte et Harry. Inigo s'était mis à caracoler à travers le salon.

« Je vais peut-être aller au cinéma dans l'après-midi, dit-il en effectuant un dérapage contrôlé qui lui permit de stopper net à ma hauteur. J'irai au village en bus et je serai rentré avant le dîner.

— Oh non, je t'en prie ! J'ai besoin que tu sois là quand ils arriveront, me lamentai-je.

— Je serai de retour avant qu'ils arrivent.

— Et si tu étais retardé ? J'ai besoin de toi, Inigo. »

Il s'étrangla de rire. « Qu'est-ce qu'ils ont de tellement extraordinaire, ces gens ? Je ne t'ai jamais vue aussi angoissée.

— Je ne suis pas angoissée. Je voudrais simplement que tout se passe bien. Et puis, s'il te plaît, ne mets pas ton nouveau disque à la minute même où ils poseront le pied dans la maison. Je me suis dit qu'on pourrait passer un peu de jazz après le dîner, pour Harry.

— Oh, arrête ! C'est trop palpitant, vraiment. »

Comme tous les passionnés de pop music américaine, Inigo avait une sainte horreur du jazz. Personnellement, à un moment donné, je m'étais sentie tiraillée entre les deux : beaucoup plus classique et nettement moins agressif, le jazz me semblait plus facile à aborder. Et puis, un jour, j'étais allée voir *There's no Business like Show Business*[1], avec une camarade de classe et, dès ce moment, Johnnie Ray

---

1. *La Joyeuse Parade*. Film de Walter Lang, de 1954, dans lequel jouait également Marylin Monroe. (*N.d.T.*)

avait pris possession de mon âme. Je peux dire sans mentir que ces deux heures passées dans les fauteuils de velours de l'Odeon, à Leicester Square, avaient bouleversé ma vie et je ne cherchais pas à m'en cacher. Je ne pense pas que c'était uniquement parce que je m'étais sentie défaillir en le voyant (ce n'était qu'un des effets de son pouvoir), mais plutôt à cause de cette flamme qui l'habitait et de l'originalité de sa gestuelle. Il ressemblait à l'homme que j'aurais voulu épouser et, quand il avait ouvert la bouche pour chanter, la terre aurait pu s'arrêter de tourner que je ne m'en serais même pas aperçue. J'étais sortie du cinéma dans une sorte de transe, atteinte pour la première fois par l'aiguillon du désir, commotionnée, désorientée par cette adoration naissante, soudaine et bouleversante pour un homme *vrai,* avec lequel pas un seul parmi tous les amis d'Inigo ne pouvait rivaliser, un homme qui était l'image même du charme, l'Américain de rêve. Il me fallut du temps pour l'avouer à mon frère, mais rien dans ma collection de disques de jazz rassemblée sans enthousiasme ne me procurait le frisson qui m'avait parcourue en voyant Johnnie Ray à l'écran. Bref, son émotion, sa souffrance étaient des choses que je comprenais, alors que, concernant le jazz, je faisais seulement semblant de comprendre. Quand j'avais découvert que Charlotte partageait ma passion, ç'avait été comme si nous parlions toutes deux un même langage secret, mais je gardais assez de raison pour me rendre compte que Johnnie ne pouvait pas toucher un garçon comme Harry. J'entrepris donc d'épousseter mes disques de Humphrey Lyttleton, pour les installer à côté de l'électrophone.

Il était presque l'heure de déjeuner. Mary, qui avait fêté ses soixante-quatorze ans la semaine précédente, était assise dans la cuisine en train de feuilleter un magazine féminin de ma mère. Au revers d'une note d'épicerie impayée figuraient les instructions rédigées par maman dans une flamboyante encre bleu roi : *Vendredi soir – soupe à la tomate, jambon cuit et pommes de terre rôties dans leur peau. Voir Pénélope pour les légumes. Samedi matin – toasts et confiture d'orange (pot non entamé dans le placard), œufs durs. Déjeuner de samedi : restes du jambon et pain avec oignons et tomates marinés. Samedi soir : tourte au poulet avec de la purée, salade de fruits. Dimanche matin : œufs durs. Leur donner un pot de la confiture de groseille de Mrs. Daunton pour les toasts. Déjeuner de dimanche : potage à la volaille, jambon cuit et pain, salade de fruits.*

Connaissant l'appétit d'ogre de Charlotte, je me sentis blêmir. Si Mary avait le don de cuisiner à une rapidité stupéfiante, ses plats étaient toujours parfaitement insipides. Un jour, ma mère lui avait fait comprendre par allusion qu'il serait bon qu'elle relève un peu ses préparations, à la suite de quoi Mary avait mis tellement de sel dans sa quiche au poisson que même Fido l'avait recrachée de dégoût.

« Elle l'a fait exprès, avais-je dit. Elle n'a pas supporté que tu te mêles de sa cuisine.

– Oui, mais elle est tellement adorable, disait toujours ma mère, ton père l'aimait tant (ne présentant plus aucune menace, les femmes ayant dépassé soixante-cinq ans avaient droit au qualificatif d'adorable).

– Elle est nulle, rétorquait Inigo. En plus elle sent le hachis. »

Mais rien n'y faisait. Tant que Mary serait capable de tenir le rouleau à pâtisserie, elle resterait dans la place. Ma mère avait failli faire une syncope le jour où la plus jolie fille de la boulangerie du village avait demandé si elle ne pourrait pas venir donner un coup de main à la cuisine. D'après moi, même le plus grand de tous les chefs cuisiniers du monde aurait été incapable de détrôner Mary.

« Mrs. Wallace a laissé ses instructions, annonça celle-ci, en prenant la liste.

– Je vois. Le rationnement est vraiment terminé ? ironisai-je.

– Tais-toi donc ! La plupart des gens n'ont pas vu l'ombre d'une tourte au poulet de toute la guerre. Et laisse ces pommes tranquilles. J'en ai besoin pour ma salade de fruits.

– Dis, Mary, si on faisait un gâteau aujourd'hui ? Et peut-être aussi des biscuits ou des scones, suppliai-je.

– Je ferais bien un *trifle,* dit-elle avec une moue. Mais je n'ai pas de gélatine. » Elle referma son magazine. « J'ai des douleurs épouvantables ces jours-ci. Oh ! c'est le froid, bien sûr. On n'a jamais vu un vent pareil, pas depuis l'avant-guerre, en tout cas.

– Il fait un temps glacial, en effet.

– Il va neiger, annonça-t-elle d'un ton lugubre. Johns l'a dit.

– Je vais aller à l'épicerie en vélo et je te rapporterai de la gélatine, m'impatientai-je. Il te faut autre chose ? On ne pourrait pas faire un dessert un peu différent, pour une fois ? Je ne sais pas... un gâteau à la noix de coco, par exemple. »

Elle faillit s'étouffer d'indignation. « Où crois-tu que tu trouveras de la noix de coco, par ici, ma fille ? Ça ne pousse pas sur les arbres, vois-tu. » Je regardai par la fenêtre de la cuisine vers le ciel gris et lourd. Dans la mangeoire, sous le squelette décharné du cerisier, deux pies se disputaient les dernières noix de la saison.

« Il faut être deux pour être heureux, caqueta Mary. Si tu veux, je te ferai un bon petit flan aux pies. »

Le temps que nous ayons fini les sandwiches au fromage qui nous tenaient lieu de déjeuner, je commençai à être prise de panique à l'idée de ne pas pouvoir faire régner une chaleur relative dans la maison et de servir à nos hôtes des mets aussi peu appétissants. Nous allions passer pour l'une de ces épouvantables familles qui invitent des gens chez eux pour les regarder mourir lentement de froid devant une salade de fruits – d'ailleurs, qui pourrait avoir envie de manger une salade de fruits par un temps pareil ? Il nous fallait du chaud – un crumble aux pommes et une tasse de chocolat, par exemple. Je m'apprêtais à monter de toute urgence dans les chambres d'amis pour y mettre des couvertures supplémentaires, quand la neige commença à tomber : de gros flocons poudreux qui recouvrirent l'appui de la fenêtre du salon en l'espace de quelques minutes.

« Elle va tenir ! » s'écria Inigo, en ouvrant la croisée pour sauter sur la pelouse. Fido bondit à sa suite, en aboyant de joie et en se ridiculisant ainsi que le font les chiens quand les humains se comportent en chiens. Inigo racla les flocons de neige qui s'étaient déjà déposés sur la fourche que Johns (qui devait être au pub, en train de se réchauffer avec un double brandy) n'avait pas pris la peine de rentrer. Je ne pus m'empêcher de sortir à mon tour. La tête rejetée en arrière, je regardais la neige tomber jusqu'à en avoir le tournis et je riais, en attrapant les plus gros flocons du bout de la langue. En un rien de temps, comme sur un coup de baguette magique, le jardin et les prés avoisinants avaient perdu leur triste vêture. Mais oui, il faut qu'il neige, pour Charlotte et Harry, pensai-je, puis l'angoisse me saisit à l'idée que leur train risquait d'être retardé. J'avais tort de m'inquiéter.

Ils arrivèrent avec deux heures d'avance, chose que ma mère ne leur aurait jamais pardonnée si jamais elle était venue à le savoir. Je sortais pour chercher du bois, quand je les vis devant la porte, la main sur le heurtoir.

« On allait frapper. Tu dois être médium », s'émerveilla Charlotte.

Elle avait apporté une bouteille de champagne, ainsi qu'une raquette de tennis hors de saison. Elle portait toujours le même manteau vert, mais sa tignasse châtain clair était emprisonnée en une longue tresse qui lui pendait dans le dos et, maintenant que son visage n'était plus encadré par les rideaux épais et mouvants de sa chevelure, elle me parut complètement différente ; elle faisait moins Alice au Pays des merveilles et davantage jeune fille de bonne famille.

« Vous êtes en avance ! m'écriai-je, d'un ton de

reproche. Mince alors ! J'allais juste envoyer Johns vous chercher !

– Je sais. Tu dois nous trouver lamentables. On a su qu'il avait commencé à neiger par ici, alors on a pris le train d'avant. À la gare, on a trouvé un bus qui nous a déposés juste devant chez toi. Ça n'a pas été facile, ça patinait terriblement. Bonjour, Pénélope », enchaîna-t-elle, en m'embrassant sur la joue, et je constatai que les traces de leurs pas dans l'allée étaient presque totalement recouvertes.

« C'est un rêve, ou quoi ? On se croirait dans le monde de Narnia, soupira-t-elle, émerveillée.

– Entrez donc, dis-je, un peu embarrassée. La corvée de bois attendra que je vous aie montré vos chambres. »

Harry, qui n'était pas assez couvert, avait le nez rougi par le froid. L'expression amusée qui lui était coutumière semblait dire : « J'ai déjà vu tout ça » (une expression difficile à conserver dans le hall de Magna, pourrais-je ajouter) et ses cheveux étaient aplatis par la casquette de tweed un peu douteuse qu'il tenait dans la main gauche. S'il n'y avait pas eu ses chaussures (ces élégants mocassins en cuir brun qu'affectionnaient les mordus de jazz), on l'aurait pris sans peine pour un de ces voyageurs excentriques qui ont encore des kilomètres à parcourir avant de pouvoir se coucher. Je m'attendais presque à voir son cheval s'ébrouer dans l'ombre, derrière lui.

« Comment allez-vous ? lui demandai-je. Vous voulez me donner votre manteau ? »

Charlotte examinait la bibliothèque. « Oh, *Gatsby le magnifique* ! s'écria-t-elle, en prenant le livre sur un rayonnage. Incroyable, c'est une édition originale ! Oh, deux fois incroyable ! Il est signé de l'auteur ! Harry, il est vraiment signé !

– Ma grand-tante connaissait les Fitzgerald », dis-je, en espérant ne pas trop me vanter.

Elle ouvrait des yeux comme des soucoupes. « Quel chef-d'œuvre ! C'est ton livre préféré, sûrement ?

– Je... c'est... ça fait un moment que je ne l'ai pas relu.

– Elle ne l'a jamais lu ! lança Inigo. Pénélope adore les livres, du moment qu'elle n'est pas obligée de les ouvrir. Dépêche-toi d'aller chercher du bois, sinon mes orteils vont bientôt geler. »

Je l'aurais volontiers étranglé. « Charlotte, Harry, voici mon frère Inigo, dis-je, les dents serrées.

– Bonjour », dit Harry, la main tendue.

Je croisai discrètement les doigts. Je Vous en supplie, faites qu'Harry plaise à Inigo, priai-je intérieurement. (Mon frère était enclin à porter sur les gens des jugements rapides et définitifs. Il avait pris ma camarade de classe Hannah en grippe, au bout de dix minutes, en dépit ou peut-être à cause du fait qu'elle s'était entichée de lui. *A contrario*, il admirait notre pasteur, qu'on avait pourtant surpris en train de boire de l'eau-de-vie au goulot dans la sacristie. « Les voies du Seigneur sont impénétrables », répétait Inigo, ce qui nous laissait perplexes, maman et moi.)

« Vous avez fait bon voyage ? leur demanda-t-il, d'un ton mondain.

– Le train était bourré, dit Charlotte. Et il n'avançait pas. J'avais l'impression qu'on n'arriverait jamais. Tout le monde m'avait dit que Milton Magna était une maison sublime, et je vois maintenant que c'est vrai. Je ne pense pas avoir jamais eu autant envie d'aller quelque part. »

Dans notre entourage, personne n'était porté à verser dans le lyrisme en parlant de Magna – peut-être nos amis étaient-ils trop snobs ou trop habitués aux grandes demeures. Quand elle eut terminé son petit laïus, Inigo s'était déjà considérablement déridé.

« Vous êtes Charlotte, j'imagine, dit-il en lui serrant la main. Pénélope avait raison. Pour une fois.

– Que voulez-vous dire ?

– Oh, rien, rien ! Pénélope va vous emmener là-haut, pendant que j'essaierai de maintenir la température du salon un peu au-dessus du zéro. Ce qui n'est pas un mince exploit, croyez-moi. »

Avant même qu'il finisse sa phrase, j'avais pu constater qu'il avait parlé à Charlotte plus longtemps qu'il n'avait jamais parlé à aucune de mes invitées. Il me lança un regard provocateur, comme pour dire : Tu vois ! Je sais être aimable avec les gens, quand ils le méritent !

« Je t'ai mise dans la chambre bleue, Charlotte, dis-je. Tais-toi un peu, Inigo, et emmène Harry dans la sienne. »

La chambre bleue se trouvait dans l'aile est, tout au fond du couloir ; une de ses fenêtres donnait sur la chapelle, et l'autre sur les canards de maman. C'était l'une des rares pièces de la maison qui n'avait pas trop souffert de la guerre – c'est-à-dire que le plafond n'était pas sur le point de s'effondrer et qu'on ne voyait pas encore la trame du tapis. Du fait de sa situation écartée, l'armée ne s'y était pas installée, si bien qu'elle n'avait pas eu à souffrir du piétinement des bottes et de la présence envahissante des soldats. Elle était hantée, bien évidemment, mais je n'y avais jamais vu d'inconvénient. J'ouvrais la bouche pour prévenir Charlotte que les fenêtres vibraient, même par les après-midi d'été les plus sereins, mais je la refermai aussitôt. On ne peut pas savoir comment les gens vont réagir aux fantômes.

« Mince alors ! s'exclama-t-elle, en promenant le regard autour d'elle. Pourquoi l'appelle-t-on la chambre bleue ? »

C'était une bonne question. En réalité, la chambre bleue était tapissée d'un papier à fleurs blanc et rose passé, choisi par maman peu après son installation à Magna avec papa, avant même qu'on eût commencé à parler de guerre. C'était la première pièce de la maison qu'elle avait souhaité réaménager et, en définitive, ç'avait été la seule, étant donné que papa n'avait pas tardé à partir pour le front et que nous avions tous déménagé dans le petit manoir.

« Elle était bleue du temps de mes grands-parents. Maman a essayé de nous faire prendre l'habitude de l'appeler la chambre rose, mais ça n'a pas marché. »

Charlotte se précipita à la fenêtre. « La neige, murmura-t-elle. Ça ne s'arrêtera jamais. »

En effet, la neige tombait de plus en plus dru ; de gros flocons silencieux se déversaient du ciel gris pâle, posé sur la maison ainsi qu'un gigantesque oreiller.

« Quelle chance qu'on ait pris le train d'avant, n'est-ce pas ? Sinon, on ne serait jamais arrivés », dit-elle en se retournant vers moi, ses yeux verts tout brillants.

Après le souci que je m'étais fait, je n'en revenais pas de me sentir tellement à l'aise avec elle. J'avais l'impression de la connaître intimement, comme si c'était un personnage d'un livre lu et relu, qui avait pris vie. Je la rejoignis devant la fenêtre. Le spectacle du jardin potager immobile sous son manteau blanc me procurait une curieuse sensation de liberté. Je remerciai Dieu intérieurement de m'offrir ce moment de répit en déguisant passagèrement cet endroit que j'associais si étroitement à la première rencontre de mes parents. En me retournant vers l'intérieur de la chambre pour m'assurer que Mary avait épousseté la commode, j'eus la mauvaise surprise d'apercevoir un des pièges à souris de Lavinia sous la table de toilette. Vide, fort heureusement, mais prêt à fonctionner, avec un bout de cheddar moisi comme appât. Charlotte suivit mon regard.

« Oh, c'est craquant, les souris ! Pas la peine de mettre ça ici.

– Craquant.

– Oui, mignon. Je n'ai pas peur des souris.

– C'est ma cousine. Elle s'imagine qu'elles la suivent, partout où elle va.

– Ça me rassure de savoir que je ne suis pas seule à avoir des gens bizarres dans ma famille, dit-elle en s'asseyant sur le lit. À propos, ne fais pas attention à ce que pourra dire Harry. Il est tellement content d'être invité. »

Je faillis lui faire remarquer que c'était elle qui l'avait invité, mais je me contentai de sourire.

« Où est ta jolie maman ? demanda-t-elle, en parcourant la chambre du regard, comme si elle s'attendait à la voir sortir d'un placard.

– Elle est partie pour le week-end.

– Oh, quel dommage ! J'avais tant envie de la connaître.

– Elle est allée chez ma marraine.

– Par ce temps ? Drôle d'idée. Je me fais l'impression d'être Anna Karénine. Pas toi ? »

Je ris tout en espérant ne pas avoir à avouer que je n'avais pas lu ce livre-là, non plus.

« Je n'ai jamais vu une maison aussi romantique. Oh ! regarde, c'est un colombier ?

– Oui. En réalité, on appelle ça un pigeonnier. Maman adore tout ce qui a des plumes et des ailes. C'était un cadeau pour ses vingt et un ans. De papa.

– Comme c'est romantique ! » dit-elle encore. Elle commença à examiner les objets placés à côté du lit. J'avais cueilli pour elle quelques roses d'hiver. Un semis de pétales blancs ponctuait déjà la table de chevet. Elle ne fit pas de commentaire sur le bouquet et ouvrit un magazine qui se trouvait à proximité.

« Ooh ! "Comment être la maîtresse de maison idéale", lut-elle. Je suis sûre que tu as dû potasser cet article, Pénélope. »

Je rougis d'avoir été percée à jour et m'empressai de passer à un autre sujet. « L'autre jour, je suis tombée sur ta tante.

– Elle me l'a dit. Chez Selfridges, c'est ça ? J'ai cru comprendre que tu avais renversé quelque chose et qu'elle était venue à ton secours.

– Oui, c'était vraiment drôle. » Je lui racontai qu'elle avait acheté la casquette de cricket, pour Inigo.

« C'est bien d'elle, remarqua-t-elle, avec un sourire amusé, quand j'eus terminé mon récit. Je ne connais personne à qui la pauvreté convienne plus mal. Plus vite elle se remariera, mieux ça vaudra.

– Tu crois qu'elle va le faire ? demandai-je, pensant qu'elle plaisantait peut-être.

– Pourquoi pas ? Elle ne manque pas d'admirateurs. »

Christopher, entre autres, me dis-je.

« Elle est difficile à cerner. Quelquefois elle me fait peur, elle pense comme un homme, tu comprends ? C'est peut-être ce qui leur plaît chez elle, dans le fond. Tiens, je n'y avais encore jamais pensé, ajouta-t-elle en fronçant les sourcils.

– Maman n'a aucun sens de l'argent, elle non plus. Elle se fait énormément de souci parce qu'on consomme trop d'électricité, et puis elle file à Londres et dépense une fortune en robes de Dior.

– Ma mère à moi se contente de dépenser l'argent des autres. Hier soir, elle est encore sortie avec le chef d'orchestre. Elle a pris la détestable habitude de me téléphoner chaque fois qu'elle le voit, pour me raconter leur soirée.

– Et alors, qu'est-ce qu'ils ont fait ?

– Il l'a emmenée chez Sheekey, la veinarde.

– Ah ! » Sheekey ? C'était où et quoi ?

« Je lui ai demandé ce que Mr Hollowman dirigeait en ce moment et elle m'a dit : "Des ondes, ma chérie" ; ça m'a rendue malade.

– Ta mère profite de la vie, c'est déjà quelque

chose. La mienne m'inquiète. Elle a l'air tellement perdue, quelquefois.

– Si elle est perdue, tu sais tout de même où elle se trouve, bougonna-t-elle. Ma mère ne reste jamais au même endroit plus de trois jours de suite. Excuse-moi, Pénélope, il faut que j'aille faire pipi. »

La chambre bleue possédait une salle de bains attenante, sombre, étroite et dotée d'une seule petite fenêtre, mais la baignoire était aussi vaste et profonde que l'océan, si bien qu'on pouvait allonger complètement les jambes sans toucher l'autre bord, ce qui, de mon point de vue, compensait l'exiguïté du lavabo et plus encore la tapisserie à fleurs rose qui se décollait. Charlotte s'examinait dans le miroir craquelé.

« Je ressemble au capitaine d'une équipe de crosse, constata-t-elle tristement.

– Dans le temps, j'ai été capitaine de mon équipe de crosse. C'est un sport dangereux. Regarde, dis-je, en découvrant mon épaule droite.

– Oh, Pénélope, c'est affreux ! »

Je souris. J'aimais bien montrer ma cicatrice. Elle n'était pas très étendue mais elle était bien là et j'avais souffert le martyre quand Nora Henderson – une grande bringue de seize ans – avait abattu l'extrémité ébréchée de sa crosse sur mon épaule.

« Je ne te croyais pas sportive, dit Charlotte. Comme je te l'ai dit, ça m'a beaucoup désavantagée de ne pas aller en pension. Je pense que ça m'aurait fait beaucoup de bien. Pour ce qui est de m'arrondir les angles, par exemple. Je suis exactement le genre de fille à qui la discipline des sports d'équipe aurait été très profitable. »

Je battis des paupières. Charlotte disait des choses curieuses. On ne savait jamais si elle plaisantait ou pas.

« Maintenant je joue un peu au tennis, mais c'est à peu près tout, remarquai-je. Avant, Inigo et moi, on faisait beaucoup de cheval.

– Du cheval ? » On aurait dit qu'elle n'avait jamais entendu parler de ça.

« Oui, du cheval. Enfin, plutôt du poney. Regarde, c'est Banjo. » Je pointai le doigt vers la fenêtre. Tout requinqué par le brandy, Johns traversait le verger en direction de l'écurie, menant par la bride mon poney récalcitrant. Avec la neige qui leur tourbillonnait autour et Johns dans son gros pardessus et son bonnet, on les aurait crus sortis d'un roman de Thomas Hardy.

« Ce qu'il est chou ! s'exclama-t-elle. Est-ce qu'on pourra lui donner une pomme tout à l'heure ? Au cheval, bien sûr... pas à cet homme. »

C'est peu probable, me dis-je, en pensant à la salade de fruits de Mary. « Banjo n'est pas très aimable avec les gens qu'il ne connaît pas. Au printemps dernier, il a arraché un morceau du twin-set de ma grand-tante. »

Charlotte parut alarmée.

« Il faut que j'aille me changer, dis-je, honteuse de ma tenue négligée.

– Oh ! ne te tracasse pas pour moi. »

Je savais qu'elle ne disait pas ça par politesse.

En remontant, je passai devant la chambre Wellington où logeait Harry. Je m'arrêtai, puis mortifiée à l'idée qu'il avait pu m'entendre et croire que je l'épiais en cachette, je frappai à la porte, sous prétexte de m'assurer qu'il était bien installé. Il m'ouvrit et je vis qu'il avait gardé son manteau.

« Oh, mon pauvre Harry ! Je sais à quel point il fait froid ici. J'ai des bouillottes pour tout le monde ; ça vous permettra de survivre jusqu'à demain matin. » Je ne sais pas pourquoi je me sentais aussi stupide. Il me suffisait de le regarder pour avoir l'impression d'avoir onze ans.

« Surtout, ne vous faites pas de souci pour moi. En réalité, je ne crains pas vraiment le froid. J'aime seulement faire semblant, pour embêter ma mère. C'est devenu une sorte d'habitude. »

Je dus avoir l'air perplexe. « Ça vous plaît de l'embêter ?

– J'ai lu quelque part que seuls les hommes très ordinaires adoraient leur mère, dit-il en riant.

– C'est idiot.

– Mais, curieusement, c'est vrai.

– Je croyais que votre mère était merveilleuse.

– Bien sûr qu'elle l'est. Mais les gens merveilleux combinent toujours ça avec des traits de caractère absolument horripilants. »

J'aimais bien la façon dont il avait dit « horripilant ». Il ne prononçait pas complètement les « r » et cela lui conférait une vulnérabilité, une ingénuité, sous son manteau de magicien. Il me considéra d'un air songeur.

« Je peux vous demander quelque chose ?

– Bien entendu.

– Vous ne voulez pas entrer ? » demanda-t-il, sérieux tout à coup, et je faillis éclater de rire.

La chambre Wellington ne pouvait pas mieux convenir pour un magicien, car elle était sombre, inquiétante et remplie de portraits d'ancêtres, lugubres et menaçants. Dans un coin se dressait une armure que j'étais persuadée d'avoir vue errer, à minuit, dans le verger de noyers, quelques années auparavant. On ne donnait jamais cette chambre aux invités, mais pour Harry elle s'imposait. On l'y sentait chez lui ; sa valise dégorgeait de gros livres, des disques de jazz et des feuilles de papier à lettres tachées d'encre, sur l'ocre et le roux passés du tapis recouvrant le parquet.

« J'espère que cette chambre vous plaît, dis-je. Elle est un peu spéciale. »

Il promena un regard surpris autour de lui. « Si elle me plaît ? On la croirait tirée d'un film d'épouvante, en un peu plus effrayant. » Il caressa les têtes de chauves-souris sculptées encadrant la cheminée. « Je l'adore, ajouta-t-il simplement. Tout magicien qui se respecte en serait fou, vous ne croyez pas ?

– J'ai toujours pensé que les fantômes de Magna étaient plutôt sympathiques, dans l'ensemble », dis-je, embarrassée. Il sortit un paquet de cigarettes d'on ne sait où et soupira. Je lui trouvais quelque chose d'indubitablement féminin, mais j'étais certaine qu'il aurait été horrifié si je le lui avais dit.

« Elle vous manque beaucoup ? » J'étais stupéfaite de m'entendre poser cette question. Aïe, pensai-je, je n'aurais jamais dû lui demander ça. Il me lança un regard terrible.

« Je suis malheureux sans elle, dit-il enfin.

– Excusez-moi. Je n'aurais pas dû vous poser cette question. C'est quelque chose qui ne me regarde pas.

– Ni moi non plus, désormais », dit-il d'un ton léger. Dans ses yeux, le courroux avait été remplacé une fois de plus par une lueur amusée, ce qui me permit de repartir à la charge.

« C'est vraiment la plus belle fille du monde ? »

Cette fois, il rit carrément. « Vous l'avez déjà vue ?

– Non. Sauf dans les magazines.

– Elle n'est pas très gentille. Elle ressemble à un renard : elle tue par plaisir. C'est comme être victime d'un accident de voiture épouvantable... on n'imagine pas que ça puisse vraiment vous arriver.

– Où l'avez-vous rencontrée ?

– Au Jazz Café. » Il prit un étui à cigarettes en argent sur la table de nuit. « Oh ! il est gravé. C'est émouvant. "À mon très cher Lindsay avec toute ma tendresse, Sarah." Qui était-ce ?

– Oh ! ma grand-tante Sarah, murmurai-je, agacée. Je ne l'ai pas connue. » Ce n'était pas le moment de parler de cette histoire. « Alors, vous vous êtes rencontrés au Jazz Café ? » De la marijuana, des expressos et du jazz, ô Seigneur !

« Elle parlait avec un de mes amis, reprit Harry. Un type de mon école qui ne me plaisait pas beaucoup, mais je suis tout de même allé lui dire bonjour. Il m'a présenté à Marina, et ça n'a pas traîné. Les dés étaient jetés. Durant un mois entier, on s'est vus tous les soirs – mais pas une seule fois pendant la journée. À l'époque je ne trouvais pas ça curieux, pourtant j'aurais dû, évidemment. À un moment donné, quand on s'aime, il faut bien se voir de jour, non ? Sinon, on a l'impression de vivre un rêve. C'est peut-être ce qu'elle voulait. » Il me regarda fixement, comme si cette idée venait seulement de le traverser. « La magie la passionnait et elle ne me demandait jamais de lui expliquer comment je m'y prenais. Elle disait que rien dans la vie ne l'étonnait plus, sauf de me regarder faire. Et je mords à ce genre de flatteries... comme tout le monde, je pense. Par conséquent je m'efforçais toujours de la surprendre. Je ne pouvais plus me passer de la façon dont ses yeux s'allumaient à la fin d'un tour de prestidigitation. Elle connaissait tellement de monde – des Américains, des comtes italiens, des princesses indiennes –, et les gens s'agglutinaient autour de la table pour me regarder. Je suppose que c'était devenu comme une drogue, ça aussi, imbécile que j'étais. À la fin de la soirée, je la reconduisais chez ses parents. Elle ne m'invitait jamais à entrer.

– Pour quelle raison ? » Je me rendis compte après coup que j'avais posé une question stupide.

« Je ne correspondais pas vraiment à ce qu'ils espéraient pour leur fille. Elle ne me l'a jamais dit, mais je le savais. Pourtant elle m'aimait, ça, j'en suis sûr. Pour elle, j'étais comme un territoire inexploré.

– Pourquoi ? Parce que vous étiez magicien ?

– Oh non ! Parce que j'étais pauvre, évidemment. Les filles riches traversent toujours une phase où elles sont attirées par des hommes sans le sou. Pas vous ? »

Je rougis. Cette liberté de ton me décontenançait. « Je ne suis pas riche », répondis-je sèchement.

Il me regarda comme si j'étais folle. « Quoi qu'il en soit, tout ça remonte à six mois, maintenant. Au moment même où je prenais conscience d'être enfoncé jusqu'au cou, elle m'a annoncé qu'on ne se verrait plus.

– Enfoncé jusqu'au cou dans quoi ?

– L'amour, ma jolie, l'amour.

– Ah, ça. Je vois, fis-je, me sentant stupide une fois de plus. Comment vous a-t-elle annoncé la chose ?

– Oh ! de la façon habituelle. Elle a beaucoup pleuré, comme toujours avec les filles, et elle m'a dit que je serais mieux sans elle – ce qui est vrai – et puis, quelques mois plus tard, j'ai vu dans le journal qu'elle s'était fiancée avec George Rogerson. Le type le moins magique de la terre.

– Mais alors, pourquoi l'épouse-t-elle ?

– Il est plein aux as et il a des quantités d'amis bien placés. J'ai entendu dire qu'il était prodigieux sur les parcours de golf. Comment résister à ça, hein ?

– Je ne comprends pas pourquoi vous êtes allé dîner avec eux l'autre jour ? Ce ne serait pas plus facile de ne plus la revoir, d'essayer de l'oublier ? »

Harry s'assit sur le lit et m'offrit une cigarette de l'étui en argent de la tante Sarah. Je l'avais garni dans la matinée et, au moins, j'étais sûre de leur fraîcheur. Je ne pouvais pas en refuser une ; je sentais qu'il voulait que je fume avec lui.

« Il fallait que je les voie ensemble, m'expliqua-t-il, en me présentant son briquet allumé. Ne serait-ce que pour m'assurer que c'était bien vrai. Elle était assise à l'autre bout de la table et elle me lançait des regards bizarres. Je ne comprenais pas ce qu'elle cherchait à me dire.

– Peut-être auriez-vous pu... je ne sais pas... changer George Rogerson en crapaud ou quelque chose comme ça ?

– J'y ai pensé. Mais quelqu'un m'avait précédé, bien entendu. »

Je me mis à rire.

« Je vais la reconquérir.

– Comment ? »

Il se leva et alla vers la fenêtre. En le voyant de dos, je m'aperçus qu'il avait marché sur l'ourlet de son pantalon. Un petit tour chez Selfridges avec maman ne lui aurait pas fait de mal. Pourtant, en dépit de son allure dépenaillée, il avait du chic. Comme Charlotte, il était de ces personnes qui auraient fait bon effet, même vêtues d'un carton d'emballage.

« Eh bien, voilà : Marina a une particularité qu'elle n'a jamais pu me dissimuler – son talon d'Achille, si vous préférez. Je vais jouer dessus pour la faire craquer. Je vais en tirer parti pour qu'elle me revienne.

– De quoi s'agit-il ? demandai-je, imaginant Marina ne sachant pas lire ou affectée d'un épouvantable bégaiement.

– La jalousie. Le monstre aux yeux verts. Elle était toujours sur le qui-vive quand il y avait une femme dans les parages. Elle me disait souvent que, si elle me voyait avec une autre, elle en mourrait.

– Et c'est ça que vous voulez ? Elle ne vous sera plus d'aucune utilité, une fois morte. »

Mon aplomb parut le surprendre et il fronça les sourcils. « Elle voulait dire par là qu'elle aurait très mal supporté que je m'intéresse à une autre, expliqua-t-il, comme s'il s'adressait à un petit enfant. Vous comprenez ? Il faudrait qu'elle croie que je me suis lassé d'elle, que j'ai trouvé quelqu'un de plus fascinant, de plus excitant même qu'elle. » Il inhala profondément la fumée. « Mon Dieu, c'est du tabac anglais, évidemment. Que je suis bête. Des Wills, n'est-ce pas. » Il ouvrit la fenêtre et écrasa sa cigarette sur la neige vierge de l'appui.

« Je suis désolée, dis-je.

– Ce n'est pas grave. C'est une chose que je n'aurais jamais remarquée avant de connaître Marina. J'ai acquis à son contact des habitudes exaspérantes dont je n'arrive simplement pas à me débarrasser. Je ne peux plus fumer que des Lucky Strike, je ne peux pas dormir sans un peu de Southern Comfort, j'appelle les hommes des mecs et j'ai comme un affreux soupçon que sans les Américains nous n'aurions peut-être jamais gagné la guerre. C'est l'enfer, croyez-moi. »

Je me mis à rire, tout en me demandant si j'avais raison de le faire. Harry sourit et poursuivit : « Mais peu importe. Ce qui compte, c'est que lorsque Charlotte est arrivée pour le thé, avec vous dans son sillage, j'ai tout de suite su que ce serait vous. Tout chez vous... est parfait. La taille, les cheveux, la maison. Ces trois éléments se combinent parfaitement pour produire le parfait cauchemar.

– Une minute ! Je ne suis pas sûre de bien comprendre ce que vous voulez dire, balbutiai-je.

– Vous pouvez m'aider, Pénélope.

– Mais de quoi diable parlez-vous ? » demandai-je, méfiante, m'imaginant allongée en travers dans une caisse en bois, attendant d'être sciée en deux.

Il prit quelque chose dans sa valise. C'était une grande enveloppe beige avec son nom inscrit dessus.

« Ouvrez-la », me dit-il, en me la tendant.

J'en sortis un épais carton. C'était une invitation.

Mr et Mrs Hamilton vous prient de leur faire le plaisir d'assister à une réception qui se tiendra à Dorset House, le 3 décembre, de 19 heures jusqu'à l'aube, pour fêter les fiançailles de George et de Marina.

« Mince alors ! C'est dans quinze jours ! m'exclamai-je, en lui rendant le carton. J'espère que vous passerez une bonne soirée. »

Il remit l'enveloppe dans sa valise. « Vous acceptez, n'est-ce pas ? » murmura-t-il. Cette fois il ne me regardait pas ; la tête baissée, ses cheveux lui tombant dans les yeux, il attendait ma réaction. Je pris mon temps avant de répondre, car je n'étais pas bien certaine de ce que j'allais dire.

« Vous voulez que je vous accompagne, de manière à ce qu'elle prenne conscience qu'elle vous aime ? demandai-je, d'une voix lente.

– Quelque chose comme ça. Voyez-vous, vous êtes exactement le genre de fille qu'elle détestera cordialement.

– Charmée », répliquai-je d'un ton glacé. J'avais vraiment des doutes sur ce garçon. Primo, son idée était absurde. Et grossière. Et très tentante. Secundo, il venait de dénicher dans la poche de son manteau une de ses maudites cigarettes américaines et se servait comme cendrier de la soucoupe en argent que j'avais gagnée à neuf ans à l'école d'équitation, en récompense du soin avec lequel j'entretenais le harnachement.

« Elle ne supporte pas les grandes blondes – de plus

vous êtes plus jeune qu'elle. Si jamais quelqu'un est capable de me la rendre, c'est bien vous. C'est ce que j'ai pensé dès que je vous ai vue. Que vous feriez parfaitement l'affaire. »

J'ouvrais la bouche pour lui dire qu'il y allait tout de même un peu fort et, vraiment, pour qui se prenait-il, pour débarquer chez moi en me demandant de faire semblant d'être folle de lui, mais j'en fus empêchée par Inigo qui hurlait dans l'escalier qu'il y avait une chauve-souris dans la bibliothèque, ne pourrais-je pas venir m'en occuper ? Je partis en laissant Harry en plan.

Bien que je sois experte dans l'art de mettre les chauves-souris en fuite, il me fallut un certain temps pour déloger celle-ci de la bibliothèque. En remontant à toute vitesse dans ma chambre pour me changer, de manière à ne pas mourir de froid au cours du dîner, je fus saisie d'une impression étrange à la pensée que Charlotte et Harry étaient là, eux aussi, sous le même toit que moi. Je m'étais imaginé leur arrivée, à peine avais-je eu raccroché le téléphone, après ma conversation avec Charlotte, dix jours plus tôt, et je me voyais déjà en train de descendre l'escalier avec grâce, un vase de fleurs et peut-être quelques livres entre les mains, élégamment vêtue et fleurant bon le parfum de ma mère, tandis que Mary les faisait entrer et les débarrassait de leur manteau. Malheureusement, Mary s'était volatilisée au plus mauvais moment, Inigo m'avait rendue ridicule et j'avais été surprise dans un chandail affligé d'un trou énorme sous le bras.

Je m'assis sur mon lit et regardai par la fenêtre, en

pensant à Harry et Marina Hamilton au Jazz Café (ce qui exigeait pas mal d'imagination, vu que je n'avais jamais mis les pieds dans cet établissement et n'avais même jamais bu un expresso) et en me demandant si je n'étais pas en train de vivre un de ces Moments clés de l'existence où l'on a l'occasion de faire quelque chose d'inhabituel, après quoi rien ne sera Jamais plus comme avant. Je ne savais pas s'il avait parlé de son idée à Charlotte – l'idée venait peut-être d'elle. Pour être tout à fait honnête avec moi-même, je dois avouer que j'étais davantage flattée et émoustillée qu'Harry ait fait appel à moi que je n'étais irritée par sa proposition. Toutefois, pour être encore plus sincère, cette excitation était due bien davantage à la perspective de revoir Dorset House et de participer à une fête merveilleuse, dans le plus pur style américain, que de passer une soirée avec Harry. Et, qui sait ? Johnnie sera peut-être là, pensai-je, pour me reprocher aussitôt ma naïveté. La nuit commençait à tomber : au fond de l'allée, les branches des tilleuls luisaient d'une pâleur fantomatique. Pour notre week-end, la neige avait métamorphosé le paysage, elle nous ouvrait de multiples possibilités et nous permettait d'engranger des souvenirs dès avant la tombée du premier crépuscule. Demain, j'emmènerais Charlotte voir Banjo. Je passai un soupçon de rouge sur mes lèvres et mis les escarpins que je venais d'acheter chez Selfridges. Ils me blessaient déjà affreusement. Ma mère parlait toujours de « casser ses chaussures », mais elle voulait dire par là qu'il fallait dépasser les limites de la souffrance, afin de ne plus sentir la douleur. Du coup, je me demandai comment elle allait et si elle regrettait son départ précipité.

« De la neige sur la neige, murmurai-je en moi-même.

— Tu vas descendre un jour ? » hurlait Inigo.

Vacillant dangereusement sur mes hauts talons, je me disais que tous mes effets seraient ratés, puisque mes invités m'avaient d'abord vue si mal accoutrée. J'envoyai donc promener mes beaux souliers et les échangeai contre de vieux mocassins rouges. Je dégringolai les marches trois par trois, renonçant à l'idée de prendre des fleurs, à me donner un air intello et à jouer les adultes. Avec Charlotte, inutile de faire semblant. De plus, pensai-je avec une ironie désabusée, Harry étant magicien, il ne manquerait pas de me percer à jour.

Charlotte était assise dans le salon, à côté du tourne-disque, vêtue d'un pantalon noir et d'un gros pull blanc dont elle avait tiré les manches sur ses mains.

« Je vois que tu as bien reçu mon message, fit-elle avec un sourire.

— Comment ça ?

— Je voulais de la neige et des quarante-cinq tours. »

C'est alors que je m'étais dit que je serais capable de supporter la présence d'Harry, si cela devait me donner l'occasion de passer plus de temps avec Charlotte.

VI

Comment se plaire chez soi

Au dîner, Inigo et moi prenions toujours un peu de vin pour accompagner maman, qui n'aimait pas boire seule, mais ni lui ni moi n'avions encore jamais consommé autant d'alcool que ce premier week-end passé en compagnie de Charlotte et Harry. Inigo effectua un raid dans la cave, qu'il débarrassa des dernières bouteilles de Moët (maman faisait seulement semblant d'aimer le champagne), et Charlotte sortit un flacon de cognac qu'elle avait subtilisé dans l'armoire à liqueurs de sa mère. Harry et elle buvaient comme des adultes, sans faire de manières ni paraître affectés outre mesure par les doses importantes qu'ils absorbaient. Je faisais de mon mieux pour me montrer à la hauteur. Dans cette salle à manger ornée de boiseries sombres et de sculptures qui l'étaient encore davantage, on se sentait vingt fois plus ivre qu'on ne l'était en réalité.

« Tu te rends compte, dîner ici tous les soirs ! s'exclama Charlotte, fascinée par le portrait d'une Isabelle Wallace à l'air sévère, accroché au-dessus de la cheminée. Mince alors, qui est-ce ? Il ne devait pas faire bon la contrarier.

— C'était ma grand-mère, dis-je. Je ne me souviens pas d'elle. D'après maman, elle n'était pas du tout commode.

— Ça se voit. Mais j'aime bien son nez.

— Elle appelait ma mère la Geignarde.

— Et à propos de quoi geint-elle ? demanda Charlotte, qui remplissait son verre, en s'inondant les doigts de champagne.

— Oh ! à propos de tout. Ce serait plus rapide de faire la liste de ce sur quoi elle ne geint pas. Généralement, cela concerne la maison, le jardin, la pénurie de personnel et l'absence de chauffage et d'électricité dans l'aile ouest.

— Vous ne pourriez pas faire quelque chose pour remédier à tout ça ? Mettre au point un truc infaillible pour gagner de l'argent, par exemple ?

— Comme c'est curieux, on n'y avait jamais pensé, remarqua Inigo d'un ton froid.

— Ah bon ? s'étonna Charlotte, qui n'avait pas senti l'ironie. Dès que j'en aurai terminé avec tante Clare, je me lance. J'ai tout prévu.

— Quoi donc ? demanda Inigo.

— Je vais confectionner des vêtements et les vendre. Je louerai une boutique quelque part et je gagnerai beaucoup d'argent.

— Qu'est-ce qui te fait croire que les gens achèteront tes créations ? »

Pourquoi diable Inigo avait-il si peu de tact et disait-il toujours tout ce qui lui passait par la tête ?

« Mais bien sûr qu'ils les achèteront. Seulement il

faut que je me dépêche. Il y a plein de filles qui ont la même idée.

– Vraiment ? » dis-je, sceptique.

Elle hocha la tête. « J'ai une ancienne camarade d'école qui est en train d'ouvrir un magasin de confection, dit-elle en mordant dans un morceau de pain. Si elle arrive à vendre sa première paire de chaussures avant moi, j'en serai malade.

– Est-ce que tu seras partie prenante dans cet empire, toi aussi ? demandai-je à Harry.

– Je ne pense pas. » Il me considéra d'un air songeur. « Et toi, quels sont tes projets ? Épouser Johnnie Ray, je suppose.

– Dans l'idéal, oui. Mais si jamais il ne tombait pas tout de suite amoureux de moi, j'irais en Italie l'été prochain.

– Fascinant. À propos d'art, qui a peint la petite aquarelle qui se trouve dans le couloir, devant ma chambre... la scène de neige ? »

Je restai sans voix. C'était un défi, sans aucun doute, et ça ne me plaisait pas du tout – d'autant que je n'avais pas la moindre idée de l'auteur de ce maudit tableau.

« C'est un Van Ruisdael, intervint Inigo, désireux d'étaler sa culture davantage que de me porter secours. Un des tableaux préférés de maman. Elle prétend qu'elle aimerait mieux vendre son âme plutôt que cette toile. Je crois que c'était un cadeau de papa.

– Dieu, j'adore les Hollandais. Il y a une telle émotion dans leur façon d'utiliser la couleur, déclara Harry, ce qui m'énerva au plus haut point.

– Pourquoi est-ce que je ne tombe jamais sur un de ces

hommes merveilleux qui m'offriraient des tableaux ? » dit Charlotte, songeuse. (Sachez qu'à ce moment même, elle venait de finir d'engloutir sa soupe à la tomate et qu'elle sauçait ce qui restait dans mon assiette avec du pain. Elle s'y prenait avec un tel naturel que personne ne s'en formalisait. Telle était Charlotte : elle parvenait à donner une touche artistique, même à ses mauvaises manières de table.)

« Ça ne sert pas à grand-chose, en fin de compte, si on est obligé de vendre tous les tableaux qu'on a reçus en cadeau, remarquai-je.

— Le fait de me dire qu'il existe un homme disposé à me les acheter, je crois que ça me suffirait.

— Tu as eu beaucoup d'amoureux ? lui demanda Inigo.

— Inigo ! m'insurgeai-je. Je t'en prie !

— Oh ! ce n'est pas grave, dit Charlotte en souriant. C'est à ça que servent les petits frères, non ? À poser ce genre de questions ?

— Pas si petit que ça, grogna Inigo. J'ai eu seize ans le mois dernier. »

Il y eut un silence. Je m'aperçus qu'Harry me lançait un regard entendu dont le sens m'échappa. Allez, réponds, Charlotte ! pensai-je. Même si Inigo avait eu tort de lui poser cette question, j'avais envie autant que lui de connaître la réponse.

« Je suis folle d'un garçon qui s'appelle Andrew, dit-elle très calmement. A le T, comme l'appelle Harry, Andrew le Teddy Boy. D'après ma mère et tante Clare, il n'est absolument pas fait pour moi. Je crois bien que c'est à peu près la seule chose sur laquelle elles soient tombées d'accord depuis très longtemps, s'esclaffa-t-elle.

– Et pourquoi est-ce qu'il ne leur plaît pas ? » insista Inigo, et cette fois je ne dis rien.

Charlotte prit une longue gorgée de champagne. « Oh ! parce que c'est un Teddy Boy, tout simplement. Veston, pantalon collant, coiffure en queue de canard, irradiant le mécontentement. Au début, tante Clare trouvait ça très bien. Elle n'arrêtait pas de dire que c'était une bonne chose de fréquenter des garçons un peu différents – et puis, comme je ne donnais aucun signe de lassitude, elle a commencé à se faire un peu de souci. "À ton âge, je changeais d'amoureux toutes les semaines !" répétait-elle. Comme si c'était un argument définitif. » Tout en parlant, elle ne quittait pas Inigo des yeux. « Tout le monde a commencé à s'émouvoir parce qu'Andrew le Teddy Boy n'avait ni argent ni aucune véritable perspective d'avenir. Le truc classique, en somme. Ils ont fini par m'avoir à l'usure. J'avais sans doute davantage besoin de tante Clare que de lui, et je n'ai jamais été très douée pour mentir. J'ai donc dit à Andrew que ce n'était plus la peine, qu'il fallait qu'on cesse de se voir, que ça ne pouvait pas marcher. Roméo et Juliette, un vrai crève-cœur », conclut-elle, en baissant la tête, tandis que ses longs cheveux frôlaient les bords de son assiette à soupe vide.

Je fus prise d'une compassion soudaine pour Andrew qui, pensais-je, ne pourrait jamais se libérer totalement du sortilège jeté par Charlotte, que j'enviais malgré tout – qu'un garçon tombe amoureux de moi figurait au nombre de mes plus grandes ambitions.

Harry capta mon regard et il eut un bref hochement de tête. Je m'éclaircis la voix.

« Qu'est-ce que vous avez vu au cinéma, ces derniers temps ? demandai-je, sans m'adresser à quelqu'un en particulier.

– *Fenêtre sur cour* », répondit Inigo.

Ce premier week-end à Magna avec Charlotte et Harry fut une sorte de révélation. Sans le poids écrasant qu'était la présence de maman, j'avais l'impression que la maison s'étirait au sortir d'un long sommeil. Pour la première fois de ma vie, le mot week-end signifiait liberté. Nous n'avions que trois soirées à passer ensemble, mais il aurait pu tout aussi bien y en avoir trente. Je nous revois, Charlotte et moi, grisées par le champagne, en train de danser dans la salle à manger où nous laissions des traces de pas poudrées de neige. Nous étions obligées de hurler pour pouvoir nous entendre et couvrir la voix ensorcelante de Johnnie Ray et celle de l'Amérique. Toujours l'Amérique. J'avais craint que Charlotte et Harry ne s'ennuient chez nous, qu'ils aient besoin de distractions, comme c'était le cas pour beaucoup de mes camarades d'école. J'avais dressé mentalement une longue liste d'activités diverses – jacquet, radio, lecture. Je m'étais inquiétée pour rien. Pas un seul disque de jazz ne put faire pièce à l'appétit insatiable que Charlotte se découvrait pour la collection de rock and roll d'Inigo. Quant au jacquet, qui aurait pu avoir envie d'y jouer, alors que nous avions un magicien et des cartes à notre disposition ?

Après le dîner, on alluma du feu dans la salle de bal et on mit la musique à fond. Charlotte me parla de son père, Willie, le seul frère de tante Clare, qui avait fait la Grande Guerre et succombé à une crise cardiaque au tout début de la suivante, puis elle revint sur sa mère, Sophia, et sa kyrielle de soupirants incongrus.

« Le chef d'orchestre est allergique à tout. Même au vin, ce que je trouve parfaitement égoïste. »

Harry me demanda de tirer une carte dans le jeu que j'avais déniché dans un tiroir de la cuisine.

« Et maintenant ? dis-je, la carte pressée sur ma poitrine. Est-ce que je dois te dire quelle est ma couleur préférée ou le jour de ma naissance, pour que tu puisses deviner quelle est cette carte ?

– Le quatre de trèfle, fit-il, en bâillant. Ça gagne du temps. »

Je retournai la carte sur la table, en poussant un petit cri de stupéfaction.

« Refais-le-moi », dit Inigo, en examinant la carte.

Toujours aussi impassible, Harry exécuta sept fois le même tour, avec chacun de nous deux. Après quoi, il escamota sous nos yeux un grand mouchoir de soie rouge, qu'il fit réapparaître deux minutes plus tard dans la poche de la veste d'Inigo, à l'autre bout de la pièce. C'était un magicien prodigieux et plus il pratiquait son art sur nous, plus la tension semblait quitter son corps, pour être remplacée par un air d'aimable insolence qui paraissait dire : « Je vais encore vous avoir, mais c'est seulement parce que je vous aime bien. » Il faisait beaucoup plus âgé que nous, mais ce n'était pas dû uniquement aux quelques années qu'il avait de plus ; toute sa personne avait quelque chose de théâtral et de désuet. Une autre caractéristique qui le différenciait de nous, c'était sa capacité à boire sans jamais être ivre. Après une demi-coupe de champagne, j'avais déjà la tête qui tournait. Tout devenait d'une drôlerie monumentale, rien ne me semblait impossible.

« Comment se fait-il que tu tiennes encore debout ? lui demandai-je, alors qu'il était en train de vider son cinquième verre.

– L'entraînement », répondit-il.

Vers 5 heures du matin, Inigo s'était découvert une envie irrésistible d'œufs à la coque, mais comme on les avait laissés bouillir trop longtemps, pendant qu'Harry exécutait un tour dans lequel il faisait disparaître une cuillère à soupe, ils finirent en œufs durs. Après les avoir écalés (une opération délicate pour qui a bu plus que de raison), on les trempa dans la boîte à sel, puis je tranchai de grosses tartines de pain blanc inégales que je beurrai d'une façon que Mary aurait qualifiée de généreuse. Charlotte nous prépara du café sucré, fort et brûlant, et Harry m'impressionna beaucoup en versant le reste de son cognac dans sa tasse, avec un soupir de désespoir. Ensuite, tout le monde enfila ses bottes pour aller s'asseoir sur le banc faisant face à la mare aux canards, avec une cargaison d'écharpes et de couvertures de voyage.

« Habiter un endroit pareil ! répétait Charlotte. Qui donc se cache dans la maison au bout de l'allée ? Nous sommes passés devant en arrivant.

– Le petit manoir ? C'est là qu'on a passé la guerre. Quand on s'est réinstallés ici, on se perdait tout le temps. Le petit manoir n'est pas vraiment petit, mais si quelqu'un appelle, on l'entend de partout. Ici, quand on est dans l'aile est, on se trouve pour ainsi dire dans un autre espace-temps. »

Charlotte rit. « Nous avons passé presque toute la guerre chez ma grand-tante, dans l'Essex. Nous n'avions qu'une envie : retourner à Londres, où la vie semblait vachement palpitante, alors que nous étions coincés au milieu de nulle part. »

Je murmurai un assentiment.

« Je me sentais frustrée. Tante Clare était restée à Londres et, à ma connaissance, elle s'amusait énormément. Elle déjeunait tout le temps chez Fortnum, avec les gravats qui lui dégringolaient sur la tête. Elle disait que la guerre avait quelque chose de grisant. »

Le jardin se déployait sous nos yeux, immobile, à l'écoute de chacune de nos paroles, me semblait-il. Au moment où l'aube grise commençait à naître, je courus dans la maison remettre un disque de Johnnie Ray et j'ouvris en grand les fenêtres de la salle de bal pour que l'air glacé s'emplisse de cette voix et d'Amérique, pendant que nous restions tous les quatre sans bouger, sans parler, osant à peine respirer. Frigorifiée sur mon banc, je serrais les dents pour les empêcher de claquer. J'avais l'impression que des étincelles fusaient du bout de mes doigts ; tout était révérencieusement vivant. La caféine faisait bourdonner ma tête ; le manque de sommeil et le froid de ce petit matin vif et glacé qui pénétrait mes poumons enfumés me donnaient le vertige. Quand le morceau fut terminé, deux minutes et demie plus tard, quelque chose avait changé. Je crois que nous le sentions tous les quatre, chacun de son côté, seul avec sa petite explication personnelle concernant la raison pour laquelle l'axe du monde s'était déplacé.

« C'est bien, non ? finit par dire Charlotte.

– Mieux que bien », déclarai-je.

Au lever du jour, le soleil perça sous les nuages et des diamants commencèrent à virevolter sur la neige. Magna, et tout ce qui l'environnait, scintillait de mille feux.

Après ce premier week-end passé avec Charlotte, il me devint impossible d'imaginer qu'il y avait eu une époque où je ne la connaissais pas. Je me rendais compte qu'une atmosphère chaotique l'accompagnait partout (il lui suffisait de s'asseoir pour renverser quelque chose : une tasse de thé, le pot de confiture, le sucrier, et elle ne remettait jamais rien en place), mais ces traits de sa personnalité, qu'on aurait qualifiés de défauts chez n'importe qui d'autre, ajoutaient seulement à son charme. Si elle envoyait promener un objet en racontant une histoire, c'est parce qu'elle faisait de grands gestes. Si elle ne rangeait rien, c'est parce que son attention était trop facilement distraite – le coucher du soleil sur le petit bois, un livre qu'elle venait de remarquer dans la bibliothèque l'accaparaient si totalement qu'elle en oubliait ce qu'elle était en train de faire. Elle n'arrêtait pas de parler et, si elle mangeait peu aux repas, elle se montrait aussi gourmande, le reste du temps, que chez tante Clare. Tout en bavardant, après le déjeuner et le dîner, elle restait à l'écoute des pas bruyants de Mary, qui allait et venait dans la cuisine et l'office, si bien qu'une sorte de jeu commença à s'esquisser.

« Pénélope, je crois que Mary est allée faire un petit tour. Est-ce qu'on ne pourrait pas se glisser dans la cuisine pour prendre de quoi faire la soudure ? » chuchotait-elle soudain, au milieu d'une conversation. Elle possédait un sens du détail digne d'un maître pâtissier et, après son intervention, tout était beaucoup plus appétissant. Une fois que Charlotte l'avait fait mariner dans du sucre roux, aspergée d'un jus de citron et agrémentée d'une cuillerée de miel, la salade de fruits de Mary devenait presque un régal des dieux. La porte de l'office ne cessait de s'ouvrir et de se refermer, à toute heure du jour et de la nuit. Le dimanche soir, toutefois, il y eut un moment difficile.

« Quelqu'un a touché à ma tarte à l'ananas, déclara Mary, sur un ton menaçant. Quand j'ai éteint la lumière, hier soir, il en restait la moitié. Ce matin, il n'y en a même plus une part.

– Les chauves-souris, dit Charlotte, solennelle. Ça mange tout. »

Mary ne savait pas trop quoi penser de Charlotte.

Le lundi matin, avant de partir pour la gare, j'emmenai Charlotte voir Banjo. J'avais emporté quelques carrés de chocolat à cuire que nous sucions, appuyées contre la porte de sa stalle de façon assez cavalière. Charlotte me confia qu'elle ne savait pas monter, pourtant elle séduisit mon poney, qui se montrait d'ordinaire très distant avec les étrangers, en le gavant de carottes chapardées dans le garde-manger de Mary.

« Il a une façon de les croquer que j'adore, pas toi ? dit-elle en lui offrant une carotte comme si c'était un cornet de glace. J'ai passé mon adolescence à supplier mes parents de m'acheter un poney. L'équitation ne m'attirait pas particulièrement, mais panser un cheval et le parer, ça oui, ça m'aurait plu. J'ai dû me contenter d'un cheval à bascule des plus ordinaires. Ce n'est pas du tout pareil.

– Je faisais moi-même mes cocardes, avec des rubans et du carton découpé dans le fond des paquets de céréales. Personnellement, je n'ai jamais eu de prix. Banjo était trop vif, et indiscipliné de surcroît. Une année, au concours régional, il m'a projetée hors de la piste, pendant que j'étais censée présenter mon épreuve libre.

– Tu ne pouvais pas leur dire que c'était justement ça, ton épreuve libre ?

– Je n'en ai pas eu l'occasion. J'ai été disqualifiée.

– Quelle honte ! L'enfance est une torture. Tu n'es pas contente d'être sortie de cet enfer ?

– Je n'ai pas vraiment l'impression d'en être sortie. Le jour où j'ai rencontré tante Clare chez Selfridges, quand j'ai fait tomber leur mannequin, il m'a semblé avoir douze ans.

– C'est ce qui est merveilleux quand on en a dix-huit. On peut invoquer n'importe quelle excuse pour se justifier de ne pas savoir ce qu'on fait. Moi, je procède toujours comme ça. »

Je trouvai cette réflexion curieuse dans la bouche d'une personne qui semblait savoir très exactement ce qu'elle faisait, en toutes circonstances. Elle croqua le haut de la dernière carotte.

« Ma mère estime que je devrais me mettre en quête d'un homme riche à épouser. Elle dit tout le temps que je me "calmerai" une fois que j'aurai déniché un mari. Elle déteste m'avoir à la maison, à fureter parmi ses livres et à aller et venir toute la nuit. Elle me trouve paresseuse.

– Et tu l'es ?

– Bien entendu. Comme toute personne sensée. Pas toi ?

– Je ne sais pas, dis-je en pensant à mes études. En classe, je n'étais pas un phénix. Mais j'aime écrire, inventer des histoires, poursuivis-je sans conviction. À l'école, on ne nous encourageait pas à faire travailler notre imagination.

– L'école n'a rien à voir avec l'imagination, lâcha-t-elle avec mépris, en soufflant dans ses mains gantées. Et maintenant, si on allait faire un tour dans le jardin ? »

L'éclat du soleil sur la neige nous brûlait les yeux.

Après avoir retraversé le pré, escaladé la barrière, nous pénétrâmes dans le jardin clos par ce qu'on appelait le portail de Johns, car c'est là qu'on le trouve tous les matins à 11 heures, en train de fumer sa pipe, avec Fido à ses pieds qui guette les miettes de son sandwich au fromage. En nous voyant arriver, il souleva sa casquette.

« Belle journée ! s'exclama Charlotte, qui se baissa pour tapoter Fido.

– Magnifique », reconnut-il, en lui adressant un signe de tête – Gabriel Oak à Bethsabée [1] – tandis qu'il nous ouvrait le portail.

---

1. Allusion au roman de Thomas Hardy, *Loin de la foule déchaînée*. (*N.d.T.*)

Le jardin clos surprend un peu par rapport à l'austérité d'une demeure comme Magna. Il est tout en courbes et en poésie, surtout avec la neige qui crissait sous nos pas, tandis que nous marchions sans nous presser sur le chemin qui en faisait le tour.

« Comme c'est drôle, dit Charlotte. Trouver un jardin aussi pittoresque, ici. C'est William Kent qui l'a dessiné, non ?

– Euh... oui », dis-je, toute contente. Ce nom-là, au moins, me disait quelque chose. « Ça alors, Charlotte, comment peux-tu savoir tant de choses ? Tu me fais honte, tu connais l'histoire de Magna mieux que moi.

– Les gens qui vivent dans une maison célèbre savent tout à son sujet ou alors rien du tout. Les deux peuvent se comprendre, d'ailleurs. Il y a quelque chose de très classe dans le fait d'habiter une demeure d'une telle ampleur et de ne pas avoir la moindre idée de l'année où la première brique en a été posée. »

Nous nous étions arrêtées devant le petit Apollon de marbre donnant sur le verger de noyers. De ses mains gantées, Charlotte lui caressa les pieds.

« Quand nous étions petits, Inigo et moi, nous venions dans ce jardin presque uniquement pour nous gaver de fruits. Quant aux ifs et aux haies, c'était l'idéal pour jouer à cache-cache. » Je secouai une branche de pommier et un peu de neige tomba sur le sol, avec un bruit ouaté. « Pendant la guerre, les dames du Women's Institute venaient très souvent y ramasser des fruits. Maman se tenait à proximité pour donner des directives, mais elle ne s'y entendait guère pour mettre la main à la pâte. Elle disait toujours que ce n'était pas une guerre qui la transformerait en vieille bonne femme mal fagotée et affligée de mains calleuses. »

Je m'en voulus un peu de ma perfidie, mais, en même temps, cet aveu me soulageait.

Charlotte s'extasiait devant tout ce qu'elle voyait – les rameaux sinueux des pommiers et des cerisiers ployant sous la neige, Marc Antoine, notre jeune coq, qui s'égosillait à se faire éclater les poumons sur le toit du poulailler –, en réussissant curieusement à donner l'impression d'en être le maître d'œuvre. Le froid lui allait bien ; avec son nez rouge et luisant, et ses joues vermeilles, elle ressemblait à l'un de ces mannequins ornant la couverture des catalogues de tricot que Mary se faisait envoyer.

Je l'emmenai dans le petit bois.

« Regarde ça ! » dit-elle, en prenant une poignée de neige dont elle fit une boule. Nous dûmes nous baisser pour passer sous des branches basses, avant d'arriver sur le sentier qui serpentait parmi les arbres, puis débouchait dans le haut de l'allée. Le monde entier se dissolvait dans le blanc et l'argent, avec parfois un rehaut de couleur apporté par les baies écarlates du houx. L'aurais-je voulu que je n'aurais pu mettre en scène une matinée aussi spectaculaire.

« Je suppose qu'Harry t'a montré l'invitation, dit Charlotte. J'ai essayé de lui expliquer que tu avais mieux à faire que d'aller te montrer avec lui à une soirée sans intérêt, mais il dit qu'il faut tout essayer et que tu es exactement le genre de fille que Marina ne peut pas sentir. Soit dit en passant, je trouve que c'est un compliment. »

Je ris, embarrassée. « Je dois reconnaître que j'aimerais beaucoup voir ce qu'ils ont fait de Dover House.

– Harry est de très bonne compagnie, dans les soirées, remarqua-t-elle, en lançant la boule de neige qu'elle rattrapa adroitement. Il fait partie de ces rares individus à qui l'alcool réussit.

– Tu ne penses pas qu'il perd son temps en essayant de la reconquérir ?

– Qui sait ? Quand on est aussi préoccupé de soi-même que l'est Marina, il reste peu de temps pour s'intéresser à autre chose. Je crois qu'elle l'a vraiment aimé. Je ne les ai vus ensemble que deux ou trois fois. Il prétend qu'il la faisait rire. Les filles aiment ça, n'est-ce pas ? » Il y avait dans son ton cette même mélancolie que j'avais perçue quand elle parlait du mystérieux Andrew. Elle s'éclaircit la voix et lança la boule de neige au loin. « Attends de la connaître ! Harry n'était pas assez beau garçon pour une fille comme elle. Trop petit et bien trop spécial. Je ne vois pas les Hamilton accepter quelqu'un d'aussi asymétrique.

– Qu'est-ce... qu'est-ce qu'il a aux yeux ? C'est de naissance ?

– Oh non ! grogna-t-elle. Je redoutais cette question. » Elle se mordit la lèvre et prit une grande inspiration. « Il a des yeux bizarres parce que je lui ai enfoncé un crayon dans l'œil quand j'avais deux ans. Avant ça, il avait deux yeux bleus. Après cette agression, l'un d'eux a viré au marron. Tante Clare était affolée, persuadée qu'il allait devenir aveugle ; heureusement, il n'en a rien été, même s'il n'a pas tout à fait dix dixièmes à cet œil.

– Pauvre Harry ! dis-je, bouleversée.

– Mais pour un magicien, c'est bien, non ?

– C'est vrai qu'il a le physique de l'emploi.

– Je dis toujours à tante Clare qu'il ne pourrait vraiment pas être autre chose, parce que ses yeux ne lui permettraient pas de faire un métier sérieux. Honnêtement, qui aurait confiance dans un banquier doté d'un œil bleu et d'un œil marron ? Ça lui donne un air indécis, tu ne trouves pas ?

– C'est un peu comme pour Johnnie Ray. On l'a laissé tomber par terre quand il était tout petit, et il est devenu sourd, ce qui ne l'a pas empêché de vouloir réussir à tout prix...

– Comme pour Johnnie Ray, le succès en moins, coupa sèchement Charlotte. Comme tu le sais, tante Clare désespère de lui. Elle rêvait qu'il devienne un ponte de la City, pour qu'il puisse lui acheter une belle maison à Mayfair. Elle est affreusement déçue qu'Harry ait choisi cette voie.

– Ma mère tremble à l'idée qu'Inigo parte en Amérique pour tenter sa chance dans la musique. Ça lui fait plus peur que de le voir contraint de faire son service militaire.

– Toutes les mères ont peur pour leur fils, il me semble, dit Charlotte. Personnellement, j'espère que je n'aurai que des filles.

– Ma mère n'a pas une très haute opinion de moi. Elle ne comprend pas pourquoi je ne suis pas encore mariée. La première fois qu'il l'a vue, mon père s'est trouvé mal.

– Non ! C'est vrai ?

– Oh oui ! C'est l'un des grands préceptes de maman. Il ne faut surtout pas lâcher un homme qui n'a pas hésité à s'évanouir la première fois qu'il a posé les yeux sur vous.

– Elle a bien raison, si tu veux mon avis. Andrew ne s'est jamais trouvé mal. Il n'y aurait même jamais songé. Malgré tout, je lui plaisais suffisamment pour qu'il m'ait demandée en mariage.

– Quoi !

– Mais oui. Il voulait m'épouser. » Elle donna un coup de pied dans la neige. « C'est ce qui a tout gâché.

– Qu'est-ce que tu lui as répondu ?

– Non, bien sûr. »

Le silence qui nous entourait donnait de l'écho à ses paroles ; sa voix restait en suspens, lourde, dans l'air glacé.

« Tante Clare en aurait fait une maladie et je n'aurais pas pu lui en vouloir. Il a zéro en tout, sauf pour une chose.

– Laquelle ? demandai-je, bien que j'eusse deviné la réponse.

– J'étais folle de lui, dit-elle simplement. Je le suis toujours. Folle d'A le T. » Puis elle changea de sujet si brusquement qu'elle n'aurait pas pu mieux me faire comprendre de ne plus la questionner sur ce sujet. « Où tes parents se sont-ils connus ? reprit-elle.

– Ici, à Magna. À la mi-juin.

– Juin ! C'est comme un autre pays ! »

Pourtant, même en plein cœur de l'hiver, je sentais le bouillonnement fécond et entêtant de ce soir de l'été 1937, embaumant la menthe. Sous la terre de novembre, dure comme du diamant, était tapi un été futur, plein de douceur et porteur de promesses éternelles, d'abeilles bourdonnantes et de coups de foudre.

« Dis-moi, quelle est la chanson de Johnnie Ray que tu préfères ? demanda-t-elle, en sautant du coq à l'âne, une fois de plus.

– Oh, ne me demande pas ça ! me lamentai-je. C'est épouvantable d'avoir à faire un choix. »

Elle rit. « Allons, Pénélope, secoue-toi un peu. »

À notre retour du petit bois, je trouvai Harry dans la bibliothèque, en train de lire des poèmes de Keats.

« Le train part dans une heure, annonçai-je. Tu veux manger quelque chose avant de partir ?

– Non, merci. »

Je m'apprêtais à m'en aller, sentant qu'il avait envie d'être un peu seul.

« La Grande Galerie, dit-il soudain. Est-ce que tu pourrais m'y emmener avant qu'on parte ?

– Oh ! fis-je, surprise et plutôt contrariée. C'est qu'elle est condamnée.

– Et alors ?

– On ne peut pas y entrer.

– Mais tu es chez toi, pourtant !

– Je sais bien. »

Il haussa les épaules et reprit sa lecture.

« D'accord, dis-je, à contrecœur et non sans hésitation. Mais seulement cinq minutes. Et ne te précipite pas sur moi pour me faire des reproches si tu passes au travers du plancher et que tu te casses les deux jambes.

– Comment pourrais-je me précipiter sur toi si je...

– D'accord, d'accord », l'interrompis-je sèchement.

La Grande Galerie est l'une des plus anciennes salles de la maison. À l'origine, elle servait en quelque sorte de gymnase pour les dames qui avaient envie de se dégourdir les jambes, l'après-midi, sans avoir à affronter le froid ou la pluie (ou la neige, au demeurant). Dans notre enfance, Inigo et moi y étions toujours fourrés, car c'était un endroit idéal pour organiser toutes sortes de jeux et nous pouvions y faire tout le bruit que nous voulions sans déranger personne. Nous adorions la Grande Galerie. Le parquet de chêne reluisait d'avoir été fourbi pendant des centaines d'années par des pas vacillant sur ses lames inégales. Le plafond voûté en berceau donnait l'impression de se trouver sur un navire et, quand le vent soufflait, on sentait presque ce vaisseau craquer sous les pieds et fendre les flots.

Mais, aujourd'hui, la Grande Galerie ne m'attirait plus du tout. Il faut savoir que c'est là que nous étions, Inigo et moi, en train de jouer aux billes (ou plutôt à une variante de ce jeu, car, n'en connaissant pas les règles, nous nous contentions de lancer les billes de verre sur le plancher et c'était à qui atteindrait le premier le fond, sans changer de trajectoire, bien entendu), quand Mary était venue nous dire que papa était mort. À partir de ce jour, c'en fut terminé de la Grande Galerie. Elle devint hantée. Sa porte resta fermée ; maman jeta l'éponge, elle se déclara désormais incapable de s'en occuper, ce qui nous convenait parfaitement à tous les deux, mon frère et moi. Malgré tout, parvenue à l'âge de dix-huit ans, j'avais un peu honte chaque fois que je pensais à cette salle qui se morfondait tout là-haut – une salle si grandiose, si pleine de vie, des siècles durant – abandonnée aux souris, aux araignées et aux vers. Je me sentais trop vieille, maintenant, pour en avoir peur.

« Viens », ordonnai-je, et Harry me suivit – il y avait quatre volées de marches, qui devenaient de plus en plus étroites à chaque palier – jusque devant l'entrée. Je tournai la clé rouillée dans la serrure et la porte s'ouvrit en grinçant, comme dans un film de Hitchcock ; je m'attendais presque à ce que tout vire au noir et blanc. Je restai sur le seuil, impatientée, tandis qu'Harry pénétrait prudemment à l'intérieur. Ce n'était pas le bon jour pour essayer de vaincre mes vieux démons. Mon irritation était disproportionnée par rapport à la situation. Je fus prise soudain d'une violente antipathie pour Harry qui m'avait obligée à ouvrir cette porte.

Et aussitôt, il envoya sa première question.

« De quelle époque date cette salle ? dit-il en faisant courir ses mains sur le mur.

– Du Moyen Âge, comme le reste, répondis-je, du tac au tac.

– Le Moyen Âge a duré un certain temps. Tu ne peux pas être plus précise ?

– 1328 », lançai-je, au hasard.

Il s'allongea par terre et ferma les yeux, ce que je trouvai suprêmement agaçant. Il le fait exprès pour m'embêter, pensai-je.

« Est-ce que tu as déjà passé une nuit entière ici ? » Il ne cessait de m'interroger et chacune de ses questions me paraissait induire la supposition que je répondrais forcément mal.

« Non, dis-je. Il fait trop froid et c'est un endroit qui fait peur. »

Il referma les yeux et sa moue narquoise reparut sur ses lèvres. Il me trouve pathétique, pensai-je.

« À dire vrai, je n'aime pas monter ici, enchaînai-je, sur un ton agressif. C'est là que j'étais quand j'ai appris que mon père avait été tué. Ça me rappelle de mauvais souvenirs.

– Comme c'est bizarre », marmonna-t-il. Je le détestai d'avoir dit ça et je me détestai pour lui avoir raconté cette histoire, parce que ça me mettait dans une position de faiblesse et, surtout, parce que je me rendais compte que je la lui avais racontée uniquement pour lui donner mauvaise conscience.

« Vous ne devriez pas laisser cette salle à l'abandon », dit-il en se relevant. Il battit des paupières et traversa la galerie pour s'approcher d'une fenêtre d'où il contempla la pelouse enneigée. « Quel endroit fabuleux pour observer les astres ! »

Je me sentis envahie par une pesante nostalgie et par la douceur romantique des siècles passés – j'entendais même les cloches de l'église sonner le glas dans l'air coupant, qui me rappelaient l'enterrement de papa et les larmes de maman.

« Partons, ça vaut mieux, dis-je, d'une voix que je n'aimais pas. Il ne faut pas que tu rates ton train. »

Il se retourna vers moi et éclata de rire. « Tu as vraiment hâte de te débarrasser de moi, hein ?

– Non, pas du tout.

– Tu sais ce que tu devrais faire ?

– Non. »

Il repoussa ses cheveux en arrière. « Venir t'installer à Londres. Je me suis mis dans un sacré pétrin avec Marina, mais au moins ça m'a permis de me dégager des griffes de ma mère pour aller explorer les coins sombres du Jazz Café. Je trouve que tu aurais besoin de faire pareil. »

Je lui lançai un regard meurtrier. Du moins, je le pense. En règle générale, mes regards meurtriers manquent d'efficacité. Inigo prétend qu'ils me donnent l'air d'être assise sur des chardons.

« Tu as dix-huit ans, bon sang, poursuivit-il. Si tu ne t'échappes pas maintenant, tu ne le feras jamais.
– M'échapper ?
– Oui. T'échapper. J'imagine l'attraction que peut exercer une maison comme celle-ci, mais ne compte pas trouver Johnnie Ray dans ta cambrousse.
– En tout cas, je t'accompagnerai à cette soirée, si c'est ça qui t'inquiète, ironisai-je.
– Ce sera déjà un début. Ah ! et rassure-toi : si jamais tu t'ennuyais à Dorset House, sache qu'elle est remplie de tableaux stupéfiants. Le rêve, pour quelqu'un qui s'intéresse à l'art autant que toi. »

C'est plus fort que lui, pensai-je avec aigreur, et je pris le parti de garder un silence digne jusqu'à ce que nous soyons redescendus jusqu'en bas.

Si nous avions été dehors, je lui aurais fourré une boule de neige dans le col de son manteau.

VII

Perdue dans la foule

Si maman sentit qu'un changement s'était produit à Magna à la suite de ce week-end enneigé, elle n'en montra rien. Elle rentra de ses trois jours chez Belinda chargée, comme chaque fois, d'un assortiment de cadeaux déroutants – pour moi, une pomme de pin costumée en hérisson, lui-même costumé en infirmière, une paire de hideuses pantoufles kaki pour Inigo et un étui à brosse à dents en tricot pour Mary – et annonça que jamais elle n'avait passé un aussi bon moment.

« C'est vraiment un amour, mais elle se laisse trop aller, remarqua-t-elle joyeusement. Quel dommage ! Mon Dieu, quand je pense à ce qu'elle était quand je l'ai connue ! Une si jolie fille, avec des cils d'une longueur incroyable. » C'était encore un procédé classique de ma mère : faire l'éloge d'une beauté disparue depuis longtemps. J'avais un peu de peine pour cette pauvre Belinda.

« Elle s'entoure d'hommes extraordinaires, bien sûr. Ils sont tous plus près de soixante-dix ans que de quarante, mais c'était fascinant. Les repas étaient immangeables, mais je me demande s'il en a jamais été autrement. Ces messieurs étaient tous trop occupés à jacasser pour s'en apercevoir. Ah ! Il faut que j'aille voir Johns, pour lui parler de la table de salle à manger. »

Je ne crois pas que c'était vrai. Je ne crois pas qu'elle avait besoin le moins du monde de s'entretenir avec Johns, mais, à l'évidence, elle n'avait pas l'intention de nous poser des questions sur notre week-end. J'étais à la fois soulagée et profondément irritée. Inigo semblait n'avoir rien remarqué. Je mis la question sur le tapis le soir même, après que maman fut partie se coucher.

« Bizarre que maman n'ait pas parlé de Charlotte et Harry, lui dis-je, tout en tisonnant le feu. On aurait pu penser qu'elle mourrait d'envie de savoir comment ça s'était passé.

— Mais bien sûr qu'elle en meurt d'envie. Ce que tu peux être naïve, quelquefois, Pénélope. Elle prend l'air indifférent mais, au fond d'elle-même, elle crève d'envie de savoir comment ça s'est passé. À ta place, je ne prendrais pas la peine de lui dire quoi que ce soit. Elle va craquer, tôt ou tard, n'oublie pas ce que je te dis. Tu verras.

— Pourquoi faut-il que tout soit aussi compliqué ? Vois-tu, il y a des fois où j'ai l'impression très nette que maman nous cache des choses.

— À propos de quoi ?

— À propos de Clare Delancy.

— Où as-tu pris cette idée ?

— Oh, je ne sais pas ! Je le sens, voilà tout, c'est comme un pressentiment. » Je ne voulais évidemment pas avouer que j'avais jeté un coup d'œil discret au journal de maman. « Pourquoi ne peut-elle pas se comporter normalement ?

– C'est une chose qu'on ne doit souhaiter à personne, répliqua Inigo, en faisant mine de frissonner. Et puis, ne sois pas idiote. Maman est incapable de garder quoi que ce soit pour elle. »

À la suite de cette conversation, j'allai me coucher. Il semblait inutile de discuter davantage. Maman ne craqua pas le lendemain, ni le jour suivant. Elle ne craqua pas non plus quand Harry me téléphona, afin de mettre au point notre tactique pour la fameuse soirée. Et en définitive, ce fut moi, bien entendu, qui cédai sous la pression.

« Ce soir, il y a une réception chez Marina Hamilton, maman. On ne parle que de ça.

– Ah bon ?

– Enfin... oui, je crois.

– Si tu le crois seulement, il ne doit pas y avoir grand-chose à en dire.

– Il paraît qu'ils ont fait venir un chef de Paris en avion. Il doit préparer des omelettes à l'aube, dis-je avec assurance.

– C'est révoltant.

– Apparemment, Marina a conçu sa robe elle-même.

– Si elle ressemble tant soit peu à sa mère, il serait plus exact de dire qu'elle a conçu un tipi. Tania Hamilton a une conformation digne de la figure de proue d'un vaisseau pirate. »

Je jouai ma carte maîtresse. « De toute manière, je

ne rentrerai pas à la maison. Après la réception, j'irai dormir chez Clare Delancy.

– Qui ça ? demanda-t-elle, l'air sincèrement perplexe.

– Voyons, maman, je t'ai parlé d'elle au cours de notre dernier Dîner de canard. Elle dit qu'elle vous connaît, toi et... papa. C'est la tante de mon amie Charlotte...

– Ah oui ! La tante de Charlotte. L'amie des chats.

– Entre autres choses. Elle aime aussi les gâteaux, et puis elle écrit. Elle est... »

Mais maman était déjà passée à un autre sujet. « Bon, bon, fit-elle, agacée. N'oublie pas de dire à Johns à quelle heure il doit venir te chercher à la gare, demain matin. Et puis, Pénélope, remonte tes cheveux, par pitié. Tu ne peux pas les laisser pendre autour de ton visage comme des oreilles d'épagneul. Dis aussi à Mary de donner un petit coup à tes chaussures, avant que tu partes.

– Oui, maman. »

Je ne doutai pas un instant qu'elle savait très exactement qui était tante Clare.

Dans l'après-midi, je pris le train pour Londres et je passai la quasi-totalité du voyage à me ronger les sangs – étais-je vraiment mieux avec mes cheveux relevés ? Pour qui me prendrait-on si je ne trouvais rien à dire à personne ? –, si bien que, lorsque le train arriva en gare à Paddington, j'étais au centième dessous. Charlotte était venue me chercher, vêtue de son manteau vert et portant, vous ne le croirez pas, une cage à oiseaux.

« Des perroquets, me dit-elle en roulant des yeux. C'est le cadeau de mariage de Harry pour Marina. J'imagine qu'il croit faire preuve d'une ironie pleine de fiel, mais je trouve qu'il est tout simplement cruel. J'avais envisagé de les libérer dans Hyde Park. Qu'en penses-tu ?

– Harry ne te le pardonnerait jamais, dis-je avec un petit rire.

– Je me pose une question : est-ce que ça m'ennuierait vraiment ? Allez, viens, on va prendre un taxi pour aller à Kensington Court. »

À peine plus désagréable que la dernière fois que je l'avais vue, Phoebe nous fit entrer dans le bureau de tante Clare, où Harry était en train de lire le journal. En nous entendant, il sursauta.

« Tes oiseaux sont arrivés », ironisa Charlotte, en installant la cage en équilibre précaire sur un livre intitulé *Les Animaux sauvages que j'ai connus*, posé sur le bureau de tante Clare.

« Pénélope, tu as l'air d'une vraie princesse, dit Harry en bâillant.

– Je ne me suis pas encore habillée pour la soirée.

– Je n'ai jamais dit le contraire. Vous voulez boire quelque chose ? J'ai demandé à Phoebe d'ouvrir une bouteille de champagne avant que nous partions.

– Où est tante Clare ?

– En haut, au téléphone. Elle est très contente d'elle-même parce qu'elle a refusé l'invitation. Je crois que c'est la seule qu'elle n'a pas acceptée, de toute l'année.

– Je m'étonne qu'elle ne vienne pas, ne serait-ce que pour boire gratis, dit Charlotte. Apparemment, il y aura d'authentiques cocktails américains. Tant de bruits ont couru à propos de cette soirée que ça sera forcément une immense déception.

– Rien de ce que fait Marina n'est jamais décevant, hélas. Ces oiseaux ont soif, ajouta-t-il en examinant les perroquets.

– Nous aussi, dit Charlotte. Phoebe est de plus en plus lamentable. »

Alors, justement, Phoebe entra en claquant des talons, avec une bouteille et quelques verres poussiéreux sur un plateau. Je ne connaissais pas de fille moins enjouée et elle réussit même à faire rendre un son mélancolique au bouchon de champagne. Je bus une longue gorgée et mes yeux s'humectèrent.

« Il est tiède, se plaignit Charlotte, avec un frisson de dégoût. Il n'y a rien de pire. Je crois que je vais me réserver pour les daïquiris de ce soir.

– Les Daiquiri ? C'est bien ce couple si sympa qui élève des Norwich terriers, non ? » fit une voix venant du vestibule et, une seconde plus tard, tante Clare entrait en trombe. « Pénélope, ma chérie, quel bonheur ! » Elle m'embrassa sur les deux joues. « Comment va le cricket ?

– Oh, la casquette ! Mon Dieu, je m'en veux encore. »

Elle me fit un clin d'œil. « Mais non, mon petit. Il ne faut jamais se sentir coupable de quoi que ce soit... c'est une telle perte de temps. Bon, je prendrai un peu de champagne, Phoebe. Grands dieux ! Qu'est-ce que ces malheureux oiseaux fabriquent sur mon bureau ? » Elle s'étreignit la poitrine.

« Ils vont à Dorset House avec nous, ma tante. Ils font partie du plan Non-Marina-ne-fais-pas-ça.

– Pas étonnant qu'ils soient verts.
– Malades comme des perroquets », gloussa Charlotte.

Phoebe me conduisit dans ma chambre pour que je puisse me changer. C'était une pièce agréable – simple, propre, avec du feu qui dansait dans l'âtre, et quelqu'un avait mis des fleurs sur la commode. Je me lavai le visage et revêtis la robe en velours vert de chez Selfridges. Tandis que je bataillais avec mes cheveux pour tenter d'en tirer quelque chose de présentable, mes oreilles d'épagneul exécutaient un mouvement incessant de bas en haut. Pourquoi, oui, pourquoi n'étais-je pas une de ces créatures naturellement élégantes, comme maman ou Charlotte ? Au bout de vingt minutes, j'allai frapper à la porte de cette dernière, pour lui demander conseil.

« Maman dit que je devrais les relever.
– Tu devrais, elle a raison. » Elle s'empara de ma brosse et d'une poignée d'épingles. Elle était d'une beauté sans apprêts. Elle s'était contentée de bien brosser ses cheveux et d'enfiler une robe de soie bleue, mais son chic inné lui aurait permis de porter n'importe quoi. Le fait qu'elle fût grande était un vrai réconfort pour moi qui avais passé presque toute ma scolarité à me tenir le dos voûté, gênée d'être si voyante parmi des filles d'un mètre soixante. Charlotte mesurait à peine deux centimètres de moins que moi et sa taille ne paraissait aucunement l'embarrasser.

« J'aime bien ta robe, me dit-elle.
– Elle me serre un peu. Maman n'a pas voulu que je prenne la taille au-dessus. J'ai le trac, Charlotte.

155

– Ah bon ? Veinarde. Le trac, c'est idéal quand on va à une fête.

– Je ne sais pas comment je suis censée me comporter, avouai-je humblement.

– Contente-toi de sourire et d'avoir l'air de beaucoup t'amuser.

– Je connais à peine Harry. Ma situation est joliment embarrassante.

– Tu sais comment il s'appelle et lui sait qu'il y a un Ruisdael dans le couloir qui mène à ta chambre. Il me semble que ça suffit largement pour mettre Marina sur orbite.

– Le Ruisdael ou le fait qu'Harry sait où il se trouve ?

– Les deux. Pour être tout à fait franche, poursuivit-elle avec une petite moue, la bouche pleine d'épingles, le feuilleton Marina Hamilton commence à m'ennuyer ferme. Mais il peut arriver que des situations qui mettent des mois à évoluer dans la froide lumière du jour se débloquent en l'espace de quelques heures, la nuit, si les conditions sont propices. Je prévois qu'Harry passera par tous les stades : colère, désespoir, humiliation, suivis par la révélation, l'espoir et enfin la victoire. C'est le mélange d'alcool et de cigarettes qui fait cet effet. » Elle me fit pivoter face à la glace et s'exclama : « Et voilà. Ta mère pourra être contente.

– Ooooh, ça alors, c'est magnifique ! » Charlotte promena une houppette sur mon nez, m'effleura les joues avec du rouge et se recula pour admirer son œuvre.

« Pas mal du tout, si tu me permets de le dire. Ce n'est pas que tu avais besoin de grand-chose. Je ferais n'importe quoi pour avoir des taches de rousseur, remarqua-t-elle en s'examinant dans le miroir, les sourcils froncés. Quand j'étais petite, je m'en dessinais sur le nez avec de l'encre marron prélevée dans le plus beau stylo de maman.

– Oh, ne dis pas ça !

– Elle me croyait complètement folle, comme d'habitude, pauvre maman. Tante Clare trouvait ça drôle et ça la faisait enrager encore plus. »

Grâce à Charlotte, je possédais quelque chose, désormais, qui me faisait ressembler très exactement à ce que j'avais toujours imaginé pouvoir être. Pour la première fois de ma vie, je m'apprêtais à aller dans le monde avec ce je-ne-sais-quoi qui m'avait manqué jusqu'à présent : je venais d'acquérir une bonne dose d'assurance.

« Imbéciles ! murmura Charlotte, au moment où une batterie d'appareils photo ouvrait le feu sur nous. Crois-tu qu'un seul de ces types ait conscience que le bâtiment auquel ils tournent le dos a beaucoup plus d'intérêt que tous les ballots qui se trouvent à l'intérieur ? »

Malgré la pluie, une petite foule était amassée derrière les grilles de Dorset House pour assister à l'arrivée des invités, espérant peut-être entrapercevoir la princesse Margaret. Quand nous étions descendues du taxi, un ou deux reporters avaient appelé Charlotte par son nom, en lui demandant ce qu'elle tenait à la main.

« Des perroquets », répondit-elle, avec le plus grand sérieux et, aussitôt, quelqu'un accourut pour la débarrasser de la cage.

« Mais c'est un cadeau ! s'exclama-t-elle.
— Pour Mademoiselle Marina ? Saura-t-elle qui les lui a apportés ?
— J'en doute. »

L'homme sortit de sa poche une carte et un stylo et les tendit à Charlotte, laquelle les tendit à Harry. « De ma part », écrivit-il, d'une encre que la pluie faisait baver.

« Comment saura-t-elle que c'est toi qui les lui as offerts ? lui demandai-je, un peu agacée.
— Parce que jamais personne d'autre que moi ne lui offrira une chose qu'on ne peut ni porter, ni vaporiser, ni manger, ni boire ou sur laquelle on ne peut pas s'asseoir. »

C'était un enchantement de revoir Dorset House avec des yeux d'adulte. Je lui trouvai, non sans surprise, un côté italien, un air de villa romaine, avec ses trois étages de longues fenêtres cintrées, sa pierre pâle et son toit incliné. Des torches illuminaient la colonnade et un quartette à cordes jouait courageusement sous un auvent.

« Tu ne trouves pas ça romantique, sous la pluie ? soupirai-je.
— N'importe quoi a l'air romantique sous la pluie, remarqua Charlotte.
— Sauf les terrains de cricket et les taxis pas libres », dit Harry.

Quand j'étais petite, maman m'emmenait prendre le thé à Dorset House, où je retrouvais Theodore Fitz-William, un garçonnet morose qui avait deux ans de moins que moi. Ce soir, il ne restait rien de l'atmosphère réfrigérante de ces sinistres goûters d'enfance. La première chose qui me frappa fut l'agréable température qui régnait partout – chaque pièce avait été convenablement chauffée (ce qui aurait tué net, à coup sûr, le vieux lord FitzWilliam, s'il avait été là), et l'atmosphère aristocratique des années de guerre, désuète et coincée, s'était dissipée, remplacée par du glamour à l'américaine, clinquant et balayant tout sur son passage.

« Va me chercher à boire », ordonna Charlotte.

Comme tout le monde, nous avions eu le bon goût d'arriver en retard. Tout autour de nous, les invités pénétraient en masse dans le somptueux vestibule, où ils se débarrassaient de leur manteau et de leur chapeau, dans un brouhaha assourdissant, tandis qu'une foule joyeuse envahissait déjà le majestueux escalier, fraîchement restauré dans sa splendeur de marbre blanc. Je me souvenais des imposantes colonnes s'élevant jusqu'au niveau de la galerie du premier étage et de leur aspect spectral et inquiétant, car elles semblaient prêtes à s'écrouler à tout moment. Ce soir, elles donnaient l'impression de baigner dans le soleil californien. J'avais les oreilles qui bourdonnaient de propos palpitants.

Tiens, comment allez-vous ? Vous avez l'air trempée jusqu'aux os, ma pauvre. Je peux vous dire que ce temps a été un choc terrible pour Vernon, il s'était si bien habitué au climat de Los Angeles... Je ne crois pas vous avoir revue depuis le bal du gouverneur ! J'ai emprunté les boucles d'oreilles, mais pas le collier. Les Asprey, des gens si gentils... Oh ! Marilyn m'a envoyé des fleurs la semaine dernière, accompagnées d'un seul mot : « Joie »... Elle est adorable, une actrice si talentueuse, ma chère, et tellement fragile.

Charlotte et moi riions discrètement. Je regrettais de ne pas avoir mis des chaussures plus élégantes, quand je me rendis compte que chacun était trop préoccupé de sa propre apparence pour s'intéresser à la mienne. Je suivis le flot qui montait l'escalier et, chose curieuse, Dorset House me parut dix fois plus vaste qu'autrefois ; en effet, lorsqu'on revoit des lieux qu'on a connus enfant, ils semblent toujours plus petits. Harry s'était dirigé instinctivement vers la longue rangée de fenêtres.

« C'est bien de lui, dit Charlotte. Nous sommes dans l'une des plus somptueuses demeures d'Angleterre et la seule chose qu'il trouve à faire, c'est d'aller regarder par la fenêtre. Oh oui, j'en prendrai une, merci ! s'exclama-t-elle, en piquant une saucisse de cocktail à un serveur qui passait.

– Je vous en prie, mademoiselle », dit celui-ci d'un ton grave, en inclinant la tête.

Je constatai que, loin d'avoir été défiguré par les Hamilton, le salon avait été restauré avec beaucoup de respect. On avait mis en valeur des éléments de décor qui passaient inaperçus à l'époque – des nymphes, des licornes, qui folâtraient le long de la courbe du plafond, et cinq candélabres dont la lumière satinée faisait paraître les gens vingt fois plus beaux qu'ils ne l'étaient en réalité.

« Méfie-toi des éclairages flatteurs, dit Charlotte, qui avait deviné mes pensées et donnait toujours de sages conseils. C'est presque aussi dangereux que l'alcool. »

Harry vint nous rejoindre, afin de bien montrer que nous étions venues avec lui, mais il semblait connaître énormément de personnes qui, toutes, avaient l'air ravies de le voir. De temps à autre, au milieu d'une conversation, il jetait un regard dans ma direction et me souriait, ce qui devait faire partie de la petite comédie montée à l'intention de Marina, au cas où elle apparaîtrait. Charlotte, elle aussi, connaissait beaucoup de monde, dont les sulfureuses jumelles Wentworth, Kate et Helena, que je trouvai d'une beauté intimidante. Elles fumaient de minces cigares et alimentaient régulièrement la rubrique des potins, dans les magazines. Ce mois-ci, Kate faisait la couverture du *Tatler*.

« Comment vas-tu, Charlotte ? demanda Helena.

– Et surtout, comment va ton adorable tante ? » demanda Kate.

À cet instant, Hope Allen, la fille la plus ringarde de mon cours d'italien, affligée d'une peau de rhinocéros, m'aperçut et se précipita sur moi. Elle portait une robe à crinoline d'un blanc cassé peu flatteur et ses épaules grasses se couvraient peu à peu de plaques rouges, à cause de la chaleur, ce pourquoi elle m'aurait fait pitié si deux choses ne me l'avaient pas rendue odieuse. Premièrement, elle m'avait emprunté mon dictionnaire d'italien, et me l'avait rendu au bout d'un an, amputé de la lettre Z et avec ses pages toutes plissées, après l'avoir laissé tomber dans son bain. Deuxièmement, elle n'arrêtait pas de renifler pendant les cours. Elle n'avait jamais de mouchoir.

« Pénélope ! Qu'est-ce que tu fais ici ? vociféra-t-elle, formulant tout haut la question que je me posais justement à son sujet. Tu as quelque chose de changé. C'est ta coiffure, dis-moi ? »

J'opinai, submergée de honte. Pourquoi fallait-il que la seule personne qui me connût ici fût Hope Allen ? Elle promena son regard autour d'elle et ses yeux s'éclairèrent en voyant Charlotte, en grande conversation avec les jumelles Wentworth.

« Ça alors ! Ne regarde pas, surtout, c'est Charlotte Ferris qui est là-bas, avec les deux Wentworth, dit-elle à voix basse, en leur tournant le dos. J'ai lu quelque chose sur Charlotte dans le *Standard*, le mois dernier. On disait que c'était la seule fille de Londres capable de porter du Dior, d'identifier un grand bordeaux et de parler à des Teddy Boys », ajouta-t-elle, dans un chuchotement plus sonore que si elle avait parlé normalement. J'aurais voulu que les parquets cirés du salon m'engloutissent tout entière. Quant à ce que disait le *Standard*, j'avais des doutes. Le seul commentaire que j'avais jamais entendu dans la bouche de Charlotte, quand elle buvait du vin, c'était « Il est délicieux ».

« C'est une amie, dis-je, avec toute la dignité que je parvins à rassembler.

– Non ! Vous vous connaissez depuis longtemps ? s'exclama-t-elle, sur un ton de stupéfaction que je trouvai particulièrement vexant.

– Depuis quelques semaines. On est venues ensemble, ce soir.

– Ahhh ! Je comprends maintenant, pour ta coiffure... » Elle s'interrompit et m'étreignit le bras. « Oh ! c'est fabuleux, Harry Delancy est là, lui aussi. Je l'ai toujours trouvé terriblement séduisant, avec ce quelque chose d'intense qu'ont parfois les hommes petits.

– Intense ? répétai-je, l'air ébahi, en essayant, mine de rien, de mettre davantage de distance entre Charlotte et nous.

– Oui. Ils sont obligés de se donner beaucoup plus de mal, tu comprends, les petits. Résultat, ils font des maris merveilleux. Ça vaut la peine de s'en souvenir, sache-le.

– D'accord. »

La chance voulut que cette pénible conversation fût interrompue par des signaux désespérés émis depuis l'autre extrémité du salon par une énorme choucroute.

« Oh ! il faut que je te laisse, soupira Hope. C'est ma mère qui est là-bas. Tu la vois ? Celle qui parle avec la femme en doré ?

– Je la vois.

– Oh ! il faudra que tu me présentes à Charlotte tout à l'heure. Je l'ai déjà vue, avec mon cousin George, mais elle ne se souviendra pas de moi, bien sûr. C'est comme ça avec ce genre de filles. »

Son cousin George. Hope était la cousine de George Rogerson. Pas étonnant si, ce soir, elle était encore plus contente d'elle-même que d'habitude.

« Qui donc était cette malheureuse créature ? me demanda Charlotte, tandis que Hope s'éloignait.

– Hope Allen. Elle dit qu'elle te connaît.

– Impossible. Je me souviendrais d'un pareil épouvantail. »

Je ris, mais je pensais à ce que Hope avait dit à propos de Charlotte et du *Standard*. Personnellement, je trouvais le portrait assez ressemblant ; pour une fois la presse ne s'était pas trompée. En revanche, était-elle vraiment le genre de filles – un genre peu répandu

– qui pouvaient s'offrir le luxe de choisir les personnes dont elles souhaitaient se souvenir et celles qu'elles préféraient oublier ? Je me promis de faire partie, moi aussi, de cette coterie privilégiée, avant la fin de la soirée.

Harry se faufila jusqu'à nous, un verre vide à la main. « Vous devriez goûter ça, dit-il. Quand vous en aurez bu trois, allez là-bas, dans le coin du salon, et regardez Hyde Park. Je ne me suis jamais senti aussi près de m'envoler... » Son expression se figea brusquement, tandis que Charlotte et moi suivions son regard.

« La voici qui arrive ! chuchota Charlotte. La belle-mère dont rêve Harry. »

Resplendissante dans une robe argent festonnée de perles, et coiffée d'un diadème assorti, Tania Hamilton, très grande dame, était en train d'accueillir des invités. Elle faisait penser à un vaisseau de guerre miniature, encore plus large et plus courte que maman l'avait laissé entendre, mais elle avait cet air d'une femme qui jouit totalement de la vie. Elle fondit sur nous toutes voiles dehors, tenant son verre de cocktail devant elle, ainsi qu'une torche.

« Ah ! Monsieur Delancy, quel plaisir ! s'exclama-t-elle et, instantanément, je tombai sous le charme de son accent américain. Comme c'est courageux à vous d'être venu... George sera ravi. Mais qui sont vos amies ? Quel dommage que votre mère n'ait pas pu vous accompagner. » Son sourire radieux disait clairement qu'elle était soulagée de ne pas voir tante Clare. Harry fut dispensé de lui répondre, grâce à Kate Wentworth qui arriva furtivement derrière lui et lui mit la main sur les yeux, en marmonnant :

« Qui c'est ?

– La princesse héritière Giselle d'Espagne ? » proposa Harry, et Kate explosa de rire.

« Quelle soirée merveilleuse, lady Hamilton, dit Charlotte, sans attendre qu'Harry l'ait présentée. Je suis Charlotte Ferris, la cousine de Mr Delancy. Et voici ma... l'amie d'Harry, Pénélope Wallace. »

Lady Hamilton étreignit la main de Charlotte. « Mais bien sûr, Charlotte ! Quelle joie. J'ai tant entendu parler de vous !

– Oh, grands dieux ! » dit Charlotte, avec un petit sourire goguenard, et je dus me retenir pour ne pas rire.

« J'adore votre maison, fis-je avec aplomb. J'y venais avec ma mère quand j'étais petite, du temps des FitzWilliam. »

Zut de zut ! pensai-je, à peine ces mots furent-ils sortis de ma bouche. Elle ne va pas du tout apprécier ce détail.

« J'imagine que vous trouvez que nous l'avons dépouillée de tout son charme ancien pour lui donner un aspect grotesquement américain. » Lady Hamilton rit, nullement inquiète, à l'évidence. « Mon mari m'a dit que si nous ne l'avions pas achetée, on l'aurait démolie. Par conséquent, voilà encore une occasion où les Américains sont venus vous porter secours, ha ha ha ! Avez-vous goûté à tous nos cocktails ? J'ai un faible pour le Brandy Alexander, il est enivrant. Oh ! voulez-vous m'excuser, mes enfants ? Il me semble que la princesse arrive.

– Je la trouve adorable, dit Charlotte, en la regardant fendre la foule. J'aime bien son sens de l'humour.
– Elle n'a aucun sens de l'humour, répliqua Harry, qui s'était débarrassé de Kate Wentworth. Tenez, poursuivit-il, en cueillant au passage deux verres d'un breuvage couleur crème, sur le plateau d'un serveur à la figure de spectre. Et ne me demandez pas ce qu'il y a dedans. »

Je me contentai donc de trouver délicieuse cette mixture que je sirotai avec une paille. Elle avait un goût de noix de coco, de sucre et de pays portant des noms que je n'aurais pas su épeler. Après que nous en eûmes bu chacune un verre, Charlotte proposa d'essayer autre chose, et au moment même où nous allions attaquer notre troisième tournée, le visage d'Harry se figea car, de l'autre côté de la pièce, conforme en tout point à la description qu'il m'en avait faite, Marina Hamilton parlait avec des invités. Elle était beaucoup plus petite (comme le sont toujours les filles très sexy), plus mince et dix fois plus séduisante que je l'avais imaginé. Vêtue d'une robe rose vif, le poignet droit ceint d'une chaînette de diamants étincelants et le majeur de la main gauche orné d'un agrégat de rubis, elle irradiait le luxe et l'opulence. Comment Harry pouvait-il croire que ma présence allait l'inquiéter ? telle était la question que je me posais. Riant, buvant, fumant et resplendissant de tous ses feux, elle avait la façon de se mouvoir de quelqu'un qui se sait important. Même là où nous nous trouvions, assez loin, son célèbre rire éraillé nous parvenait par-dessus le bruit des voix et de la musique. Elle mit dix minutes avant d'apercevoir Harry et, même alors, elle se contenta de jeter un regard dans notre direction, en levant son verre. Tiens, c'est comme ça, me dis-je.

« Elle arrive ! » chuchota Charlotte.

Et, en effet, se dégageant d'un troupeau de jeunes filles, Marina s'avançait vers nous. Je la regardai, clouée sur place. Sa robe rose, du plus pur style Cendrillon, jurait somptueusement avec sa chevelure rousse relevée en chignon, mais sa démarche était digne de Marilyn.

« Il m'avait bien semblé que c'était toi, dit-elle, en se penchant pour embrasser lentement Harry sur les deux joues. Papa tenait à cet éclairage insensé, qui donne l'air à tout le monde de dévisager tout le monde, alors que, en réalité, chacun essaye tout simplement d'identifier les serveurs. Bonjour, Charlotte. Je suis si contente que tu aies pu venir. Oh ! vous êtes sûrement Pénélope. Comme c'est astucieux d'avoir trouvé une robe aussi simple.

– Selfridges, bredouillai-je.

– Elle est assortie à votre Mai Tai. Prenez-en un autre. »

Après un instant d'ahurissement, je compris que Marina parlait du cocktail que j'avais dans la main. En plus du charme évident que lui donnait son accent, sa voix était pareille à un rire – imprégnée de fumée et de jazz.

« Les recettes de cocktails de Trader Vic sont fantastiques, poursuivit-elle, en faisant courir ses ongles rouges et luisants sur son poignet enchâssé de diamants. Quel homme étonnant ! Savez-vous que lorsqu'il a lancé le Mai Tai à Hawaii, il y a déjà pas mal de temps, ç'a été un tel succès que les réserves mondiales de rhum ont été épuisées en l'espace d'une année ? Je trouve ça fabuleux. Tu devrais voir son restaurant à Los Angeles, Charlotte. Nous y allons le dimanche soir, en été, pour boire des Screwdrivers. On ne peut pas s'amuser davantage, en restant habillé, ajouta-t-elle, avec une lueur égrillarde dans les yeux. Je te conseille de t'alcooliser le plus possible, mon trésor. Les boissons sont d'une telle qualité, ce soir, que demain matin tu es sûre de te réveiller en pleine forme. Et si tu t'en tiens aux cocktails au rhum, tu ne le sentiras même pas. Fais-moi confiance. »

Il y eut un bref silence, puis je balbutiai : « J'adore votre robe.

– Oh ! c'est George qui me l'a offerte, dit-elle en allumant une Lucky Strike. Il l'a vue chez Harrods hier après-midi et il me l'a achetée, le traître. Il est comme ça.

– Traître ? » m'étonnai-je. Charlotte rit discrètement et Harry eut un petit sourire narquois. Marina s'esclaffa bruyamment.

« Oh non ! Il est aussi peu traître que possible ! J'ai voulu dire que c'est le genre de type qui ne peut s'empêcher de faire des cadeaux, vous comprenez ? Et puis, il est si drôle ! Figurez-vous qu'au mois d'août, on est allés à une soirée épatante au Sporting Club de Monte-Carlo, et Ari – vous connaissez Ari Onassis ? non ? Eh bien, Ari n'en pouvait plus de rire. Il trouvait George tellement comique. Sachez que je ne pourrais pas vivre avec un homme qui ne me ferait pas mourir de rire. » Elle se mit soudain à tousser, d'une toux saccadée, fort peu distinguée, et ses yeux s'humectèrent légèrement. « Il n'y a rien de tel qu'un type amusant, parvint-elle à dire enfin. C'est important, hein, les filles ? »

Elle était intarissable et son bavardage nous parvenait à travers un brouillard de Mai Tai et de jazz. Elle citait des noms de gens célèbres à tout bout de champ, en parlant d'eux comme s'ils étaient des amis intimes, ne nous posa aucune question nous concernant, se montra d'une grossièreté à faire rougir avec plusieurs serveurs, et pourtant il était impossible de la trouver antipathique. J'aurais pu écouter ses histoires pendant des heures – ne serait-ce que parce qu'elle était la première personne de ma génération que je voyais qui eût vécu ailleurs qu'en Angleterre. Mais connaissait-elle vraiment tous ces gens ? Avais-je vraiment devant moi quelqu'un qui s'était entretenu avec Marlon Brando ? Pendant qu'elle discourait – qu'est-ce qu'elle préférait entre la vie en Angleterre et la vie en Amérique ? Oh, elle n'aurait pas su le dire, c'était tellement différent, mais le climat de Los Angeles, quel rêve ! –, je pus examiner son visage tout à loisir. Aucun de ses traits n'était remarquable en soi – elle avait les yeux trop rapprochés, le nez trop retroussé et la bouche trop grande – mais, ensemble, ils composaient une beauté parfaite, cohérente et sensuelle. Aujourd'hui encore, je ne saurais dire ce qui produisait cet effet, sauf peut-être que c'était dû en partie à sa coloration – des cheveux et un teint à faire envie – qui baignait dans une pâleur laiteuse, mis à part un saupoudrage bleuté sous les yeux, témoin de son goût des soirées prolongées. Je comprenais pourquoi Harry avait succombé à son charme. Debout à côté de moi, il la regardait parler, mais je me rendais compte qu'il ne captait pas un seul mot de ce qu'elle disait.

« Il faut que vous restiez pour le petit déjeuner, conclut-elle, tandis que ses yeux se posaient fugitivement sur Harry. Omelettes et champagne.

— On va se régaler. On peut dire que tes parents savent recevoir », remarqua Charlotte.

À cet instant, une espèce de grand dadais se précipita sur Harry en poussant un cri de joie et l'entraîna vers l'orchestre.

« C'était qui ? demanda Marina. (Connaître l'identité de ceux qui venaient chez elle ne semblait pas être de rigueur.)

— Horace Wells. Il était en classe avec Harry, marmonna Charlotte. Il bégaie horriblement.

— Ah, Horrie ! s'écria Marina. Mon Dieu ! Il a dû épouser Lavinia Somerset, finalement. Heureusement pour lui !

— Comment savoir ? » fit Charlotte.

Marina aboya de son rire rauque et méchant. « Vous ne trouvez pas que nous sommes ridicules ? Écoutons-nous ! On dirait nos mères, à jacasser sans arrêt à propos de qui, quand et comment ! »

Un instant, je me sentis flattée que Marina m'ait englobée dans ce « nous », mais le sens véritable de ses paroles ne tarda pas à me remplir d'effroi. Si l'aveu qu'elle venait de faire était admirable de sa part, elle devait forcément se rendre compte que Charlotte et moi étions aussi différentes d'elle que les cigarettes anglaises l'étaient des américaines. Elle vida son verre d'un trait.

« Vous savez quoi, les filles, fit-elle, en se penchant vers nous avec des airs de conspiratrice. J'ai dit à George que je ne voulais pas d'un grand mariage, pas plus de cinq cents invités. On a essayé de réduire encore ce nombre, mais c'était *impossible*. »

Je n'osai pas regarder Charlotte, de peur d'attraper le fou rire.

« Vous faites un couple merveilleusement assorti », dit celle-ci. Marina soupira, et j'eus l'impression que cette remarque ne lui faisait pas tellement plaisir.

« En fait, George est un garçon des plus traditionalistes. Il tient à ce que tout se fasse dans les règles. Vous savez qu'il m'a demandée en mariage le jour de mon anniversaire ?

– Comme c'est mignon ! parvins-je à m'exclamer.

– Ça mérite un toast, il me semble, dit Charlotte avec un sourire pervers. À un bonheur inimaginable.

– À un bonheur inimaginable. » Le souhait fut repris en chœur, mais je vis Marina se tourner légèrement de manière à garder Harry dans son champ de vision.

« Écoutez, ordonna-t-elle, en nous faisant signe de nous rapprocher pour pouvoir entendre ses chuchotements, tout en nous noyant sous des effluves de laque et de Channel n° 5. Je ne voudrais surtout pas qu'Harry prenne mal la chose. Vous me connaissez, volage comme je suis, poursuivit-elle, oubliant que nous ne la connaissions pas du tout. Harry *pense* trop. En tout cas, il pense trop à moi, précisa-t-elle, avec le plus grand sérieux. Prenez bien soin de lui, d'accord ? »

J'en restai muette mais Charlotte se mit à rire. « Ah, vous trouvez ? Ça alors, voilà une théorie intéressante. Soit dit en passant, Pénélope n'a aucun lien de parenté avec nous. »

Il y eut un court silence qui permit à Marina d'enregistrer l'information. Il me semblait presque entendre bruire son cerveau, à mesure qu'elle s'efforçait de me situer.

« Je croyais... je croyais que c'était ta sœur, dit-elle enfin.

— Pénélope ? Si seulement c'était vrai. Non, c'est mon amie. Elle est aussi une... amie d'Harry. » Elle laissa le mot « amie » flotter de façon ambiguë dans l'espace qui nous séparait. Je rougis.

« Une amie ? répéta Marina. Une amie ? Je croyais que vous étiez tous les trois de la même famille.

— Oh! on se connaît depuis peu de temps, me hâtai-je de préciser. Depuis très peu de temps, même. »

Elle ouvrit la bouche pour dire quelque chose mais elle en fut empêchée par sa mère qui arrivait, en remorquant une fille à la figure chevaline, vêtue d'une robe verte à paillettes.

« Marina ! Les Garrison-Denbigh sont là ! Regarde les rubis de Sophia. N'est-ce pas qu'ils sont superbes ? »

Marina eut un claquement de langue agacé. « Je suis en pleine conversation, maman, dit-elle en jetant sur la pauvre Sophia Garrison-Denbigh un regard où brillait une lueur voisine de la haine.

— Ça ne fait rien, Marina, nous t'avons déjà monopolisée trop longtemps », dit Charlotte, qui ajouta à l'adresse de Sophia : « Vous avez un collier superbe. »

Je proposai alors à Charlotte d'aller voir ce que les Hamilton avaient fait de la galerie.

La galerie de tableaux, qui ouvrait sur le salon, avait été laissée totalement à l'abandon du temps des Fitz-

William. J'entends encore maman me parler du tissu d'un rouge fané recouvrant les murs, sur lequel des rectangles d'une teinte plus soutenue indiquaient l'endroit où se trouvaient les tableaux, avant qu'ils aient été décrochés et vendus. Je constatai non sans amusement que les Hamilton avaient dissimulé chacune de ces surfaces sinistrées sous de nouvelles toiles, des œuvres aux couleurs éclatantes, dont la facture hardie me stupéfia, car je n'avais encore jamais rien vu de semblable. Au centre se dressait une étrange sculpture, en forme de quelque chose qui ressemblait à un homme à tête carrée, la main devant les yeux pour les protéger du soleil. Un petit groupe était rassemblé autour et j'entendis des mots comme « intelligent », « inestimable » et « audacieux », tandis que l'orchestre de jazz jouait dans un coin.

« *New York Movie, 1939*. Elle te ressemble un peu, Pénélope, dit Charlotte, en examinant un tableau représentant une femme blonde debout, toute seule dans un cinéma.

– Qui a peint ça ? demandai-je.

– Quelqu'un qui s'appelle Edward Hopper, apparemment. » Les Hamilton avaient pris la liberté d'étiqueter leurs tableaux, comme dans un musée. Je n'osais même pas imaginer ce qu'en auraient dit tante Clare ou maman.

Les yeux de Charlotte s'illuminèrent devant la toile suivante. « Mark Rothko. Ça oui, c'est remarquable. » Il s'agissait d'un carré orange avec une touche d'orange plus soutenu dans le bas et dans le haut. Le tableau avait quelque chose qui me perturbait. Je n'étais pas certaine de comprendre, mais j'avais du mal à en détacher mon regard.

« Incroyable ce qu'on arrive à faire passer pour de l'art, aujourd'hui, remarqua un bel homme, à côté de nous.

— Moi, je trouve ça extraordinaire, répliqua aussitôt Charlotte.

— Mon fils qui a neuf ans pourrait en faire autant.

— Ah ? Mais il ne l'a pas fait, hein ? C'est toute la différence. »

L'homme rit et leva son verre en disant : « D'accord, vous avez raison. Vous avez entièrement raison. »

« Ça te plaît vraiment ? lui demandai-je quand nous nous fûmes un peu éloignées.

— La seule chose dont je suis sûre, c'est que je tiens à penser le contraire de ce que pense ce type.

— Tu le connais ?

— Oh oui ! C'est Patrick Reece, il était l'amant de tante Clare vers 1947. Il nous emmenait de temps en temps au théâtre, Harry et moi. Je me souviens que pendant l'entracte de *L'esprit s'amuse*, la pièce de Noël Coward, il nous avait proposé du hasch. Tu te rends compte ? Quel aplomb ! Harry avait eu la bonne idée de lui piquer tout son stock, pendant la deuxième partie de la pièce, et il l'avait revendu à un autre admirateur de tante Clare, le même après-midi. » Ce souvenir lui fit froncer les sourcils. « Dieu merci, sans mon uniforme d'écolière, il ne m'a pas reconnue.

— Quelle histoire ! Tu l'as inventée ? »

Elle me regarda d'un air surpris. « Non, malheureusement. Oh, regarde là-bas ! »

C'était Harry. Il était assis sur une chaise à dossier raide, juste derrière l'orchestre, les yeux mi-clos, totalement absorbé par la musique. Il était environné de toutes parts de filles aux lèvres écarlates, coiffées à la perfection et dégageant des parfums entêtants, de garçons en train de boire. Un individu vêtu d'un superbe costume à rayures milleraies laissait même tomber la cendre de sa cigarette sur sa tête, sans qu'aucune des deux parties concernées en ait conscience. Charlotte prit deux verres au serveur le plus proche.

« Ce sont des Sidecars, il me semble. Et si quelqu'un essaye de me dire qui les a inventés, je pourrais bien commettre un meurtre.

– Avec un Screwdriver[1] ? suggérai-je, en buvant une longue gorgée.

– Elle est incroyable, non ? Je me demande de quoi Harry et elle pouvaient bien parler ?

– Peut-être que les histoires de Julien le Pain l'émoustillaient.

– Ça m'étonnerait. Oh, regarde ! La princesse a encore plus de rubis que cette malheureuse Sophia.

– Si on allait voir Harry ? »

Charlotte riait comme une folle. Grisée par le rhum, j'écartai la cohue pour rejoindre Harry. Il ne me vit pas tout de suite et je lui tapotai l'épaule.

« Salut, lui dis-je avec entrain. Tu veux boire quelque chose ? »

Il releva la tête, sa cigarette pendant au coin de sa bouche. Le jazz et la lumière des bougies lui allaient bien. Ses yeux insolites et frangés de cils épais lui

---

1. « Screwdriver », qui est le nom d'un cocktail, signifie aussi « tournevis ». (*N.d.T.*)

conféraient un aspect particulier, son complet noir négligé faisait paraître plus long son corps maigre.

« Quoi ? Ah, c'est toi, Pénélope ! Tiens. » Il ôta sa cigarette de sa bouche et me la passa. J'en tirai une bouffée. Elle avait un goût et une odeur étranges, et il me sembla soudain que mes idées s'embrouillaient encore plus qu'avant.

« Tu te sens bien ? » dis-je, avec l'impression d'être idiote. Qu'est-ce qu'il y avait chez Harry qui me donnait toujours l'impression d'être une gourde ?

« Tu veux jouer aux Sosies ? dit-il en approchant une chaise de lui. Assieds-toi. Je vais te montrer. »

Je m'assis comme une masse.

« Tiens, finis-la. » Il me redonna sa cigarette dont je pris trois bouffées, avant d'écraser le mégot dans son verre vide.

« Voilà, dis-je, d'une voix pâteuse. Comment joue-t-on ?

– L'idée c'est de désigner quelqu'un qui ressemble à une personne célèbre et l'autre joueur doit deviner de qui il s'agit. Tu vas vite comprendre. Je commence.

« Celle-là, par exemple, dit-il, après avoir parcouru la salle du regard. La femme qui est à gauche de Charlotte, avec une robe vert et blanc. »

Je réfléchis un instant. « Fanny Craddock[1].

– Exactement. À ton tour.

– D'accord, d'accord. » Je promenai les yeux autour de moi. C'était vraiment une fête somptueuse. Assise sur ma chaise, à côté d'Harry, j'avais l'impression d'être au cinéma.

---

1. Cuisinière qui donnait des recettes à la télévision dans les années 1950. (*N.d.T.*)

« Ce type-là, qui joue de la trompette, dans l'orchestre.

– Louis Armstrong ?

– Oui ! m'écriai-je d'un ton suraigu. C'est drôle qu'il joue de la trompette, lui aussi, non ?

– Pénélope, *c'est* Louis Armstrong.

– Ça alors ! » Je m'écroulai de rire. C'était plus fort que moi.

« Tu es de ces filles qui disent déjà des bêtises après une seule bouffée, soupira Harry.

– Une bouffée de quoi ? »

Un garçon râblé, avec un sourire de collégien et des cheveux blonds impeccablement coiffés, se dirigeait tout droit sur nous. Harry leva la tête, non sans peine.

« George ! dit-il, en lui tendant la main. Merveilleuse soirée. »

Voilà donc George, pensai-je, dans mon brouillard. Il était plus gros, plus petit et plus laid que je l'imaginais, mais de même que Marina, il exsudait tant l'argent et l'assurance qu'il en devenait bizarrement séduisant. Assise bien droite, j'applaudis l'orchestre qui venait de terminer un morceau.

« Comment allez-vous, Delancy ? Qui est-ce ? » George me sourit et je me mis à osciller légèrement.

« Enchantée ? Je suis... je suis une amie d'Harry... je suis... son amie. » Je lui adressai un sourire radieux, en me demandant pourquoi je voyais trois George. Les trois visages s'illuminèrent d'une série de larges sourires.

« Ah ! Je comprends. Très bien ! » Il éclata de rire et considéra Harry avec admiration. « Figurez-vous que Marina se faisait du souci pour vous, Delancy. »

Il parlait à voix basse et devait croire que je ne comprenais pas ce qu'il disait, mais, avec maman, j'étais à bonne école pour ce qui était d'écouter aux portes. « ... elle n'arrête pas de dire que vous avez très mal pris la nouvelle de nos fiançailles. Elle m'avait conseillé de ne pas vous inviter, ce soir, vous vous rendez compte ! Je vois maintenant qu'elle s'inquiétait pour rien. » Il posa sur moi un regard amusé, en murmurant : « Jolie petite, n'est-ce pas ?

— Pénélope mesure un mètre quatre-vingts, remarqua Harry. Elle fait donc dix centimètres de plus que vous, c'est bien ça, Rogerson ? »

George pâlit un instant, puis répliqua en riant : « Et treize de plus que vous, mon vieux. Bon, profitez bien de la soirée. Vous êtes au courant ? Des omelettes à l'aube. » Il se livra à une assez bonne imitation de quelqu'un qui fait sauter une crêpe, donna une claque dans le dos d'Harry et repartit en valsant.

« Des omelettes à l'aube », répéta Harry, dans une imitation qui, elle, était tout à fait brillante.

Je réprimai un fou rire et levai mon verre à l'adresse de Hope Allen qui tournoyait sur la piste de danse dans les bras de Patrick Reece. Au moment où l'orchestre faisait une pause, elle vint me rejoindre au petit galop.

« Ce qu'il est beau, tu ne trouves pas ? dit-elle, hors d'haleine, en me prenant mon cocktail des mains. C'est Paddy Reece. Un esprit supérieur. Je le connais depuis que j'ai douze ans. » Elle se colla contre moi pour déverser dans mon oreille ses chuchotements assourdissants. « Il m'emmenait au théâtre et m'offrait de la cocaïne à l'entracte.

– Pas possible ! » m'esclaffai-je.

Elle termina mon Sidecar, puis me rendit mon verre vide avec ses remerciements, tout en jetant sur Harry un regard plein de sous-entendus. « J'y vais. On dirait que quelqu'un joue de la cornemuse dans l'escalier. » Sur ce, elle s'en alla en tanguant dans la direction opposée.

« Le salaud, marmonna Harry. À nous, il n'a jamais offert qu'un peu d'herbe toute bête. Et une seule fois, encore. J'aurais pu faire fortune rien qu'avec un peu de coke. »

Malgré mon ivresse, j'étais sincèrement choquée. Pour moi, la drogue était une chose inimaginable ; je n'en avais jamais parlé et en tout cas jamais consommé. « Ça alors, Harry. Tu n'as pas honte, lui dis-je d'un ton sévère.

– Bien sûr que non. »

Juste à cet instant, l'orchestre attaqua les premières mesures de *Shake, Rattle and Roll*, et la salle entière explosa autour de moi. Un beau rouquin (peut-être un cousin de Marina) saisit Charlotte par la main et Harry me regarda, avec l'air de me lancer un défi.

« On danse ? » Il s'attendait sans doute à ce que je refuse.

« Avec plaisir !

– Alors, viens. Et par pitié, déchausse-toi. »

Je m'exécutai et partis me trémousser sur la piste, entre les bras d'Harry qui me tenait très serrée, fort heureusement, car s'il m'avait lâchée je crois que je me serais écroulée. Jamais je n'avais dansé avec autant de plaisir, et jamais je n'avais eu de meilleur cavalier qu'Harry, tout maigre, petit et bizarre qu'il fût. D'accord, il était pratiquement le seul avec qui j'avais dansé jusqu'à ce jour, mais quelle importance ? Parée de son luxe nouveau riche, bouillonnante de jeunesse, Dorset House donnait l'impression de se réjouir avec nous tous. Cover-girls, acteurs, princesses, beautés – plus Harry et moi – se mêlèrent pendant trois minutes de délicieuse fureur, sur le parquet de la galerie de tableaux. Les carrés orange de Mark Rothko tanguaient devant mes yeux. Je leur trouvais quelque chose de sacré.

Je fermai les yeux en m'imaginant qu'Harry était Johnnie Ray.

VIII

Rien que du miel

Après minuit, d'autres mets firent leur apparition et je m'installai pour prendre un petit déjeuner parisien, en compagnie de Charlotte et Harry, tous trois affamés comme des loups. À mesure que la nuit laissait la place au matin, l'humeur d'Harry ne cessait de se dégrader. Il écrasa sa cigarette dans l'assiette de Charlotte.

« Elle aurait pu au moins m'épargner l'humiliation de la voir épouser un type aussi gros, grognait-il. Regardez-le ! Il en est à son dixième vol-au-vent !
– Tu les as comptés ? » dit Charlotte, d'un air écœuré.

Je songeais à mon oncle Luke qui avait toujours l'air boudiné dans ses pantalons et ne pouvait résister à une tablette de chocolat. « Qu'est-ce que ça peut faire qu'il soit gros ? demandai-je. Ce n'est pas bien de porter ce genre de jugement, Harry. Ce n'est pas sa faute s'il est comme ça. » Je regrettai mes paroles, à peine étaient-elles sorties de ma bouche, mais il fallait bien faire de la place pour les deux omelettes.

« Ne dis pas de bêtises, répliqua-t-il. Il est gros

parce qu'il n'arrête pas de manger. S'il aimait Marina autant qu'il le devrait, il serait incapable de manger quoi que ce soit en sa présence.

– Tu parles par expérience ?

– Malheureusement, oui.

– Est-ce qu'elle mangeait devant toi ? demanda Charlotte.

– Tout le temps. Elle est américaine. Ils sont comme ça, maugréa-t-il.

– Marina me lance des regards noirs depuis une demi-heure, dis-je, remplie d'espoir. Vous croyez qu'elle commence à ressentir les premières atteintes de la haine et de la jalousie ?

– Probablement pas. Je pense plutôt qu'elle trouve que ta robe a bien mauvaise mine depuis que tu t'es assise sur ce cendrier.

– Tu n'avais qu'à pas le poser sur cette chaise.

– Tu n'avais qu'à regarder avant de t'asseoir, comme toute personne normale !

– Une personne normale ! N'est-ce pas toi qui avais mis un pain dans une cage ?

– Ne mêle pas Julien à ça !

– De toute manière, qu'est-ce que ça peut te faire si ma robe est fichue ?

– Elle n'est pas fichue. Un teinturier qui connaît son métier sait comment enlever la cendre sur une robe en satin », remarqua Charlotte, diplomate.

Ce qu'elle avait dit un peu plus tôt, à savoir qu'une soirée réussie sert de révélateur à tous les sentiments possibles et imaginables, était vrai. En effet, alors que tout à l'heure je ne pensais qu'à danser éternellement avec Harry, j'avais maintenant envie de m'en aller et de ne plus jamais le revoir.

« Il ne faut pas qu'elle vous voie en train de vous disputer, l'avertit Charlotte.

– Et pourquoi ? Je croyais que les amoureux passaient leur temps à se disputer. » Harry avait les poings serrés et il s'était mordu la lèvre inférieure presque jusqu'au sang, tant il était tendu de se trouver dans la même pièce que George et Marina.

« Vous n'avez pas envie de partir ? » demandai-je tout à coup. Charlotte interrogea Harry du regard.

« Il n'y a plus aucune raison de rester maintenant qu'on a eu les omelettes », dit-il. Il parut soudain désemparé et un grand élan de tendresse m'envahit.

Après avoir quitté la galerie de tableaux, il nous fallut retraverser le salon et descendre l'escalier. Juste avant de sortir, je me retournai pour jeter un dernier regard à Dorset House. Elle est faite pour ça, songeai-je, et il fallait être idiot pour penser le contraire. C'était une demeure conçue pour les fêtes. À quoi bon habiter un endroit avec un escalier aussi somptueux, aussi romantique, si on ne le peuplait pas de princesses, d'hommes politiques et de papillons ? Au bas des marches, une femme d'un certain âge, qui avait un beau visage et, autour du cou, un rang de perles à tomber à la renverse, attendait son manteau. En me voyant, elle sourit et, tout en arrangeant sa fourrure sur ses épaules, elle me demanda :

« Vous vous êtes bien amusée ?

– Je n'ai jamais passé une aussi bonne soirée, répondis-je très sincèrement.

– Ils sont très généreux, ces Américains.

– C'est vrai. » Et même plus généreux qu'ils ne le croient, pensai-je, tout en lui disant au revoir de la main. En effet, Charlotte et moi avions chipé chacune un verre à cocktail en souvenir.

Je n'ai pas gardé un souvenir très net de notre retour en taxi. Je me rappelle seulement qu'Harry s'était lancé dans une diatribe contre Patrick Reece et qu'il n'avait presque pas parlé de Marina, mais aussi qu'il avait réglé la course à l'arrivée. Je me souviens de m'être laissée tomber sur mon lit, avec l'impression que la chambre tournait, et de m'être réveillée le lendemain matin, à 8 heures, en ayant mal partout et en maudissant cette menteuse de Marina qui prétendait que les alcools de bonne qualité ne donnaient pas de migraines. J'avais entendu parler de ces maux de tête, mais je n'en avais encore jamais été la victime. La gueule de bois était à mes yeux un phénomène totalement incongru et réservé aux adultes. Qu'allait dire maman ? Je fis ma toilette, m'habillai et bus trois verres d'eau puisés dans la cuvette placée près de mon lit, après quoi je me sentis un peu mieux. J'entendais tante Clare donner des ordres dans la cuisine. Je me regardai dans la glace. Pâle comme un spectre et les paupières gonflées.

Charlotte était en train de prendre son petit déjeuner dans la salle à manger ; elle lisait le journal et ne manifestait aucun signe des souffrances que j'endurais.

« Prends du porridge », m'enjoignit-elle au moment où j'entrais. Elle avait rassemblé ses cheveux en une queue-de-cheval attachée sur la nuque et portait le gros pull-over blanc qui ne l'avait pas quittée lors de son week-end à Magna. Bien qu'elle eût peu dormi, ses yeux gardaient leur éclat ; elle se tenait très droite et ses longs doigts ne tremblaient pas.

« Je ne sais pas si je vais pouvoir, dis-je en me servant une tasse de thé.

— Ne sois pas stupide. Je prends toujours du porridge, les lendemains de fête. C'est la seule nourriture sensée, n'est-ce pas, ma tante ? »

Tante Clare venait d'entrer, les bras chargés de papiers. « Qu'est-ce que tu dis, Charlotte ? Sois devant la machine à écrire dans vingt minutes. Ah, bonjour, Pénélope, mon petit. J'espère que vous avez bien dormi ?

— Très bien, merci. »

Charlotte me remplit un bol de porridge, sur lequel elle répandit une cuillerée d'un sirop doré.

« Il y en a encore, si tu veux », dit-elle en reprenant la lecture de son journal.

Le porridge était épais et délicieux, confectionné avec de la vraie crème, et nullement grumeleux et aqueux comme celui de Mary. Tante Clare ne posa qu'une seule question sur notre soirée, mais Charlotte m'expliqua par la suite que c'était parce que, de même qu'Oscar Wilde, elle estimait que seules les personnes ennuyeuses se montraient brillantes au petit déjeuner.

« Est-ce que Tania Hamilton portait du pêche ? Elle porte toujours du pêche ! » dit-elle, et comme nous répondions en chœur par la négative, elle se contenta de rouler des yeux et termina sa tartine. Après avoir avalé deux bols de porridge, je me sentis tellement bourrée et j'avais tellement chaud que je décidai de quitter Kensington Court sur-le-champ, ne serait-ce que pour faire pénétrer un peu d'air frais dans mes poumons.

Charlotte vint me dire au revoir sur le pas de la porte.

« Harry dort encore ? demandai-je, histoire de dire quelque chose.

– Oh, mon Dieu, non ! Je ne crois pas qu'il soit rentré.

– Rentré ?

– Après que tu t'es couchée, il a filé dans je ne sais quelle boîte de jazz, à Notting Hill. Il a pris sa mallette de magicien et il est parti. C'est tard dans la nuit qu'il se fait le plus d'argent. Ou au petit matin, comme c'était peut-être le cas.

– Seigneur. Quelle résistance ! »

Au moment où j'allais sortir, Charlotte me fourra dans les mains un magazine avec Johnnie Ray en couverture.

« Voilà de quoi lire dans le train. Tu l'as sûrement déjà vu, mais il y est question de Londres et qu'il adore s'y produire. »

Je contemplai le visage parfait de Johnnie sur la couverture de *Melody Maker*.

« Il faut qu'on aille le voir quand il passera ici. Et tant pis si on doit assommer quelqu'un pour avoir des places. »

Avec Charlotte, on ne savait jamais s'il fallait croire qu'elle plaisantait ou non.

En arrivant à Magna, je trouvai maman qui buvait du thé très léger, en feuilletant le *Tatler*. Pas plus que tante Clare, elle ne posa de questions sur la soirée, mais il me sembla que sa réserve était due moins à des principes qu'à une certaine aigreur vis-à-vis de moi qui avait eu le privilège d'être invitée à Dorset House. Je savais qu'elle aurait donné n'importe quoi pour voir ce qu'en avaient fait ses nouveaux propriétaires, ne serait-ce que pour pouvoir déplorer la présence des tableaux modernes. J'avais très envie de lui parler de la générosité des Américains, de la robe rose de Marina, de Louis Armstrong, des omelettes, de Patrick Reece et de Mark Rothko, mais j'avais assez de bon sens pour ne pas l'obliger à m'écouter lui dire des choses qu'elle redoutait d'entendre. Il ne me restait donc plus qu'à essayer de mettre au point une dissertation traitant de ce qui différenciait Rome et l'Égypte, dans le premier acte d'*Antoine et Cléopâtre*, et, l'après-midi, j'aidai Mary à faire la poussière, ce qui représente une tâche colossale dans une maison comme Magna. N'y tenant plus, je résolus d'aiguiller la conversation sur Charlotte et Harry, pendant le dîner, pour voir comment maman réagirait. À quoi sert d'avoir une mère, pensai-je tristement, tout en passant du blush sur mes joues livides, si je ne peux lui parler de rien de ce qui m'intéresse ? Quelquefois, j'avais l'impression d'être morte, de vivre avec une ombre. De vivre avec un autre fantôme.

Mais, imprévisible comme toujours, maman me coupa l'herbe sous le pied. On venait de se mettre à table toutes les deux (Inigo était retourné en pension) et elle attendait que Mary ait servi le potage à l'orge et aux légumes, pour frapper un grand coup.

« Ma chérie, je me suis dit que tu devrais inviter tes nouveaux amis à venir passer le réveillon du Nouvel

187

An à la maison », annonça-t-elle, très calmement. Je faillis m'étouffer.

« Charlotte et Harry ?

– Oui. Cette jeune fille et son cousin – celui qui mettait une pile de crêpes dans une cage à lapins, ou je ne sais plus trop quoi. J'aimerais bien les connaître.

– C'était un pain, rectifiai-je. Et puis je croyais que tu préférais qu'on reste entre nous, pour le Nouvel An.

– En principe, oui, dit-elle en trempant une mouillette de pain dans son potage. Mais il me semble que ces deux-là méritent qu'on bouscule un peu ses habitudes. J'ai pensé qu'ils s'accorderaient bien avec oncle Luke et tante Loretta. Tu pourrais peut-être leur téléphoner après le dîner et leur demander si ça leur ferait plaisir de venir ici.

– Oh ! maman, je ne voudrais pas que ça te dérange. Ce n'est pas nécessaire...

– Pénélope, ma décision est prise. J'aimerais qu'ils viennent. Maintenant n'en parlons plus, sinon je vais m'énerver. » Elle but un peu de vin pour souligner son propos.

Qu'est-ce qu'elle mijotait ? Je n'en avais pas la moindre idée. Après le dîner, je me précipitai dans le hall pour téléphoner à Charlotte, et je faillis tomber en glissant sur la peau de zèbre.

« Doucement, chérie ! » s'écria maman, ce qui m'agaça au plus haut point.

C'est tante Clare qui décrocha.

« Ah, bonjour tante Clare... je veux dire madame Delancy, rectifiai-je, tout essoufflée. Pénélope Wallace à l'appareil.

– Bonsoir, Pénélope Wallace à l'appareil. Comment allez-vous ce soir ? répondit la voix amusée de tante Clare.

– Oh, très bien ! Encore merci pour votre merveilleuse hospitalité. Je me suis régalée au petit déjeuner, ce matin, et j'ai si bien dormi la nuit dernière. On s'est amusés comme des fous à Dorset House. »

Maintenant que l'heure du petit déjeuner était passée, tante Clare estimait qu'elle pouvait poser quelques questions. « Et Harry ? demanda-t-elle à voix basse. Comment s'est-il comporté ? J'espère qu'il n'a pas fait l'idiot.

– Oh non, pas du tout. Il y avait un orchestre de jazz fabuleux pour le distraire de ses pensées. Louis Armstrong était là, lui aussi.

– Je suis contente qu'il vous ait demandé de l'accompagner », poursuivit tante Clare qui, à l'évidence, ne s'intéressait pas du tout au jazz. Je notai également qu'elle n'était pas au courant du plan échafaudé par son fils pour reconquérir Marina, et dans lequel je servais d'appât. « Vous êtes tellement plus jolie que Marina. C'est beaucoup mieux pour Harry.

– Oh, je ne sais pas ! » J'étais mal à l'aise. Il ne manquait plus que tante Clare s'imagine que son fils s'était amouraché de moi pour de bon.

« Dès l'instant où je vous ai vue, dans mon bureau, j'ai eu la certitude que vous étiez celle qu'il fallait pour le remettre sur les rails.

– Oh non, pas du tout. Madame Delancy... je me demandais si je pourrais parler à Charlotte, dis-je pour l'orienter sur un autre sujet qu'Harry et moi.

– Oh non, ma chère enfant, elle n'est pas là. Elle est allée au cinéma avec une camarade de classe. »

Qui ça ? me demandai-je, vaguement piquée.

« À défaut d'elle, mon fils fera-t-il l'affaire ? minauda-t-elle. Il faut que j'attrape Phoebe au vol avant qu'elle s'en aille. Le voilà, mon petit. »

Zut, pensai-je. Harry aurait-il tout entendu ? Une seconde plus tard, sa voix me parvenait dans l'écouteur. Une voix amusée, où ne transparaissait aucun embarras.

« Comment vas-tu, mon cœur ?

– Est-ce que ta mère se figure que tu es en train de tomber amoureux de moi ?

– Probablement. Ça me permettra de respirer un peu.

– De manière à ce que tu puisses te consacrer tranquillement à reconquérir Marina, sans avoir à craindre qu'elle pense que tu as perdu la tête ?

– Exactement. Elle te trouve merveilleuse et ça me facilite terriblement l'existence. Devine ce qu'elle m'a dit cet après-midi ? "Je suis si heureuse que tu sois revenu à la raison et que tu aies compris que Pénélope te convenait beaucoup mieux que cette Américaine." »

Il rit d'une façon qui me fit penser qu'il n'était pas encore dégrisé.

« Mais comment expliqueras-tu que nos fiançailles ne soient toujours pas annoncées d'ici un an ? Et que pensera-t-elle si ton plan fonctionne et que tu cours te jeter de nouveau dans les bras de Marina ?

– Oh, ne t'inquiète pas pour ça ! Elle ne me fait aucune confiance ; elle est persuadée d'avance que je vais tout gâcher. Par conséquent, ce ne sera pas une surprise pour elle.

— Formidable, ironisai-je.
— Je me suis fait quarante livres, la nuit dernière.
— Quarante livres !
— Parfaitement. Avec ce petit tour de passe-passe génial qui nécessite seulement un bout de ficelle et un passeport. D'une étonnante simplicité, mais les gens sont quelquefois tellement bêtes et tellement soûls. Il faut que je t'invite à dîner pour te remercier de l'excellent travail que tu as fait jusqu'à présent.
— Jusqu'à présent ! m'exclamai-je, en oubliant de parler bas. Je ne sais pas trop si je vais continuer.
— Au fait, pourquoi téléphones-tu ? Pour nous inviter à passer le Nouvel An chez toi ?
— Eh bien... oui, justement ! Comment as-tu deviné ?
— Une idée comme ça. Nous serons ravis de venir. Et ne t'inquiète pas pour ma mère. Elle passe toujours le Nouvel An à Paris, chez mon oncle Cédric. Du moins, c'est ce qu'elle dit. » J'entendis que tante Clare revenait dans la pièce. « Il faut que je te quitte, mon cœur. Je transmettrai ton invitation à Charlotte.
— Tu ne devrais peut-être pas m'appeler comme ça... », commençai-je, mais il avait déjà raccroché.

Quand je remis le récepteur en place, je vis maman qui arrangeait le tapis en peau de zèbre, en essayant de me faire croire qu'elle n'avait pas écouté.

« Alors, c'est d'accord, ma chérie ? Ils vont venir ?
— Oui, dis-je, d'un ton appuyé. Ils vont venir.
— Je téléphonerai chez Fortnum dès demain. Il va nous falloir toutes sortes de choses puisque nous aurons du monde. » (Ces propos pourraient vous faire

penser que nous étions des clients réguliers de ce grand traiteur, mais en réalité je ne crois pas que maman eût fait une seule commande chez Fortnum depuis avant la guerre. J'avais envie de lui dire que nous n'avions pas les moyens, que l'épicerie du village et les tartes de Mrs. Daunton feraient parfaitement l'affaire, mais je ne pus m'y résoudre. Tout ce qui distrayait maman de nos soucis financiers était une bonne chose, fallût-il dépenser pour cela de l'argent que nous n'avions pas.)

Quand elle décidait de s'y atteler, ma mère pouvait faire des prodiges en matière de décoration et elle possédait un grand sens du détail. Depuis que papa nous avait quittés, ses tentatives pour créer une atmosphère de fête manquaient de conviction et, en décembre, des réflexions telles que « Mon moral est au plus bas, mes chéris », ou « Je n'ai pas de courage », résonnaient à travers la maison avec une fréquence encore plus grande que le reste de l'année. Nous étions tous démoralisés et un silence triste et pesant s'abattait sur Magna. Mais, en cette fin d'année 1954, tout changea. Le lendemain de mon coup de téléphone, maman chargea Johns de couper de grosses brassées de houx dans le petit bois et, le jour suivant, elle lui indiqua un sapin à abattre pour le mettre dans le hall. Huit jours plus tard, Inigo rentra de pension dans une forme éblouissante et entreprit aussitôt de jouer la mouche du coche.

« Mets-nous donc quelque chose de gai, pendant qu'on décore l'arbre, Inigo », dit maman, et il devait être particulièrement bien disposé, ce jour-là, puisqu'il choisit un vieil enregistrement de *HMS Pinafore*[1], au lieu de son dernier Bill Haley.

« Ça, c'est de la musique », soupira-t-elle, tandis que le vent se glissait sous la porte d'entrée, que la nuit obscure crachait des grêlons contre les carreaux, que Buttercup se lamentait, que les marins vociféraient et qu'on se serait crus en pleine mer. Je me piquais les doigts avec les aiguilles du sapin, en pensant à tous ceux qui, comme papa, ne verraient pas leur famille en train de décorer l'arbre et de se chamailler à cause des disques. Papa n'entendrait jamais Johnnie Ray, et pour des raisons que je ne parvenais pas bien à cerner, j'en étais profondément indignée.

Maman époussetait la vieille crèche, avant de l'installer sur la table du hall. « Je me rappelle que la deuxième année de notre mariage, ta grand-mère avait failli attraper un coup de sang parce que l'ange Gabriel était tombé et que son auréole s'était cassée, dit-elle de la voix haut perchée qu'elle prenait pour parler de choses qui continuaient à la tracasser. Du coup, je m'étais sentie coupable, comme si j'avais prononcé un blasphème. Je l'avais entendue dire à Archie : "Évidemment, puisque tu as épousé une enfant, c'est normal qu'il arrive ce genre de choses." Elle ne s'en est jamais remise.

– Quelle idiote ! dis-je, machinalement.

– Ce qu'elle n'a jamais su, c'est que c'était Pénélope qui l'avait fait tomber, reprit-elle, en me prenant la main. Je ne pouvais pas le lui dire. Je ne supportais

---

1. Comédie musicale de Gilbert et Sullivan, créée en 1878, qui eut un succès prodigieux. (*N.d.T.*)

pas l'idée d'entendre son horrible voix condescendante gronder ma petite fille.

– Bien sûr, maman, intervint Inigo, tu étais la seule à en avoir le droit. »

Il y eut un silence. Je ne sais pas d'où lui venait cette ironie, car généralement l'histoire de l'auréole brisée de l'ange Gabriel déclenchait de la part de mon frère un grand élan d'amour pour la jeune et belle mère qui se laissait accuser à ma place, mais cette année-là, il s'était écarté du scénario habituel. Sa réaction imprévue sembla intriguer maman plutôt que l'inquiéter.

« J'espère que tu ne vas pas traverser une de ces périodes difficiles dont il est question dans le *Vanity Fair* de ce mois-ci, mon chéri.

– Si *Vanity Fair* en parle, j'espère bien que je vais la traverser.

– Il faudra que tu te couches de bonne heure, chéri. Tu en as besoin, je vois bien que tu es exténué.

– Je ne suis pas exténué.

– Oh ! Inigo, ne réponds pas comme ça, s'il te plaît, tu me fatigues.

– Je ne réponds pas. »

Il y eut un silence, puis maman dit quelque chose qui fit monter une boule dans ma gorge. « C'est drôle, remarqua-t-elle, avec un petit rire. Cette vieille bique me manque presque un peu aujourd'hui. »

Mary, qui s'était mise à l'unisson de notre bonne humeur avec un entrain inaccoutumé, avait suspendu une couronne à la porte d'entrée. Pour orner le haut du sapin, elle confectionna même une fée à l'air morose, à l'aide de bâtonnets cure-pipe et de papier d'argent. La veille de Noël, j'aperçus ses jambes enveloppées de bas gris qui escaladaient prudemment l'escabeau dressé sur le seuil du petit salon.

« Qu'est-ce que tu fabriques, Mary ? demandai-je, mue par une curiosité qui me fit interrompre la lecture de *Housewife,* au beau milieu d'un article intitulé "Ma mère a-t-elle toujours tort ?" (souvent, en tout cas, pensais-je).

– Ta mère veut mettre ça là-haut, annonça-t-elle, en brandissant une gerbe de gui sous mon nez. Johns, un vrai Roméo, en a rapporté toute une cargaison de Hereford, la semaine dernière. Tiens-moi l'escabeau, tu veux ?

– Par qui aimerais-tu être embrassée sous le gui, Mary ? la taquinai-je.

– Par Marlon Brando, répondit-elle aussitôt en rougissant, tout en se débattant avec les branches de gui.

– Mary ! m'écriai-je, stupéfaite.

– Il a de beaux bras. C'est agréable de voir un homme avec de beaux bras. »

Elle se tut, afin de consacrer toute son attention à sa tâche.

« C'est très bien », lui dis-je, quand elle eut fini d'arrimer le gui sur les bois de cerf vermoulus, et je crus voir un vague sourire se peindre sur ses lèvres minces.

Le jour de Noël, nous partîmes pour l'église bras dessus bras dessous, maman, Inigo et moi, en passant par le jardin. C'était l'une de ces rares matinées de décembre où le ciel est d'un bleu limpide et la lumière aveuglante, quand l'herbe nappée de givre craque sous les pas et que les cloches ont vraiment l'air d'annoncer une grande joie au monde entier, et à nous en particulier, dans notre coin de la planète, notre petit morceau d'Angleterre. Étant d'une nature sensible, j'avais toujours aimé assister à la messe, mais, depuis la guerre, le banc familial (aussi inconfortable aujourd'hui qu'il devait l'être en 1654, quand il était flambant neuf) était devenu trop grand pour nous trois. Je fus prise d'une tristesse soudaine parce que papa manquait à l'appel et que nous n'avions pas d'homme pour veiller sur nous.

« Joyeux Noël », chuchota une voix derrière nous et, en me retournant, je vis Mrs. Daunton, avec son visage avenant et ses joues rosies par le froid matinal. À côté d'elle était assise la fille du pasteur ; elle était jolie, mais je la trouvai un peu trop maquillée pour une messe de Noël. Elle m'adressa un petit sourire qui semblait nous unir dans un lien que j'avais du mal à définir, mais qui devait avoir trait au fait que nous étions jeunes toutes les deux. Son père parla de Jean-Baptiste, qui avait préparé le peuple à la venue du Christ, et je m'efforçais de ne penser ni à des robes, ni à des disques, ni à toutes ces futilités qui assiégeaient mon esprit au mauvais moment. Les fidèles entonnèrent « O Come All Ye Faithful », ce cantique qui célèbre la venue du Christ, et Inigo me poussa du coude parce que, de la façon dont le refrain était formulé, « Jésus, en chair et en os... », on avait l'impression que Jésus tenait la vedette dans un film. Maman regardait ses mains et je pensais à elle, qui pensait à papa, en me demandant si tante Clare pensait à lui, elle aussi. Une heure plus tard, tout le monde se retrouva dehors, dans le cimetière, et maman resta un moment à s'entretenir avec nos voisins des affaires du village, du gymkhana et du projet d'agrandissement des magasins de la commune. Maman exerçait une attraction, c'était indéniable. C'était une personnalité dans le village où chacun éprouvait un sentiment de compassion puissant pour celle qui « errait comme une âme en peine » dans la grande maison, ainsi que je l'avais entendu dire un jour.

« Pénélope estime que ce serait une idée excellente d'organiser un nouveau gymkhana, pas vous ? » dit maman, en cherchant à me faire participer à la conversation qu'elle avait engagée avec Lucy, la sœur de Mary qui, plus jeune qu'elle de quinze ans, ne partageait pas sa vision tragique de l'humanité.

« N'est-ce pas qu'on a eu de la chance avec le temps, l'an dernier ? Je me demande ce qu'on aurait fait s'il avait plu... »

Je hochai la tête en souriant et en tâchant de ne pas écouter les propos échangés par Inigo et Helen Williams, propos émaillés de mots tels que « cinéma », « Marlon Brando » et enfin « Palladium » et « Johnnie Ray ». Une demi-heure plus tard, le temps de prendre congé et de retourner à Magna, je ne tenais plus d'impatience de savoir ce que savait Helen Williams et que je ne savais pas encore.

« Elle dit que Johnnie Ray va revenir chanter à Londres l'an prochain, remarqua Inigo, d'un air détaché.

— Je trouve que vous n'auriez pas dû parler de John Ray dans une église, s'insurgea maman.

– Johnnie, maman, *Johnnie* ! m'exclamai-je, exaspérée.

– Et puis on n'était pas dans l'église, on était devant », répliqua Inigo, horripilant comme à son habitude.

Pendant toute cette journée de Noël, l'ombre jetée par le Dîner de canard du mois précédent continua à planer sur nous trois et, avec elle, l'idée inadmissible, effarante, que nous n'avions plus les moyens de vivre là où nous vivions. Qu'il ne nous restait rien à offrir à Magna, hormis nous-mêmes – et de quelle utilité lui étions-nous ? Tout au fond de moi, je me disais que nous faisions preuve de cruauté envers cette maison – elle souffrait à cause de notre dénuement et de l'idée chimérique qui nous portait à croire que tout finirait, un jour, par s'arranger. Un soir, j'avais surpris maman devant le placard de la chambre bleue, en train de fouiller dans un carton de vieilleries. J'avais cru tout d'abord qu'elle cherchait quelque chose que Charlotte aurait oublié, car c'était la dernière personne à avoir occupé cette chambre.

« Qu'est-ce que tu fais, maman ?

– Je cherche un trésor caché », avait-elle répondu, sans la moindre ironie.

J'avais eu envie de lui dire que c'était stupide, et puis qu'espérait-elle trouver ? Mais je n'en avais pas eu le cœur. Sans compter que je gardais moi aussi l'espoir que la réponse à nos prières sortirait d'une caisse pleine de couvertures mitées, de vieux journaux et de jouets cassés. Pourquoi ne renfermerait-elle pas également un ours en peluche de grande valeur ? Ou encore un collier égaré par une lointaine aïeule ? Nous continuions à rêver, mais j'avais l'effrayante certitude que ces rêves ne nous menaient nulle part.

La semaine suivante, Luke et Loretta arrivèrent, après cinq jours de traversée. Ils avaient quitté l'Amérique le lendemain de Noël et, aujourd'hui, ils étaient dans le hall, tout étonnés de nous trouver tellement changés, Inigo et moi. Ils seraient venus de Mars que nous n'en aurions pas été plus excités.

« Ma parole ! s'exclama Luke, avec son délicieux accent du Sud. Qui sont ces deux-là, Lolly ? (Maman n'aimait pas que Luke appelle sa femme Lolly ; les diminutifs étaient à proscrire absolument, et on pouvait s'étonner qu'elle m'eût prénommée Pénélope.) Comme vous avez grandi ! »

Inigo et moi adorions l'oncle Luke, son mètre quatre-vingt-dix-sept, son large visage souriant, ses grands yeux verdâtres ; le genre d'homme qui a perpétuellement l'air de profiter des bonnes occasions. Ce ne serait pas gentil, tant pour ma mère que pour ma tante, de dire que cette dernière était une réplique de maman, en beaucoup plus facile à vivre, plus douce et moins belle, mais je le pensais tout de même.

« Le portrait d'Archie, n'est-ce pas, Luke ? chuchota-t-elle, les yeux écarquillés de stupéfaction.

— Son portrait craché ! reconnut-il, en me serrant dans ses grands bras d'ours. Je n'ai jamais connu d'homme meilleur que ton papa. Et je ne l'ai vu que trois fois, n'est-ce pas, Lolly ? Le plus drôle aussi. Des pieds immenses, et le reste à l'avenant. » Mon père n'était jamais aussi présent que lorsque Luke évoquait son souvenir.

« Et toi, jeune homme, poursuivit-il, en s'adressant cette fois à Inigo et à sa queue de canard. Dis donc, on dirait Elvis Presley, en plus jeune.
– Qui ça ? » pouffai-je.

Charlotte et Harry arrivèrent deux heures plus tard. Maman les accueillit dans le petit salon, où Charlotte la submergea de cadeaux – un énorme jambon, une boîte de bonbons à la violette de chez Harrods, un flacon d'huile de bain à la lavande de Swan and Edgar, que je projetai de m'approprier dès que possible, et un cake qui pesait presque aussi lourd que Mary.
« C'est merveilleux ! s'écria maman. Quelle bonne idée. Oh ! Pénélope, mets le ruban du jambon de côté... il est trop joli pour qu'on le jette. »
Chère maman. Elle portait un pantalon crème tout neuf et un chandail noir à col montant. Avec ses cheveux noirs relevés dans un chignon impeccable, elle était d'une suprême élégance, mais la pièce où nous nous trouvions nous faisait honte à tous. Les rideaux déchirés et passés pendaient, aussi tristes que des larmes, la tapisserie mauve – la même depuis l'époque de mon arrière-grand-mère – partait en lambeaux sous les magnifiques corniches d'Inigo Jones. Le plafond était jauni par le temps et la moisissure, et Mary n'avait pas retiré le seau placé là depuis la semaine précédente pour recueillir la pluie, suite à une énorme fuite. Je guettais les réactions de mes amis et je m'aperçus que Charlotte avait l'air stupéfait et que Harry regardait ma mère avec une étrange attention. Je savais très exactement ce qu'ils pensaient : on savait qu'elle était jeune, mais on ne s'attendait pas à

ce qu'elle soit aussi ravissante ! Pourquoi diable ne fait-elle rien pour cette maison ?

« Pénélope, emmène Charlotte et Harry dans leurs chambres, dit maman avec un doux sourire. Quel bonheur de voir la maison pleine de beaux jeunes gens ! C'est toujours ainsi qu'elle devrait être, voyez-vous. »

J'étais agacée, mais, ne sachant trop comment manifester ma désapprobation, je la laissai poursuivre.

« Nous dînerons à 20 heures. Je ne sais pas si j'aurai le courage de veiller jusqu'à minuit, dit-elle avec une lassitude soudaine. Mais vous, les jeunes, vous n'aurez qu'à fêter le Nouvel An. Ma sœur Loretta et son mari, Luke, viennent d'arriver d'Amérique. » Elle s'interrompit le temps de nous laisser prendre la mesure de son dédain. « Ils se reposent un peu, avant le dîner. » Son regard se posa sur le seau de Mary. « Ah, mon Dieu ! je voulais enlever ça.

– J'emmènerai Charlotte à l'écurie, dans l'après-midi », dis-je en m'emparant du seau.

Maman prit une cigarette dans l'étui en argent que papa lui avait offert pour ses dix-huit ans.

« Et vous, Harry ? Vous montez à cheval ? » La question avait été posée très innocemment, mais elle resta en suspens de manière tellement significative qu'il rougit.

« Non, reconnut-il enfin.

– Ah bon ! On m'a dit que vous étiez magicien.

– J'espère bien l'être un jour. »

Il y eut un bref silence, puis il se produisit quelque chose d'étrange et d'inquiétant. Harry regarda le plafond et les lumières du petit salon clignotèrent, puis s'éteignirent, et nous aurions été plongés dans le noir total s'il n'y avait pas eu la lueur ambrée des braises couvant dans la cheminée. De surprise, maman ouvrit la bouche et porta la main à sa poitrine, tandis que Charlotte et moi poussions un cri au même moment, en nous étreignant de cette manière instinctive et peu digne des filles quand survient ce genre d'incident. Les coupures de courant étaient fréquentes à Magna, mais celle-ci tombait trop bien pour n'être due qu'au hasard.

« Harry ! Arrête, pour l'amour du Ciel ! s'indigna Charlotte, le visage rendu livide par les ombres qui dansaient sur lui et, comme par miracle, la lumière se ralluma, tandis que le feu perdait sa chaleur et son éclat.

– Mais ce n'est pas moi, bon sang, protesta Harry. Toutefois, je suis ravi que vous me pensiez capable d'exécuter des tours de ce genre. Ça ne peut que profiter à ma réputation.

– Eh bien, dit maman lentement, c'était vraiment impressionnant. À quoi d'autre pouvons-nous encore nous attendre ? À voir des livres s'envoler des rayonnages ou des armoires se réduire toutes seules en cendres ?

– Oh non, pas ça ! implorai-je, saisie d'inquiétude.

– Ce n'est pas ma spécialité, dit-il. À vrai dire, je suis plutôt un magicien classique.

– Je trouve que c'est contradictoire en soi », remarqua maman dont la fatigue semblait s'être dissipée. Elle aimait bien ce genre de choses.

« Voulez-vous que j'aille jeter un coup d'œil aux fusibles, lady Wallace ?

– Oh, vous feriez ça ? Mais appelez-moi Talitha, je vous en prie. »

Une minute plus tard, Inigo arriva en trombe, en brandissant une pelle et un balai. « Le courant a sauté et j'ai fait tomber le cadre qui était sur la table du salon. » Il tenait à la main la photographie de papa en uniforme. Je me préparais à voir maman fondre en larmes, elle pour qui ce type d'incident passait d'ordinaire pour un mauvais présage. À ma grande surprise, elle sourit.

« Bon, tant pis. Pose la photo là ; Johns l'apportera demain au village pour la faire réencadrer.

– C'est tout ? demanda Inigo, méfiant.

– Que veux-tu dire, mon chéri ? C'était un accident, ce n'est pas grave. »

D'habitude, pourtant, de tels accidents étaient toujours graves.

À la lumière des bougies, la beauté de ma mère explosait ; à l'instar d'une actrice, elle s'en servait pour rehausser son mystère, ses yeux verts de gitane et sa fragilité de star de cinéma. Assise entre Harry et oncle Luke, avec pour toile de fond la salle à manger dans toute sa splendeur médiévale, elle paraissait encore plus ensorcelante. Affolée d'avoir à nourrir plus de trois convives, Mary nous houspillait pour que nous terminions au plus vite son cocktail de crevettes et je pouvais presque entendre Harry se demander pourquoi on n'avait pas servi plutôt une bonne soupe roborative, par une soirée aussi glaciale.

« Alors, vous êtes magicien ? » demanda Loretta, et je pensai : C'est reparti.

« Je fais mon apprentissage, répondit-il. C'est très long. C'est un domaine où on ne peut pas se permettre de n'être qu'à moitié bon.

– Bien sûr, dit maman. Ça ne servirait à rien de faire disparaître quelqu'un si on n'était pas capable de le faire réapparaître ensuite !

– Je n'en suis pas aussi sûre, marmonnai-je tout bas.

– Et vous, Charlotte ? Et toi, Pénélope, ma chérie ? Qu'est-ce que les filles comme vous font de leur temps, aujourd'hui ? demanda Loretta, en posant sur moi un regard affectueux.

– C'est bien là la question », soupirai-je.

Charlotte s'arrêta de manger et promena les yeux tout autour de la table pour voir qui la regardait. Ce genre de comportement m'inquiétait un peu. Elle était toujours pour moi une inconnue, une personne capable de dire à peu près n'importe quoi. Je mâchai vigoureusement une crevette caoutchouteuse, en priant le ciel qu'elle ne sorte rien de trop extravagant.

« Les filles comme moi, dit-elle enfin, pensive. Eh bien, généralement, nous allons passer quelques mois en Europe pour apprendre à parler merveilleusement le français ou l'italien. Puis, en rentrant en Angleterre, nous courons les soirées élégantes, en espérant qu'un jeune homme riche et sympathique nous remarquera, plantées au bord de la piste de danse. Ensuite, je suppose que nous nous marions et avons des enfants. » Elle me lança un petit sourire plein de malice. « En tout cas, c'est ce que j'ai entendu dire. C'était le rêve de toutes mes camarades de classe. Personnellement, ça ne m'emballe pas. Je veux subvenir moi-même à mes besoins. Je suis déterminée à faire quelque chose de ma vie. Après ça, j'épouserai peut-être Johnnie Ray, à moins que Pénélope ne lui ait déjà mis le grappin dessus. »

Oncle Luke partit d'un énorme rire.

« Pénélope partira à Rome en septembre », se hâta de dire maman. Je crois qu'elle était un peu étonnée que quelqu'un d'autre qu'elle fût capable de monopoliser l'attention. « D'aussi loin que je me souvienne, elle a toujours rêvé de voir la chapelle Sixtine.

– Oui », dis-je machinalement, tout en me demandant si c'était bien vrai. J'avais du mal à me rappeler une époque où je rêvais d'autre chose que de Johnnie Ray, de musique, de surprises-parties et de frites. Cependant, maman avait raison : il y a quelques années, après avoir lu un livre d'un romantisme échevelé ayant pour cadre la Rome du XVIIe siècle, j'avais eu très envie d'aller en Italie.

« J'adore l'idée de l'Italie, dit Charlotte, le regard perdu dans le vague. Ma tante refuse de me laisser partir. Elle s'imagine que je vais tomber amoureuse d'un étranger et que je ne reviendrai plus.

– Elle a bien raison, remarqua Harry.

– Et quel mal y a-t-il à tomber amoureuse d'un étranger, dites-moi ? demanda tante Loretta en prenant un air scandalisé. J'en ai bien épousé un, moi !

– Oncle Luke n'est pas un étranger, c'est un Américain ! » s'indigna Inigo. Luke rejeta la tête en arrière et éclata de rire ; un grondement compact et puissant, ponctué de curieux gloussements aigus, pour faire bonne mesure, qui déclencha l'hilarité générale, même si je ne voyais pas trop ce qu'il y avait de drôle.

205

« Je ne vois pas Pénélope épouser un Italien. Elle est bien trop entichée de l'Angleterre, remarqua Harry.

– D'autant plus dommage, remarqua maman.

– Qu'est-ce que tu veux dire par là ? » demandai-je à Harry, mais mon cœur s'était mis à battre plus vite, comme chaque fois qu'on disait à mon sujet quelque chose dont je ne prenais conscience qu'au moment où je l'entendais.

« Je ne connais personne d'aussi anglais que toi, dit Charlotte. Ton physique, pour commencer, tu as l'air de sortir d'une histoire d'Enid Blyton. Tes taches de rousseur sont placées de façon si parfaite que, après t'avoir vue pour la première fois, j'ai parié avec Harry que tu les dessinais au crayon.

– C'est donc pour ça que tu m'avais dit...

– Exactement.

– Je ne vois pas pourquoi ça me rend tellement anglaise. Les taches de rousseur ne suffisent pas pour...

– Oh, mais ce n'est pas tout ! Il y a aussi ta façon de parler, les choses que tu dis, ce qui te choque, par exemple les réflexions de Marina, l'autre jour, et ce qui ne te choque pas, entre autres monter dans un taxi avec moi pour aller prendre le thé chez tante Clare, alors que tu ne m'avais jamais vue. »

Je toussai bruyamment. Maman ignorait toujours comment j'avais fait la connaissance de Charlotte.

« Tu n'as pas à en avoir honte, dit Harry. Je trouve que c'est très bien. J'aimerais être comme toi.

– Toi, tu es ce qu'il y a de pire, dit Charlotte. Tu es un de ces Anglais excentriques. Il n'y a rien de plus horripilant. »

« Nous sommes le 31 décembre 1954, clama Inigo, qui s'y entendait pour annoncer les heures et les dates. Dans deux minutes, c'en sera fini de l'année 1954. Adieu, chères restrictions alimentaires, ajouta-t-il, tout joyeux.

– Est-ce que vous vous en rendez compte ? dit Harry.

– C'est curieux, mais quand j'ai su que la viande ne serait plus rationnée, j'ai senti une sorte de vide, dit maman. Sans doute la peur qu'on commence à oublier. Oh ! ce que je suis bête, excusez-moi. » Elle prit son verre et, en voyant que sa main tremblait, je compris qu'elle n'avait pas eu l'intention de dire ce qu'elle venait de dire. Papa était la seule personne dont elle ne se servait pas pour produire un effet. Luke avança la main et lui toucha le bras.

« Ça n'a rien de bête, dit-il à mi-voix. Je sais ce que tu ressens, ajouta-t-il en nous regardant, Charlotte et moi. Vous, les jeunes, vous avez des jours de miel devant vous. Et que le Ciel en soit remercié.

– Amen, m'exclamai-je.

– Que la nouvelle année nous apporte autant de miel que nous pourrons en manger ! renchérit Charlotte.

– Rien que du miel ! » Le souhait fut repris en chœur tandis que nous levions nos verres, et Inigo se précipita sur le tourne-disque pour mettre Frankie Laine. À minuit, quand la comtoise du vestibule sonna douze coups lugubres, je crus y déceler de la surprise et du dépit de sa part de se voir supplantée par la musique américaine qui hurlait dans le salon. Inigo nous saisit par la main, Charlotte et moi, pour nous entraîner hors de la salle à manger en dansant, en chaussettes et les mains dégoulinantes de champagne.

IX

Garçons modernes et cochons d'Inde

Le 1er janvier 1955, pour la première fois de ma vie, je trouvai qu'il faisait trop chaud dans le grand hall. Trop chaud à force de danser et de rire, trop chaud à force de penser à ce qu'allait m'apporter la nouvelle année. Inigo monta quatre à quatre dans sa chambre et redescendit avec sa guitare, dont il joua pour accompagner les chansons qui passaient sur l'électrophone. Frankie Laine, Guy Mitchell et, bien entendu, Johnnie – il connaissait tous les morceaux par cœur ; Charlotte et moi chantions sur la musique (en vraies fans que nous étions), mais Inigo avait chaque sillon de chaque disque gravé en lui. Il avait vis-à-vis de la musique pop une attitude de spécialiste, se maudissant les rares fois où oncle Luke lui posait une question à laquelle il ne pouvait répondre. Il se passionnait également pour le disque en tant qu'objet – de quelle couleur était l'étiquette ? combien de minutes et de secondes durait exactement chaque morceau ? Puis, à 1 h 30 du matin, Luke alla discrètement dans sa chambre et revint avec deux disques édités par une maison dont nous n'avions jamais entendu parler.

« Je me suis dit que ça pourrait vous plaire. Ce garçon est en train de faire un tabac dans le pays dont nous venons. Mon ami Sam l'a dans son catalogue. Il est passé au Louisiana Hayride il y a à peine deux mois, nous y étions... le public lui a fait un triomphe. Sam dit qu'il n'a jamais rien vu de pareil. Je crois que ça va vous emballer, les enfants.

– Qui est-ce ? demanda Charlotte, en se laissant tomber dans un fauteuil, à côté de moi.

– C'est un Blanc, mais à l'entendre, on ne le croirait jamais. Il a une drôle de touche – il fait un peu bouseux – mais nom d'une pipe, ce qu'il est bon. Loretta le trouve beau gosse. Ça m'est difficile de juger, mais je crois qu'elle a raison. »

Il mit le disque sur l'électrophone. La première fois où j'entendis le petit bouseux d'oncle Luke chanter « Blue Moon of Kentucky », la seule chose que je me rappelle avoir pensé c'était qu'il ne pouvait pas être blanc. Bien sûr, sa voix surprenait et c'était toujours une fête d'écouter de nouveaux disques venus d'Amérique, mais sans Inigo, je me demande s'il aurait vraiment retenu mon attention.

« Remets-le ! Mets l'autre face. Qu'est-ce qu'il y a sur l'autre face ? demanda Inigo. Je pourrai le garder ? » Il était livide, comme s'il venait de recevoir un choc terrible.

« J'aurais dû mettre d'abord l'autre face, d'ailleurs, dit Luke avec un sourire. Ça, c'est une vraie bombe. »

Quand je raconte à des gens comment j'ai réagi en entendant pour la première fois Elvis chanter « Mystery Train », ils ne me croient pas. Le reste de l'Angleterre – à moins que d'autres amis de Sam Phillips ne soient venus dans notre pays fin décembre, avec des disques édités par sa très modeste maison, ce dont je doute sincèrement – ne découvrit Elvis qu'au début de 1956. Mais dans le hall de Magna, nous écoutions déjà celui qu'on appellerait le King dès les premières heures de 1955. J'aimerais pouvoir dire que j'avais aussitôt compris qu'il allait tout bouleverser. J'aimerais pouvoir dire que j'avais senti qu'il se passait quelque chose d'inédit et d'important, mais ce serait mentir. Ses chansons me plaisaient et le timbre de voix de ce chanteur blanc m'intriguait, mais cette nuit-là, le champagne altérait mon jugement et j'avais mal au cœur à force de danser et de manger des bonbons. Ce n'est qu'après le départ de Luke et de Loretta, le lendemain, quand Inigo m'eut rebattu les oreilles de son disque à force de le passer et de le repasser, que je me pris à penser qu'il avait quelque chose de spécial – mais, pour Charlotte et moi, Johnnie restait l'étoile la plus brillante du firmament, irremplaçable, intouchable. Inigo avait réagi plus vite que nous. Pour lui, le Messie était arrivé. Il donnait un peu l'impression de ne plus savoir où il en était. Sa rencontre avec Elvis et sa musique l'avait tellement transporté qu'il aurait volontiers traversé l'Atlantique à la nage, rien que pour le voir. À partir de ce soir-là, il devint comme possédé.

Une demi-heure à peine après qu'Elvis eut fait ses débuts dans le Wiltshire, maman exigea que nous enlevions son disque pour mettre un peu de jazz à la place.

« On ne peut pas danser avec ton chanteur blanc, enchaîna Harry. Il nous faut une musique sur laquelle on puisse vraiment bouger, comme ça ! » Il claqua dans ses doigts, un geste qui aurait paru ridicule chez tout autre.

« Si vous n'arrivez pas à bouger avec mon petit bouseux, vous ne pourrez bouger avec rien », remarqua Luke, et je pensai que ce serait rudement bien qu'il s'installe définitivement chez nous, histoire de l'avoir sous la main pour faire des réflexions comme celle-ci, avec son accent magique du Sud.

« Que pensez-vous de notre petit Elvis, les filles ? demanda Loretta. Moi, je peux vous dire qu'il est mignon tout plein.

– Il a l'air bien, c'est sûr, répondis-je poliment.

– Il ne faut pas leur poser cette question, elles sont envoûtées par Johnnie Ray, ironisa Inigo.

– C'est vrai ? demanda Luke. Vous préférez ce roi de la guimauve à mon Elvis Presley ? »

Charlotte parut réfléchir. « Johnnie nous touche, dit-elle simplement. C'est pour ça qu'on l'aime bien.

– Qu'on l'aime », rectifiai-je automatiquement.

Luke explosa de rire. « La larme à un million de dollars ? Vous voulez mon avis, les filles, je ne suis pas certain qu'il soit du genre à vous payer de retour, si vous voyez ce que je veux dire. »

Non, je ne voyais pas ce qu'il voulait dire, vraiment pas, mais je lui souris tout de même en faisant semblant d'avoir compris.

« Je vous tire mon chapeau. Mais je crois que vous auriez plus de chance avec le jeune Presley. Il a un petit quelque chose que je n'avais encore jamais vu chez personne.

– C'est sa façon de bouger, dit Loretta.

– On ne s'y attendrait pas de la part d'un type comme lui, mais quand il chante, il bouge comme s'il avait perdu le contrôle de son corps. Explique-leur, Loll. »

Loretta nous lança un regard polisson. « Nous avons observé les filles qui le regardaient, quand il est passé au Hayride. Nous n'avions jamais vu ça, c'était vraiment extraordinaire. Le public était en délire. »

Inigo buvait ses paroles.

« Il chante avec ses tripes. Ses chansons ont un rythme d'enfer, ce n'est pas de la bouillie, contrairement à votre Johnnie Ray. Je ne sais pas encore ce qu'il donnera, mais je vais continuer à le suivre. »

J'avais des doutes. Croyez-moi ou non, j'avais des doutes.

Pendant ce temps, Harry avait mis un autre disque et, tout à coup, le jazz et Humphrey Lyttleton emplirent tout l'espace.

« Vous entendez ça ! » Debout au milieu de la pièce, les bras ballants, il tenait délicatement sa cigarette entre ses doigts, avec la fumée qui s'enroulait autour de lui, ainsi qu'un feu follet. Éclairé par les bougies qui brûlaient encore dans le chandelier, à l'aise dans son costume et ses chaussures assorties, il faisait soudain très adulte. Je me sentais à des années-lumière de lui.

« Tu danses avec moi, Pénélope ? demanda-t-il, et mon regard chercha maman.

– Vas-y, dit-elle, sur un ton un peu acide. Les cours de danse que tu as pris l'an dernier ont bien dû t'apprendre quelque chose, Pénélope.

— Oh, Harry, je suis désolée ! dis-je en rougissant comme une pivoine. Je ne sais pas danser sur du jazz.

— Comment est-ce possible ? dit-il, avec un petit rire. Tu es ridicule. Toutes les filles de moins de vingt ans sont ridicules.

— C'est sans doute parce que Johnnie déteste le jazz, intervint Inigo. Elle ne s'intéresse pas à ce que Mr Ray n'a pas jugé digne d'intérêt.

— Viens ici. » Harry m'attira à lui et me fit pivoter.

« Non ! » Je me dégageai, honteuse devant maman.

« Ne fais pas l'idiote.

— Et bonne année à toi aussi, marmonnai-je, en me reprenant à le détester.

— Je la trouve très en beauté, ce soir », dit sèchement maman, et je lui lançai un regard reconnaissant. Quelquefois, et toujours quand je ne m'y attendais pas, maman venait à mon secours. C'était sans doute parce qu'elle prenait comme une offense personnelle toute critique à mon égard.

Harry se contenta de rire.

Charlotte parlait de littérature américaine avec Loretta. Je l'entendis qui disait : « J'ai une passion pour Salinger. »

« Je crois que je vais aller prendre un peu l'air », dis-je, car j'avais tout à coup affreusement chaud.

« Avez-vous lu *L'Attrape-cœur* ? demandait Charlotte. J'ai trouvé ça extraordinaire. »

Je quittai discrètement le hall, traversai la salle à manger, puis la cuisine et sortis par la porte de service. C'était une nuit chaotique. Des nuages gris, ténébreux, défilaient à toute vitesse devant la lune pâle et glacée, et si je distinguais la forme obstinée de la Grande Ourse, le reste du ciel me paraissait en grand désordre. On aurait dit que les étoiles étaient prises de folie et qu'il n'y avait rien pour les empêcher de piquer vers la terre à tout moment.

L'instinct et le champagne me conduisirent, moi et ma belle robe, vers la pelouse de velours noir et la porte qui ouvrait sur le potager. Je pourrais ajouter que j'avais bu plus de champagne que dans toute ma vie, ce qui avait l'effet bénéfique de noyer ma frayeur dans un flot de bienheureuse insouciance. Je n'ai pas peur du noir ! pensai-je, et je le criai tout haut, au cas où cela pourrait intéresser un castor ou un hibou traînant dans les parages.

« Mille neuf cent cinquante-cinq ! » dis-je. Puis, plus fort : « MILLE NEUF CENT CINQUANTE-CINQ ! » Je riais. L'année qui commençait était une page blanche, et que pouvait-on espérer de mieux que des pages blanches ? Vacillante, je me retournai face à Magna et enfonçai mes talons dans la terre, avec l'impression d'être toute petite, et alors, il me sembla voir les siècles se dérouler à l'envers, jusqu'au jour où la première pierre avait été posée. Rien, ni le talent d'Inigo Jones, ni l'œuvre accomplie des années durant par les austères figures sculptées alignées le long des murs du hall et du salon, ne pouvait empêcher que je sois la personne la plus importante qui eût jamais vécu à Magna, celle qui comprenait et aimait le mieux cette maison. De là où je me trouvais, je la voyais presque respirer et je fermai les yeux, avec la sensation d'être terriblement, terriblement moderne. J'étais aussi terriblement, terriblement ivre. J'engageai la conversation avec Johnnie.

« Oh, Johnnie ! soupirai-je. Est-ce que je te verrai chanter un jour ? » Je gardais les yeux fermés, en attente d'une réponse. Je l'imaginais debout à côté de moi, en train de parler dans le micro, l'orchestre installé derrière lui, prêt à attaquer.

« Viens au Palladium ! l'entendis-je me répondre. Je chanterai pour toi, je pleurerai pour toi, Pénélope. Je peux t'appeler Penny ?

— Oh ! j'aimerais mieux pas, Johnnie. Personne ne m'appelle comme ça. »

Je m'en voulais de l'avoir obligé à poser une question aussi niaise. Je tendis la main. Pour le toucher, pour avoir la preuve qu'il me connaissait, qu'il me comprenait comme je le comprenais...

« Pénélope ! Où es-tu ? »

C'était maman. Johnnie et son orchestre s'évanouirent, sur un signe de la main et un soupir de regret. Je vis maman ramener son manteau autour d'elle et s'avancer à pas menus vers le jardin potager, dans ses escarpins Christian Dior. Fido la suivait, le nez au sol.

« Où es-tu, Pénélope ? Je t'en prie, tu vas mourir de froid.

— Je suis là, maman.

— Oh ! Seigneur, tu m'as fait peur ! À qui parlais-tu, au nom du ciel ? demanda-t-elle, le regard flamboyant.

— Je parlais à Johnnie. »

Elle paraissait contrariée et il y avait de quoi. Le lieu sacré où elle pensait à papa n'était pas fait pour bavarder avec des pop stars.

« Rentre à la maison. Tout le monde va croire que tu es folle. »

Je retournai avec elle jusqu'à la porte de la cuisine et me surpris à lui prendre la main.

« Ça t'a plu de danser avec Harry ?

— Pas vraiment. Il me malmène tellement, maman. Je suis sûre qu'il aurait beaucoup préféré danser avec toi.

— Tu as trop bu, ma chérie, dit-elle, d'un ton sec. Ce n'est pas joli. Si tu ne te surveilles pas, tu finiras comme ta grand-mère. »

Curieusement, cette remarque suffit pour me dessoûler tout à fait.

Ensuite presque tout le monde monta se coucher. Inigo aurait bien aimé continuer à écouter Elvis, mais maman menaça de se débarrasser de l'électrophone s'il n'était pas plus raisonnable.

« Bien, bonne nuit, tout le monde », dit Luke, en prenant Loretta par l'épaule. Je ne sais pourquoi, de les voir monter l'escalier tous les deux, fatigués mais heureux et prêts à repartir le lendemain matin, me serrait le cœur de façon insupportable. Magna avait besoin de la solidité à toute épreuve de gens comme Luke et Loretta. Sans eux, la maison vacillait, elle sortait de ses gonds.

Charlotte m'emmena dans la bibliothèque et referma sans bruit la porte sur nous. Elle envoya promener ses souliers rouges et se laissa tomber dans un fauteuil, tout en retirant ses épingles à cheveux avec une rapidité impressionnante. Les lieux prenaient vie quand Charlotte s'y trouvait et la bibliothèque ne faisait pas exception. Sa vitalité conférait un charme étrange aux rangées poussiéreuses d'éditions originales ; sa culture littéraire et sa soif inextinguible de lecture l'absolvaient en quelque sorte de ne pas penser à sa cigarette qui frôlait dangereusement le lamentable tableau ayant pour titre *Le Lac, Milton Magna, la veille du 15 août 1890*, peint par notre brave grand-tante Sarah.

« Harry avait l'air heureux ce soir, dit-elle en insistant lourdement sur le mot heureux. On dirait qu'il a complètement oublié l'Américaine.

– Marina ?

– Oui, bien sûr, Marina. Tu pensais que je parlais d'Ava Gardner, peut-être ? »

Je ris.

« Ça ne durera pas, soupira-t-elle. Il n'arrive pas à l'oublier très longtemps. Ensuite ça revient, pire qu'avant.

– Ce que ça doit être embêtant d'être amoureux. On m'avait toujours fait croire que c'était la plus merveilleuse chose du monde.

– Qui t'a dit ça ? fit-elle, stupéfaite. Personnellement, j'ai toujours trouvé que c'était un supplice.

– Andrew ? » murmurai-je.

Elle tortillait une mèche de cheveux autour de son doigt, un geste qu'elle faisait, je l'avais remarqué, quand elle était mal à l'aise. Andrew et Charlotte restaient pour moi un mystère. J'avais tenté de la questionner – quand l'avait-elle vu pour la dernière fois ? Pensait-elle souvent à lui ? –, mais c'était un sujet épineux. La plupart du temps, elle le gardait pour elle seule ; il était une part d'elle-même que je pensais ne jamais pouvoir atteindre. Elle ne s'étendait pas sur ses relations avec Andrew et ce qu'elle me disait à son propos semblait avoir été soigneusement sélectionné, de manière à ce que j'en sache assez, mais pas trop. Ce soir, pourtant, elle paraissait avoir du mal à résister à l'envie de parler de lui.

« C'est qu'il est tellement *gentil*. »

Je ris. C'était plus fort que moi. « De tous les jugements que tu aurais pu porter sur lui, je n'aurais jamais pensé que tu dirais qu'il était gentil.

– Ce n'est pas facile de trouver des garçons gentils. Il y a des moments où je souffre terriblement de ne plus le voir. Ça me tombe dessus sans prévenir. C'est pathétique, vraiment. Je suis en manque, il me faut ma dose de sa présence. » Elle fronça les sourcils. « Mais où ai-je mis mon verre ? » ajouta-t-elle, et tout fut dit. Il se trouva qu'elle avait renversé son verre de vin sur le tapis, lequel étant d'une couleur difficile à définir, la tache ne sautait pas vraiment aux yeux. On resta à traînailler et à discuter jusqu'à 5 heures du matin. Je n'avais jamais passé autant de temps dans la bibliothèque dans les dix-huit années que j'avais vécues à Magna et, quand vint le moment de monter se coucher, la pièce m'apparut sous un jour complètement différent. Charlotte avait pris sur les rayonnages des ouvrages de ses auteurs préférés, pour m'en lire des passages. Cette nuit où je fis connaissance avec Elvis fut aussi celle où j'entendis lire du Coleridge pour la première fois. En échange, Charlotte me demanda de lui raconter les histoires qui se cachaient derrière les visages vigilants de mes ancêtres. Lorsque tous ces visages se mélangeaient ou que je ne me souvenais plus à qui ils appartenaient, ni pourquoi ces personnages avaient laissé un souvenir glorieux ou effrayant, j'inventais. Apparemment, elle se souciait peu de la vérité historique. Ce qu'elle voulait d'abord et avant tout, c'était qu'on lui raconte une histoire.

Le lendemain matin, une heure avant que Charlotte et Harry partent à la gare pour regagner Londres, je frappai à la porte de la chambre Wellington et surpris Harry en train de marmonner tout seul, un grand chapeau retourné entre les mains. En me voyant, il releva la tête.

« Vite ! chuchota-t-il. Mets ta main dedans !
— Pardon ?
— Là-dedans, s'impatienta-t-il. Ferme les yeux ! »

Docile, je fermai les yeux, glissai prestement ma main dans le chapeau et sentis quelque chose de doux. Je laissai échapper un petit cri, ce à quoi il devait s'attendre, puisque, en rouvrant les yeux, je constatai qu'il souriait avec un air satisfait.

« Regarde », dit-il. Je coulai un œil prudent à l'intérieur du chapeau et poussai une exclamation en apercevant un minuscule rongeur, pas plus grand que ma main. Il était entièrement blanc, hormis un saupoudrage charbonneux sur le nez.

« Oh, Harry ! Il est adorable ! C'est un hamster !
— Un cochon d'Inde, rectifia-t-il.
— Mais comment l'as-tu... ?
— Ne pose pas de questions stupides auxquelles tu sais que je ne répondrai pas. J'ai pensé te le donner. »
Il souffla pour écarter une mèche de cheveux qui

cachait son œil brun. « Pour te remercier de ton invitation, ajouta-t-il, avec un peu trop d'insistance.

– Mais...

– Les lapins sont quelque peu démodés, mais les cochons d'Inde me font l'effet d'être des créatures assez aimables. Tu peux le garder à l'intérieur, si tu veux. À mon avis, ce serait un peu cruel de le mettre dehors, dans une cage, alors qu'il a eu la chance d'habiter dans un confortable chapeau comme celui-ci.

– Mais Harry, c'est un animal vivant, pas un pain, rétorquai-je, en repensant à l'histoire de Julien. Qu'est-ce que je vais faire de lui ?

– Tu n'es pas censée en faire quoi que ce soit. Veille simplement à ce qu'il ait de l'eau, des carottes et un peu d'affection. » Il sortit la créature du chapeau. « Il a quelque chose de Marina, tu ne trouves pas ? On va l'appeler Marina, d'accord ?

– Je suppose que je devrais te remercier, dis-je en riant. Personne ne m'avait encore offert un cochon d'Inde.

– Je l'espère bien », dit-il.

Luke et Loretta nous quittèrent une heure après Charlotte et Harry. J'avais toujours beaucoup plus de peine quand des amis s'en allaient de Magna que lorsque je les quittais n'importe où ailleurs. C'était un après-midi gris et humide, avec des rafales d'un vent vigoureux et rageur qui poussait les choucas à jacasser et à glapir autour de la chapelle, ainsi que des bombardiers – Banjo lui-même était sorti de sa torpeur et il galopait dans le pré avec énergie. Pieds nus sous l'auvent de l'entrée, je regardai Luke charger les bagages dans la voiture. Maman s'affairait autour de lui, dans le but de lui laisser la meilleure impression possible plutôt que pour l'aider véritablement. Quelque chose me disait qu'elle avait toujours été un peu vexée de voir qu'il n'avait d'yeux que pour sa sœur aînée, même si, pour rien au monde, elle n'aurait souhaité qu'il en fût autrement.

« Prends bien soin de ta mère, chuchota Loretta, en déposant un baiser sur ma joue. Surtout, ne tombe pas amoureuse et ne quitte jamais cette maison avant de t'être assurée qu'elle est un peu plus heureuse.

– Ni l'une ni l'autre de ces deux choses n'entre dans mes intentions, m'indignai-je, ce qui la fit rire.

– Harry a raison. Tu es tellement anglaise, quelquefois. Surtout ne change pas, d'accord ? »

La voiture s'engagea dans l'allée et on resta tous les trois à agiter la main, jusqu'à ce qu'elle eût disparu. Luke nous fit rire parce que ses coups de klaxon semaient la panique parmi les lapins qui détalèrent au plus vite pour se réfugier dans la haie. Cela me fit penser au cochon d'Inde Marina et je me précipitai dans ma chambre où Harry l'avait installé dans un carton rembourré de vieux *Telegraph*. (Il se trouvait justement qu'à la page des potins mondains figurait un long compte rendu de la réception donnée par les Hamilton, et je dus écarter Marina le rongeur de la photo de l'humaine Marina pour pouvoir le lire. L'article comportait également un certain nombre d'inepties à propos de la fille d'un député dont je n'avais jamais entendu parler, qui s'était enfuie avec le pianiste de l'orchestre, ce qui me laissa quelque peu perplexe, étant donné que je croyais me souvenir que ledit pianiste était bien vétuste et qu'il n'avait plus de dents, mais comment savoir ?) Ma lecture terminée, je m'aperçus que j'avais mal au cou et que Marina le rongeur s'était fourré sous ma coiffeuse. Il me fallut vingt minutes pour le récupérer. Quand il fera plus doux, pensai-je, je pourrais peut-être le laisser en liberté dans le jardin. D'où pouvait-il bien venir ? Il n'était sûrement pas sorti comme ça du chapeau d'Harry. Après leur départ, un silence de mort était tombé sur la maison. Même les sifflements et les parasites de Radio Luxembourg, qu'on entendait par intermittences sur le poste d'Inigo, ne parvenaient pas à entailler le silence laissé par leur départ. Dans la soirée, je glissai une carotte dans le carton de Marina, enfilai une grosse paire de chaussettes et grimpai dans mon lit. À travers les rideaux gris et rose de ma chambre (je crois qu'ils n'avaient pas été lavés depuis avant la guerre et ils se seraient probablement décomposés au contact de l'eau savonneuse), je percevais l'éclat de la lune. Je pensais à Harry et à Johnnie, aux lumières clignotantes et au cochon d'Inde, à Luke et Loretta, et à Magna. Je pensais à 1955 et me demandais quel serait mon état d'esprit, quand finirait cette année. Je pensais à maman, en essayant d'imaginer ce que serait notre vie si papa n'avait pas été tué.

X

Cinq heures de l'après-midi et après

Une semaine plus tard, Charlotte et moi étions assises sur un banc de Hyde Park, en train de finir nos petits pains au fromage. Mes cours s'étaient terminés de bonne heure et nous avions tout l'après-midi devant nous, un après-midi froid et limpide, sous le soleil d'hiver. J'avais pratiquement laissé tomber les amis que je m'étais faits à mes cours et je commençais à comprendre pourquoi Charlotte préférait ma compagnie à celle des filles qu'elle connaissait depuis toujours. Quand il nous arrivait de rencontrer l'une ou l'autre de ces superbes créatures parfumées, arborant un sourire radieux, elle me faisait part ensuite de la tristesse qu'elle ressentait en constatant qu'elles n'étaient plus que l'ombre de ce qu'elles avaient été, maintenant qu'elles arboraient une somptueuse bague de fiançailles. Quelques jours plus tôt à peine, nous avions aperçu une de ses anciennes camarades, qui était peu de temps avant l'élève la plus brillante de l'établissement qu'elles fréquentaient toutes les deux à l'époque.

« Tiens, c'est Delilah Goring, avait-t-elle soupiré, au

moment où une jeune femme portant une étole en renard et un chapeau beige traversait la rue au bras d'un grand rouquin. Ou plutôt, c'*était* Delilah Goring. »

Cet après-midi, Charlotte était moins loquace que d'habitude, et je la connaissais assez, maintenant, pour faire la différence entre une Charlotte rêveuse et une Charlotte méditative.

« Tu as des soucis ? demandai-je.

— Pourquoi en aurais-je ? » répliqua-t-elle, en jetant des miettes de son sandwich à un pigeon qui passait par là.

Je n'insistai pas. Je savais que le meilleur moyen de la faire parler était de feindre l'indifférence. Et, comme de juste, elle sortit un papier de sa poche et me le tendit.

« Lis ça. C'est arrivé ce matin. »

L'écriture était épouvantable, l'orthographe catastrophique, mais le tour de phrase était digne de Byron. *Il faux que je te vois (faux était souligné). Si on se revoie une dernière fois, je croit que je pourrait prendre sur moi et aprendre à t'oublier, toi et tout ce qui c'est passé entre nous. Je t'attendrais devant le café de T. Court Road, samedi à 5 h. À toi pour toujours, ton fidelle Andy.*

« C'est drôle, dit Charlotte. Je n'ai pas envie qu'il apprenne à m'oublier.

— Mince alors, c'est dans une heure, dis-je en regardant ma montre.

— Je sais. » Elle se mordit la lèvre. « Je vais y aller. Tu veux bien m'accompagner ?

— Oh, Charlotte ! Je ne pense pas avoir été invitée.

— Moi, je t'invite. Si tu es là, tu t'arrangeras pour que je parte au bout d'une demi-heure. Si j'y vais seule... » Elle ne termina pas sa phrase.

« Je viendrai, bien entendu. Je meurs d'envie de connaître A le T. »

Il nous fallut remonter une bonne partie de Tottenham Court Road pour arriver jusqu'au café. Maman en aurait eu une attaque. J'étais un peu angoissée parce que la nuit tombait, que je me trouvais dans un quartier qui ne m'était pas familier et que je ne reconnaissais plus Charlotte.

« On va attendre ici, me dit-elle. Il a toujours quelques minutes de retard. Pour lui, c'est une question de dignité. » Il ne faisait pas particulièrement froid, pourtant elle claquait des dents. « Ça y est, le voilà », murmura-t-elle.

Andrew apparut soudain, une cigarette entre les dents, les mains dans les poches de son veston. Il avait de beaux cheveux – noirs, épais, brillants et se terminant sur la nuque par une pointe dont la perfection soulignait la fragilité de son visage ciselé. Sans être particulièrement beau, il était terriblement séduisant et j'eus le plaisir de constater qu'il présentait un vivant démenti à la théorie de maman selon laquelle les Teddy Boys avaient forcément une vilaine peau. Son teint de porcelaine était sans défaut. Ses yeux gris-vert se posèrent sur Charlotte avec circonspection. Elle était plus grande que lui, mais si tendue qu'elle paraissait toute petite et inhabituellement timide.

« Ça va ? dit-il.

— Oui. Voici mon amie Pénélope. »

Il m'adressa un petit salut et dit d'un ton détaché : « On va prendre un thé ? »

Charlotte secoua la tête. « J'aimerais bien une cigarette et quelque chose de plus fort que du thé », dit-elle, et il sourit.

« Il paraît que le Babycham fait fureur chez les dames, ces temps-ci », remarqua-t-il, en poussant la porte de l'établissement.

À l'intérieur, il y avait des Teddy Boys qui riaient et fumaient. L'un d'eux adressa un signe de tête à Andrew, tandis que deux autres nous dévisageaient, Charlotte et moi.

« Ne vous occupez pas d'eux », nous conseilla-t-il.

La fumée alourdissait l'atmosphère et les tables avaient un aspect poisseux. Quelqu'un mit un disque – de la musique de danse que je ne connaissais pas.

« Qu'est-ce que tu deviens, Andrew ? demanda Charlotte dont les jambes tremblaient sous la table. Tout va bien chez toi ? »

Il alluma une cigarette et la lui passa. « À ton avis ?

— Ton père ?

— Il continue à boire. Il continue à gueuler. La semaine dernière, il a piétiné deux disques que je venais d'acheter, sans aucun motif. Le mois dernier, il m'a cassé le bras, parce que je voulais l'empêcher de frapper Sam. »

J'étais horrifiée. Andrew me considéra avec un sourire moqueur.

« Le salaud. C'était le dernier Bill Haley. Je venais à peine de l'acheter », dit-il encore, amer, puis, l'espace d'un instant, ses yeux s'illuminèrent. « Il faut que tu écoutes ça, Charlie. »

Charlotte me donna un coup de pied sous la table, sans doute pour m'enjoindre d'oublier ce surnom. Elle entreprit de déchirer sa serviette en bandelettes. « Et ton travail ? Toujours fidèle au poste ?

— On m'a fichu à la porte la semaine dernière. Je me suis battu.

— Oh, Andrew ! gémit-elle.

— C'était pas ma faute. C'est jamais ma faute, putain. Je suis toujours bon pour payer les pots cassés.

— Oui, c'est vrai. Là, tu as raison. »

Il se pencha et prit sa main dans la sienne. Elle parut tout d'abord vouloir la lui retirer, mais elle ne put s'y résoudre.

« Y a pas de mots pour dire ce que tu es belle. » C'était comme si je n'avais pas été là. Les yeux de Charlotte s'emplirent de larmes.

« Ne fais pas ça », dit-elle mollement.

Au secours, pensai-je, tout en m'absorbant dans l'étude de la carte.

« Ah ! mais c'est la vérité, ma petite. La vérité, pour une fois. » Il lui lâcha la main pour prendre un peigne dans sa poche. « Dis-moi, comment va ta tante ? Elle veut toujours te marier à ce connard de prince Charles, hein ? » Mais son ton avait perdu son aigreur et Charlotte sourit ; elle était redevenue elle-même.

« Oh, mon Dieu, non ! Il est ni assez riche ni assez distingué pour moi, et de loin. »

En définitive, la rencontre se prolongea bien au-delà d'une heure. Il était drôle et charmant, attentionné et délicat, et si ma présence le contrariait, il ne le montrait pas. Le café se remplissait peu à peu de jeunes gens en veste à col de velours, évoluant dans un monde à eux, discutant de musique, de mode et des émeutes de rues. Ce qui me frappait surtout, c'était leur extrême jeunesse. Mais où étaient donc leurs mères ? Les passants écrasaient le nez contre la vitre pour nous regarder, et j'avais l'impression d'être à la fois en danger et en sécurité. C'était une sensation agréable, stimulante, que je n'avais jamais eue avec les garçons insignifiants que je connaissais. J'aurais voulu que tout le monde me voie – j'aurais voulu que Hope Allen se dise que, moi aussi, je pouvais parler avec des Teddy Boys. Ça, c'est vivre, pensai-je, toute fière.

Deux amis d'Andrew arrivèrent peu après nous. On se serra pour leur faire une place à notre table.

« On a su qu'il avait rendez-vous avec toi, Charlie, dit le premier, un joli garçon aux yeux rougis.

– On a voulu venir te dire bonjour, dit l'autre.

– Digby, Ian... Comment ça va, vous deux ? demanda Charlotte, toute contente de les voir. Voici mon amie Pénélope. »

Ils m'examinèrent attentivement. Celui qui s'appelait Ian aperçut des fiches de lecture qui dépassaient de mon cartable.

« Moi, j'aime mieux le cinoche que les bouquins, dit-il d'un ton sentencieux.

– Vous... vous avez vu des choses bien, dernièrement ? bredouillai-je.

– Oui, quelques trucs. Brando. J'aime bien Brando. »

Peut-être est-il séduit par ses « beaux bras », comme Mary, pensai-je.

« J'aime beaucoup ta veste, dis-je, admirative.

– Je porte que ce qu'il y a de mieux.

– Elle plairait beaucoup à mon frère. »

Il parut un instant songeur. « Ton frère pourrait sûrement se la payer. Attends. » Il farfouilla dans ses poches et en étala le contenu devant lui, sur la table : une lame de rasoir rouillée, un paquet de tabac, deux peignes et un tube de brillantine, une chaîne de vélo, trois papiers de chocolats et, enfin, un minuscule bout de crayon.

« T'as quelque chose pour écrire dessus ? »

Je sortis de mon cartable le dictionnaire d'italien endommagé par Hope Allen. « Écris sur la dernière page.

– De l'italien ? fit-il, ébahi. Là, tu essaies de nous en mettre plein la vue, ma fille. »

Je ris, grisée d'être l'objet d'autant d'attention.

« Voilà, dit-il tout en griffonnant. C'est l'adresse de Cathy, la souris qui nous concocte à tous des costards dernier cri. Elle est géniale, cette fille. Avant, elle travaillait à Savile Row. Elle nous prend le quart de ce qu'elle faisait payer aux rupins. Dis à ton frère de dire à Cathy qu'il vient de la part de Ian Sommersby. Elle lui fera le meilleur prix de Londres. D'accord ? Ian Sommersby. Rappelle-toi bien ce nom. » Il lissa sa queue de canard avec un air tellement sérieux que je faillis pouffer.

« Merci, lui dis-je en prenant l'adresse.

– Comment il s'appelle, ton frère ? demanda Digby.

– Euh... Inigo.

– Indigo ? » Digby éclata de rire, toute sa figure se plissa tellement il trouvait ça désopilant.

« Merde alors, quel drôle de nom ! remarqua Ian.

– C'est vrai. »

Andrew me regarda et dit : « Charlie sait s'habiller. Pour une fille de la haute, elle s'y connaît sacrément en fringues.

– Et toi, pour un type sans instruction, sans boulot et sans argent, tu t'en sors pas mal du tout, ironisa Charlotte.

– Va te faire foutre », dit-il avec un grand rire et sans aucune animosité.

Je me sentis devenir blême. Personne ne m'avait jamais dit d'aller me faire foutre, surtout pas un garçon, même pour plaisanter. Charlotte se contenta de sourire.

Une demi-heure plus tard, elle décida à regret qu'il était temps de partir. Andrew la saisit par les épaules et l'attira à lui pour l'embrasser. Quelques sifflets se firent entendre.

« Tu en veux un, toi aussi ? me demanda Ian.

– Oh ! ça va, merci, marmonnai-je.

– Il est pas assez bien pour toi, hein ? dit Digby en riant.

– Non. Enfin, oui. C'est que... » Je rougis et me sentis idiote.

« Allez, fichez-lui la paix », leur ordonna calmement Andrew.

Dehors, la nuit était tombée. Andrew partit aussitôt avec Ian et Digby, tandis que Charlotte et moi décidions de rentrer à pied. Charlotte ne disait rien et je ne cherchais pas à la faire parler. Ça me convenait très bien ; j'avais besoin de réfléchir, moi aussi. Mais au moment où nous arrivions à Marble Arch, une tête apparut à la portière d'une Jaguar, une main nous fit signe et une voix donna l'ordre au chauffeur de s'arrêter, ce qu'il fit, à l'indignation du conducteur de l'autobus qui arrivait derrière. Kate et Helena Wentworth se répandirent sur le trottoir, contraignant Charlotte à sortir de son silence.

« On pensait bien que c'était vous ! Personne à Londres n'a des jambes aussi longues et des cheveux aussi épais ! s'exclama Helena. On vient à peine de finir de déjeuner, vous vous rendez compte ? On était au Claridge dès midi. Pour l'anniversaire de Sophia G.D. Je crois que je ne me suis jamais autant ennuyée de ma vie. »

La Sophia aux rubis, me rappelai-je. « Elle était à la soirée des Hamilton, Charlotte. Marina s'était montrée extrêmement désagréable avec elle. » Mais écoute-toi donc, pensai-je, en m'esclaffant intérieurement.

« Personnellement, nous ne l'avons rencontrée qu'une ou deux fois, s'empressa de préciser Kate. Elle a l'air tout à fait gentille. Mais elle n'est pas bien belle, la pauvre petite. Elle était si contente que nous soyons venues que c'en était gênant. Marina était venue par obligation, et elle a bu comme un trou, de même que George, qui était là aussi, toujours égal à lui-même. Mais c'est grâce à votre cousin Harry que nous avons pu supporter cette épreuve, ajouta-t-elle, en rougissant légèrement.

– Ah bon ? dit Charlotte d'un ton morne.

– C'était le spectacle de fin de repas. Des tours fabuleux ! Il a beaucoup progressé depuis la première fois où je l'ai vu, l'an dernier, à l'occasion du bal donné pour les débuts dans le monde de Clara Sanderson. J'avais très envie de savoir comment il s'y prenait pour son tour avec la cigarette et le billet de dix shillings, mais il a filé aussitôt le déjeuner terminé, en disant qu'il devait retourner auprès d'un certain Julien machin chose. »

Charlotte faillit s'étrangler.

« Il a un talent fou, poursuivit Kate, enthousiaste. Je pourrais le regarder pendant des heures. Il a fait quelque chose de mignon tout plein avec sa serviette : il l'a pliée en forme de souris et elle a couru sur les bras de tous les convives, c'était stupéfiant ! »

Kate aurait-elle une petite tendresse pour Harry ? pensai-je avec stupéfaction. Qu'est-ce qu'il y avait donc chez lui qui plaisait tant ?

« Dites-moi, vous deux, qu'avez-vous fait cet après-midi ? » demanda Helena, en m'adressant un sourire particulièrement amical (de toute évidence, être vue avec Charlotte, non seulement une fois mais deux, faisait de moi un membre du clan).

« Vous sortiez ? On pensait aller directement chez Sheekey pour dîner de bonne heure », dit Kate.

Sheekey ! Charlotte adorait ce restaurant de poisson, je le savais, parce qu'elle en parlait chaque fois qu'elle avait faim. Je sentais qu'elle pesait les inconvénients de la proposition de Kate – passer deux heures avec les sœurs Wentworth – et ses avantages – une belle sole meunière qu'elle n'aurait probablement pas à payer. Il ne lui fallut pas longtemps pour se décider.

« D'accord, dit-elle. Nous serons ravies de nous joindre à vous.

– Formidable, s'écria Helena, tout heureuse. Montez vite !

– Chez Sheekey, Bernard », lança Kate au chauffeur.

La voiture prit donc la direction de St Martin's Lane. Kate et Helena jacassaient comme des pies, tandis que Charlotte réendossait en douceur son personnage cancanier et superficiel de la soirée des Hamilton. Elle se garda de dire qu'à peine une demi-heure plus tôt nous étions dans un café de Tottenham Court Road avec A le T et consorts ; je finissais même par me demander si je n'avais pas rêvé. Confortablement installée dans ce restaurant chic, à écouter, les yeux écarquillés, le bavardage des jumelles, en buvant goulûment du champagne Pol Roger, la tête me tournait un peu. Étais-je dans la même ville ? Étais-je la même personne, avec ces deux filles ? Et Charlotte ? Les gens louchaient de notre côté, en se poussant du coude ; ils avaient reconnu Kate et Helena, et ils faisaient silence par moments pour essayer d'entendre ce qu'elles disaient, ce qui n'était pas difficile, car elles ne songeaient ni l'une ni l'autre à baisser la voix. Charlotte posait beaucoup de questions dont elle connaissait généralement la réponse, de manière à ne pas avoir à alimenter trop la conversation et pouvoir concentrer son attention sur ce qu'elle mangeait. Elle était toutefois assez maligne pour leur livrer de temps à autre une anecdote croustillante, histoire de justifier notre présence et leur faire croire qu'elles en avaient pour leur argent, à la suite de quoi elle réattaquait son poisson et ses pommes de terre sautées. Le dîner se termina juste avant minuit. Les jumelles m'avaient témoigné beaucoup d'amitié, surtout après que Betty Harwood, la rédactrice du « Journal de Jennifer » dans le *Tatler*, était venue me dire bonjour, en me priant de transmettre son bon souvenir à maman. Je l'aurais embrassée.

De retour à Kensington Court, Charlotte se débarrassa de son manteau et de ses chaussures, et se laissa tomber sur le canapé. Tante Clare était couchée et Harry introuvable.

« Il est sans doute en train de ressusciter quelques morts chez Sophia Garrison-Denbigh, dit Charlotte. Dis donc, ce qu'on s'est régalées. J'aurais été capable de manger trois fois plus de crêpes.

– Ça t'a fait drôle ? bredouillai-je. De revoir Andrew ? »

Je pensais qu'elle ne répondrait pas, mais elle finit par dire : « C'est bête, hein ? Andrew n'est pas pour moi parce qu'il est pauvre et ordinaire. Marina n'est pas pour Harry parce qu'elle est riche et vulgaire. Est-ce qu'il existe en ce monde une situation plus bêtement pathétique que celle des nantis fauchés ?

– C'est le pire de tout, dis-je tristement. Des perdants, voilà ce que nous sommes tous.

– Toi, au moins, tu as Magna pour redorer un peu ton blason.

– À quoi ça m'avance, puisqu'il y a de fortes chances que le plafond s'écroule sur mes soupirants éventuels. »

Elle eut un vague sourire, puis se cacha le visage

dans les mains, en murmurant : « Qu'est-ce qu'on va devenir ? »

N'ayant jamais vu Charlotte baisser ainsi sa garde, j'étais un peu alarmée. « Je l'ai trouvé gentil, Andrew. Tu avais raison. Et si mignon. Je ne vois pas pourquoi tante Clare est tellement hostile...

– Tu as entendu ce qu'il a dit à propos de ses parents ?

– Oui, mais...

– Ce serait trop injuste pour tante Clare. Elle attend depuis toujours de me voir épouser quelqu'un de bien. Et elle a raison sur un point. Ça ne pourrait pas durer. Andrew est le genre de garçon dont on tombe amoureuse avant qu'apparaisse le héros véritable. Et puis, il est trop jeune pour moi. Je m'en rends compte maintenant. Il me faut un homme plus âgé, un homme qui m'empêchera de sortir des rails.

– C'est ce que tu penses, toi, ou c'est tante Clare ?

– Quelle importance ? L'an prochain, il doit faire son service militaire, de toute façon. C'est une chose qui change les garçons comme lui. Je ne sais pas si je voudrai de lui après. »

Je ne fis pas de commentaire mais je n'étais pas convaincue, ni elle non plus.

Le silence retomba, tandis que nous écoutions le tic-tac de la pendule. Le regard fixe, les sourcils froncés, Charlotte entrelaçait nerveusement ses doigts. Pour la première fois, j'avais froid dans le bureau de tante Clare. Je finis par lui dire : « Mary trouve que Marlon Brando a de beaux bras. »

Elle me regarda comme si j'étais folle. Puis elle éclata de rire et, tout à coup, notre morosité se dissipa.

Harry rentra peu après. Il fut surpris de nous voir encore debout.

« Qu'est-ce que vous fabriquez, toutes les deux. Vous attendez Godot ?

– Non, seulement toi, dit Charlotte. Nous avons appris de source sûre que tu as fait un tabac aujourd'hui chez des nouveaux riches.

– J'ai eu une journée pénible. Les deux Wentworth m'ont tenu la jambe plus que de raison. »

Charlotte me lança un regard amusé. « On vient de dîner avec elles.

– Pas possible ! C'est que vous êtes friandes de supplices, alors.

– Friandes, c'est bien le mot. Nous sommes allées chez Sheekey.

– C'est elles qui ont payé ?

– Naturellement.

– Ça alors, c'est quelque chose. Je ne sais pas ce qu'elles ont, ces deux-là, mais à tous les dîners où je suis allé cette année, j'ai été placé à côté de l'une ou de l'autre. Il est clair que le monde entier nous considère comme des âmes sœurs.

– J'ai l'impression que Kate a un faible pour toi, dis-je d'un air narquois.

– Je t'en prie, répliqua-t-il froidement.

– Elle est drôlement belle, en tout cas.

– Oui, tant qu'elle n'ouvre pas son clapet.

– As-tu gagné assez d'argent pour contrebalancer cette pénible épreuve ? demanda Charlotte.

– Presque. Sans compter qu'on m'a demandé pour deux autres déjeuners dans la semaine, par conséquent ce n'est pas trop mal. » Il parut soudain fatigué.

« Tu ne fais pas ça uniquement pour le plaisir, alors, m'étonnai-je. Je croyais que l'argent était pour toi une considération secondaire.

– L'argent n'est jamais une considération secondaire, Pénélope, répliqua-t-il, agacé. Tu crois vraiment que c'est pour m'amuser que je fréquente des filles comme Kate et Sophia ? Elles me donneraient plutôt envie de prendre la fuite.

– Pourquoi le fais-tu, alors ?

– Parce que j'aime la magie, que je suis doué pour ça et que je peux tout supporter du moment qu'on me paie autant qu'on m'a payé ce soir. » Il sortit un tas de billets froissés de la poche intérieure de son veston et les jeta sur la table. Charlotte émit un sifflement discret.

« Bravo, dit-elle. Je suppose que tout sera dépensé avant demain soir.

– Pas du tout. » Je n'avais jamais vu Harry aussi agité. Il me regarda en soupirant. « Et comment va la fondatrice du fan-club de Johnnie Ray, ce soir ?

– Très bien, merci. Mais si seulement j'en étais la fondatrice ! On a raté la location pour le Palladium. Maman a jeté la lettre du fan-club avant que j'aie eu le temps de la lire, dis-je, consciente de mon ton amer. On aurait pu avoir des billets à prix réduit. Au lieu de ça, on n'en a pas du tout.

– Dommage. » Harry bâilla et prit le dernier *Country Life*. Je l'aurais étranglé.

« Je suppose qu'on ne doit pas s'attendre à ce que tu sois sensible au tragique de notre situation, s'emporta Charlotte.

– Tu as raison, je n'y suis pas sensible. Si vous

n'aviez pas eu de billets pour voir George Melly ou Humphrey Lyttleton, alors oui, je pourrais trouver en moi quelque chose qui ressemble à de la compassion. Mais pour Johnnie Ray, je trouve plutôt que vous l'avez échappé belle. »

Charlotte lui lança un coussin à la figure, qui le manqua et heurta la table de tante Clare, où était posée une laitière en porcelaine, plutôt affreuse, qui tomba par terre et se brisa. Harry en parut extrêmement contrarié.

« Mais bon sang ! s'écria-t-il en ramassant les morceaux. Tu n'as plus treize ans, Charlotte. » Il examinait les fragments qu'il avait dans la main en essayant de voir comment ils s'emboîtaient. « Je pourrais peut-être essayer de recoller ça...

— Tu n'auras qu'à te servir de ta baguette magique », suggéra Charlotte avec désinvolture.

Il lui lança un regard furieux. « Tu ne pourrais pas être un peu moins insouciante, bon Dieu ? C'est vraiment typique de ta part d'avoir aussi peu de respect pour les affaires des autres. »

La véhémence de ses paroles me stupéfiait. Charlotte eut tôt fait de contre-attaquer. « Ça alors ! Depuis quand t'intéresses-tu à la collection de porcelaines de ta mère ! Je t'ai entendu dire un jour que cette laitière n'était qu'une hideuse babiole et qu'elle n'aurait jamais dû l'acheter. Quant à être insouciante, tu es bien mal placé pour me critiquer...

— Oh, tais-toi ! Je t'en prie, tais-toi ! »

Harry mit les morceaux du bibelot dans son haut-de-forme et je crus un instant qu'il allait vraiment le reconstituer par un tour de prestidigitation. Au lieu de ça, il me regarda bien en face de ses yeux magiques et changeants.

« Le noir te va bien, dit-il à mi-voix.

– Il va avec l'ambiance de la soirée, » répliquai-je.

Il partit se coucher, en emportant son chapeau et sa baguette magique. Le lendemain matin, la laitière et son sourire niais avait repris sa place sur le guéridon. Elle était comme neuve. En l'examinant à la lumière, Charlotte et moi, nous ne pûmes déceler aucune trace de fêlure. Il fallait le reconnaître, Harry avait de la classe.

XI

Ma folle jeunesse

Quand j'avais dix-huit ans, je passais des heures entières plongée dans les magazines. Mes préférés étaient *Vanity Fair* (auquel maman était abonnée et sur lequel je me jetais fébrilement dès qu'elle l'abandonnait), et *Woman and Beauty*, destiné exclusivement aux jeunes maîtresses de maison. Bien que ces dernières fissent partie d'une catégorie de la population qui m'était aussi étrangère que les extraterrestres des bandes dessinées que dévorait Inigo, tout ce que je lisais sur elles me passionnait. Il y avait une pile de ces magazines dans ma chambre et une autre, en bas, dans le petit salon, que je feuilletais en attendant l'arrivée de maman ou d'Inigo, et ils exerçaient sur moi un effet magique, plus puissant que je ne le pensais. Après avoir lu une rubrique intitulée « L'ABC des vacances insolites », j'avais une envie folle de me lancer à l'assaut des sommets de l'Autriche. « De l'écossais, encore et toujours de l'écossais ! », et je courais fouiller dans les profondeurs mangées aux mites de la vieille malle de mon arrière-grand-mère, en quête d'un kilt que je pourrais mettre au « goût du jour ». J'étais emportée (et j'en avais plus qu'un peu honte) par mon besoin de dépenser. Quand, oui, quand serais-je « libre comme l'air dans mes plus beaux atours » ?

Pendant les moments de liberté que me laissaient mes études, je faisais mon possible pour gagner un peu d'argent, en m'imposant de reverser cinquante pour cent de mes gains à maman et, par conséquent, à Magna. Une fois passé l'effervescence de Noël et du Nouvel An, je retournai travailler une fois par semaine chez Christopher, à Bath. Sa boutique se trouvant placée entre New Sounds, le meilleur disquaire de la ville, et le Coffee On The Hill, le café le plus couru, il m'arrivait souvent de ne plus rien avoir en poche, avant même d'avoir quitté le centre-ville et, par conséquent, il ne restait pas grand-chose pour Magna. Inigo, qui passait toute la semaine dans son collège, était encore pire que moi. Il vendait au marché noir des BD, des chocolats et même des cigarettes à ses camarades. Un week-end, je mis la question sur le tapis.

« Tu ne crois pas que tu devrais dépenser moins d'argent pour tes besoins personnels et en donner un peu à maman ? »

J'avais pourtant très mauvaise conscience, car le mardi précédent, après mon travail, j'avais dépensé cinq shillings en allant prendre un thé somptueux avec une camarade de classe.

« Je ne veux pas donner mon argent sale à maman, répondit-il gravement. Il provient du marché noir, Pénélope ; tout ce que je fais à l'école est illégal. Ce ne serait pas bien d'en faire profiter Magna. Ça risquerait de lui porter malheur.

– Alors que tu ne vois aucun inconvénient à le dépenser pour toi.

– J'ai déjà vendu mon âme au diable pour l'amour du rock and roll.

– Je vois que tu as réponse à tout », dis-je, agacée.

C'est à cette époque que je commençai à écrire des nouvelles que j'envoyais à ces magazines que j'aimais tant. C'était la seule chose que je faisais sans attendre de rétribution ; je voulais seulement avoir le plaisir de voir mon nom imprimé. Je me creusais la cervelle pour inventer des histoires romantiques, remplies de héros séduisants et de femmes superbes et, souvent, je restais jusque très tard à mon bureau, en grignotant des biscuits au chocolat Cadbury (qui, de même que tous les biscuits, étaient particulièrement délicieux après minuit), Marina le cochon d'Inde blotti au creux de mon bras. J'avais reçu de plusieurs rédacteurs en chef des lettres me disant que j'avais une bonne plume, mais que mes récits ne correspondaient pas tout à fait à ce qu'ils recherchaient, et que je pourrais peut-être leur envoyer autre chose quand mon style aurait mûri. Sur le moment, j'avais été un peu vexée, mais quelques mois plus tard, quand j'écrivis une nouvelle jaillie directement de mon cœur, je compris qu'ils avaient eu raison. Mais n'anticipons pas.

J'avais l'impression d'apporter ma contribution au sauvetage de Magna – l'argent que je gagnais irait peut-être dans le salaire de Mary, dans l'achat d'une pelle neuve pour Johns, ou de bougies pour la salle à manger. Ce geste me soulageait, mais c'était bien peu de chose face à la masse de problèmes que nous avions à résoudre. J'avais dramatiquement conscience du gouffre béant de dettes dans lequel nous sombrions, et je me sentais impuissante. Depuis le Dîner de canard d'avant Noël, maman n'avait plus reparlé d'argent. Chose paradoxale, elle aimait à se dire malchanceuse, alors qu'elle possédait un optimisme naturel qui résistait à toutes les tentatives qu'elle faisait pour l'anéantir, et je sais qu'elle ne désespérait jamais totalement de s'en sortir. Elle arpentait les caves en quête d'un trésor enfoui et elle avait fait évaluer par un expert de Londres le Watteau accroché à l'extérieur de ma chambre, ainsi que les quelques toiles qui restaient encore dans la bibliothèque ; et si, par hasard, l'affreuse croûte de tante Sarah, représentant un lac, valait des millions ? Non, avait dit le marchand, pas plus de quelques centaines de livres, et il avait fait la grimace en apprenant que maman avait laissé partir un Stubbs pour le cinquième de sa valeur, à la fin de la guerre. Au fond d'elle-même, elle s'accrochait de toutes ses forces à l'idée qu'Inigo rencontrerait une jeune fille riche et l'épouserait. Elle avait plus ou moins renoncé à placer ses espoirs en moi. Le sort réservé à plusieurs autres grandes demeures était de mauvais augure. Toute mon enfance j'avais entendu parler de ces manoirs prestigieux – Broxmore, Draycott, Erlestoke et Roundway, tous dans le Wiltshire – réduits à un tas de ruines à cause des impôts, d'un incendie ou d'un décès. Les maisons comme la nôtre faisaient partie d'une espèce rare, certes, mais pas tout à fait assez. Chaque disparition atteignait Magna à la manière d'un coup asséné sur une meurtrissure.

Quand j'y pensais, l'angoisse me donnait le vertige, et le moyen le plus rapide d'oublier consistait à faire du shopping. J'avais une boulimie de shampooings et de rouges à lèvres (Gala de Londres faisait des maquillages exquis), de cigarettes (je n'aimais pas vraiment fumer mais les paquets souples et rutilants qui les enfermaient me semblaient être le fin du fin en matière de chic), de cafés et de cinéma. Après les restrictions, cette vie nouvelle était grisante et il fallait en jouir avant d'en être à nouveau privé.

En même temps, bien sûr, je ne cessais de rêver de Johnnie, qui devait venir en Angleterre en avril, mais comment allions-nous faire, Charlotte et moi, pour obtenir des places pour son tour de chant ? À la seule idée qu'il serait bientôt dans le même pays que moi, j'avais les jambes qui flageolaient ; un jour, alors que je m'imaginais avec lui, dans un même endroit, je dus m'asseoir et boire un verre d'eau. À la maison, je passais ses disques aussi souvent que je le pouvais – ce n'était pas tant maman qui m'en empêchait qu'Inigo, qui s'était converti à Elvis Presley et trouvait désormais Johnnie Ray dépourvu de tout intérêt. En dépit du fait que je vivais toujours à la maison (et, bien entendu, nous n'avions pas les moyens de rendre notre existence plus facile qu'auparavant), j'avais le pressentiment que quelque chose se préparait, que le courant qui avait pris naissance en Amérique progressait vers nos rivages. J'étais une adolescente et, même si ce mot n'était pas autre chose qu'une étiquette pour identifier une portion de la population qui existait depuis toujours, il avait plus de signification aujourd'hui qu'il n'en avait eu l'année précédente.

Avant de rencontrer Charlotte, je m'étais contentée de regarder par la fenêtre. Elle n'était intimidée par presque rien et par presque personne ; elle n'avait pas peur de resquiller dans le train, mais, quand elle le faisait, elle n'oubliait pas d'emporter un sandwich au jambon et un éclair au chocolat de chez Fortnum. Si par malchance elle se faisait pincer, elle retournait ses poches, laissant apparaître un casse-croûte des plus extravagants, emballé dans un sac de traiteur chic, et le contrôleur ne lui mettait pas d'amende. Par certains aspects, je me reconnaissais en elle, et elle encourageait mon côté rebelle à se manifester. Moi aussi, j'aurais aimé me glisser en cachette dans une salle de cinéma, après le début de la séance. Mais avec ces chaussures ? Jamais !

Londres nous enivrait l'une et l'autre et, pendant les premières semaines de 1955, nous allions faire un tour dans le West End dès que nous le pouvions, pour admirer les merveilleux chapeaux de Swan and Edgar et parler de ce que nous vendrions si nous avions une boutique à nous. Charlotte était attirée comme une pie par les couleurs vives et les vitrines étincelantes, et elle avait un œil infaillible.

« Personnellement, je n'aurais pas habillé ce mannequin avec un trench-coat aussi terne.

– Tiens ? À moi, il me plaît.

– C'est bien de toi, Pénélope. Tu devrais essayer d'améliorer ton goût.

– Mon goût est parfait, merci beaucoup !

– Tu es bien trop classique.

– J'aime seulement avoir l'air à peu près convenable...

– N'utilise pas ce mot en ma présence, s'il te plaît ! »

Je prenais alors ma voix la plus flagorneuse. « Oh ! Charlotte, tu es tellement originale, tu n'es pas comme tout le monde... je voudrais tant être comme toi ! »

Pour toute réponse, elle tirait sur le ruban qui attachait mes cheveux et s'enfuyait en courant dans Oxford Street. Elle prenait bien mes taquineries et, plus nous nous connaissions, plus nous avions tendance à accentuer nos différences. Ma soumission consciencieuse à la mode faisait pendant à son refus de s'y conformer et chacune de nous traquait impitoyablement toute velléité de sérieux chez l'autre. Elle avait aussi pour habitude de me donner de violents coups de coude lorsque de beaux garçons nous croisaient. Avec sa haute taille, ses tenues excentriques et son assurance, Charlotte les déconcertait. Au lieu de dégager, comme maman, une aura de féminité évanescente, elle leur jetait en pâture quelque chose de carrément différent – de sexuel, je suppose – et ils n'étaient pas accoutumés à ça de la part d'une fille qui avait autant de classe.

Je ne voudrais pas donner l'impression que Charlotte et moi passions notre temps à sillonner Londres de long en large pour faire des achats, car en plus de mes cours et des multiples devoirs que je devais remettre, j'avais un emploi. Charlotte aimait bien venir me voir au magasin, et en sa présence Christopher se montrait souvent brusque et distant, ce que je considérais comme le signe qu'elle le fascinait. En tant qu'ancien d'Eton, il l'intéressait peu. Elle disait que les hommes qui étaient allés en pension ne comprenaient rien aux femmes, mais elle reconnaissait qu'il savait gérer son commerce et s'y prendre avec les clients. Elle le mitraillait de questions (Pourquoi avait-il mis cette coupe en vitrine ? Les affaires marchaient-elles mieux l'hiver que l'été ? Pourquoi ne mettait-il pas de la musique dans sa boutique ?) jusqu'au moment où il commençait à s'énerver. Je me demandais quelle aurait été sa réaction s'il avait su que Charlotte était la nièce de Clare Delancy – ce dont je n'avais toujours pas trouvé le courage de lui parler.

Pendant la plus grande partie de la semaine, Charlotte se tenait à la disposition exclusive de tante Clare et de ses mémoires. En janvier, pour mon plus grand bonheur, celle-ci prit l'habitude de m'inviter à prendre le thé à Kensington une fois par semaine. Généralement, mais pas toujours, ces thés avaient lieu le vendredi après-midi, à partir de 15 h 30, quand elles avaient fini de travailler, et ils ne se prolongeaient jamais au-delà de 17 heures. C'étaient pour moi quatre-vingt-dix minutes de bonheur total. Le bureau de tante Clare était à son image, elle qui ne cessait jamais de me surprendre. Bizarrement, le degré de pagaille qui y régnait – la quantité de livres, l'état de désordre perpétuel – ne variait pas. Il semblait que personne n'y faisait le ménage et qu'on n'enlevait jamais rien, pourtant il n'y avait apparemment jamais davantage de poussière et d'encombrement, ce qui me donnait l'impression curieuse de revenir chaque fois sur le même plateau de cinéma. *De l'origine des espèces* n'avait pas bougé de l'endroit où je l'avais vu la première fois, et tous les vendredis, mes yeux se posaient sur la même carte postale adressée à Richard, où il était question du village de Wootton Bassett. En conséquence, ces lieux paraissaient conservés dans l'ambre, ce qui aurait été très déroutant si l'atmosphère n'avait pas changé chaque semaine, passant de la plus totale euphorie, lorsqu'elles avaient bouclé un chapitre captivant (celui qui s'intitulait « Et c'est ainsi que débuta une longue amitié, avec l'art de garder un secret » était l'un de ceux que je préférais), à une aigre mauvaise humeur, les jours où tante Clare « était à court d'adjectifs ».

« On ne dispose que d'un nombre de mots limité pour qualifier la chaleur de l'Extrême-Orient, se plaignit-elle un après-midi. Et je crois les avoir tous utilisés.

— Sèche, oppressante, étouffante, écrasante, proposai-je, avec toute la superbe de quelqu'un qui n'était jamais allé plus à l'est que Paris.

— Je les ai déjà employés, répondit-elle dédaigneusement. Sauf "écrasante". Mais je n'ai jamais été écrasée. On devrait peut-être le préciser, non, Charlotte ? "Malgré l'intensité de la chaleur, je ne me suis jamais sentie écrasée." »

Clac, clac, clac, faisaient les longs doigts de Charlotte sur les touches de la machine à écrire. Elle tapait très vite, bien plus vite, j'en suis sûre, que toutes les filles qui fréquentaient les écoles de secrétariat, et faisait rarement des fautes de frappe. Jamais écrasée, en effet. Je n'avais aucune peine à le croire, car plus tante

Clare travaillait, plus elle paraissait jeune et pleine de vitalité. (Charlotte disait que ce phénomène était dû entièrement au pouvoir thérapeutique des autobiographies et que nous ferions bien de nous y mettre, nous aussi. Je lui répondais que c'était une bonne idée, sauf que, si jamais quelqu'un entreprenait de lire la mienne, je vieillirais aussitôt de soixante-dix ans, uniquement à cause du trac.) « Ça suffit pour aujourd'hui, Charlotte, disait tante Clare, quand sa nièce commençait à se tasser sur son clavier. Couvre tout de suite cette machine – je ne peux plus la voir – et dis à Phoebe d'apporter le thé. »

Ah, le thé ! Quand le thé arrivait dans le bureau de tante Clare, je me sentais devenir aussi gourmande que Charlotte. Il y avait dans la saveur des toasts chauds, beurrés et nappés de confiture de groseille, un je-ne-sais-quoi qu'on ne retrouvait nulle part ailleurs. Quelquefois, Harry entrait au moment même où j'enfournais un deuxième morceau de gâteau au chocolat dans ma bouche ou que je prenais un troisième scone au gingembre. Il n'avait jamais l'air de le remarquer et, pour sa part, il mangeait peu, mais les garçons, je m'en étais aperçue, ne sont pas aussi friands de pâtisseries que les filles. Plus je voyais Harry, plus il me semblait jeune, alors que je l'avais trouvé très adulte, dans les premiers temps. Vingt-cinq ans, ce n'était pas tellement vieux, après tout, et bien qu'il continuât toujours à me taquiner au sujet de ma passion pour Johnnie Ray et la pop music, je me rendais compte qu'il commençait à peine à vivre, tout comme Charlotte et moi. La guerre lui avait gâché une grande partie de son adolescence, ce dont je le plaignais sincèrement.

Un jeudi après-midi, tante Clare et Charlotte n'étant pas encore rentrées de chez Barkers, où elles étaient allées acheter un ruban pour la machine à écrire, je m'étais retrouvée seule avec lui pendant une demi-heure. Il fumait une cigarette, debout près de la cheminée, une lueur amusée dans ses yeux indéchiffrables. Certaines fois, je me sentais très à l'aise avec lui, et d'autres, la timidité me paralysait.

« Et ton nouveau travail ? Tu n'es pas trop perdu ? demandai-je, ne sachant trop quoi dire.

– Non. C'est très facile à trouver. Il suffit de prendre le bus jusqu'à Oxford Street et de continuer à pied.

– Je voulais dire...

– Je sais. Excuse-moi.

– Ton patron est sympa ?

– Probablement.

– Comment ça ? »

Il posa sur moi un regard dubitatif. « Tu es capable de garder un secret ? »

J'acquiesçai, tout en me demandant qui répondrait non à une pareille question.

« Je ne suis pas allé une seule fois dans leurs bureaux. J'ai téléphoné le premier jour pour dire que j'avais accepté une autre proposition.

– Harry ! m'exclamai-je, scandalisée. Comment vas-tu faire pour cacher ça à ta mère ?

– Oh ! je ne l'intéresse plus maintenant qu'elle me croit casé. Pour le moment, elle ne pense plus qu'à faire éditer la fabuleuse épopée qu'est l'histoire de sa vie et, même s'il me poussait une autre tête, je ne crois pas qu'elle s'en apercevrait. Elle ne reverra certainement pas sir Richard avant Noël, ce qui me laisse huit mois pour faire décoller ma carrière de magicien. D'autre part, je dois te prévenir que je n'écouterai rien de tout ce que tu pourras dire, à moins que tu veuilles me féliciter pour mon esprit d'entreprise et mon astuce.

— Je ne vois pas ce qu'il y a d'astucieux dans le fait de ne pas gagner sa vie, répliquai-je.

— Je me produis pendant le week-end. Ça me paye mes cigarettes. De toute manière j'ai toujours été nul en maths. Si je ne m'étais pas défilé tout de suite, on m'aurait fichu à la porte de la boîte en moins d'une semaine.

— On dirait que tu as tout combiné d'avance.

— Je suis magicien ; c'est dans ma nature de tout combiner d'avance. Et toi, comment ça va ? Tu pleures après Johnnie, comme d'habitude ?

— Oh, ça suffit ! Je ne me moque pas de toi parce que tu es obsédé par l'Américaine.

— Touché, remarqua-t-il en souriant. J'avoue que tu m'as bien aidé, pour l'Américaine. Ce qui m'amène à te demander... » Il s'interrompit et je me sentis saisie d'une légère inquiétude mêlée à une vague curiosité.

« À me demander quoi ?

— J'ai encore besoin de ton aide.

— Ça non, pas question.

— Laisse-moi au moins t'expliquer. » Il jeta son mégot dans le feu. « Ensuite tu pourras prendre une décision.

— Je ne t'écoute pas. »

Il eut un sourire. « George est en train d'organiser une soirée pour l'anniversaire de Marina. En toute simplicité. Rien qu'une cinquantaine d'intimes, pour un dîner au Ritz.

– Ah oui ! Quelle simplicité !

– N'est-ce pas ? Ce dîner aura lieu le mois prochain, ce qui te laisse quelques semaines pour te préparer.

– En quoi est-ce que cela me concerne ?

– Parce que Charlotte est invitée. Ainsi que toi et moi. Et nous avons accepté tous les deux.

– Je ne comprends pas », dis-je, l'air pincé, alors que j'avais parfaitement compris.

Il m'adressa un sourire implorant. « Réfléchis, mon trésor.

– Marina ne voudra pas de moi à ce dîner.

– Eh bien, tout est là, justement. George tient beaucoup à ce que tu m'accompagnes de manière à ce que Marina comprenne bien, une fois pour toutes, qu'elle ne m'intéresse plus du tout. Une fois qu'il aura la preuve que je me suis consolé, il se dira qu'il n'a plus rien à craindre. Tu aurais dû lire la lettre qui accompagne l'invitation. *J'espère vraiment que votre charmante amie Pénélope pourra venir. Marina l'a trouvée absolument délicieuse.*

– Il n'a pas écrit ça !

– Mais si ! »

Je restai sans rien dire, le temps de digérer l'information. « Non. Cette fois, je refuse. Tout simplement. » Je lui en voulais d'avoir même osé penser à me demander une chose pareille. Voyant qu'il se taisait, je repris : « Je ne comprends toujours pas à quoi tout ça va mener. Tout ce que je sais, c'est que c'est moi qui vais en pâtir.

– Tu lis trop de magazines. Tu ne pâtiras de rien du tout. »

Il s'approcha de moi et, je ne sais pourquoi, la seule pensée qui me vint alors fut que ses cheveux commençaient à devenir un peu trop longs. J'essayai de me faire plus petite, en fléchissant légèrement une jambe, ainsi qu'un cheval au repos. Harry, toujours aussi observateur, se mit à rire. « Si seulement tu n'étais pas si grande, bon Dieu, grogna-t-il. C'est la seule chose qui rend notre couple peu crédible.

– Je ne vois pas pourquoi, rétorquai-je. Beaucoup d'hommes aiment les grandes femmes.

– Oh ! je n'en doute pas un instant, dit-il (ce qui confirmait qu'il ne faisait pas partie de cette catégorie), mais les gens risquent d'avoir du mal à croire qu'une fille tombe amoureuse d'un homme plus petit qu'elle.

– Je pense que tu te trompes. L'amour n'a rien à voir avec le fait qu'on soit grand ou petit.

– Ah, enfin, tu y viens ! » dit-il avec un sourire approbateur. Il mit alors ses mains sur mes épaules et baissa la tête, en signe de repentir. « Traite-moi de tout ce que tu voudras, mais je tiens là une dernière chance de la reconquérir. En te voyant, à la soirée des fiançailles, elle a reçu un coup. Cette fois, elle pourrait disjoncter carrément.

– Charmant. Je croyais que tu en étais follement amoureux.

– Bien entendu ! Bien entendu ! dit-il, en allant prendre une autre cigarette sur la cheminée. Et si elle épouse ce Rogerson, je ne me le pardonnerai jamais, ni elle non plus.

– Et tu crois sincèrement que ton plan réussira ?

– Je sais comment fonctionne son esprit. Qu'elle nous voie ensemble encore une fois, toi et moi, et elle commencera à craquer.

– Et ensuite ? Quand elle aura fini de craquer ?

– Elle me reviendra, évidemment.

– Et moi dans tout ça ?

– Eh bien, je ne peux pas imaginer que tu seras véritablement désespérée de m'avoir perdu, mon trésor. Malgré tout, tu pourrais faire semblant de l'être ; ce serait bien...

– Et je serais à jamais la pauvre idiote qui s'est fait plaquer pour une riche Américaine.

– Ce qui te rendrait irrésistible pour le reste de la gent masculine. Les hommes raffolent des filles qu'ils peuvent consoler du chagrin causé par un prédécesseur ; ça leur donne envie de les protéger.

– En général, les filles d'un mètre quatre-vingts n'éveillent pas exactement l'instinct de protection.

– Ne dis pas de bêtises. Tu seras comme un adorable bébé girafe qui aurait une patte cassée. Ils se battront tous pour soigner tes blessures. »

Je lui fis mon regard à la « qu'est-ce que tu racontes ? » qui est loupé la plupart du temps. Mais cette fois, il me sembla l'avoir assez bien réussi, sans doute parce qu'il traduisait vraiment ce que je ressentais.

« Pour autant que je puisse le prévoir, je n'ai rien à gagner dans cette histoire. La première fois, c'était assez amusant, mais là, ça va un peu trop loin, Harry, dis-je d'un ton très ferme.

– J'y ai pensé aussi.

– Que veux-tu dire ? »

Il baissa un peu la voix. « Cette fois, il faut que tu reçoives une rétribution. De manière à ne pas avoir enduré en vain cette terrible épreuve. »

J'allais ouvrir la bouche pour lui dire que jamais il ne pourrait me convaincre que son idée n'était pas exécrable, mais quelque chose m'incita à me taire pour écouter ce qu'il avait à me dire. Il sortit quelque chose de sa poche et me le tendit.

« Qu'est-ce que... qu'est-ce que c'est ? » murmurai-je, mais j'avais deviné de quoi il s'agissait avant même d'avoir été au bout de ma question.

« Deux places pour Johnnie Ray, au Palladium, en avril. C'est aussi rare que les cochons d'Inde, tu peux me croire.

– Comment as-tu... ? chuchotai-je, le cœur battant à tout rompre et me retenant à quatre pour ne pas hurler de joie.

– Disons que c'est grâce à la roulette, à quelques cocktails, à une poignée de riches parieurs et à un saupoudrage de magie. D'après ce que je sais de lui, Johnnie Ray lui-même serait fier de moi. Libre à toi d'annoncer la nouvelle à Charlotte », conclut-il avec un sourire.

Au même moment, nous entendîmes la porte d'entrée s'ouvrir, ce qui nous fit sursauter l'un et l'autre. Harry remit vite les billets dans sa poche, posa un doigt sur ses lèvres et sortit de la pièce, me laissant seule et frappée de mutisme. Cinq secondes après, Charlotte entra en trombe.

« Oh, Pénélope, tu es là ! Mon Dieu, tu dois mourir de faim. »

J'opinai du chef, mais, pour une fois, le thé était bien le cadet de mes soucis.

« Tout le monde est devenu fou dans cette ville, déclara tante Clare, qui arriva à son tour et m'embrassa. Je n'ai jamais vu une telle cohue dans les magasins et je ne me suis jamais sentie aussi désarmée face à la publicité ! J'avais seulement besoin d'un malheureux ruban pour la machine à écrire et je reviens avec deux jupes, un flacon de parfum et un livre dont je me demande si je réussirai à le lire un jour.

– Dans ce cas, pourquoi l'as-tu acheté, ma tante ?

– Le titre m'a plu. Il faudra trouver un bon titre pour mon livre, Charlotte. Quelque chose d'insolite et qui déclenche la discussion.

– Pourquoi pas *Mon autobiographie* ? » ironisa Charlotte, qui avait l'air d'en avoir plus qu'assez.

Tante Clare lui lança un regard meurtrier et se laissa tomber dans son fauteuil. « Ce besoin d'acheter tout ce dont on entend parler est proprement effrayant. Enfin, Harry travaille, désormais ; nous devrions être reconnaissants pour toutes les petites faveurs que nous fait la vie. On peut dire que sir Richard est un véritable ami. »

Je ne savais plus où regarder.

« À ta place, je ne me réjouirais pas si vite, ma tante, remarqua Charlotte. Avec Harry, il faut s'attendre à tout.

– Oh ! il s'en sortira très bien. Il s'occupe de la comptabilité et il a toujours aimé les chiffres. »

Charlotte me regarda en haussant les sourcils et j'eus du mal à ne pas pouffer.

Malheureusement, je n'eus pas l'occasion, ce jour-là, de lui parler d'Harry et de son infamante proposition. Le thé se termina à 17 heures, comme d'habitude, mais elle partit dix minutes plus tôt, afin de se rendre à un apéritif donné pour l'anniversaire de sa mère.

« Le chef d'orchestre organise un cocktail en son honneur, dit-elle d'un ton lugubre. Je suis certaine qu'il prendrait aussitôt la poudre d'escampette, s'il savait qu'elle fête aujourd'hui ses cinquante-trois ans et non quarante-trois, comme elle le prétend. »

J'espérais un peu que Charlotte me demanderait de l'accompagner. Naturellement, j'en fus pour mes frais.

Je pris donc le train un plus tôt que d'habitude et je m'offris un billet de première classe. C'est quelque chose que je n'aurais jamais fait avant de connaître Charlotte et ce fut une de ces décisions cruciales qu'on prend dans la vie sans avoir la moindre prémonition de leurs conséquences. Il avait plu à verse pendant presque tout l'après-midi et le wagon dégageait une odeur douceâtre de vêtements humides et de journaux mouillés, mêlée à celle du tabac et du thé des chemins de fer britanniques. J'écoutais le martèlement apaisant des roues sur les rails, tout en regardant défiler le paysage, tandis que le train sortait de Londres, en direction des gares familières qui ponctuaient le trajet jusqu'à Magna. Au bout d'un moment, la pluie cessa pour laisser place à une soirée superbe et quasi printanière. J'avais conscience, pour la première fois de l'année, que les jours rallongeaient et que nous sortions doucement de l'hiver.

Au moment où le train quittait Reading, le passager assis en face de moi leva les yeux du *Financial Times*, dans lequel il était plongé depuis le départ de Londres ; il me sourit et je cessai brusquement de respirer, tant j'étais saisie. Ce n'était pas seulement parce qu'il était beau, dans le genre star de cinéma d'âge mûr (je lui donnais dans les quarante-cinq ans), mais à cause de ses yeux – d'un brun velouté, immenses et remplis de bonté. Je n'aurais jamais cru que charme et bonté pouvaient aller de pair, pourtant la physionomie de cet homme venait à point nommé pour me démontrer mon erreur. Il n'eut même pas besoin de changer de position dans son fauteuil pour que je remarque qu'il émanait de lui une assurance d'une nature absolument différente de celle des Anglais.

« Drôle de temps, dit-il, et, joie suprême, son accent était indubitablement américain.

– En effet », fis-je.

Il sourit de nouveau, puis reprit sa lecture, et je vis alors qu'il avait des mains superbes. Manucurées ! pensai-je, ébahie.

« Mais on est habitués à ça, dans ce pays, repris-je, pour l'entendre parler davantage.

– Sans aucun doute », s'esclaffa-t-il et, en souriant toujours, il retourna à son journal.

« Est-ce que... est-ce que vous habitez en Angleterre ?

– Oui, une partie de l'année. La plus grande partie, même.

– On dirait que vous êtes américain, n'est-ce pas ?

– Mince alors, moi qui croyais m'être débarrassé de mon accent à l'aéroport de Londres ! » Son ton était ironique, mais il y avait de l'amusement dans ses yeux. Pas cet amusement empreint de suffisance qui semble dire « regardez comme je suis drôle », qui caractérisait Harry. Je sentais qu'il s'amusait véritablement. Puis, voyant qu'il s'absorbait de nouveau dans la haute finance, je remballai mes questions et, les yeux rivés sur le paysage, je me mis à réfléchir au marché que m'avait proposé Harry. D'un côté, une occasion à ne pas laisser échapper : Johnnie et une soirée au Ritz. De l'autre...

« On dirait que quelque chose vous tracasse », me dit l'inconnu. Je posai sur lui un regard indécis, puis je me lançai.

« Que feriez-vous si quelqu'un vous demandait de l'aider en faisant quelque chose que vous n'êtes pas certain d'avoir vraiment envie de faire ?

– Et quelle est cette chose ?

– Aller à un dîner très élégant.

– Pour commencer, tout bon dîner doit donner le sentiment qu'on n'est pas à sa place. La combinaison du bon vin et de personnes agréables à regarder a un effet déstabilisant sur la plupart des gens. Le tout, c'est de savoir si on est capable de se montrer à la hauteur. De retourner la situation à son avantage. »

Je le regardai, la bouche ouverte. « Je ne sais pas si j'en serai capable. Mais je pourrais peut-être essayer, dis-je en pensant au beau succès que j'avais remporté à Dorset House et à l'aigreur que ma présence avait provoquée chez Marina. »

Il éclata de rire. « Y a-t-il quelque chose que vous

préfériez faire plutôt que d'aller à ce dîner ? Danser sur un disque de ce pauvre vieux Johnnie Ray, peut-être ? »

Mes yeux s'écarquillèrent et mon cœur s'arrêta de battre, comme chaque fois que j'entendais le nom de Johnnie. Prononcé par un Américain, il possédait une sonorité encore plus délicieuse. « Comment se fait-il que vous soyez au courant pour Johnnie ? m'écriai-je. Vous êtes médium !

– Pas vraiment, dit l'inconnu en montrant le magazine que m'avait donné Charlotte et que j'emportais toujours avec moi dans le train. Je n'ai aucune disposition pour ça, je le crains. Il paraît que lui, il hypnotise les jeunes filles dans votre genre. Mais qui pourrait le lui reprocher, je me le demande ? »

Je me sentis devenir écarlate. « J'aime bien cette nouvelle musique. Mon frère en est complètement intoxiqué.

– Il y a gros à gagner dans tout ça. Un vrai pactole, croyez-moi. »

C'est à ce moment que le contrôleur se présenta et il m'arriva une chose épouvantable : je ne trouvais plus mon billet.

« Je l'ai sur moi, j'en suis sûre ! » Fébrile, je retournai les poches de mon manteau, laissant apparaître le scone au gingembre à moitié grignoté que j'avais enveloppé dans du papier, avec l'intention de le manger pendant le trajet. Ah, pourquoi n'étais-je pas comme Charlotte qui gardait toujours son sang-froid en toute occasion ! Avec son air revêche et sa toux saccadée, le contrôleur semblait sur le point de m'assener le coup de grâce.

« Je n'ai pas assez d'argent pour acheter un autre billet, marmonnai-je.

– Vous devrez descendre au prochain arrêt, dit-il, avec un petit air satisfait.

– Mais je vous apporterai l'argent demain ! » le suppliai-je. Westbury était encore à une bonne demi-heure et la pluie s'était remise à tomber. Mon héros américain fouilla dans la poche poitrine de son veston et en sortit un portefeuille en cuir.

« Bon, écoutez-moi, mon ami, dit-il, exactement comme dans les films. Je vais payer pour elle.

– Vous voyagez avec cette jeune personne ?

– Maintenant, oui. Combien vous doit-elle ?

– Deux shillings et huit pence, maugréa le contrôleur.

– Voilà. Tenez. Si elle retrouve son billet avant d'arriver à destination, je compte que nous récupérerons notre argent, n'est-ce pas ?

– Certainement, monsieur, dit l'homme, qui s'éloigna d'un pas traînant et en toussant comme un perdu.

– Je ne sais pas comment vous remercier, dis-je. Je vais prendre votre adresse pour pouvoir vous envoyer de l'argent dès que j'arriverai chez moi. J'avais bien pris un billet, vous savez. Je suis quelqu'un d'honnête et, en principe, je n'ai jamais ce genre d'ennuis.

– Oh, c'est décevant, ça ! dit mon nouvel ami, avec un sourire malicieux. Mais surtout, ne m'envoyez pas d'argent. Je me sentirais terriblement offensé.

– Oh ! je vous en prie, j'en serais malade si vous ne me laissez pas vous rembourser. De toute façon, donnez-moi votre adresse, pour que je puisse vous écrire au moins un mot de remerciement. »

Cette fois, il accepta. Un stylo noir étincelant apparut comme par miracle et il griffonna quelques mots au dos d'un billet de théâtre. Je brûlais d'impatience de savoir où il habitait, mais, jugeant que ce serait inconvenant de regarder ce qu'il avait écrit, je mis aussitôt le billet dans ma poche, où il alla rejoindre le pauvre scone au gingembre.

« Ma mère serait horrifiée si elle savait que j'ai accepté qu'un inconnu me paye mon billet.

– Elle n'aura pas besoin de le savoir », dit-il, en me faisant un clin d'œil.

Pensant qu'il avait peut-être envie d'être un peu tranquille, je le remerciai et me réfugiai derrière mon magazine, pendant qu'il parcourait une grosse liasse de feuilles dactylographiées, en marmonnant et en rayant de son stylo des passages avec lesquels il n'était probablement pas d'accord. À l'arrêt suivant (existe-t-il sur terre un patelin moins attirant que Didcot ?), il rangea ses papiers et se leva. Il était plus grand que je ne le pensais, ce qui ne faisait qu'ajouter à son charme impressionnant.

« Voilà, c'est ici que je descends, annonça-t-il. J'ai été ravi de vous rencontrer, mystérieuse demoiselle sans billet. J'espère que Mr Ray vous trouvera à son goût. Mais quelque chose me dit qu'il ne sera pas capable de vous apprécier à votre juste valeur. »

Je le remerciai une dernière fois, en lui souhaitant une bonne soirée, et je le regardai descendre du train. Un homme portant une livrée et des gants s'avança et lui prit sa valise. Une minute plus tard, je crus avoir une hallucination en le voyant monter dans une magnifique automobile gris métallisé, avec des lisérés noirs sur les flancs.

« La vache, c'est une Chevrolet ! » s'exclama un garçon d'environ treize ans assis quelques rangs derrière moi. De saisissement, ses lunettes lui tombèrent du nez et tous les visages se pressèrent aussitôt contre les vitres pour voir de quoi il retournait.

« J'étais sûr que c'était un Américain, reprit le garçon, tout fier de lui. Ça se voyait, rien qu'à sa façon de parler.

– Et un riche Américain », ajouta son voisin.

Cette voiture était la chose la plus extravagante que j'avais jamais vue de ma vie, surtout dans un trou comme Didcot. Plusieurs gamins, muets d'émerveillement, étaient rassemblés autour, attendant qu'elle démarre, ce qu'elle fit sous les acclamations, en émettant un grondement terrifiant. Mon ami alla jusqu'à agiter la main en signe d'adieu, ce qui lui valut un succès fou.

En descendant à Westbury, je fus toute surprise de voir maman qui m'attendait.

« Johns m'a demandé son après-midi, dit-elle, en enclenchant la première (elle conduisait bien, et je trouvais que ça n'allait pas avec son personnage). Si seulement tu pouvais trouver un mari fortuné, Pénélope ! soupira-t-elle. Tous nos ennuis seraient résolus.

– Ne sois pas ridicule, maman », répliquai-je automatiquement. Mais, en mettant la main dans ma poche, je sentis le bout de papier sur lequel l'inconnu avait noté son adresse et, aussitôt arrivée à la maison, je me précipitai dans ma chambre pour le lire. C'était un billet pour une représentation de *La Traviata* qui avait eu lieu la semaine précédente, à Covent Garden. La loge royale, remarquai-je, vivement impressionnée, et je faillis m'évanouir en voyant le prix de la place inscrit dans un coin. Je le retournai et voici ce que j'y lus :

Je ne dois pas perdre la tête pour des chanteurs pop. Je dois être moi-même dans les dîners élégants, affectueusement, Rocky.

Je poussai un petit cri et pressai le billet contre ma poitrine. Je ne dois pas perdre la tête pour des inconnus qui prennent le train de 17 h 35 à Paddington, murmurai-je. Ce soir-là, j'allai me coucher avec les doigts encore tachés d'encre noire.

XII

Inigo face au monde entier

Je ne me tenais plus d'impatience de parler à Charlotte de ma rencontre avec Rocky (était-ce son vrai nom ?) mais ce ne fut que le lendemain soir, à 18 heures, que je me risquai à lui téléphoner, une fois que maman fut montée prendre son bain et que j'eus la certitude qu'elle ne pouvait pas m'entendre. Elle avait une ouïe de chauve-souris et ce que j'avais à dire était particulièrement délicat. Si jamais elle m'entendait raconter à Charlotte qu'un inconnu (américain, de surcroît) m'avait payé mon billet de train et que j'allais avoir des places pour voir Johnnie au Palladium, à condition de faire semblant d'être amoureuse d'Harry, je ne pense pas qu'elle aurait sauté de joie.

« Charlotte ! chuchotai-je.

– Ah, bonjour ! Tu appelles tard, ce soir.

– Il faut qu'on se voie demain. Pour parler d'une affaire urgente.

– Je peux venir à Magna, si tu veux. Tante Clare m'a donné ma journée. » Charlotte avait du mal à ne pas trahir sa satisfaction.

« Je serai au magasin jusqu'à midi. Tu peux venir à Bath pour qu'on déjeune ensemble ?

– Le bonheur.

– Midi et demi au Coffee on the Hill ? Tu pourras prendre le premier train ?

– Encore des dépenses, dit-elle avec entrain. Bien sûr que je pourrai.

– Et puis, j'ai deux dissertations à terminer avant demain soir. Il faudra que tu m'aides.

– De quoi sera-t-il question ?

– De Tennyson.

– *La malédiction va s'abattre sur moi*, déclama-t-elle.

– Quoi ?

– "La dame de Shalott". Vraiment, Pénélope, tu es désespérante.

– Tu m'aideras, alors ?

– Je pourrai sans aucun doute imiter ton écriture. Je suis en train de devenir experte en la matière. Mais dis-moi, quelle est cette affaire urgente dont tu as à me parler ?

– Je ne peux pas te le dire maintenant, répondis-je, même si je devais faire un effort surhumain pour ne pas lui parler de Rocky, de Johnnie Ray et de la proposition d'Harry.

– Harry avait l'air très satisfait de lui aujourd'hui, dit-elle, devinant ma pensée. Ça n'a rien à voir avec lui, j'espère ?

– Peut-être. Tu sauras tout demain.

– Pénélope ! » C'était la voix de maman, qui arrivait derrière moi.

« Message terminé, chuchotai-je, la bouche collée à l'appareil. À demain.
— Tu es vraiment trop mystérieuse. Ça ne te va pas, Pénélope », gémit Charlotte.

Ce soir-là, Inigo était à la maison et Mary avait préparé un ragoût insipide pour le dîner.
« Ça réchauffe, déclara maman en se servant. Il fait un tel froid. »
J'avais pourtant remarqué, un peu plus tôt dans la journée, que les premières jonquilles de l'année s'étaient ouvertes, devant la porte de la cuisine, et j'avais poussé un cri de joie. À Magna, les jonquilles, éclatantes et pleines de confiance en elles, prenaient invariablement la succession des perce-neige d'une exquise timidité qui poussaient en bordure de l'allée, en inclinant la tête, à la fin de janvier. Je les aimais pour leur assurance communicative ; leurs joyeuses têtes ensoleillées agitées par le vent semblaient apporter un démenti à l'idée que Magna ne pourrait pas échapper à la ruine. Le printemps – le joli printemps – avait chassé l'hiver et, ce soir, je le sentais qui attendait en coulisses, prêt à exploser et à mettre en fuite les soirées obscures.
« Tu as passé une bonne semaine ? demandai-je machinalement à Inigo.
— Épouvantable. J'ai eu des lignes à copier. »
Maman reposa bruyamment sa fourchette dans son assiette. Les mésaventures d'Inigo déclenchaient toujours chez elle des réactions excessives, et il prenait un malin plaisir à lui en faire un compte rendu détaillé.
« Et pourquoi, s'il te plaît ?

– Pour avoir écouté la radio après l'extinction des feux.

– Quel imbécile tu es ! s'emporta-t-elle. Comment t'es-tu fait prendre ?

– À cause de ce raseur de Williams-May, le préfet. En réalité, je m'en suis bien tiré. La nuit dernière, Thorpe s'est fait pincer pour la même raison, et il a reçu le fouet avant le petit déjeuner.

– Mais qu'est-ce que vous avez, tous les deux ? Vous agissez toujours sans réfléchir, bon sang ! Ton père serait horrifié.

– Tu n'arrêtes pas de nous dire que papa était très rebelle au règlement scolaire », rétorqua Inigo, en poussant un oignon imbibé d'eau vers les bords de son assiette. Il détestait les oignons ; je le vis même en recracher discrètement un morceau dans sa serviette.

« Oui, mais il ne se faisait jamais prendre, lui ! Et il était le capitaine de toutes les équipes ! » La voix de maman devenait de plus en plus aiguë.

« Sauf de l'équipe de hockey ! » Inigo et moi nous étions récriés d'une même voix.

« Oui, sauf pour le hockey. Mais comment peut-on avoir envie de jouer au hockey ?

– Je ne sais pas, maman. Moi j'ai seulement envie de jouer de la guitare. »

Inigo se leva, repoussa sa chaise et s'approcha de la fenêtre. Maman me regarda avec son expression « tu-vois-comme-je-souffre ».

« Assieds-toi donc », soupira-t-elle, en changeant de tactique.

Après avoir marché quelques instants de long en large, Inigo finit par s'asseoir sur la banquette de la fenêtre, d'où il se mit à contempler la nuit. Puis il fouilla dans ses poches et en sortit un paquet tout ratatiné qui ne contenait qu'une seule misérable cigarette. Il me demanda de lui passer son briquet.

« Tu ne veux pas venir t'asseoir avec nous pour finir ton assiette, mon chéri ? » dit maman sur un ton de reproche. En fait, elle détestait se mettre en colère contre Inigo, et je la sentais mal à l'aise. Elle n'était pas armée pour les scènes dont elle n'était pas l'instigatrice.

« Non, merci. Je trouve les ragoûts de Mary effroyablement déprimants. »

Il y eut un silence et je fus prise d'une envie de hurler de rire et de sangloter tout à la fois.

« Avant, tu aimais bien ses ragoûts, dit maman d'une voix tremblée. C'était une fête, on les attendait tous avec impatience...

— C'était pendant la guerre, quand on attendait aussi avec impatience le retour de papa, dis-je.

— Mais il n'est jamais revenu, n'est-ce pas ? » enchaîna Inigo, en se caressant la nuque, comme toujours lorsqu'il évoquait papa.

Et voilà ! pensai-je. Je m'attendais à des larmes, mais pour une fois, maman ne pleura pas. Elle avait l'air fatiguée, tout à coup vieillie, défaite. Puis son expression se durcit et elle réattaqua. « Et sans doute t'imagines-tu que tu deviendras riche grâce à ta guitare, hein ? Que tu sauveras Magna des griffes du percepteur ? Que tu gagneras assez d'argent pour remettre la Grande Galerie en état ? Tu t'imagines que, grâce à tes chansons, cette maison restera debout ? Tu crois...

— Oui, je le crois ! » hurla-t-il. Il se leva et, d'exaspération, il se mit à gesticuler, faisant tomber la cendre de sa cigarette qui se déposa lentement sur le parquet. « Oui ! répéta-t-il. » Maman me lança un regard accablé auquel je répondis par une expression triomphante, car j'étais persuadée qu'Inigo avait raison.

« Tu vois, maman, m'écriai-je. Il pense à Magna ! Il jouera de la guitare et il chantera pour Magna ! J'en suis sûre ! »

Inigo se précipita vers elle et tomba à ses pieds. « S'il te plaît, maman. Il faut me croire.

— Combien connais-tu de personnes qui ont fait un disque ? Comment t'y prendras-tu ? » demanda-t-elle, mais je sentais qu'elle mollissait un peu. Inigo se redressa.

« Je pourrais aller à Memphis, pour voir Sam Phillips, l'ami d'oncle Luke. Il me permettra peut-être d'utiliser son studio d'enregistrement pendant un jour ou deux. Je pourrais démarrer là, exactement comme Elvis Presley...

— Pour commencer, dis-moi un peu comment tu iras à Memphis ?

— En avion. »

Maman eut un rire sans joie. « Et je suppose que tu as gagné assez d'argent avec ton trafic d'alcools et de tickets de cigarettes pour te payer le voyage ? Pour t'offrir un aller-retour en avion jusqu'en Amérique.

— Je n'aurai pas besoin du retour. »

Elle éclata en sanglots déchirants. Il régnait un tel silence autour de nous que j'en haïssais presque cette maison de ne pas générer davantage de bruit, un bruit qui nous empêcherait d'entendre ces atroces lamentations. J'étais comme enracinée dans le sol, spectatrice assistant à une tragédie dont j'étais l'un des protagonistes. J'aurais voulu pouvoir l'aider, mais quelque chose en moi la détestait de pleurer, la détestait de vouloir nous garder pour elle, Inigo et moi, prisonniers nous aussi.

« Comment est-ce possible ? gémissait-elle. C'est sûrement de ma faute ! C'est sûrement à cause de moi ! »

Il fallait toujours qu'elle ramène tout à elle, même la passion d'Inigo pour la musique.

« C'est sûrement moi ! répéta-t-elle. Je suis une mère abominable ! Je suis une personne épouvantable ! » Sa main se posa sur la table, en quête de quelque chose pour essuyer ses pleurs mais, à notre consternation, elle prit la serviette dans laquelle Inigo avait craché son oignon. Aveuglée par les larmes, elle la pressa sur son visage et se moucha dedans, écrasant l'oignon sur son nez délicat. Un instant, elle hésita à se remettre à pleurer, mais étant ce qu'elle était, elle comprit aussitôt qu'il ne lui restait plus qu'à renverser la tête en arrière et rire à gorge déployée. Je pense qu'elle se désolait parfois de posséder ce sens de l'humour contre lequel elle ne pouvait rien et qui coupait court à un désespoir bon teint. Elle n'avait pas idée du pouvoir que son rire exerçait sur nous. Quand maman riait, qu'elle riait pour de bon, plus rien n'avait d'importance.

Plus tard, après que maman fut montée se coucher, j'allai dans la bibliothèque, avec Inigo, pour jouer au rami.

« Tu étais sérieux en disant que tu voulais partir en Amérique ? lui demandai-je.

— À Memphis, précisa-t-il. Pour faire un disque. Bien sûr que j'étais sérieux.

— Toi ? Un gamin de seize ans ? Faire un disque ? En Amérique ? Nous ne connaissons personne qui en ait fait. Tu ne crois pas que c'est impossible ?

— Elvis Presley en fait bien, lui.

— Mais nous, on ne le connaît pas. C'est juste un chanteur dont nous a parlé oncle Luke.

— Pour moi, c'est suffisant.

— D'ailleurs, qu'est-ce qu'il a de si extraordinaire ?

— Tout. Mais toi, tu as peur, parce qu'il est encore meilleur que Johnnie Ray, et tu le sais.

— Pas du tout !

— Je suis désolé, Pénélope, mais c'est la vérité.

— Dans ce cas, pourquoi on ne l'entend jamais à la radio ? Comment se fait-il qu'il ne vienne pas chanter au Palladium, le mois prochain ? » J'entendais ma voix devenir hystérique, mais Inigo se contentait de me sourire de façon exaspérante, tout en classant ses cartes.

« Le jour où Elvis Presley fera parler de lui, les autres n'auront plus qu'à aller se rhabiller, dit-il, sans même se donner la peine d'élever le ton. C'est aussi simple que ça.

— Montre-moi une photo et je te dirai ce que j'en pense. C'est impossible qu'il soit aussi beau que Johnny.

— Il n'a pas besoin de sonotone, si c'est de ça que tu parles. Oncle Luke va m'envoyer des photos.

— Oncle Luke a dit qu'il avait une allure bizarre.

– Ça, c'est un bon point pour lui, répliqua-t-il, dans un bâillement.

– Oh, tu es impossible !

– Absolument pas. C'est seulement que je pense qu'il y a une vie après Johnnie Ray.

– Mais qui se rappellera encore d'Elvis Presley dans vingt ans ? Personne ! Alors que tout le monde se souviendra de Johnnie ! Tu connais seulement quatre chansons de cet Elvis ?

– Pense ce que tu veux, mais moi je sais qu'il a quelque chose de spécial. Je le sais. Je ne peux pas dire ni comment ni pourquoi. Je le sais, voilà tout. »

La partie de cartes suivante se déroula dans un silence total.

« Je n'ai jamais dit que je ne l'aimais pas, avouai-je, un peu à contrecœur, tandis que nous montions nous coucher. C'est juste qu'il n'est pas comme Johnnie.

– Là-dessus, il n'y a aucun doute, reconnut Inigo. Il ne ressemble à personne. Il est Elvis Presley. Ça suffit. »

Le lendemain, je partis à Bath avant même que maman se soit montrée pour le petit déjeuner. Elle se disait contrariée que j'aie pris ce travail, arguant qu'elle ne supportait pas l'idée qu'une de ses connaissances entre dans le magasin et me voie derrière le comptoir, mais je sentais qu'elle n'était pas fâchée d'avoir la maison rien que pour elle, l'espace de quelques heures. Elle était parfois tellement absorbée dans ses pensées, si totalement immergée dans les souvenirs de papa et de sa jeunesse, que je me sentais alors en total déphasage avec elle, comme si j'avais appartenu à une époque dont elle ne voulait pas entendre parler. J'étais trop moderne, peut-être, et s'il existait quelque chose que maman refusait d'accepter, c'était la modernité.

C'était l'un de ces matins de février anormalement doux qui vous feraient croire que l'hiver s'est enfui pendant la nuit. J'étais allée à la gare sur ma vieille bicyclette Golden Arrow – vieille mais d'une fidélité à toute épreuve – pour prendre le train de Bath. Un quart d'heure après, j'entrai dans le magasin et, après avoir ôté mon manteau et mon chandail, je m'installai sur le grand tabouret, derrière le comptoir, les jambes pendantes, et je pensai à Rocky en attendant l'arrivée de Christopher. J'appréciais ces moments que nous passions ensemble dans sa boutique. Nous parlions de choses et d'autres – en buvant du sirop d'orgeat citronné qui, disait-il, faisait du bien à l'âme. J'avais de l'affection pour Christopher, parce qu'à travers lui, je pouvais atteindre et toucher quelque chose de papa, et il en avait pour moi, pour la même raison. Ce matin, tandis que j'inscrivais des prix sur les étiquettes destinées à des services à thé qui étaient rentrés la veille, je sentais qu'il n'allait pas tarder à me parler de Charlotte. De mon côté, je m'étais promis qu'aujourd'hui serait le jour où je le questionnerais au sujet de tante Clare et de Rome.

« N'hésite pas à gonfler les prix, me conseilla-t-il. Les gens boivent du thé comme si c'était en train de passer de mode. » Il remplissait son stylo, en feignant d'être totalement absorbé dans sa tâche. « Est-ce que Charlotte boit du thé ?

– Oui, elle en boit.

— Elle en boit ? Alors, on a ce qu'il lui faut. Tu pourrais peut-être lui accorder un droit de préemption sur le service vert et blanc qui est en vitrine. J'ai toujours pensé que le vert était sa couleur – ne me demande pas pourquoi. Peut-être à cause de cet affreux manteau qu'elle ne quitte jamais.

— Moi, je le trouve bien, ce manteau.

— Ah, ça doit être moi, alors ! Je suis trop vieux.

— Mais non. Oh ! zut, maintenant je ne sais plus combien j'en ai fait. »

Il me considéra d'un air intrigué. « Tu es terriblement distraite, ce matin. Tu as des soucis ?

— Pas vraiment. Je réfléchissais, tout simplement.

— Eh bien, ne réfléchis plus, mon petit. Il y a trop à faire. »

Notre conversation fut interrompue par le tintement de la sonnette et la porte s'ouvrit sur notre première cliente de la journée, une dame âgée portant un panier à ouvrage.

« Pourriez-vous me montrer le service à thé vert et blanc qui est en vitrine ? dit-elle, en ôtant son chapeau.

— Ah, mon Dieu, je suis vraiment désolé, mais quelqu'un l'a déjà réservé, répondit Christopher avec amabilité. Retire-le de la vitrine, s'il te plaît, Pénélope. »

La dame allait ressortir, mais il l'arrêta.

« Venez voir, lui dit-il en l'aiguillant vers le fond du magasin. Ce qu'il faut pour une dame comme vous, c'est un service à thé mauve.

— Mauve ?

— Bleu porcelaine, plutôt. Assorti à ces beaux yeux pétillants.

— Oh ! » s'exclama-t-elle.

Je m'amusais énormément. Le succès de Christopher était dû au fait qu'il croyait dans ce qu'il disait. J'entrepris d'emballer le service vert et blanc dans un journal, en me promettant de l'offrir à tante Clare plutôt qu'à Charlotte.

« Les couvre-théière de l'époque victorienne sont absolument charmants, c'est vrai, disait Christopher, avec l'air de quelqu'un qui fait des commentaires sur la dernière collection Chanel. Je n'en ai jamais assez. »

Je le regardai traverser le magasin en direction de ce qu'il appelait le tiroir aux babioles. Pour un homme qui avait servi longtemps dans l'aviation, il restait incroyablement frais – il n'avait pas de rides et des mains si douces qu'on ne l'imaginait pas en train d'effectuer des travaux en extérieur. Sa façon de s'habiller frisait le dandysme (il évitait de justesse les cravates roses), il avait une passion pour les chaussures, de même que pour les jolies femmes, et il ne manquait jamais de faire des remarques sur le physique de toutes les personnes de sexe féminin qui entraient dans le magasin. Un soir de l'été dernier, maman m'avait raconté qu'il s'était montré d'un grand courage, pendant la guerre, pourtant elle le voyait peu, sous prétexte qu'il lui rappelait papa. Étant donné que presque tout, dans la vie, lui rappelait papa, je trouvais stupide de sa part de tenir à distance cet homme dont la joie de vivre et l'aptitude à voir toujours le bon côté des choses ne manquaient jamais de me réconforter. Dès que la dame fut sortie, je pris mon courage à deux mains et je me lançai.

« Vous êtes donc allé à Rome ? Autrefois ? »

Il me regarda d'un air finaud. « Oui, comme tu le sais, je suis allé à Rome. Et avant que tu poursuives cet interrogatoire si subtil, je préfère te dire tout de suite que oui, j'ai eu une passion pour Clare Delancy pendant les dix jours que j'ai passés en sa compagnie, et oui, je sais qu'elle est la tante de Charlotte. »

J'en restai confondue. « Comment l'avez-vous su ? »

Il retira ses lunettes. « Dès l'instant où elle est entrée ici, Charlotte m'a rappelé quelqu'un et j'ai passé les jours suivants à essayer de me souvenir de qui il s'agissait. Et puis, ça m'est revenu. L'adorable Clare Delancy, Rome 1935. » Ses yeux s'embuèrent. « J'ai toujours pensé qu'elle avait une chevelure magnifique. Et ce nez parfait ! Charlotte est la seule autre femme de ma connaissance à posséder ce profil romain. J'en ai conclu aussitôt qu'elles devaient être parentes. La semaine dernière, quand je l'ai entendue parler de tante Clare, j'ai tout de suite fait le rapprochement. Je ne suis pas mauvais comme détective, non ? Appelle-moi Sherlock.

– À propos, la tante de Charlotte m'a demandé de vous transmettre son bon souvenir.

– Vraiment ? » Il était tellement stupéfait qu'il resta un instant sans bouger, ce qui lui ressemblait si peu que j'en éprouvai une légère inquiétude. « Je n'en reviens pas qu'elle se souvienne de mon existence. » Il se donnait beaucoup de mal pour ne pas trop montrer qu'il était ravi. « Le lendemain de mon départ pour l'Angleterre, elle s'est liée d'amitié avec je ne sais plus quel comte autrichien. Le mois d'après, j'ai entendu dire qu'elle dînait tous les soirs au restaurant avec un médecin des yeux de Bristol. Et pendant tout ce temps, elle était mariée avec un beau garçon ennuyeux comme la pluie et affligé d'un pied-bot. Toutefois, elle était si amusante, si rare et si diablement belle qu'il m'avait été impossible de lui en vouloir.

– Pensez-vous qu'elle ait eu un jour le cœur brisé ? Je veux dire, vraiment brisé en mille morceaux ?

– Mon Dieu, Pénélope, tu fais partie d'une génération qui dit plein d'inepties ! Des cœurs qui se brisent en mille morceaux, qu'est-ce qu'il ne faut pas entendre !

– Répondez à ma question », m'impatientai-je.

Il se moucha dans un immense carré de soie bleu et rose. Il avait toujours des mouchoirs extravagants.

« Je doute que quelqu'un le lui ait brisé. Les femmes comme elle pensent trop à qui et à quoi se présentera le lendemain pour se risquer à vraiment s'attacher. C'est pourquoi je crois que la ressemblance entre elle et sa chère nièce va plus loin que la simple apparence. »

Sur ce point, il se trompait, bien entendu. Je me souvenais de la façon dont Charlotte avait perdu l'appétit à cause de A le T, et cela me faisait craindre qu'elle n'aimerait jamais personne d'autre.

« Au travail, Pénélope, lança-t-il, agacé. Assez réfléchi pour aujourd'hui. »

Une demi-heure après, Charlotte déboulait dans le magasin.

« Belle journée, n'est-ce pas, monsieur Jones ? dit-elle à Christopher, en lui adressant un sourire rayonnant. Je suis venue chercher votre assistante pour un déjeuner de la plus haute importance.

– Je croyais que vous deviez vous retrouver au Coffee on the Hill. »

Je ne m'étais pas encore habituée à la manie exaspérante qu'avait Charlotte d'arriver toujours en avance.

« On va y aller à pied. Je meurs de curiosité... » Elle s'immobilisa, les yeux rivés sur la vitrine. « Oh, comme c'est beau ! s'écria-t-elle en s'emparant d'un châle de Séville rouille qui recouvrait un vieux buffet hideux que Christopher n'avait jamais réussi à déplacer. Combien ?

– Pour vous, une livre, dit-il, imperturbable.

– Oh, allons ! Vous pouvez faire mieux ! » Elle drapa le châle sur ses épaules et pirouetta devant le grand miroir placé derrière le comptoir. Sur elle, il est magnifique, pensai-je avec envie – existait-il quelque chose que Charlotte ne pût imaginer porter ? Je regrettais amèrement de ne pas m'être rendu compte, deux semaines plus tôt, quand Christopher avait rapporté ce châle au magasin, en me disant que ce n'était rien d'autre qu'une vieille guenille, qu'il s'agissait en réalité d'une œuvre d'art, une fantastique arme de séduction dont Charlotte allait peut-être vouloir se parer pour aller voir Johnnie Ray au Palladium, et alors il tomberait amoureux d'elle et de son originalité, et ne m'accorderait pas même un regard...

« Une livre », répéta Christopher.

Elle sourit, remit le châle en place et secoua la tête en disant : « Trop cher.

– Dix shillings », hasarda-t-il. J'étais sûre qu'il s'en

voulait de sa faiblesse. Charlotte ne le quittait pas des yeux.

« Neuf.

— Neuf shillings et huit pence.

— Marché conclu. »

Elle ouvrit son sac et lui donna l'argent avant qu'il ait pu se raviser.

« Vous êtes dure, Charlotte Ferris.

— Dure ? À d'autres », m'esclaffai-je.

Charlotte plia le châle et le mit dans son sac. Ses yeux prirent une expression pensive. « Voyez-vous, Christopher, vous et moi, nous devrions songer à nous associer.

— Il me serait impossible de survivre avec vous à la barre. Je ne pourrais jamais vous faire confiance.

— Ooh ! Vous êtes méchant.

— Vous avez payé votre billet pour venir jusqu'ici ? » lui demanda-t-il d'un ton détaché. Il était tellement séduisant quand il était comme ça, avec son air de directeur d'école bien de sa personne, qui vous fait honte d'avoir eu de vilaines pensées concernant ce qu'il fait quand il ne travaille pas.

« Non, je n'ai pas payé ma place, mais quel rapport ?

— Ça prouve simplement que j'ai raison.

— J'aurais pu vous mentir et prétendre que j'en avais acheté un. Au lieu de ça, j'ai préféré dire la vérité.

— Grave erreur. Je vous aurais prise davantage au sérieux si vous aviez persisté dans le mensonge. À propos, Charlotte, ajouta-t-il soudain, donnez le bonjour à votre tante de ma part, vous voulez bien ?

– Bien sûr que je le ferai. Elle parle de Paris avec tellement d'émotion, répondit-elle du tac au tac.

– C'était Rome.

– Ah, vous, c'était Rome ? Excusez-moi, je m'embrouille.

– Vous lui ressemblez beaucoup, savez-vous.

– On dit que je ressemble plus à ma tante qu'à ma mère.

– Non, ce n'est pas ça. C'est votre façon d'être. Un peu trop maligne à mon goût. »

Elle pivota sur ses talons en lui envoyant un baiser. Une seconde plus tard, nous étions dehors, sous le soleil radieux de février. J'aurais tant aimé avoir son assurance. Je me disais que c'était la seule chose dont on avait besoin, dans la vie.

Le Coffee on the Hill était probablement le premier établissement de la ville dont le patron avait compris que la guerre étant désormais bel et bien terminée, il y avait de l'argent à gagner avec la génération montante, et celle-ci gravitait autour de ce lieu, attirée comme par un aimant vers les teintes pastel des crèmes glacées et l'odeur de chaleur et de jeunesse. On y servait des sandwiches et des croque-monsieur, ainsi que de pleines marmites de soupe Heinz à la tomate, le tout accompagné de pain blanc, de cigarettes et de vin rouge tiède, ce qui nous semblait à tous le summum en matière de sophistication. Les haut-parleurs diffusaient une musique ininterrompue ; quand il n'y avait pas trop de monde, on pouvait demander Johnnie Ray à la serveuse et, deux minutes plus tard, on l'écoutait chanter tout en mangeant.

285

Charlotte et moi nous installions de préférence à une table en angle, devant une fenêtre donnant sur la place du marché, en bas de la côte. C'était la meilleure table pour être vu et aussi pour observer les Teddy Boys qui s'entassaient sur un banc de la place. Dès qu'elle en apercevait, Charlotte mobilisait toute son attention, pour le cas où A le T serait parmi eux, alors qu'il n'y avait aucune raison qu'il vienne à Bath. Il était clair que ces bandes de garçons en col de velours exerçaient une fascination sur elle. Quand elle en voyait, elle balançait sa chevelure plus qu'à l'accoutumée et elle parlait bas, comme s'ils avaient pu l'entendre à travers la vitre.

Je commandai une portion de frites et un verre de jus d'orange et Charlotte une glace au chocolat et de la limonade. J'attendis qu'elle eût presque fini de manger avant de commencer à parler, car elle n'arrivait jamais à rassembler toutes ses facultés tant qu'elle n'avait pas l'estomac bien garni. L'établissement se remplissait peu à peu – principalement de jeunes filles qui gloussaient et, de temps à autre, un couple, un garçon et une fille, qui s'asseyaient l'un contre l'autre, presque sans rien dire, comme frappés de mutisme par leur propre éclat, pensais-je. Frappés de mutisme par l'émerveillement d'être ensemble, hors de chez eux. Au Coffee on the Hill, l'observation de la clientèle était une occupation pleine d'intérêt.

« Pourquoi penses-tu que Christopher n'est pas marié ? demanda négligemment Charlotte.

– Pourquoi, tu veux te marier avec lui ?

– Arrête. C'était une simple question. » Elle avait légèrement rosi.

« Il a été marié autrefois. Sa femme est morte au bout d'un an.

– Mon Dieu ! Quel manque de tact ! Que lui est-il arrivé ?

– Une chute de cheval, je crois. »

Charlotte resta quelques instants pensive, puis changea de sujet aussi vite qu'elle aurait changé de disque. « Alors, dit-elle en léchant sa cuillère, de quoi voulais-tu me parler ? »

Ne sachant pas trop par où commencer, je me dis que je pouvais tout aussi bien partir de la proposition d'Harry. « C'est Harry, fis-je.

– Ne me dis rien. Tu es amoureuse de lui. »

Je poussai un cri aigu. « Ne sois pas ridicule.

– Ouf ! Ça fait plusieurs semaines que je redoute ça, tu comprends.

– Pourquoi ? demandai-je, interloquée.

– Je ne sais pas. Peut-être à cause de la façon dont tu le regardes, quelquefois. Ça m'inquiète, tu sais. On dirait que tu vois chez lui des choses que personne ne voit. Ah ! fais signe à la serveuse. On prend du café ?

– Tu n'y es pas du tout. Je ne suis absolument pas amoureuse de lui. Surtout maintenant. Il m'a mise dans une situation très délicate. »

Charlotte haussa les sourcils. « Oh non ! J'espère qu'il n'est pas en train de tomber amoureux de toi. L'idée ne m'en serait même pas venue. » Elle eut une expression épouvantée. « Excuse-moi, je ne voulais pas te vexer, c'est seulement qu'il est tellement entiché de cette maudite Marina que je n'aurais jamais imaginé que...

– Charlotte, tu peux te taire une seconde et me laisser parler !

– Bon, vas-y. » Elle aspira bruyamment le reste de sa limonade avec une paille.

« Harry veut que je fasse semblant d'être son... son amie, encore une fois. Au dîner que George va donner pour Marina. Il m'a dit que tu étais invitée, toi aussi.

– Oui, hélas.

– Et, en échange, il nous donnera des billets pour aller voir Johnnie. Il croit que Marina sera tellement furieuse, quand elle me verra, qu'elle lui reviendra une bonne fois pour toutes. Il a dit que ce serait sa dernière tentative, que ça marche ou non. Je ne sais pas quoi penser. Je me dis qu'il ne pourrait rien m'arriver de pire, mais ensuite je pense à Johnnie, et toute mon appréhension s'envole. »

Charlotte appela la serveuse. « Du café, s'il vous plaît. Et faites-le-nous fort.

– Pas trop fort », ajoutai-je, et la serveuse leva les yeux au ciel.

« Moi, je trouve que c'est complètement idiot de sa part de croire que son plan va fonctionner. Ce n'est pas avec George qu'il est en concurrence, mais avec sa fortune et ses relations, deux points sur lesquels Harry ne peut espérer rivaliser, même s'il avait un million d'années devant lui. Par conséquent, je te conseille d'accepter, d'aller à ce dîner, de te comporter comme si tu l'aimais, puis de prendre les billets et de courir au Palladium aussi vite que tu le pourras.

– Mais je vis un mensonge ! Je ne suis pas la petite amie d'Harry ! D'ailleurs je ne saurais même pas comment me comporter si je l'étais.

– Ce n'est pas une chose qui s'apprend. On improvise au fur et à mesure, dit Charlotte, avec désinvolture.

– C'est ce que je vais devoir faire, en effet.

– Personne n'attend de toi que tu fasses des choses épouvantables, coucher avec lui, par exemple. » Elle aimait bien lancer ce genre de réflexions, parce que ça me faisait toujours rougir.

« Ce n'est pas ça, dis-je en remuant frénétiquement les orteils. C'est à cause de tous ces mensonges. De plus, si Marina laisse effectivement tomber George, c'est moi qui resterai sur le carreau, le cœur brisé.

– Sauf que tu n'auras pas réellement le cœur brisé.

– Je sais – pas pour de vrai – mais tout le monde le croira. Je serai celle qu'Harry a plaquée.

– Ça pourrait être pire, remarqua-t-elle d'un air pensif. Les hommes raffolent des filles séduites et abandonnées.

– C'est drôle. Harry a dit exactement la même chose. »

La serveuse arriva avec le café et la conversation s'interrompit.

« Je suis sûre que tu sais déjà ce que tu vas faire. Je suis sûre que tu le savais dès le moment où Harry t'en a parlé. Quelle est donc ta décision ? Oui ou non ? »

J'avalai une gorgée de café brûlant. Il était fort et sucré, et il me donna du courage. « Eh bien, c'est oui, évidemment.

– J'en étais sûre. Tu ne le regretteras pas. De toute façon je serai là pour veiller à ce que tout se passe bien. Je crois qu'on va s'amuser. Et puis on pourra voir Johnnie "en vrai" ! Il faudra qu'il nous promette de nous donner les billets avant le dîner. Pas de billets, pas de petite amie.

– Bonne idée. » Regonflée par les encouragements de Charlotte et survoltée par la caféine, je sentais mon cœur cogner dans ma cage thoracique. « Ah, autre chose...

– Oui ? Quoi encore ? »

J'avais eu l'intention de lui parler de Rocky, de lui demander son avis, de lui raconter que je l'avais rencontré dans le train, qu'il avait inscrit son nom au dos d'un billet d'opéra, mais, soudain, les mots s'étranglèrent dans ma gorge et je me rendis compte, à ma grande stupéfaction, que c'était une histoire que j'avais envie de garder pour moi, du moins pour le moment. Rocky n'était ni inepte, comme les amis d'Inigo, ni trop jeune et trop dangereux, comme les Teddy Boys de Tottenham Court Road, ni inaccessible, comme Johnnie Ray – c'était un vrai homme, quelqu'un qui m'avait écoutée et fait réfléchir.

« Je n'ai rien à me mettre pour ce dîner », dis-je.

Le soir, en rentrant chez moi, j'enfilai mes bottes en caoutchouc, je pris une pomme et j'allai retrouver Banjo dans son pré. Il réduisit la pomme en menus morceaux et en recracha une bonne partie – il était vieux et ses dents n'étaient plus guère efficaces ; je passai le bras autour de son encolure et humai sa bonne odeur de poney, tout en contemplant Magna qui, de loin, ne paraissait nullement usée mais, au contraire, imposante et solide, ainsi qu'un vaisseau fantôme à l'horizon. Une grosse boule me monta dans la gorge à la pensée qu'Inigo allait peut-être nous quitter pour aller en Amérique, que maman dépérirait encore davantage sans lui, que papa ne reviendrait jamais, et je pris conscience de la terrifiante fragilité des choses, alors je fermai les yeux très fort en priant pour qu'un miracle quelconque vienne tous nous sauver. En rouvrant les yeux, je vis que Banjo avait bavé les restes de la pomme sur mon corsage et je me dis que la vie n'était pas du tout comme dans les livres et que Charlotte était ridicule de penser que je pouvais être amoureuse d'Harry. Si je lui accordais quelque attention, c'était uniquement parce qu'il m'avait mis sous le nez des billets pour le concert de Johnnie. Je retournai vers la maison en fouettant les orties de ma cravache, tout en fredonnant une chanson de Johnnie Ray et en me demandant si je reverrais Rocky un jour. Les garçons ne valent pas tous les soucis qu'ils nous causent, pensai-je. Il était bien plus sage de se contenter de lire des romans, dans lesquels on voit le héros arriver à des kilomètres.

XIII

La grande galerie

Charlotte me téléphona en disant qu'Harry lui avait montré les billets, mais qu'il refusait de nous les remettre avant la fin du dîner.

« Tu les as vraiment vus ? demandai-je en chuchotant, car maman était tapie dans les parages.

— Évidemment. Et ils ne sont pas faux. Il a dû tirer sur pas mal de sonnettes pour se les procurer. »

Je me souvins de ce qu'avait dit Harry à propos de la roulette et des parieurs pleins aux as. « Tu es tout à fait certaine qu'ils sont vrais ?

— Aussi sûre qu'on puisse l'être. 21 avril 55, Johnnie Ray au Palladium. Ouverture des portes à 19 h 30. »

J'étais si émue qu'un frisson incontrôlable me parcourut de part en part.

« George nous attend pour dîner vendredi soir à 20 heures, poursuivit-elle. Ah, j'oubliais, ton chevalier servant souhaite que tu t'habilles de façon très discrète.

— Ah, tiens, vraiment ?

— Je lui ai dit que tu t'habillais toujours discrètement et je lui ai demandé pour qui il te prenait. À ta place, j'irais de ce pas m'acheter une guêpière et un porte-jarretelles. Oh! ne quitte pas, le voilà qui arrive...

– Allô ? Allô ? » Harry avait l'air amusé et légèrement éméché.

« Oui ? dis-je, aussi froidement que je le pouvais.

– Je suis tellement content que tu viennes, mon trésor. On va passer une soirée sensationnelle. Contente-toi d'être détendue et je me charge du reste.

– Je ne sais pas pourquoi, mais ce que tu dis ne m'inspire pas confiance.

– Écoute, ça t'ennuierait beaucoup si on arrivait séparément ? Il me semble que l'effet produit serait bien plus puissant si tu arrivais après moi, au moment où tout le monde se met à table, par exemple. *Mon visage s'illumine de bonheur à la vue de ma bien-aimée.* »

J'entendais Charlotte protester en fond sonore.

« C'est tout ? ironisai-je. Et un baiser après chaque plat ?

– Parfait. »

Je réprimai un rire ironique. Il était vraiment grotesque.

« Ah, Pénélope ?

– Oui ?

– Tu es trop grande pour mettre des talons. Je voulais te le dire, la dernière fois, mais je pensais trop à l'Américaine. Bon, rendez-vous au Ritz, donc. J'y serai à 20 heures et j'aimerais que tu arrives à vingt. N'oublie pas, discrète mais ravissante. Pour le reste, j'en fais mon affaire.

– Qui y aura-t-il d'autre ? bêlai-je, soudain prise de panique.

– Oh ! tous ceux dont tu as entendu parler au cours de l'année dans les chroniques mondaines, mais personne que tu connais véritablement. »

Je me tus, saisie d'épouvante.

« Pénélope ? » La voix d'Harry s'était adoucie. Je ne pouvais m'empêcher d'aimer sa façon de prononcer mon nom. Il s'attardait plus longtemps que la plupart des gens sur le « él » du milieu et plus longtemps encore quand il avait un peu trop bu.

« Quoi ?

– Si jamais ça se passait trop mal, je pourrais toujours les changer tous en rats. »

Je m'autorisai à rire. « Dommage que tu ne puisses pas également me pourvoir d'une fée en guise de marraine.

– Tu crois que je n'en suis pas capable ? On verra ça. Écoute, après-demain soir je dois aller voir un ancien camarade de classe. Il habite à cinq kilomètres de chez toi.

– Son nom ?

– Loopy Turner. Lorne Turner de son vrai nom. Un grand braillard qui a une sœur jolie comme un cœur, nommée Isobel.

– Je vois de qui il s'agit. Ils habitent à Ashton St Giles. Il est tout petit, non ? » À peine avais-je dit ça que je me mordis la langue en pensant qu'il était probablement un peu plus grand qu'Harry.

« Pour toi, tous les hommes sont petits. Que penses-tu de mon programme ?

– Il est parfait. Est-ce que tu passeras me voir, mercredi après-midi ?

– Je serai chez toi vers 15 heures.

– D'accord. Ah ! encore une chose, Harry. Isobel Turner est une fille abominable. Elle a passé plusieurs trimestres dans mon école. Elle mangeait de la craie.

– C'est comme ça que je les aime », soupira-t-il.

En raccrochant, je butai sur maman qui, comme par hasard, était dans le hall, en train de mettre des jonquilles dans un vase.

« De quoi s'agissait-il, ma chérie ?

– Oh, de rien ! Je vais à un dîner avec Harry, vendredi soir. Il passera me voir mercredi après-midi pour qu'on mette notre programme au point.

– Votre programme ? » s'étonna-t-elle, et je me maudis d'avoir trop parlé.

« Oui, juste pour régler quelques petits détails. Ce sera une soirée très chic.

– Je me demande bien ce que tu vas mettre ?

– Je n'en sais rien. Je trouverai toujours quelque chose. Peut-être la robe que j'avais pour la réception des Hamilton, dis-je, tout en sachant que je ne pouvais décemment pas me présenter deux fois dans la même tenue devant Marina.

– Il te faudra une nouvelle robe. Nouvelle et sensationnelle. Comment peux-tu croire que quelqu'un te remarquera si tu es toujours habillée de la même façon ? Il va falloir vendre l'aquarelle de tante Sarah.

– Oh, maman ! Ça n'en vaut pas la peine !

– Ça en vaudra la peine si tu te trouves un bon mari, répliqua-t-elle, l'air sévère.

– Oh, je t'en prie ! m'écriai-je, de plus en plus énervée.

– Je me demande pourquoi je me fais du souci. Si tu as envie qu'on te prenne pour une clocharde, je n'y vois pas d'inconvénient. Je ne serai pas là pour ramasser les morceaux si tu n'es toujours pas mariée à trente ans.

– Tout ça parce que toi, tu t'es mariée avant d'être sevrée !

– Pardon ? »

Si la scène n'avait pas été du plus haut comique, j'aurais fondu en larmes. Je vis la bouche de maman se déformer, mais je ne voulais pas lui donner la satisfaction de me voir rire.

« Le colis d'oncle Luke pour Inigo est arrivé, m'annonça-t-elle. Des photographies de cet Ellis Presley. Je ne trouve pas que ce soit bien de sa part de lui envoyer ce genre de choses. Il l'encourage dans ces folies d'adolescent dont on ne cesse de parler dans les journaux.

– Elvis Presley, rectifiai-je. Mais tu ne crois pas qu'Inigo a le droit à un peu de folie, maman ? Comme nous tous, d'ailleurs. »

Sur ce, je la laissai plantée dans le hall, les jonquilles pressées contre son cœur. Pauvre maman. De même que tant de femmes de sa génération, elle était mal préparée pour tenir tête à des adolescents. Elle n'aurait quarante ans que dans trois ans et elle était encore plus belle que le jour de son mariage, mais elle avait tant souffert et subi une si grande perte que cela avait fait vieillir son cœur.

Le lendemain, Inigo rentra de pension et se précipita pour ouvrir le paquet marron renfermant les photos tant attendues. Il y en avait cinq en tout et, sur quatre d'entre elles, il souriait – à côté d'oncle Luke et de son ami Sam Phillips – et levait même une canette de bière à la santé de Loretta. Il avait une incroyable chevelure châtain clair, brillante comme sur une réclame de shampooing, et des yeux magnifiques, débordants de vie et de lumière, qui semblaient rire jusque dans l'appareil. Mais la cinquième était différente. Il était sur scène, une guitare pendue autour du cou, les jambes dans une position curieuse, un sourire sarcastique aux lèvres, et la vue de ce cliché me causa un malaise ; ses yeux brûlants avaient quelque chose de dérangeant ; j'avais l'impression qu'il me regardait et qu'il allait sortir de la photo à tout instant pour venir m'embrasser. Inigo mit le disque envoyé par oncle Luke et, tout en grignotant des pommes, nous entreprîmes d'examiner de plus près les portraits d'Elvis.

« Je voudrais lui ressembler, annonça Inigo quand le disque s'arrêta. Je suis sûr de pouvoir y arriver.

– Tu n'as pas la coiffure qu'il faut. »

Il se leva et rabattit ses cheveux vers l'avant, style Teddy Boy, ramena sa guitare sur son ventre et prit la même position qu'Elvis, la jambe droite fléchie en avant.

« On dirait que tu as mal », m'esclaffai-je.

Il ne releva pas la remarque et plaqua quelques accords de « Blue Moon of Kentucky », la première chanson qu'oncle Luke nous avait fait écouter, et mon rire s'arrêta net, parce que son imitation était parfaite. À la fin de la première strophe, il partit en swinguant à travers la pièce, comme s'il était possédé par l'esprit des studios de Sam Phillips, alors je me mis à frapper sur la table de la salle à manger, en rythme avec la musique, à taper des pieds, et mes talons faisaient un bruit effrayant sur le parquet. Il m'avait fallu tout ce temps pour comprendre enfin que, faute de bruit, Magna aurait très bien pu s'écrouler et tomber en poussière. Sans la jeunesse, la maison n'était qu'une coquille vide, une ombre. Sans doute n'avions-nous pas assez d'argent pour l'entretenir aussi bien qu'elle le méritait, mais nous étions décidés à nous battre contre sa disparition, dans la mesure de nos moyens. Curieusement, quand Inigo cessa de jouer, il y eut cinq secondes de silence suivi d'un fracas assourdissant causé par la chute d'un affreux vase rouge et d'une énorme liasse de partitions musicales, posés en équilibre et dans un voisinage malencontreux, sur le piano désaccordé, et, avant d'arriver au sol, ils heurtèrent plusieurs touches, produisant une discordante cacophonie. Inigo et moi, pris de fou rire, sautillions en tous sens pour ramasser les éclats de verre, ainsi que des partitions de Cole Porter et de Beethoven.

« J'espère qu'il n'avait pas de valeur, dis-je, en mettant un bout de verre dans le *Sunday Telegraph* de la semaine précédente.

– Il en avait probablement, dit Inigo. Mais qu'est-ce que ça peut faire ? Il était hideux. »

Maman apparut au bout de cinq minutes, les mains plaquées sur les oreilles. « Qu'est-ce que c'était que tout ce bruit ? J'ai les nerfs à vif, mes enfants. Ah ! Pénélope, Mary vient de m'apprendre que tu abritais un rongeur dans ta chambre ? Vraiment, ça ne m'étonne pas que cette maison tombe en ruine.

– C'est un cochon d'Inde, maman, déclara Inigo, l'air offusqué.

– Et je ne veux pas entendre un seul mot contre lui », ajoutai-je avec entrain.

Marina le rongeur continuait en effet à mener une vie paisible dans ma chambre. C'était une créature tout à fait charmante, qui s'était accoutumée au son de ma voix. Quand elle avait faim, elle émettait de curieux ronronnements et quand elle était effrayée, de petits couinements. Bien qu'elle désapprouvât sa présence, Mary avait dû reconnaître que c'était du moins un animal de compagnie très propre, et je crois qu'elle était secrètement rassurée de voir cette bête loger au premier étage et pas aux alentours de sa cuisine. Maman fut plus difficile à convaincre.

« Cet animal ne fait de mal à personne, maman. Quand il fera meilleur, je pourrai l'installer dehors... et je lui trouverai un compagnon !

– Je ne veux pas qu'ils se reproduisent dans toute la propriété, Pénélope.

– Mais non ! Je prendrai une autre femelle !

– Ne dis pas de bêtises. Il n'existe pas deux cochons d'Inde du même sexe. On apprend ça à l'école. Même *moi*, je m'en souviens. »

Ce serait une des rares questions à propos desquelles il s'avérerait plus tard que maman avait entièrement raison.

Le jour où Harry devait venir à Magna, maman décida d'aller passer l'après-midi à Bath.

« Surtout, n'oublie pas de lui offrir quelque chose à boire, ma chérie. »

J'étais surprise qu'elle me laisse seule avec lui. Cette décontraction ne lui ressemblait pas, mais elle pensait probablement qu'il n'y avait aucun risque qu'Harry tombe amoureux de moi, et que, même dans le cas contraire, il serait éliminé d'office, puisqu'il n'avait pas d'argent. Le temps était à l'orage et de gros nuages noirs tournaient autour de la maison. Maman mit son foulard sur sa tête et le noua bien serré sous son menton.

« Je serai de retour pour le dîner. N'oublie pas de donner sa pâtée à Fido, et si le temps se détériore, assure-toi qu'il ne reste pas seul. Tu sais que le tonnerre le terrorise. »

Moi aussi, pensai-je.

Je fus contente de voir arriver Harry parce que le ciel était devenu si noir et si menaçant que je ne me sentais pas très fière. Ce n'était pas tant l'idée des fantômes qui m'angoissait que la sensation d'être emprisonnée dans la maison, à cause de l'orage qui s'annonçait – avec un chien incapable de me protéger des intempéries, par-dessus le marché. Dès les premiers coups de tonnerre, Fido courut se réfugier sous la table de la salle à manger et refusa d'en sortir. Je n'entendis pas tout de suite la sonnette de l'entrée à cause de la pluie qui s'était mise à tambouriner contre les fenêtres du hall, et je chantais de toute ma voix pour me donner du courage. Quand enfin son tintement parvint à mes oreilles, je faillis mourir de frayeur. Je m'imaginais ouvrant la porte à un déterreur de cadavres, une gorgone ou une créature fantastique quelconque, mais en coulant un œil prudent vers l'extérieur, je fus soulagée de voir que ce n'était qu'Harry. Un peu mouillé et très magicien dans son grand pardessus noir, mais Harry tout de même. Ses yeux malicieux brillaient dans l'obscurité de l'après-midi.

« Un temps idéal pour le golf, dit-il en me tendant un bouquet de freesias.

– Entre, je t'en prie », dis-je, avec une révérence.

La porte se referma sur nous en claquant, comme dans un film d'épouvante.

« Mince alors ! C'est comme ça qu'il faut voir cette maison, tu ne trouves pas ?

– Je déteste ce temps. » Je grelottais. « Si on se prenait une tasse de thé ?

– Pourquoi pas un cognac, plutôt, et ensuite on ira dans la Grande Galerie.

– Pour quoi faire ?

– Parce qu'il faut que tu surmontes ta ridicule appréhension. Et puis j'aimerais voir le jardin et l'orage de là-haut. J'ai quelques nouveaux tours à mettre au point.

– Tu obtiens toujours ce que tu veux ?

– Pas du tout. Exemple, Marina et moi. »

J'hésitais. « Je veux bien monter là-haut, à condition qu'on emporte le tourne-disque.

– Ce qui veut dire écouter Johnnie Ray tout l'après-midi ? »

Pour finir, on se prépara un goûter original, à consommer dans la Grande Galerie. J'avais trouvé dans le garde-manger les reliefs d'un jambon qu'on découpa en bandelettes, dans l'idée de le manger avec du pain et des cornichons maison. Je disposai le tout sur un plateau, avec les restes d'un *plum-pudding* et quelques biscuits au chocolat. Je fis bouillir de l'eau pour le thé, et Harry alla chercher une bouteille de cognac dans le coffre de sa voiture. Maman aurait été horrifiée.

Pendant que nous montions, le ciel avait viré du gris foncé à un violet sombre et menaçant. La pluie fouettait les carreaux et le vent cinglait les murs. Nous étions arrivés en haut de l'escalier en colimaçon qui conduisait à la Grande Galerie. Cette fois, ce fut Harry qui tourna la clé dans la serrure.

« Tout le monde à bord », annonça-t-il en entrant.

La comparaison était tout à fait appropriée. La lumière jaune et bleu des nuages qui se reflétaient sur le plancher inégal donnait à la pièce l'aspect d'un vaisseau fantôme perdu en pleine mer. J'entrai, prudemment, et un frisson me parcourut. Harry posa l'électrophone par terre, je choisis un disque et, bientôt, la voix de Johnnie emplit tout l'espace – 1955 faisait de son mieux pour chasser le XIVe siècle.

« Tu veux que je te montre quelque chose ? » demanda Harry.

Il s'avança jusqu'au milieu de la galerie et s'arrêta devant la plus longue fenêtre.

« Un tour de magie ? » demandai-je, en me réjouissant à l'avance.

Il sortit un manteau noir de son sac et parut se concentrer intensément.

« Qu'est-ce que tu fais ? » chuchotai-je, mais le sifflement du vent sur les murs l'empêcha de m'entendre.

Il me dit de venir près de lui et je m'approchai sans bruit. Il avait acquis une telle maîtrise dans l'exécution de ses tours de prestidigitation que j'avais l'impression qu'il me dominait, malgré sa petite taille. « Celui-là, je ne l'ai essayé que deux fois, dit-il à mi-voix, mais j'avais besoin d'un endroit comme celui-ci pour vraiment le réussir.

– Réussir quoi ? » fis-je dans un murmure, de peur de rompre le charme.

Il ferma les yeux et, soudain, il secoua le manteau, en s'écriant : « Envolez-vous ! Envolez-vous ! »

Trois colombes au plumage ébouriffé prirent leur envol, en battant frénétiquement des ailes ; elles étaient totalement désorientées. L'une d'elles alla se percher tout en haut, sur un portrait de Capability Brown. Harry rouvrit les yeux.

« Pas mal, dit-il. Mais ce n'est pas tout à fait au point ; il faut que je travaille encore un peu.

– Pas question. Fais-les partir, bonté divine ! D'où viennent-elles ? Ah, mon Dieu, pas du pigeonnier, j'espère ? Maman en fera une maladie, s'il arrive quoi que ce soit à ses oiseaux ! » Mon exaspération n'était pas feinte, mais, d'un autre côté, j'étais époustouflée par la beauté de ce numéro. Harry avait des mouvements si déliés, si élégants, quand il exécutait ses tours, qu'il était impossible de ne pas s'émerveiller.

« Ce ne sont pas les colombes de ta mère, dit-il en ramenant le manteau qu'il plia avec soin. Mais j'ai pensé que je pourrais peut-être les laisser ici quelque temps. Ça ne la dérangera pas, j'espère ? Dis-lui que c'est un cadeau pour la remercier de... de son hospitalité.

– Il faudra parler plutôt d'hôpital que d'hospitalité, si on ne les fait pas sortir d'ici au plus vite. Ou alors maman me tuera. Pour commencer, on a eu tort de monter...

– Elles ajoutent quelque chose à l'atmosphère, tu ne trouves pas ? coupa-t-il, en enlevant une plume blanche qui s'était déposée sur ma tête.

– Oh oui, ça fait très arche de Noé. On pourrait peut-être faire monter aussi quelques brebis. »

Au lieu de répondre, il siffla tout bas et les trois colombes revinrent près de lui.

« Sous peu, tu apaiseras les flots.

– Ça fait un bon moment que je répète avec ces trois-là, dit-il en souriant.

– Comment as-tu fait pour les apporter ici ?

– La magie.

– Bon. Elles n'auront qu'à rester ici jusqu'à ce qu'on ait fini notre pique-nique, puisque tu sembles les tenir si bien en main, dis-je, décidée à ne plus lui poser de questions.

– Un pique-nique ! Dans ce cas, il nous faut un petit tapis. » Il enleva son pardessus et l'étala sur le plancher. Une fois installés dessus, on se jeta sur le jambon et les cornichons. « Est-ce que tu crois que nous sommes les derniers d'une longue suite d'êtres humains qui sont montés ici, pendant un orage, et qui ont eu l'impression que la maison allait s'effondrer sur eux ?

– C'est probable. Je sais que mon père avait l'habitude de... de venir ici », dis-je étourdiment. Malédiction ! Sans le vouloir, j'avais parlé de papa.

« Vraiment ? demanda-t-il, en buvant un peu de cognac à même la bouteille.

– Il... il avait peur de son père et la Grande Galerie lui servait de refuge. Il rêvait d'être capitaine de vaisseau et il s'imaginait qu'il commandait le *Cutty Stark*.

– C'est drôle, non ? Vous avez une maison fantastique à votre disposition et vous rêvez pourtant de la quitter. C'est bien la preuve qu'on ne peut pas toujours avoir ce qu'on désire. Si on fumait une cigarette ?

– Je préférerais un de tes biscuits au chocolat. »

Harry s'allongea de tout son long sur le plancher et alluma une cigarette. « Fais comme moi, me dit-il. On sent la tempête qui secoue le navire. »

J'hésitais à suivre son conseil.

« N'aie pas peur, je ne vais pas me jeter sur toi », remarqua-t-il, d'un ton moqueur.

Je devins toute rouge.

Dehors, les éléments se déchaînaient et, en fermant les yeux, on n'avait plus l'impression d'être à Magna, mais quelque part au milieu de l'Atlantique.

« Raconte-moi une histoire, dit-il, au bout de quelques instants.

– Une histoire ?

– Oui. Vas-y. Tu veux être écrivain, non ? »

Une fois de plus, il me lançait un défi. Nos deux têtes reposaient côte à côte sur son pardessus et nos pieds se touchaient presque. Quelque chose planait entre nous, une chose si fragile que, pour ne pas risquer de l'endommager, il nous fallait rester immobiles comme des statues et parler tout bas. Qu'est-ce que c'était ? Je l'ignorais. Je respirais l'odeur désormais familière de l'eau de Cologne d'Harry, mêlée à son haleine imprégnée de cognac.

« Tu sens bon, lui dis-je.

– *Dior pour Homme*, susurra-t-il, en affectant de défaillir. C'est exactement ce qu'il faut pour séduire les femmes, tu ne trouves pas ? »

Je ne répondis rien.

« Parle-moi de ta grand-tante Sarah, reprit-il, en parlant si bas, maintenant, que je l'entendais à peine. Celle qui a peint l'aquarelle que vous détestez tous tellement.

– D'accord », lui répondis-je, et, au même instant, Johnnie, qui commençait à chanter « Walking My Baby Back Home », m'arracha un soupir, tant sa voix était mélodieuse.

« Elle était forte en gueule et avait apparemment beaucoup d'esprit. Elle faisait un peu peur aux gens parce qu'elle avait une grosse voix et qu'elle boitait parce qu'elle était tombée d'un poney, à sept ans. Elle voulait coûte que coûte devenir un grand peintre. Elle aimait son professeur – qui s'appelait Lindsay Saunders – à la folie et elle pensait que la seule façon de conquérir le cœur de cette rouquine était de...

– Quoi ? Une rouquine ?

– Oui. Tante Sarah était de ces femmes... tu sais, ces femmes qui... préfèrent la compagnie des femmes.

– C'est palpitant. Je sens que cette histoire va me plaire.

– Elle finit assez mal. La rouquine partit en Inde pour y peindre et là, elle épousa un ambassadeur ou je ne sais trop qui. La pauvre tante Sarah ne s'est jamais vraiment remise du choc que lui avait causé son départ. Elle s'est mariée à son tour avec sir John Holland, qui, connaissant tout de son passé, lui a défendu de toucher à un pinceau. À partir de ce jour, privée de la seule joie de son existence, elle s'est laissée complètement aller et l'état de sa jambe n'a cessé de s'aggraver. L'arthrite la faisait beaucoup souffrir et elle est morte relativement jeune.

– Quelle tragédie ! remarqua tristement Harry. Il faut absolument que vous gardiez son tableau du lac et que vous cessiez de dire que c'est une croûte.

– Bien que je ne l'aie pas connue, elle m'a toujours paru assez sympathique. Elle était très grande, comme moi, et puis elle était blonde avec des taches de rousseur.

– Et pas très douée pour la peinture, plaisanta Harry. Mais plutôt drôle, as-tu dit ? Et d'une beauté un peu particulière ? »

Je me taisais, à l'écoute de nos deux respirations. La grêle martelait les carreaux, les nuages étaient à nouveau très noirs, et je frissonnai – de froid, mais aussi d'autre chose. Puis la chose précieuse qui n'avait pas de nom et s'était faite de plus en plus lourde autour de nous se dissipa soudain, quand une colombe vint se poser sur ma poitrine, m'arrachant un cri de frayeur. Harry s'assit, en éclatant de rire.

« Je crois qu'elle veut le pain qui reste. »

Après ça, l'atmosphère changea et, je ne sais pourquoi, le temps aussi. L'orage passa, la pluie cessa et l'éclat du soleil tardif nous prit par surprise. Johnnie chantait toujours et Harry l'imitait tout en buvant du cognac, ce qui me fit beaucoup rire, après quoi on se chamailla un peu à propos du jazz. Il me montra ensuite trois ou quatre nouveaux tours de magie et essaya vainement de m'apprendre un tour de cartes élémentaire, basé sur l'as de cœur. On attendit pour redescendre que l'obscurité fût presque totale et que les colombes aient l'air disposées à passer la nuit sur les poutres de la Grande Galerie. Fido commençait à s'agiter et je m'aperçus que j'aurais dû lui donner à manger depuis déjà une heure.

« Il faut vraiment que je parte, dit Harry.

– Tu ne veux vraiment pas rester dîner ici ?

– Non. J'ai dit à Loopy que je serai chez lui vers 19 heures.

– Tu ne mettras pas longtemps pour aller à Ashton St Giles, à condition qu'il n'y ait pas trop de branches cassées en travers de la route.

– Est-ce que je dois transmettre tes amitiés à Isobel ? » demanda-t-il, et je dus faire un gros effort pour comprendre de quoi il parlait.

« Oh non, surtout pas ! Elle ne pouvait pas me voir. On nous avait mises ensemble, au cours de danse, et comme je faisais toujours l'homme, je n'arrêtais pas de marcher sur ses mignons petits orteils.

– J'aurais bien aimé faire mes études dans un pensionnat de filles, dit-il pensivement.

– Bon, maintenant allons installer les oiseaux, avant que tu partes. »

Une demi-heure et plusieurs plumes blanches plus tard, Harry prit congé et monta dans sa voiture.

« Ça a été un après-midi vraiment chouette, me dit-il en baissant sa vitre. Et toi, as-tu surmonté tant soit peu la répulsion que t'inspirait la Grande Galerie ?

– Oui, je crois. Grâce à toi et ton aberrante magie.

— À bientôt au Ritz, alors.
— Ah, mon Dieu, c'est vrai ! Au Ritz. »

Ce n'est que lorsque maman fut rentrée de Bath, trempée mais toute contente d'avoir trouvé de magnifiques chandeliers pour la table de la salle à manger, que je me rendis compte que nous n'avions pas parlé une seule fois de Marina, Harry et moi.

XIV

Un cadeau de ma marraine

La première semaine de mars débuta par une alternance d'averses orageuses et d'apparitions soudaines et aveuglantes du soleil, tandis que l'hiver livrait ses derniers assauts, avant de disparaître jusqu'à l'année prochaine. La fenêtre de ma chambre restait ouverte toute la journée et c'est ainsi que je surpris la première abeille de la saison en train de tournoyer au-dessus de ma table de chevet, comme si elle avait trop bu. Je traînaillais en jean dans la maison, en faisant semblant de travailler sur mes dissertations, tout en feuilletant les derniers magazines de mode qui me faisaient regretter amèrement de ne pas avoir de quoi m'acheter des vêtements. J'écoutais Johnnie et je pensais à Harry plus que je ne l'aurais cru, et cela me tracassait. Par moments, je n'arrivais pas à me représenter son visage alors qu'à d'autres, il m'apparaissait très nettement, et alors, j'étais immensément soulagée de pouvoir me dire : Bon, tout va bien. En définitive, il ne me plaît pas ! Et pourtant, notre après-midi sur le pont de la Grande Galerie me revenait sans cesse à l'esprit. Je me demandais si c'était pareil pour lui ou si Marina occupait toutes ses pensées. Je passais des heures devant la glace à essayer des tenues en vue du dîner du Ritz, mais le résultat était désastreux. Je ne possédais ni l'inventivité de Charlotte ni le goût si sûr de maman, et tout ce que je mettais me semblait plutôt terne que discret. Malgré mon peu d'enthousiasme pour ce dîner, je tenais à faire bonne impression, même si je ne savais pas trop sur qui. J'avais téléphoné plusieurs fois à Charlotte, mais j'étais tombée chaque fois au moment où elle venait de finir une séance particulièrement pénible avec tante Clare, et comme elle faisait partie de ces rares êtres chanceux qui n'ont pas besoin de se demander de quoi ils ont l'air, du moment qu'on les remarque, elle n'était guère sensible à mes angoisses.

« Tu n'as qu'à mettre quelque chose dans quoi tu te sens bien, disait-elle.

— C'est justement ce qui me pose problème. Je ne me sens bien dans rien.

— Alors, ne mets rien. Bon, faut que j'y aille, il y a des scones au gingembre pour le thé. »

Cependant, il n'existait pas d'endroit plus enchanteur que Magna au printemps, et maman et moi étions les meilleures amies du monde les matins où nous nous levions de bonne heure pour aller, bras dessus bras dessous, jusqu'à l'étang, en respirant de tous nos poumons la senteur sucrée des viornes murmurantes, le cœur réchauffé par le spectacle des grosses touffes de crocus qui nous saluaient au passage avec une grâce princière, le long des chemins envahis de mauvaises herbes ceignant la pelouse de derrière. La tiédeur du soleil sur nos joues nous rappelait à quel point il nous avait manqué, tout au long de l'hiver, et je me gorgeais de l'odeur des buis entourant les plantations de cassis et de groseilliers, une odeur qui évoquait pour moi l'époque où nous habitions le petit manoir, pendant la guerre, quand nous aidions les dames du Women's Institute à ramasser les baies, au cœur de l'été. Je pensais également à notre réveillon du Jour de l'An, qui me semblait déjà très loin.

« Le jardin est magnifique, maman, disais-je, lorsque nous retournions à la maison.

– C'est un vrai chaos, ma chérie.

– Le chaos, j'adore ça. »

La veille du dîner au Ritz, il m'advint encore une chose extraordinaire. Elle était même si extraordinaire que j'eus du mal à contenir mon émerveillement et ma stupéfaction, pour ne pas crier ma joie dans toute la maison. J'étais montée dans ma chambre vers 23 heures, et, après avoir fermé les rideaux, je m'étais mise au lit, en me demandant une fois de plus comment j'allais m'habiller le lendemain. Maintenant que le moment fatidique était imminent, j'avais envie de déclarer forfait, quitte à devoir faire une croix sur Johnnie. Mais après tout, pensai-je, peut-être Harry sera-t-il assez grand seigneur pour me donner les billets, même si je lui fais faux bond. J'écartai presque aussitôt cette possibilité : Harry n'était pas quelqu'un à prendre avec humour ce genre de plaisanterie. J'avais encore le temps, avant le lever du jour, de jeter un coup d'œil à ma désolante garde-robe. Je me levai et c'est alors que j'aperçus, par une fente de l'armoire, quelque chose qui m'arrêta net. Je ne voudrais pas pasticher C.S. Lewis en racontant ce qui se produisit ensuite, mais qu'il me suffise de dire que je m'approchai de l'armoire sur la pointe des pieds, l'ouvris et glissai la main à l'intérieur. Ce que j'y découvris était encore plus magique que le monde de Narnia : un paquet rose fermé par un ruban noir, sur lequel on avait écrit « Pénélope », ce qui mit fin aussitôt à mon inquiétude soudaine à l'idée que maman eût fourré dans ma penderie l'emballage d'un achat qu'elle s'en voulait d'avoir fait, afin de ne plus le voir. Avec un petit cri de joie, je sortis le carton, le cœur battant à tout rompre, et dénouai le ruban. Je soulevai le couvercle et vis tout d'abord des feuilles de papier de soie rose et blanc imprégnées d'un parfum de luxe et, enveloppée dedans, une chose portant la griffe de Selfridges. Pareille à un enfant qui vient enfin de faire une bonne pioche au mistigri, je m'en emparai et vis s'écouler de ma main un flot d'étoffe noire, douce et scintillant de somptueux reflets. C'était une robe, une robe de rêve, parfaite, adorable, comme jamais je n'en avais imaginé, alors que maintenant que je la tenais dans ma main, je ne pouvais pas imaginer de vivre sans elle. Je me mis debout au plus vite et ôtai ma chemise de nuit.

« Oh ! » Je ne pouvais m'empêcher de gémir de bonheur, et si vous avez eu la chance de vivre une chose pareille, vous comprenez sûrement ce que je ressentais. On aurait dit que la robe avait été faite pour moi ; elle était sage, pourtant c'était la première fois que je portais un vêtement dans lequel je me sentais vraiment femme. En me voyant dans la glace, je ne doutai plus un seul instant d'être tout à fait capable de tenir une conversation des plus spirituelles ; j'en éprouvai un choc mais surtout une sorte de griserie. Il y avait également un autre paquet, plus petit mais tout aussi délicieux, qui renfermait une magnifique paire d'escarpins de chez Christian Dior, pour lesquels maman se serait fait damner et avec lesquels je ne pourrais sans doute pas faire un pas. Il y avait aussi des bas d'une extraordinaire finesse et, disparaissant presque sous la dernière feuille de papier de soie, un petit sac du soir contenant un tube de rouge à lèvres Yardley de la nuance Rose-Bud. Qui allais-je devoir remercier ? Maman ? Ce n'était pas son style et, de toute manière, elle n'aurait jamais choisi une robe de ce genre. Harry ? Ça ne pouvait être que lui, mais comment s'était-il introduit dans ma chambre ? Je me souvins alors que j'avais gardé ma porte fermée à clé toute la journée, de peur que maman n'y envoie Fido pour déloger Marina le rongeur et que j'avais mis la clé dans la poche de mon pantalon. Je fouillai partout en quête d'un indice qui me donnerait une idée de la façon dont il avait opéré ce tour de passe-passe sensationnel. Mais bien entendu, je ne trouvai rien, si ce n'est qu'Harry était en train de devenir un maître en magie. Sous cette boîte était fixée une carte sur laquelle figuraient quelques mots écrits à l'encre turquoise.

De la part de la fée ta marraine.

Tout en songeant que cette mystérieuse fée avait un goût exquis, je rangeai soigneusement la robe, les chaussures et les bas dans mon armoire et glissai les cartons sous mon lit, en me promettant de m'en débarrasser avant que maman ou quelqu'un d'autre ne les trouve. Le lendemain matin, après une nuit d'un sommeil étonnamment profond, je regardai sous mon lit, presque certaine d'avoir rêvé. Marina dormait paisiblement dans la boîte à chaussures, ainsi qu'un bijou lové dans du papier de soie rose. De même que son homonyme, elle voyait tout de suite où était son intérêt.

Si jamais Harry ne parvenait pas à reconquérir sa bien-aimée, du moins le cochon d'Inde appréciait-il ses façons de faire.

Je m'étais réveillée en priant pour qu'il fasse beau, car si la fée ma marraine avait eu la gentille attention de me procurer une robe belle à ravir et de magnifiques escarpins, elle n'avait pas pensé que le temps pouvait se gâter et qu'il me faudrait quelque chose pour me couvrir en descendant du taxi. Maman me disait tout le temps qu'une jeune fille comme il faut ne devait jamais sortir sans manteau, quelle que soit la saison, mais je ne voyais rien dans ma garde-robe qui fût digne d'être porté sur ma robe. En désespoir de cause, je jetai mon dévolu sur un gros manteau écossais que maman avait emprunté à Loretta, un jour de Noël, et qu'elle ne lui avait jamais rendu. Il était effroyablement chaud et austère, mais il portait la griffe d'Harrods et avait un certain chic. Je quittai Magna avec l'impression d'aller au casse-pipe et je passai tout le voyage dans un état de nervosité extrême, à l'idée que Rocky se trouvait peut-être dans le train. À Londres, je sautai dans un taxi qui descendit Bayswater Road, puis Kensington Church Street à la vitesse de l'éclair, si bien que j'arrivai chez tante Clare bien avant 18 heures. Charlotte vint m'ouvrir. Elle avait encore ses rouleaux sur la tête, mais elle aurait pu débarquer au Ritz avec et être quand même la plus élégante. Elle avait une robe rouge et des souliers argent à talons si hauts qu'elle me dépassait. Ça ne la gênait nullement d'être plus grande que les garçons. Je crois même que ça lui plaisait assez.

« Ouf, te voilà ! Harry a tourné comme un ours en cage tout l'après-midi, persuadé que tu allais te dégonfler.

– J'ai bien failli. »

Elle sourit et remit en place un rouleau indiscipliné qui avait glissé. « Tante Clare a hâte de te voir. Elle devient de plus en plus insupportable, maintenant qu'on arrive à la fin de son fichu livre. Et puis elle est convaincue qu'Harry est fou de toi, ce qui expliquerait pourquoi vous allez tout le temps à des soirées ensemble, alors ne la détrompe pas, d'accord ? Dommage que tu aies raté le thé, il y avait des sablés écossais au citron. Je t'en aurais bien gardé quelques-uns, mais j'ai pensé qu'il fallait que tu aies l'air particulièrement maigre, ce soir. Quand on est amoureux, on ne mange plus. Souviens-toi comment j'étais avec A le T, au café de Tottenham, je ne pouvais même pas avaler un toast. »

En y repensant, elle eut un air accablé.

Tante Clare buvait du champagne dans son bureau.

« Ah ! Comment allez-vous, ma chère enfant ? Charlotte, appelle Harry et dis-lui qu'elle est là. »

Je l'embrassai, en humant l'odeur familière de son eau de rose.

« Il est dans un tel état, voyez-vous, il n'a pas cessé de sauter comme un criquet tout l'après-midi, tellement il avait peur que vous le laissiez tomber. Seigneur Dieu, je me demande bien ce que vous lui avez fait, Pénélope !

– Oh ! rien, me semble-t-il.

– Je ne l'ai pas vu aussi agité depuis la mort de notre roi George VI. Il a même demandé à Phoebe de lui cirer ses chaussures. Vous vous rendez compte. »

La porte s'ouvrit et Harry entra, la main refermée sur un objet que, dans l'état d'anxiété et de trouble qui m'habitait, je pris pour une baguette magique. Ouf, pensai-je, il ne me plaît pas, non vraiment pas. Il était plus débraillé que jamais, ses cheveux se dressaient sur sa tête et ses vêtements étaient tout fripés.

« Tu as de drôles de chaussettes, remarqua tante Clare, sur un ton désapprobateur.

– Elles sont assorties à mes yeux. »

Il me sourit et me montra ce que j'avais pris pour une baguette magique.

« Une allumette au fromage ?

– Non merci. »

Puis, sans avertissement, il s'approcha de moi, me prit dans ses bras et m'embrassa sur la bouche, en prenant tout son temps. Je me dégageai, les joues en feu et tellement saisie que je ne pus répondre que par un glapissement des plus brefs. Tante Clare eut une expression attendrie et ses yeux durent se mouiller car elle sortit son mouchoir pour se les tamponner.

« Passez une bonne soirée, mes chéris, dit-elle d'une voix pâteuse. Voyez-vous, chaque fois qu'on entendait hurler les sirènes, pendant la guerre, on prenait instinctivement la direction du Ritz. J'entends encore Chips Channon me dire que la guerre semblait être une blague, une fois qu'on était en sécurité à l'intérieur du Ritz et qu'on se régalait avec des huîtres au déjeuner. Ce cher Chips. Il faut que je lui écrive dès ce soir. Note-le, Charlotte. »

Chère tante Clare ! Dès qu'il se présentait une occasion de faire une digression, elle ne la laissait jamais passer.

Charlotte vint me délivrer et m'emmena en haut pour que je me prépare.

« Tu as vu ce qu'il a fait ? lui demandai-je.

– Quoi ? fit-elle, en fouillant dans son sac pour prendre son rouge à lèvres.

– Harry ! Il m'a embrassée !

– Ah, ça ! Ne t'inquiète pas, ça fait partie de la comédie. Tu n'es pas fâchée, j'espère ?

– Je crois que si. Ça ne figurait pas dans mon contrat.

– Ton contrat lui-même ne figurait pas dans ton contrat, dit-elle, d'un ton allègre. Bon. Harry doit partir dans une demi-heure. Il va d'abord aller prendre un verre avec des amis. Il m'a chargée de veiller à ce que tu arrives après lui, et après moi, de manière à produire le maximum d'effet. » Elle me regarda de ses yeux verts débordants d'affection. « J'espère que tu as trouvé quelque chose à te mettre. Ah non, Pénélope ! s'écria-t-elle, en remarquant enfin mon manteau écossais. Pas ça, en tout cas ! »

Pas ça, en effet. Je l'enlevai pour l'échanger contre un manteau noir, moulant mais discret, que Charlotte avait elle-même emprunté à tante Clare.

« Elle ne s'en apercevra même pas. Ça fait quinze ans qu'elle ne l'a plus mis. »

Elle s'extasia sur ma robe, et mes chaussures lui arrachèrent des cris d'admiration. « Où as-tu trouvé tout ça ?

– Ma marraine la fée me les a fait livrer.

– Ah, d'accord ! »

Ce qu'il y avait de bien, avec Charlotte, c'est qu'elle ne demandait jamais d'explications.

Nous prîmes le même taxi pour aller au Ritz, mais Charlotte y entra seule. « Attends cinq minutes pour venir », me dit-elle, en franchissant la porte tournante avec grâce.

Je réglai la course d'une main tremblante et j'attendis devant l'hôtel, en tâchant de bien respirer et de plaquer un sourire sur mon visage, ainsi qu'on doit le faire, paraît-il, quand on s'apprête à faire une entrée fracassante, mais le portier se précipita pour pousser la porte, si bien que je ne pus m'attarder plus longtemps. Une fois dans le hall, le charme des lieux m'enveloppa ainsi qu'une cape. Je surpris dans une glace le reflet d'une femme jolie et élégante, et j'eus un choc en m'apercevant que c'était moi. Je m'approchai de la réception en vacillant sur mes hauts talons, lissai ma robe et adressai à l'employé un sourire radieux.

« Je suis venue pour le dîner des Hamilton », dis-je avec aplomb. Je m'attendais presque à ce qu'il me rie au nez, me conseille de ne pas dire de bêtises et me demande si j'avais perdu mes parents.

« Bien sûr, madame. »

Je le suivis dans un long couloir étincelant, qui me

donnait l'impression de me trouver à l'intérieur d'une carte d'anniversaire (je dus prendre sur moi et me dire que je risquerais très probablement de me casser la figure, pour ne pas me mettre à danser) et il s'arrêta devant une porte sur laquelle figurait le mot « Privé ».

« Pouvez-vous me donner votre nom, mademoiselle.

– Oh... euh. Pénélope. Pénélope Wallace. Mlle Pénélope Wallace. Je suis Pénélope Wallace. » Que se passait-il ? On aurait dit que mon cerveau s'était détraqué.

Il ouvrit la porte et m'annonça : « Mademoiselle Pénélope Wallace. » Puis il s'évapora dans l'atmosphère, me laissant debout sur le seuil, tel un faon pris dans les phares d'une voiture roulant à tombeau ouvert. En réalité, personne ne l'avait entendu à cause des bouchons de champagne qui sautaient, du brouhaha des conversations et du pianiste de jazz qui jouait dans un coin du salon. Et Charlotte ? me demandai-je, complètement désemparée. Je ne la voyais nulle part. L'éclairage tamisé joint aux volutes de la fumée des cigarettes me donnait l'impression d'être une actrice attendant que son partenaire envoie la première réplique, le soir de la générale. Je m'avançai de quelques pas et m'emparai de la coupe de champagne la plus proche. En me voyant, George Rogerson, qui était (aux dires d'Harry) un hôte très attentionné, se dégagea au plus vite d'un groupe d'amis de Marina, pour venir m'accueillir, en se frayant un chemin à travers la cohue. Mais quelqu'un l'avait devancé.

« Nom d'une pipe ! Ne serait-ce pas ma petite copine du train qui aurait grandi tout d'un coup ? Je me faisais du souci pour vous. »

Et je faillis m'évanouir, car celui qui s'approchait de moi, plus malicieux et plus charmant encore que dans mon souvenir, c'était Rocky.

Un silence suivit ses paroles – un silence qui permettait presque d'entendre tous les cerveaux se mettre en action afin d'essayer de deviner qui je pouvais bien être. Il m'examina des pieds à la tête, puis fit courir sa main sur ma joue et sourit, en disant :

« Vous êtes charmante.

– Vous vous connaissez. C'est formidable ! s'exclama George.

– On s'est rencontrés dans le train, expliqua Rocky. Elle se tourmentait à propos d'une question assez anodine, n'est-ce pas, miss Wallace ? Savoir s'il fallait rester soi-même dans un grand dîner, c'est bien ça ?

– Pas la peine, Pénélope. Trop fatigant, plaisanta George.

– Pénélope ? C'est votre prénom ? Il vous va formidablement bien.

– Comment ça ? » J'ouvris de grands yeux et bus une longue gorgée de champagne. Ce faisant, j'en renversai un peu sur le devant de ma robe et ma distinction en prit un sacré coup. Heureusement, j'aperçus Charlotte, assise à l'autre bout de la salle, en grande conversation avec les jumelles Wentworth. Je me sentis immensément soulagée ; il y avait au moins trois personnes à qui je pourrais parler.

« Quelles jolies chaussures ! dit Rocky, qui s'efforçait de conserver un air sérieux.

– Ce sont des Dior.

– Ça par exemple. J'aurais cru que les jeunes filles

qui font leurs courses chez Dior avaient les moyens de se payer un billet de train.

— Mais j'en avais un ! m'écriai-je d'une voix plaintive. Je l'avais perdu ! Et puis je tenais absolument à vous rembourser ! »

Il sourit, puis son attention fut attirée par une beauté vêtue d'une magnifique robe de cocktail jaune et noir.

« Où est Harry ? demandai-je à George, avec autant d'indifférence que je le pouvais.

— Il est allé chercher un jeu de cartes, avec Marina. Il paraît qu'il a de nouveaux tours fabuleux dans sa manche. Vous ne pouvez pas vous passer de lui, hein ? Moi, c'est pareil avec Marina. Si elle s'en va, ne serait-ce qu'une seconde, je me fais tout de suite du souci. »

Sachant ce que je savais de sa future épouse, ça ne m'étonnait guère.

« Depuis Noël, Pénélope et Harry sont inséparables, expliqua-t-il à Rocky. Tout le monde s'attend à entendre bientôt carillonner les cloches de l'église.

— Vraiment ? fit Rocky, un sourire amusé jouant sur ses lèvres.

— Oh ! je ne crois pas que...

— N'ayez pas peur de le dire, Pénélope. Il est fou de vous. Excusez-moi, je vous en prie. Des invités arrivent. Ah ! Au cas où vous auriez envie de parler de littérature, je vais vous présenter Nancy. Nancy ! » appela-t-il, en me quittant.

Charlotte accourut vers moi. « Tu es rayonnante. Dis-moi, ce n'était pas Rocky Dakota qui parlait avec toi, il y a un instant ?

323

— Oui. Je l'ai rencontré dans le train. Je ne savais pas du tout qu'il serait là ce soir.

— Mais, nom d'un petit bonhomme, pourquoi ne m'as-tu pas dit que tu le connaissais ? murmura-t-elle, en ouvrant à peine la bouche. Ce n'est tout de même pas quelqu'un qu'on rencontre tous les jours. Bientôt, tu vas m'annoncer que tu as déjeuné avec James Dean, dimanche dernier. »

J'entendis tousser discrètement dans mon dos. « Vous ne voulez pas vous mettre à côté de moi, pour le dîner. Tous les autres m'ennuient à mourir.

— Charmée, roucoula Charlotte, et il se retourna aussitôt vers elle.

— Bonsoir, je ne crois pas avoir le plaisir... » Il lui tendit la main. Avec ses talons, elle était presque aussi grande que lui. Oh non ! Je Vous en supplie, faites qu'il ne tombe pas amoureux de Charlotte, pensai-je, le cœur battant à tout rompre.

« Je pourrais peut-être m'asseoir entre vous deux, suggéra Rocky. Les jumelles Wentworth me terrorisent. Vous savez qu'Helena arrive à se mordre les doigts de pied ?

— Ça, ce n'est rien, remarqua Charlotte. J'ai une amie qui était en classe avec Kate et qui m'a raconté que, une nuit, Kate était entrée dans la chambre de la surveillante, au cours d'un accès de somnambulisme, et là, elle avait enlevé son pyjama et s'était couchée à côté d'elle. Si on l'a su, c'est uniquement parce que, deux heures plus tard, Kate s'est enfuie de la chambre de miss Gregory, comme un chat en fureur, parce que l'alarme incendie s'était déclenchée.

– Cette miss Gregory l'a échappé belle, dit Rocky, en regardant Charlotte avec admiration.
– Elles sont toutes les deux trop jolies pour le monde réel, poursuivit-elle. La beauté rend les filles paresseuses. Personne ne fait attention à ce que vous dites quand vous avez des traits aussi parfaits.
– C'est tout à fait vrai », reconnut Rocky.

D'accord, mais un physique comme celui de Rocky possédait, lui aussi, un pouvoir magique. Il avait une façon quasi divine de me donner l'impression d'être à la fois une petite fille et une femme, et je ne connaissais personne qui fût capable d'opérer un tel miracle. Il portait un superbe costume gris et noir, avec une chemise en soie vert et rose qui n'aurait jamais passé sur un Anglais. Ses chaussures en daim noir et bleu – je l'avais remarqué avec ébahissement – fascinaient Charlotte qui ne parvenait pas à en détacher le regard. Le charme de son accent m'avait si bien rassérénée que lorsque Harry arriva enfin, en lançant ses cartes d'une main pour les rattraper de l'autre, je me rendis compte que je l'avais presque oublié. Il faut dire que j'avais bu trois coupes de champagne, sur un estomac vide.

« Pénélope ! Ça va ? » Les yeux d'Harry s'agrandirent de surprise, en voyant avec qui je parlais.

« Très bien, merci. » Je réussis à lui adresser un sourire crispé. Puisqu'il avait filé tranquillement avec Marina, avant même que la soirée ait commencé, j'avais bien l'intention de m'amuser le plus possible.

« Rocky Dakota », dit ce dernier, en tendant la main.

Harry posa sur lui un regard sévère et lui serra la main en disant : « Enchanté. » Puis il fronça les sourcils et poursuivit : « Tiens, voilà ce que je cherchais. Excusez-moi. » Il s'approcha tout près, lui passa la main derrière l'oreille et en retira une pomme de terre. J'étais scandalisée, mais Rocky éclata de rire en disant : « Quelle habileté ! »

Un silence gêné s'installa, auquel mit fin un costaud en queue-de-pie qui venait chercher Rocky pour le présenter à son épouse, nous laissant seuls, Harry et moi.

« Où est Marina ? demandai-je, d'un ton lourd de sous-entendus.

– Je n'en sais rien. Elle m'a dit qu'elle avait besoin d'un peu d'air. » Une ombre de tristesse passa sur son visage. « Mais pourquoi ne m'as-tu pas dit que tu étais au mieux avec cet enfoiré de Rocky Dakota ?

– Je ne suis pas au mieux avec lui. Et comment se fait-il que tout le monde, sauf moi, sache qui il est ?

– Oh ! Pénélope, tu n'es donc pas au courant ? C'est un agent et un producteur. Pour les acteurs, les chanteurs, ce genre de choses.

– Les chanteurs ?

– Il gagne tellement d'argent qu'il ne sait plus quoi en faire. Il vient de s'acheter quelque chose à Cadogan Square. Il paraît qu'il a fait venir sa Chevrolet par bateau, de Los Angeles.

– Mais oui, m'écriai-je. Je l'ai vu monter dedans, à Didcot ! Jamais une voiture ne m'a paru autant détonner dans le paysage !

– Il ne s'est jamais marié, poursuivit Harry, d'un ton pincé.

– Et alors ?

– Et alors tu ne trouves pas ça bizarre ?

– Absolument pas », dis-je, tout en pensant : Il faudra voir ça de plus près.

Harry m'échappa encore une fois, quand Marina fit son apparition. Elle me sembla aussi énergique et déterminée qu'à Dorset House, avec ses cheveux roux retenus sur le sommet de sa tête par un peigne serti de diamants et sa grande bouche toujours en mouvement. En m'apercevant, elle m'envoya un baiser.

« La voilà, dit Harry à voix basse. Celle qui me déchire le cœur.

– Ça doit être douloureux », répliquai-je. Je ne voyais pas ce qui lui donnait le droit de critiquer Rocky, alors qu'il était gâteux d'une chose aussi ridicule que Marina.

« Ce que tu peux être grande, Pénélope. Ah ! tu as des talons, bien sûr », remarqua-t-il, d'un air distrait.

J'aimais assez sa façon de ne pouvoir s'empêcher de faire comme si ce n'était pas lui qui avait tout organisé.

« Ma marraine la fée a très bon goût, tu ne trouves pas ? »

Il me foudroya du regard, puis il s'éclaira malgré lui d'un sourire étonnant – enfantin, heureux, tout l'opposé de son habituelle grimace satisfaite. Il paraissait soudain très jeune – jeune, vulnérable et tendre.

« J'ai craqué pour les talons. Même si, du coup, je suis ridicule. Je sais que j'avais dit que je ne voulais pas que tu me dépasses trop, mais en fait je trouve ça très sexy.

– Eh bien, Harry ! » Ne sachant pas trop comment réagir à cette remarque, je m'empressai de changer de sujet. « Dis-moi, comment as-tu fait pour les mettre dans... »

Il posa un doigt sur mes lèvres. « Je suis magicien. Ne pose pas de questions idiotes. »

Au dîner, les conversations se déchaînèrent, vives et émaillées de propos du plus haut intérêt, tels que *Non ! Je l'ai vue la semaine dernière à Monte-Carlo ! On aurait dit une prostituée polonaise, je vous jure ! Eh bien, ma chère, je l'ai déjà dit et je le redirai, je voudrais pouvoir vivre dans une hutte en pisé et ne plus jamais entendre parler de design !* J'étais censée avoir un certain Ivan Steinberg à ma gauche et Harry à ma droite, mais au dernier moment, George redistribua les cartons et, à la place de cet Ivan, je trouvai Rocky.

« L'avion de Steinberg a eu du retard, expliqua George. Il sera là, au plus tôt, pour les liqueurs. J'ai pensé à mettre Rocky à côté de vous, puisque vous êtes si bons copains.

– C'est la première idée intelligente que vous ayez jamais eue, Rogerson », dit Rocky, en me regardant droit dans les yeux.

Je m'assis et, dans mon émotion, je renversai mon verre de chablis sur la nappe et sur le beau costume de Rocky.

« Quelle maladroite vous faites ! dit-il, non sans une certaine gentillesse.

– Oh, mon Dieu ! Je suis désolée.

– Mais non. L'hôtel a un service de teinturerie remarquable.

– Vous êtes descendu ici ? demanda Harry.

– Absolument. »

J'imagine qu'Harry aurait aimé lui répondre quelque chose de spirituel, mais ne trouvant rien, il vida son premier verre de la soirée et tendit la main vers la bouteille pour se resservir. Par malchance, Marina, qui était assise presque en face de lui, croisa son regard et, troublé, il envoya valser la bouteille.

« Qu'est-ce que vous avez, Delancy ? » George éclata de rire, rattrapa la bouteille et épongea la nappe avec une serviette.

« Il est amoureux, naturellement, dit Rocky, en inclinant la tête dans ma direction. Vous ne vous en étiez pas aperçu ? »

Je vis Marina changer de visage. « Arrête, George, tu l'embarrasses. Un peu de vin renversé, ce n'est pas bien grave. Figurez-vous que la semaine dernière, aux courses, mon assiette de crevettes m'a glissé des mains pour atterrir sur les genoux de la princesse. Vous savez ce qu'elle m'a dit ? Elle m'a dit : "Marina, ma chère, je ne crois pas avoir commandé des fruits de mer." » Son imitation de la princesse était remarquable et tout le monde rit, moi compris. Sentant qu'elle avait accroché son public, elle se lança à fond. Exactement comme l'autre soir, j'étais à la fois fascinée et horrifiée. Elle faisait penser à un gâteau à la crème. Irrésistible, à condition de ne pas en abuser, sous peine d'avoir mal au cœur. Chaque fois que Rocky me regardait et me souriait, je prenais mon verre pour me donner une contenance, je le vidais, puis me resservais et je ne tardai pas à m'apercevoir – mais trop tard, bien entendu – que j'avais trop bu.

« ... le jour d'après, je l'ai trouvé en train de fouiller dans les déchets, à la recherche des diamants de sa femme ! » concluait Marina.

Une marée de rires déferla sur son auditoire. Elle riait, elle aussi, et ses yeux s'humectèrent. Je me sentis prise pour elle d'un élan d'affection inattendu et importun.

« Dans notre pays, on dit ordures, pas déchets, ma chérie, rectifia George tendrement.

– Ah bon ! En tout cas, pour moi, tout ça, ça va tout droit à la poubelle », répliqua-t-elle avec bonne humeur, mais je sentis son irritation et j'eus de la peine pour George. C'était un curieux personnage, comme sorti d'un roman. Sa manière de discourir sur le vin, son application à nous parler sans arrêt pendant l'entrée (un soufflé au fromage tellement époustouflant qu'il méritait sans doute quelques commentaires) et sa façon de boire chaque parole de Marina faisaient qu'on avait du mal à le prendre au sérieux, mais, d'autre part, il y avait en lui une douceur, une bonté naturelle, qui lui donnaient un côté nounours et je ne pouvais m'empêcher de le trouver sympathique. Je me demandais s'il était trop bête pour ne pas remarquer les regards incendiaires que sa future épouse échangeait avec son ancien amoureux et je conclus qu'il devait l'être, en effet. Ou alors, c'était l'amour qui l'aveuglait.

« J'aime bien George. Il sait comment la prendre, dit Rocky, comme s'il avait deviné ma pensée, une fois que Marina eut fini de parler, nous permettant ainsi de reprendre notre conversation.

– Oui, je pense aussi. » Harry, qui nous avait entendus, me regarda en fronçant les sourcils, mais je l'ignorai.

« Alors, reprit Rocky, racontez-moi tout.

– À quel sujet ?

– Oh ! voyons... ce que vous faisiez dans le train, le jour où on s'est rencontrés, les films que vous aimez aller voir, l'âge que vous aviez quand vous avez compris que vous pouviez chanter...

– Mais je ne sais pas chanter ! m'écriai-je.

– Non ? Moi, je parie que si.

– C'est mon frère qui chante. C'est ce qu'il veut faire depuis toujours... chanter et jouer de la guitare.

– Il faudra que je fasse sa connaissance un de ces jours. »

Je ris, parce que le champagne commençait à me tourner la tête. Rocky adorera Inigo, pensai-je. Et Inigo adorera Rocky.

Tout en dégustant mon soufflé, je me mis à parler et je m'aperçus que maintenant que j'avais commencé je ne pouvais plus m'arrêter. Je parlai de Johnnie et de Charlotte, de maman et d'Inigo, et de tout ce qu'il y avait entre. Rocky m'interrompait de temps en temps pour me poser une question – quelle actrice j'aurais le plus envie d'inviter à prendre le thé à Magna ? (Grace Kelly, naturellement.) Qu'est-ce qui m'avait manqué le plus pendant les restrictions ? (Là, je mentis et répondis que c'était les bas neufs, mais en réalité, c'était le chocolat Cadbury) et ma mère n'avait-elle vraiment que trente-six ans ? (Oui, et c'était bien dommage, dis-je imprudemment.) Puis le plat principal arriva et une vague d'épouvante et de nausée me submergea. C'était du canard.

« Imagine-toi que c'est de l'oie », murmura Charlotte, qui avait tout compris ; je lui souris avec gratitude et repris un peu de champagne. Elle était juste en face de moi, encadrée par deux très beaux garçons d'une vingtaine d'années. À l'évidence, ils étaient séduits et rivalisaient pour obtenir son attention ; ils lui racontaient des histoires embrouillées sur des gens qu'elle connaissait, lui remplissaient son verre, lui allumaient ses cigarettes, et elle répondait assez aimablement, sans toutefois la flamme, l'animation, les tremblements dans les jambes, ce pétillement qu'elle avait eus le jour où nous avions retrouvé A le T au café de Tottenham. Ces jeunes gens, avec leur résidence secondaire, leur voiture de sport et leur appartenance au très select Garrick Club, l'ennuyaient.

« Quelquefois, je trouve que c'est dur d'avoir dix-huit ans », confiai-je à Rocky. Les serveurs étaient en train d'enlever nos assiettes et je fus stupéfaite de constater que j'avais mangé presque tout mon canard.

« Vous n'aimez pas avoir dix-huit ans ? » Il avait un air amusé, mais pas à la façon crispée et contrainte d'Harry. Il était amusé parce qu'il pouvait se le permettre. « Je me demande bien comment on peut ne pas aimer avoir dix-huit ans.

– Je ne sais pas. Je me sens peut-être coupable. Parce que papa est mort en combattant, au beau milieu du Pacifique, dans un endroit que je ne peux même pas imaginer, et que je pense moins souvent à lui qu'à Johnnie Ray ou à ce que je vais mettre pour sortir.

— Ma chère Pénélope, votre père n'en attendrait pas moins de vous. Il a combattu et il est mort afin que vous puissiez justement vous offrir le luxe de penser à des chanteurs pop et à des parfums Yardley. »

Je me sentis soudain toute bizarre et, craignant de me mettre à pleurer, je bus encore un peu et j'enchaînai : « C'était dur pendant la guerre. Maman a tenu le coup jusqu'au moment où on a su... pour papa. Pourtant, même après, elle refusait d'y croire. Nous étions si petits, Inigo et moi, que lorsqu'elle nous a dit qu'il ne reviendrait jamais, ça ne nous a pas vraiment touchés. Le pire, c'était de la voir tellement triste. Et ça l'est toujours.

— Ce qu'il y a de plus curieux concernant les gens de votre génération, c'est que la guerre vous paraissait aller de soi. C'est quelque chose qui me dépasse.

— C'est vrai, fis-je, en prenant tout mon temps, car si j'avais toujours ressenti cela quelque part au fond de moi, c'était la première fois que j'entendais l'idée clairement exprimée. Quand elle s'est terminée, j'ai eu une impression de totale irréalité. Je crois que j'avais un peu peur de ce qui allait arriver après. C'est aberrant, non ? D'avoir peur de la vie sans la guerre ? »

Il alluma une cigarette et me la tendit. Je la pris d'une main tremblante et nos doigts se touchèrent.

« C'est effrayant de penser à ce que vous allez devenir, vous les jeunes. Tant de liberté après en avoir été totalement privés !

— Quelquefois, il me semble que j'ai envie de faire quelque chose de fou, de choquant. Je parle tout le temps à Johnnie et je m'imagine qu'il est là. Mon amie Charlotte et moi, nous voulons seulement ne pas ressembler aux autres. Sur ce plan, elle réussit beaucoup mieux que moi. Elle se moque de ce que pensent les gens ; elle pourra mettre des chapeaux incroyables et, sur elle, ça ne sera pas ridicule ; elle dépensera tout son argent pour une seule paire de bas. Moi, si je mange un paquet de bonbons à moi toute seule, je me sens aussitôt coupable.

– Ça vous passera, mon petit, ça vous passera. Ou sinon, vos enfants le feront à votre place. »

Les enfants ! Le Ciel m'en préserve, pensai-je, et je m'empressai de changer de sujet.

« Dites-moi, comment avez-vous rencontré George et Marina ?

– Ah ! voilà une question intéressante. Malheureusement pour moi, vous êtes de ces filles à qui un homme ne peut pas mentir sans avoir des remords. »

Je ne savais pas trop si cette caractéristique était ou non à mon avantage. « Qu'est-ce que vous voulez dire par là ?

– Marina a passé une audition pour un film dont j'étais le producteur.

– Elle était bien ?

– Elle était merveilleuse. »

Je fus prise d'une envie de tout casser. J'avais toujours pensé que si Marina n'était pas devenue célèbre, c'était parce qu'elle n'avait aucun talent.

« Alors, comment se fait-il qu'elle n'ait encore jamais joué dans un film important ?

– Ah, c'est bien le problème ! dit-il à voix basse,

avec un air attristé. Elle fait des caprices. C'est une enfant gâtée, elle est difficile et elle boit trop.

– Elle boit trop ?

– Naturellement. C'est inévitable, quand on passe son temps dans les dîners et les cocktails. On ne peut pas compter sur elle, mais je suis persuadé qu'elle finira par se ranger. Ça prendra peut-être plus de temps qu'on pourrait le penser mais, un jour ou l'autre, elle comprendra.

– Donc, elle a passé une audition et vous êtes devenus amis.

– Oui. Elle a un tempérament fragile et autodestructeur. Je me suis toujours senti attiré par cette sorte de personnes.

– A... attiré ?

– Oh non ! il ne s'est jamais rien passé entre nous, se hâta-t-il de préciser. Elle est bien trop épuisante, même d'après mes critères. Mais c'est moi qui l'ai présentée à George.

– Vous ?

– C'était très drôle. J'étais venu passer une semaine à Londres et je les avais invités tous les deux à dîner. Je n'arrivais pas à croire que c'était la première fois qu'ils se rencontraient. Deux mois plus tard, ils étaient fiancés.

– Ça alors. Est-ce que Marina vous avait parlé de... de quelqu'un d'autre ?

– Oh non. Dès l'instant où elle a connu George, son choix a été fait. Lui m'a raconté qu'elle a eu une liaison, l'année précédente, avec un mordu de jazz complètement fauché. Je ne sais pas ce qu'il est devenu. »

Charlotte, qui nous écoutait avec attention, haussa

les sourcils. « Le pauvre, remarqua-t-elle, d'une voix assez forte. Je parle du mordu de jazz.

– Oh ! il s'en remettra, dit Rocky. Quand on est passionné de jazz, se sentir seul doit être une grande jouissance, je suppose. »

Il était clair que George croyait dans la nécessité d'avoir ses amis à proximité, et ses ennemis encore davantage. Rocky ne se doutait pas que le mordu de jazz en question était assis, en ce moment même, entre Kate et Helena Wentworth.

« Avant, je lisais ce que les journaux écrivaient sur moi, mais aujourd'hui j'ai appris à ne plus m'en occuper, disait Helena. Et puis, on ne peut plus avoir confiance en personne. À la soirée de fiançailles de Marina, je suis tombée sur une fille odieuse, qui disait être la cousine de George et qui m'a harcelée toute la soirée. Elle n'arrêtait pas de me poser des questions – d'où venait ma robe ? qu'est-ce que je pensais de la réception ? – jusqu'au moment où j'ai cru que j'allais me mettre à hurler. Il y a des limites, tout de même, au temps qu'on accepte de perdre avec cette sorte de gens. Je lui ai dit que je refusais de parler aux journalistes dans les soirées privées et, le lendemain, elle a lâché ses flèches. *Helena Wentworth a viré à l'orange, après s'être nourrie exclusivement de carottes pendant deux semaines, afin de pouvoir entrer dans une robe de Chanel, empruntée à la princesse Margaret*, ça, c'était la plus meurtrière. J'aurais cru que l'*Evening Standard* avait des sujets plus importants à traiter.

– Les gens disent toujours ça, quand ils ne peuvent pas imaginer un instant que le public puisse s'intéresser à d'autres choses que ce qui les concerne, me chuchota Rocky.

– ... c'était cette petite grosse, avec une voix pareille à une corne de brume, enchaîna Helena.

– Hope Allen ! m'écriai-je, toute joyeuse. On a pris des cours d'italien ensemble, pendant quelque temps. Quand elle avait douze ans, Patrick Reece l'emmenait au théâtre et lui refilait de la cocaïne à l'entracte. »

Ce fut le délire général. Mon Dieu, pensai-je, horrifiée, qu'est-ce que j'ai dit ? Mais ils étaient tous ravis ; je venais de leur faire cadeau d'une petite anecdote croustillante dont ils pourraient se repaître plus tard, avec leurs amis.

« N'est-ce pas que Paddy Reece est charmant ? tonna un type blond, à l'autre bout de la table. Il faudra que je l'invite à une séance de la Chambre des Lords, l'été prochain.

– C'était du chou, pas des carottes, et le régime a duré un mois, pas deux semaines, et c'est à Tania Hamilton qu'elle avait emprunté la robe, pas à la princesse », s'écria Kate.

De nouveau, tout le monde éclata de rire et Helena lança sur sa sœur un petit pain accompagné d'une injure. Harry me regarda et sourit, ce qui n'échappa pas à Rocky, lequel me dit :

« Il est amoureux de vous.

– Oh non ! Il est... enfin, nous sommes... » J'hésitais, consciente que j'étais censée encourager Rocky à penser ce qu'il pensait. Mais comment l'aurais-je pu, étant donné que je brûlais de l'entendre me dire que j'étais la plus jolie fille de l'assemblée et de lui demander s'il ne pourrait pas me raccompagner chez moi ? « Lui et moi, ce n'est pas ce que vous pensez », dis-je d'une petite voix.

Charlotte me lança un regard sévère. « Ils sont fous l'un de l'autre. Mais Pénélope est tout le contraire d'une Américaine, monsieur Dakota. Vous ne lui soutirerez pas la moindre confidence. »

C'était bien vrai.

La demi-heure suivante baigna dans une sorte de flou. Rocky me parla de James Dean, de Marilyn Monroe et du film qu'il devait produire pour un grand studio, mais je ne pensais qu'à Harry et à Marina. Au bout d'un moment, je me levai, en marmonnant : « Il faut que j'aille aux toilettes. Excusez-moi. »

J'étais complètement soûle et je dus mobiliser toute ma volonté pour traverser la salle sans trop vaciller.

« Les toilettes des dames se trouvent en bas de l'escalier, à gauche, madame, me dit l'employé qui était dans le couloir, près la porte.

– Oh ! merci beaucoup. »

Je m'agrippai à la rampe et entamai prudemment la descente. Je faisais tellement attention à ne pas tomber que je n'entendis les pas qui résonnaient derrière moi qu'au moment où ils me rattrapaient. Quelqu'un me saisit par la taille et je poussai un petit cri.

« Pénélope ! » C'était Harry.

« Au secours ! dis-je d'une voix mourante, en m'écroulant sur lui.

– Tu es ivre et tu flirtes avec Rocky Dakota d'une façon écœurante.

– Je ne flirte pas, dis-je, en éclatant de rire. Je ne sais même pas flirter. Ah bon ? Je flirtais ?

– Tu n'es pas drôle.

– Tu as raison. Je suis ivre. Aide-moi, Harry, qu'est-ce que je dois faire ? » Je m'appuyai de tout mon poids contre la porte des toilettes et, la trouvant moins résistante que je ne l'avais prévu, je déboulai à l'intérieur, suite à une superbe glissade sur le dallage reluisant. Là, je fus prise d'un fou rire, qui redoubla à la vue de l'air imperturbable de la dame pipi, et de son obséquieuse prévenance. Harry entra derrière moi.

« Les toilettes des hommes sont à côté, monsieur...

– Je sais, dit-il, en sortant de sa poche un billet tout craquant, qu'il lui remit. Donnez un verre d'eau à cette jeune fille, voulez-vous ?

– Non. Je veux retourner là-haut. Je veux parler encore avec Rocky. » Je me redressai péniblement et avançai d'un pas incertain.

« Jamais de la vie. Tu vas rester ici tant que tu n'auras pas dessoûlé. »

Je me laissai tomber dans un fauteuil recouvert de brocard, à côté du lavabo, la tête dans les mains. « Je vais vomir, annonçai-je.

– Pas question, » me dit-il, d'un ton sévère qui m'incita à obéir.

Il resta avec moi dans les toilettes pendant vingt minutes. Je buvais mon verre d'eau à petits coups, en attendant que tout cesse de tourner autour de moi. Je ne sais plus très bien de quoi nous avions parlé, Harry et moi, mais je me souviens que je m'étais sentie curieusement soulagée d'avoir sa compagnie.

« J'espère que tout va bien pour maman, dis-je soudain, sans trop savoir pourquoi.

– Pour quelle raison est-ce que ça n'irait pas ?

— Je ne sais pas. Elle serait consternée si elle me voyait en ce moment.

— Ma chère mère aussi. Elle trouve que tu es la créature la plus merveilleuse qui soit jamais entrée dans nos vies.

— Je ne vois pas pourquoi...

— Moi non plus, répliqua-t-il, sans le moindre humour.

— Je te remercie ! C'est moi qui suis la voix de la raison dans votre fa... fa... famille », bredouillai-je.

Il ne jugea pas nécessaire de répondre, mais en me voyant sur le point de basculer en avant, il me retint et me garda quelques minutes dans ses bras, tout en me caressant distraitement la tête et en soupirant par intermittences. Je fermai les yeux, avec l'impression que je pourrais m'endormir définitivement.

« Secoue-toi maintenant, dit-il, au bout d'un moment. Je t'en supplie, Pénélope, si ma dignité et tes billets pour Johnnie Ray t'importent tant soit peu, fais un petit effort pour avoir l'air de me trouver ne serait-ce que vaguement aussi séduisant que cet Américain de merde.

— Ta Marina aussi est une Américaine de merde ! m'écriai-je.

— Il vaudrait mieux remonter là-haut. » Il hocha la tête, tout triste, triste et petit, mais tellement proche. Je lui pris la main ; c'était plus fort que moi.

« Tout va s'arranger, tu verras », l'assurai-je. Il me serra la main si fort que je poussai un cri de douleur et il me regarda avec une grande attention.

« Tu le penses vraiment ? Tu le crois ?

— Je ne sais pas. Oui, je pense...

– Je suis un imbécile.
– Mais pour la magie, tu es très fort.
– Oh ! tais-toi. »

Au moment où nous remontions, les invités avaient déjà quitté la table. Le bruit des voix s'était amplifié, la fumée s'était épaissie et il faisait plus chaud. Marina effeuillait une rose, assise sur les genoux d'un jeune homme. Charlotte parlait avec Rocky, tout en piochant des chocolats dans une coupe en argent.

« Il m'aime un peu, beaucoup, pas du tout ! lança Marina.

– Mais non, chérie », dit le jeune homme.

« Tiens ! s'exclama-t-elle, en nous voyant. Où étiez-vous passés ? On allait envoyer une équipe de secours.

– Pénélope ne se sentait pas très bien », dit Harry en réprimant un bâillement. Mince alors, pensai-je. Il ne s'ennuie pas, tout de même. J'observais Marina et mon antipathie grandissait de minute en minute Elle regardait Harry avec cet air provocateur que je détestais. Ses yeux nous narguaient. Je me trouvais dans cette phase libératrice qui survient après que l'environnement a cessé de tourner, mais avant qu'on ait retrouvé une totale lucidité. Le grand miroir qui tapissait le fond de la salle me renvoya mon image et celle d'Harry. Nous pouvons relever le défi, pensai-je, en nous versant une tasse de café à partager.

Charlotte vint s'accroupir à côté de moi. « Bien joué, dit-elle à voix basse. Ç'a été un coup de génie de disparaître aussi longtemps. Marina est furieuse. Au fait, où étiez-vous ?

– Je me repoudrais le nez. Que penses-tu de Rocky ?

– C'est le moins rasoir de tous les types qui sont ici, déclara-t-elle et, de sa part, c'était sûrement un très grand compliment. C'est aussi le plus élégant. Tu as remarqué son pantalon ? Je n'ai jamais rien vu d'aussi merveilleusement coupé de toute ma vie. Et sa cravate !

– Vous n'avez parlé que chiffons.

– C'est de l'art, Pénélope. Le costume que porte Rocky Dakota est quasiment de l'art. Dans une centaine d'années, il sera exposé, encadré, à Dorset House, à côté du tableau aux carrés orange. »

Je pouvais le croire, absolument. Tout, chez Rocky, méritait d'être encadré. Harry s'approcha discrètement de moi et me tendit un verre d'eau en disant : « Bois ça. »

Comparé à Rocky, je lui trouvais un air particulièrement incohérent, avec ses cheveux en bataille et ses yeux insolites. Imagine que tu es folle de lui, me dis-je. Imagine qu'il est plus qu'un ami pour toi.

« Chéri, murmurai-je alors, merci de tout ce que tu fais pour moi. » Je jetai un bref coup d'œil du côté de Marina, qui affectait de ne pas s'intéresser à nous. « Viens plus près. Marina nous regarde. »

Il s'avança sur sa chaise et je posai ma main sur la sienne. On se regardait dans le blanc des yeux, en tâchant de ne pas rire. Il se rapprocha encore un peu.

« Qu'est-ce qu'on pourrait faire de plus pour la pousser carrément à bout ? »

Il me sourit et écarta une mèche de cheveux qui me tombait dans les yeux. Un instant, il me sembla sentir de nouveau la présence de cette chose qui flottait dans l'air, quand nous étions dans la Grande Galerie, et je n'eus plus envie de m'éloigner de lui. Plus du tout.

« Je ne sais pas, mon cœur. Je suis en train de me demander si j'y tiens toujours vraiment.

— Que veux-tu dire ?

— Je me dis que si par hasard je t'embrassais... »

Il n'eut pas besoin d'en dire davantage.

Trois heures plus tard, en entrant dans ma chambre, chez tante Clare, je vis une enveloppe posée sur ma commode. Je l'ouvris fébrilement et y trouvai mes précieux billets, accompagnés d'un mot d'Harry.

Merci. Je pense que ça a marché.

Je l'entendais aller et venir dans sa chambre, au-dessus de moi. J'enlevai mes jolis escarpins, ma robe et mes bas et me démaquillai avec soin, comme la petite fille modèle que j'étais. La tête me tournait de nouveau. Avant de quitter le Ritz, Rocky m'avait prise à part.

« Il faudra peut-être que je vous invite à dîner, un de ces jours, vous, le magicien et votre amie Charlotte. Quand j'étais adolescent, en Amérique, j'avais une idée très précise de ce que devaient être les Anglais de mon âge. Vous trois, vous correspondez assez bien à l'image que je m'en faisais. »

Je me mis au lit, la tête pleine du Ritz et de Rocky, d'Harry et de Marina, de champagne, de pieds meurtris et de baisers parfumés au rouge à lèvres Yardley. Jouer la comédie m'avait été très facile, je n'avais même pas eu à me forcer. Et puis une autre pensée ne cessait de me revenir, une pensée qui s'incrustait malgré moi, mais dont je ne compris toute la portée que le lendemain matin, en revoyant Harry. Cette pensée me disait que c'était d'autant plus facile de jouer la comédie si ce n'était pas de la comédie.

XV

Marina tombe dans un piège

Je ne crois pas m'être jamais sentie aussi mal fichue qu'en me réveillant le lendemain de la soirée du Ritz. À 6 heures, ma tête cognait si fort que j'étais convaincue de devoir mourir dans l'heure suivante. À 7 heures, constatant que j'étais toujours en vie, je pris la décision de partir séance tenante. L'idée de voir Harry assis en face de moi, au petit déjeuner, et d'avoir à répondre un peu plus tard au feu roulant des questions de tante Clare m'emplissait d'épouvante. Je me brossai les dents et fis mes paquets – je fourrai en soupirant ma belle robe dans ma valise, un peu n'importe comment, comme on fait lorsqu'on s'est habillé en vue d'obtenir un résultat précis et qu'on en obtient un tout différent –, et je descendis à la hâte, en trébuchant sur le chat et en maudissant le parquet qui craquait, devant la porte de Charlotte. Dieu, que j'avais soif ! Il me fallait juste un verre d'eau avant de filer. J'ouvris tout doucement la porte de la cuisine (c'est drôle, je n'étais encore jamais entrée dans la cuisine, qui était très chic elle aussi, toute moderne et reluisante, contrairement au reste de l'appartement – il était clair que Phoebe avait les choses bien en main) et je me dirigeai vers l'évier sans faire de bruit. Les yeux fermés, je fis couler de l'eau sur ma main, en m'efforçant de ne pas penser à la soirée de la veille. Je me sentais humiliée qu'il se fût servi de moi de cette manière, devant Marina, même si je l'y avais encouragé... L'avais-je vraiment encouragé ? Ah, si seulement les événements de la veille voulaient bien se classer tout seuls, chronologiquement, dans ma tête douloureuse. Deux grands verres d'eau plus tard, je m'apprêtais à ressortir, quand j'entendis des pas descendre l'escalier, et la terreur me figea sur place. S'il vous plaît, allez-vous-en, suppliai-je intérieurement. Les pas se rapprochaient. Sans prendre le temps de réfléchir, j'ouvris la porte la plus proche, qui se trouvait donner dans l'arrière-cuisine, et me glissai à l'intérieur. Je ne sais pas trop ce qui m'avait poussé à me cacher là, si ce n'est qu'un désir impérieux de ne voir personne l'avait emporté sur le risque d'être surprise dans un endroit pareil. Les pas suivaient exactement le même chemin que j'avais suivi quelques minutes plus tôt. J'entendis qu'on ouvrait le robinet, qu'on prenait un verre et, une seconde après, qu'on en vidait le contenu. Ce ne pouvait être qu'Harry. Charlotte emportait toujours une carafe d'eau dans sa chambre, pour la nuit, et tante Clare n'aurait pas fait tant de bruit en buvant. Pourvu qu'il n'ait pas faim, me dis-je, en pensant à la tarte aux pommes rangée sur une étagère, au-dessus de ma tête. Pourvu qu'il n'ait pas l'idée d'ouvrir...

« Pénélope ! qu'est-ce que tu fais là ! » De surprise, Harry avait failli sauter au plafond.

« J'étais en train de me prendre un morceau de

tarte ! m'écriai-je d'une voix rauque, tout en me détestant d'être contrariée de lui apparaître avec le teint blafard et les cheveux tout emmêlés.

– Tu te cachais !

– Non ! Je ne savais pas que tu étais dans la cuisine.

– Petite menteuse !

– Je pensais que c'était peut-être Charlotte, dis-je, en sortant de ma cachette. Je n'avais pas envie de parler de la soirée d'hier. Je n'ai pratiquement pas dormi, me lamentai-je. J'avais l'intention de rentrer chez moi par le premier train.

– Comme c'est pratique.

– Qu'est-ce que tu veux dire ?

– Oh ! je ne sais pas trop. Tu as eu tes billets ; je suppose que tu estimes avoir rempli ton contrat.

– Eh bien... oui. Je ne crois pas qu'il m'aurait été possible de faire une meilleure prestation, répliquai-je, tellement vexée d'avoir été surprise à me cacher que je me montrais plus acide que je l'aurais voulu.

– En effet. Tu as remporté l'Oscar. Apparemment, c'est en tout cas l'avis de Rocky Dakota.

– Qu'est-ce qu'il a à voir dans tout ça ?

– Je l'ai entendu te demander s'il pourrait t'inviter à dîner...

– Et alors ? Je ne mérite pas de m'amuser un peu ? »

Il réfléchit un instant. « Pas vraiment. De toute manière, tu n'auras rien à gagner avec lui. Dès qu'il en aura assez de toi, il te laissera tomber.

– Tu es bien placé pour le dire.

– Comment ça ?

– Marina. C'est comme ça qu'elle opère. Ça ne m'intéresse plus, allez, dégage... »

Il me lança un regard plein de haine, prit la tarte aux pommes et se dirigea vers la porte. « Profite bien de Johnnie Ray. Ah, Pénélope ?

– Quoi ?

– Ton corsage. Il est ouvert. »

Horrifiée, je baissai les yeux et constatai qu'il disait vrai, mon chemisier était déboutonné jusqu'à la taille, ne laissant apparaître rien de plus que le soutien-gorge noir que je portais sous ma robe, la veille. J'étais trop mortifiée pour trouver une réplique cinglante, et il sortit de la cuisine sans se retourner. C'était vraiment exaspérant ; il avait toujours le dernier mot.

Deux minutes plus tard, j'étais dans la rue et prenais la direction de la gare de Paddington d'un pas décidé. J'étais bien déterminée à continuer d'être malheureuse et hors de moi – il me semblait que, vu les circonstances, cela s'imposait – mais Londres scintillait, après une légère averse, les premiers bourgeons pointaient sur les cerisiers bordant Westbourne Grove et les vitrines de Whiteleys, qui venaient juste d'être renouvelées, étaient remplies de choses charmantes – un service à citronnade avec un ustensile pour faire de la glace pilée, de grands sacs de plage en plastique multicolores et un transistor. On t'a embrassée, oui embrassée, au Ritz, pensai-je, et je souris, car même si ce baiser faisait partie d'une comédie montée à l'intention de Marina Hamilton et même s'il n'était pas amoureux de moi ni moi de lui, il n'en était pas moins vrai qu'on m'avait embrassée au Ritz. C'était plus que n'auraient osé l'espérer la plupart des gens. Même si je m'étais disputée avec Harry dans l'arrière-cuisine et s'il m'avait vue en sous-vêtements.

En arrivant chez moi, je trouvai la maison vide (maman m'avait laissé un mot me disant qu'elle était partie faire des courses pour le week-end, avec Mary), aussi je me ruai sur le tourne-disque pour mettre et remettre mes disques de Johnnie Ray. Je me livrais à des comparaisons entre Rocky et lui – avec qui préférerais-je danser (Rocky), avec qui aurais-je le plus envie de passer toute une nuit à parler de rêves et de poésie (Johnnie) – mais en réalité c'était avec Harry que je m'imaginais, bien plus qu'avec eux. Mais soudain l'émoi délicieux dans lequel m'avait plongé son baiser se transforma en une profonde irritation et un nuage noir descendit sur moi. Comment a-t-il osé ? me demandai-je encore et encore, en me remémorant la façon dont il m'avait embrassée, en prenant tout son temps, sous les yeux de Marina. Et comment avais-je pu me laisser aller à boire au point de ne plus pouvoir lui opposer aucune résistance ? Il était allé trop loin et j'aurais dû quitter les lieux sur-le-champ. Au lieu de cela, je lui avais permis de m'embrasser une deuxième fois, dans le taxi qui nous ramenait chez tante Clare, puis – comble de l'horreur ! – une troisième fois, je m'en souvenais, quand il m'avait souhaité bonne nuit, sur le seuil de ma chambre. J'étais une petite sotte. Quand maman rentra, j'avais déjà pris la décision de ne plus jamais adresser la parole à Harry – à cause de lui, je m'étais conduite comme une idiote et il n'avait même pas eu le bon goût de me présenter des excuses.

Naturellement, maman attendit le déjeuner pour me poser des questions sur ma soirée, mais n'en pouvant plus de fatigue, je crus que j'allais piquer du nez dans mes œufs au jambon.

« Je suppose que tu as bu trop de champagne, manqué de sommeil et eu trop de choses à penser aujourd'hui », dit-elle, en mettant dans le mille, avec une précision exaspérante. Maman était comme ça ; j'avais passé mon adolescence à me dire qu'elle ne savait rien à mon sujet, pour m'apercevoir, entre vingt et trente ans, qu'elle savait tout.

« Je me suis couchée très tard », avouai-je, puis sachant qu'elle détestait les silences à table, je m'étendis un peu : « Le Ritz était magnifique et le dîner somptueux.

– Oui, cela va sans dire, ma chérie. Tu ne peux vraiment pas me raconter quelque chose que je ne sache pas déjà ? Par exemple, avec qui as-tu parlé ; as-tu fait la connaissance de jeunes gens intéressants ? »

En règle générale, je redoute ce genre de questions, venant de ma mère, mais ce jour-là, j'avais un tel besoin d'oublier Harry et une envie si violente de parler de Rocky et de son charme que je ne pus m'empêcher de lui répondre.

« J'ai rencontré une personne assez sympathique », dis-je d'un ton hésitant. Surprise, maman releva la tête.

« Ça par exemple, Pénélope. Et qui était-ce ?

– Oh ! quelqu'un, répondis-je, en devenant rouge comme une pivoine et ne sachant pas trop si je devais continuer.

– Tant de détails, ma chérie. J'arrive à peine à suivre.

– Il a très bien réussi dans la vie.

– Ah ! Et que fait-il ?

– Il travaille dans le spectacle. » Je regrettai aussitôt d'avoir employé ce mot. « Le cinéma, à Hollywood, ce genre de choses. »

Elle fronça les sourcils et je sentis qu'elle s'interrogeait. En effet, d'un côté cet homme était certainement très à l'aise, mais de l'autre il évoluait dans un milieu qu'elle jugeait inquiétant et, en conséquence, sa candidature serait, de toute façon, irrecevable.

« Il a écrit un film dans lequel James Dean va jouer.

– Fichtre. Il doit être très content de lui, alors. Où habite-t-il ?

– En Amérique, la plupart du temps.

– Je vois. » Elle pinça les lèvres. « Donc, c'est un Américain ?

– Oui. Mais je suis sûre qu'il te plairait beaucoup, maman.

– Quel âge a-t-il ?

– Oh ! je ne sais pas trop. Quarante ans, peut-être.

– Quarante ans ?

– Ou... i.

– Il a déjà été marié ? Sa femme aurait-elle succombé à une maladie providentielle ?

– N... on.

– Jamais marié. Quarante ans et jamais marié. Eh bien, heureusement que tu as eu la bonne idée de me parler de ce monsieur, Pénélope. Tu ne dois surtout pas le revoir.

– Mais pourquoi, maman ? »

Elle posa sa fourchette et glissa la main vers moi, en me disant de la lui prendre. Elle savait pertinemment que ce contact physique me mettrait dans l'impossibilité quasi certaine de me rebeller. Je pris sa main dans la mienne ; elle était petite, chaude et alourdie par l'exquise beauté de sa bague de fiançailles en rubis.

« Il y a des choses que je sais, tout simplement, d'accord ? Des choses que je sais d'instinct. Tiens, par exemple... cette femme qui a travaillé quelque temps au magasin du village, j'ai été la seule dans le pays à avoir compris tout de suite que ce n'était pas quelqu'un de bien. Là, c'est pareil : cet homme ne m'inspire pas confiance, et je ne pense pas que tu doives te fier à lui.

— Je ne vois pas ce qu'on pourrait lui reprocher, marmonnai-je, sentant des larmes me picoter les yeux.

— Pénélope, il a quarante ans et il n'est pas marié. Je crains qu'il ne soit pas nécessaire d'en savoir plus sur son compte. Le fait qu'il travaille dans le cinéma est également un facteur qui ne plaide pas en sa faveur.

— Mais il est riche, maman ! Je croyais que tu souhaitais que je rencontre un homme riche !

— Oh ! ma chérie, dit-elle tristement. Mais pas un Américain.

— Mais il veut seulement m'inviter à dîner », dis-je d'une petite voix.

Au même moment, comme par hasard, la sonnerie du téléphone retentit. Maman et moi attendîmes l'arrivée de Mary, changées en statues.

« On demande Mademoiselle Pénélope au téléphone. »

Les yeux de maman lançaient des éclairs. « Un monsieur, Mary ?

– Non, c'est Mademoiselle Charlotte, madame. »

Maman poussa un soupir de soulagement et me dit d'aller répondre.

« C'est Marina ! » annonça Charlotte, d'une voix haletante. Elle bafouillait, tellement elle était pressée de me dire ce qu'elle avait à me dire.

« Ah ? Qu'est-ce qu'il se passe ?

– Elle a rompu ses fiançailles ! Elle a débarqué chez nous, une heure après le petit déjeuner ; elle avait encore sa robe d'hier soir et elle fumait comme un sapeur. Par chance, ma chère vieille tante n'était pas là, donc je l'ai fait entrer séance tenante et je lui ai apporté du thé et des galettes – elle a tout mangé, la gloutonne ; elle n'était tout de même pas désespérée à ce point – et elle a commencé à dire qu'elle n'était qu'une idiote et que c'était seulement en vous voyant tous les deux, Harry et toi, qu'elle avait compris qu'elle allait commettre une erreur épouvantable, qu'elle n'aimait pas vraiment George et que son seul désir était de passer toute sa vie auprès d'Harry.

– Je ne te crois pas ! dis-je dans un souffle, le cœur cognant à tout rompre.

– C'est la vérité, je te jure. Mais attends la suite. Une heure plus tard, George a rappliqué...

– Non !

– Si ! Il était calme et très bien habillé, je dois le reconnaître. Il a dit qu'il voulait juste parler à Marina pour la raisonner. Il était tellement gentil et poli que je l'aurais volontiers laissé entrer, même si je n'avais plus grand-chose à lui offrir, étant donné que Marina n'avait pratiquement rien laissé – mais elle nous avait fait promettre que, si jamais il venait aux renseignements, nous lui dirions que nous ne savions pas où elle était.

– Non !

– Si, répliqua Charlotte, impatientée. Il est reparti au bout de dix minutes. J'avais caché Marina, au cas où il aurait décidé de défoncer la porte, comme dans les films. Harry est sous le choc. Quand il est arrivé, une demi-heure après le départ de Marina, et que je lui ai appris la nouvelle, il est devenu comme hébété ; il a dit qu'il ne fallait parler de cette histoire absolument à personne et que si un journal téléphonait, on devait dire qu'il avait pris l'avion pour aller passer un mois en Espagne. »

Il y eut un silence. Je m'aperçus que mes mains tremblaient. Qu'elles tremblaient pour de bon.

« Ça alors, dis-je enfin. Son plan a marché, en définitive. Elle était vraiment jalouse de moi ?

– Tu étais sensationnelle, hier soir. Elle ne pouvait pas ne pas être jalouse. Elle n'a pas arrêté de s'extasier sur ton sourire ensorceleur et elle a dit qu'elle avait eu envie de se rouler par terre de rage quand Harry t'a embrassée. Moi, en tout cas, j'en suis presque tombée par terre. C'était tellement *Vanity Fair*. »

Soudain, je me sentis beaucoup mieux et demandai en riant : « Tu le penses vraiment ?

– Évidemment. »

Il y eut encore un silence.

« Tu ne trouves pas Rocky Dakota merveilleux ?

– Très séduisant et très élégant. Mais beaucoup trop vieux pour nous. Cependant on devrait tout de même pouvoir se faire offrir quelques dîners convenables.

– J'adore sa façon de parler, pas toi ?

– Il est absolument charmant, mais sous tous ces bavardages, il nous considère comme des petites filles, Pénélope. Par pitié, ôte-le-toi de la tête.

– C'est à peu près le seul homme, au contraire, qui ne m'ait pas traitée comme une petite fille, grognai-je.

– Justement, c'est là qu'il est fort. Faire croire à des gamines comme nous qu'elles sont adultes et expérimentées, c'est très habile.

– Et pourquoi se donnerait-il tout ce mal ?

– Parce que nous sommes sa cible. » La voix de Charlotte me parvenait si nettement que j'avais l'impression qu'elle était dans la pièce à côté. « C'est nous qui allons voir les films qu'il produit et qui achetons les disques qu'il fabrique. Je ne lui fais pas reproche de s'intéresser à nous – c'est même rudement flatteur. Mais attention, Pénélope, ne va pas t'imaginer autre chose. Ce serait vraiment trop bête. »

Je ne trouvais rien à répondre.

« On se voit quand ? reprit-elle. Je suis atteinte d'une forme aiguë du syndrome du manque de Magna.

– Tu n'as qu'à venir samedi. Maman doit retourner chez ma marraine Belinda. »

J'entendais justement maman aller et venir dans le salon, en faisant beaucoup de bruit. C'était un truc auquel elle avait souvent recours quand j'étais au téléphone – afin de m'amener à croire qu'elle s'installait devant la cheminée, alors qu'elle se glissait discrètement dans le hall, pour m'espionner.

« Il faut que je te laisse », chuchotai-je.

Je raccrochai, en regrettant qu'Inigo ne soit pas là.

L'une de ses tactiques de diversion les plus efficaces consistait à allumer la TSF car, fait étrange, maman ne résistait pas à la BBC. À peine avais-je repris ma lecture (dont je ne retiendrais rien, évidemment) que le téléphone sonna de nouveau. Maman releva la tête, tous ses sens en alerte.

« On ne va pas encore déranger Mary, dis-je. Tu ferais mieux d'aller répondre, maman. » J'étais persuadée que c'était Rocky et je me disais qu'il saurait la charmer.

Elle posa sur moi un regard soupçonneux ; je la suivis des yeux tandis qu'elle sortait du salon, accompagnée du claquement délicat de ses petits souliers sur le parquet.

« Allô, Milton Magna... Oh, mon chéri ! Pourquoi téléphones-tu ?...Une exclusion temporaire !... Qu'est-ce que ça signifie ?... Qu'est-ce que tu as fait ?... Oh, Inigo... Il va falloir que j'envoie Johns te chercher et tu sais combien il est pénible, en ce moment... Tu aurais dû faire plus attention, c'est vraiment... Combien de temps resteras-tu à la maison ?... Ooh, mais alors tu pourras venir au théâtre avec moi, demain soir, mon chéri ! Tous les nuages... »

Elle raccrocha sans même lui dire au revoir et je l'entendis revenir en courant. Elle était tout excitée. Ses yeux brillaient.

« Alors ? demandai-je.

— Inigo a été exclu temporairement de son collège. Il nous expliquera tout quand il sera là. Je suppose qu'il a encore répondu à Mr Edwards. »

Et moi je supposais qu'il avait été pris, une fois de plus, à écouter la radio.

« Il ne va pas tarder à arriver.

— Tu es contente ? » lui dis-je, sans m'embarrasser de périphrases. Elle se mordit la lèvre pour tenter de juguler le sourire ravi qui était en train d'envahir tout son visage et répondait à ma question mieux que des mots.

« C'est un petit garçon irresponsable, fit-elle gaiement. Va dire à Mary que ce soir nous serons trois, pour dîner. Qui sait combien de temps il va rester à la maison. Il faudra sans doute attendre la lettre du proviseur. J'ai pensé qu'on pourrait aller au théâtre tous les trois demain soir. Cette semaine, il y a des places en promotion pour *Salad Days*[1]. "Nous cherchons un P-I-A-N-O !" chanta-t-elle à tue-tête.

— Ne vaudrait-il pas mieux qu'Inigo reste à la maison pour réfléchir à ses mauvaises habitudes ? » dis-je, goguenarde. J'étais persuadée que si c'était moi qui avais été exclue de l'école, maman aurait réagi bien différemment.

« Je pense qu'il se rend compte qu'il est allé trop loin, répliqua-t-elle, en prenant un air sérieux. Mais s'ils sont assez bêtes, dans son école, pour croire que c'est une punition de le renvoyer chez lui...

— Tu es supposée le mettre au pain sec et à l'eau et l'obliger à apporter des colis de nourriture à des vieux nécessiteux, dis-je, un peu agacée.

— Ce serait un comble, ricana-t-elle. C'est moi qui suis vieille et nécessiteuse. »

Ça aussi, elle le croyait sincèrement.

---

[1]. Comédie musicale créée à l'Old Vic de Bristol, le 1er mai 1954, qui eut un grand succès. (*N.d.T.*)

Inigo arriva peu avant le dîner, l'air penaud, les cheveux coiffés en avant, comme Elvis Presley. Maman tenta de se montrer froide, mais c'était son Inigo, bien entendu, et elle ne réussit pas à tenir plus d'une vingtaine de secondes.

« Je vais devoir rester à la maison pendant une semaine, annonça-t-il, en se donnant un mal fou pour ne pas avoir l'air de trop jubiler.

— Tu es sûr qu'ils te reprendront, après ? demandai-je, n'imaginant pas un seul instant que mon frère pût apporter une contribution de quelque utilité à la vie de son collège.

— Bien sûr que oui. Ils ont besoin de moi dans l'équipe de cricket. » Il fit quelques pas en courant et envoya une balle imaginaire sur le portrait de l'arrière-grand-oncle John. Je ne pus m'empêcher de rire. « Qu'est-ce qu'il y a pour le dîner, maman ?

— Une croustade de poisson.

— L'horreur. Si j'avais su je serais resté à l'école.

— Alors, pourquoi pas plutôt des toasts à la crème d'anchois, avec du chocolat chaud ? proposa maman.

— Et avec la TSF ! ajoutai-je. À 19 heures, c'est "La demi-heure d'Hancock" !

— Dans ce cas, allez dire à Mary qu'elle pourra s'en aller de bonne heure. »

On courut tous les deux apporter le message et, l'espace de quelques instants, Rocky, Harry et le baiser du Ritz me parurent très loin. J'avais l'impression que nous étions redevenus des enfants.

Comme tous les petits Anglais de l'époque, nous avions grandi avec la TSF, et j'ai toujours pensé que c'était elle qui nous avait rendu l'existence supportable, pendant la guerre. Quand la télévision fit son apparition, presque personne n'aurait parié sur son avenir. Maman, par exemple, se montra d'abord réticente à l'accepter ; elle avait une profonde admiration pour ceux qui, comme Winston Churchill, disaient que c'était une « distraction de voyeur », qui allait porter un coup fatal à la vie familiale et à l'art de la conversation. Étant donné que la guerre avait déjà porté un coup fatal à notre famille et qu'il nous arrivait rarement d'aborder des sujets autres que ceux qui concernaient Magna, j'avais du mal à adhérer à cette façon de voir. Inigo, toujours à l'avant-garde de la modernité, avait décidé que nous regarderions la retransmission télévisée du Couronnement et il réussit à convaincre maman que notre devoir envers notre reine et notre patrie exigeait que nous nous joignions à ceux qui allaient chez la nièce de Mrs. Daunton, pour assister au sacre de notre nouvelle souveraine, et, le temps que tout le monde eût fini de s'essuyer les yeux, en lançant des remarques telles que : « N'est-ce pas que c'était magnifique ? » et « On n'aurait pas mieux vu que si on avait été à l'intérieur de l'abbaye de Westminster », maman avait été convertie. Néanmoins, elle refusait d'acheter un poste de télévision et restait résolument fidèle à la radio – son premier amour et le nôtre aussi. Pour rien au monde, nous n'aurions manqué (surtout maman) « La demi-heure d'Hancock », un feuilleton humoristique qui passait toutes les semaines, et le comble de la félicité et du bien-être, c'était pour nous un dîner de tartines, en écoutant la radio. Quand il y avait une pièce de théâtre particulièrement captivante, il nous arrivait de ne pas prononcer un mot pendant deux heures d'affilée, et pourtant, au moment de nous séparer pour aller au lit, nous nous sentions bien plus proches que les autres soirs. La radio faisait partie de la famille, à l'égal d'un vieil ami rassurant.

Ce soir, c'était un peu pareil. Nous écoutions la radio, presque sans parler, tout en grignotant nos toasts, tandis que, dehors, le ciel s'assombrissait et que la chouette hululait, et je sentais cette chaleur que procure la sensation d'être au chaud et en sécurité, avec les êtres qu'on aime. À la fin, lorsqu'on éteignit le poste, maman réussit à faire avouer à Inigo la raison de son exclusion, en lui disant que, de toute manière, elle le saurait très bientôt par le proviseur.

« J'écoutais Radio Luxembourg, alors que j'aurais dû être en étude. C'est la troisième fois que je me fais prendre. Ils ne comprennent pas... »

En entendant ça, maman se sentit moins portée à l'indulgence et elle prit un air sévère. Puisque l'exclusion d'Inigo était due à la pop music, la situation s'éclairait d'un jour différent.

« L'école ne m'apporte rien, dit-il calmement. Je voudrais arrêter mes études tout de suite et partir à Memphis.

– Je ne veux plus t'entendre dire ça, Inigo.

– J'ai l'impression d'être pris dans un piège, maman. Tu ne comprends pas ? J'ai tant de musique en moi qu'il me semble que je vais exploser.

– Tu n'es pas pris dans un piège, répliqua-t-elle. Cesse de jouer les victimes ! » En entendant ça, j'eus du mal à me retenir de lui dire qu'elle était bien mal placée pour lui faire ce reproche.

« Pourtant, ce serait peut-être une solution, maman, insista-t-il. Ça pourrait me permettre de sauver Magna...

– En chantant ? Tu sauverais Magna en chantant ? Inigo, je ne veux plus entendre ça, tu m'entends ? Plus jamais ! » Elle se leva et le toisa avec un air menaçant, chose que je ne lui avais jamais vu faire. « Ce que je te conseille, dans ton intérêt, c'est de terminer ton année sans être renvoyé. Efforce-toi de ne plus être puni pour des bêtises. Tâche de réussir à tes examens et de me rapporter un bon bulletin à la fin du trimestre. Donne-moi des raisons d'être fière de toi, bonté divine ! »

Elle avait prononcé ce petit sermon d'une manière qui ne lui ressemblait pas du tout. Elle parlait d'une voix égale, les lèvres serrées et le regard dur. Pour avoir déjà entendu ces mêmes remontrances accompagnées de larmes et de cris, nous étions dans nos petits souliers. C'était la première fois qu'elle nous donnait l'impression de vraiment penser ce qu'elle disait. Avant de sortir de la pièce, elle alla se servir un énorme cognac.

« J'en serais capable, tu sais », murmura Inigo, quand elle fut partie. Ses cheveux bruns retombaient sur ses beaux yeux et il sortit son peigne pour les rabattre en arrière. Ces petits gestes lui venaient si naturellement, maintenant, que je ne les remarquais presque plus ; ils faisaient désormais partie de son personnage.

« Tu peux tout de même comprendre que maman s'inquiète, dis-je.

— Mais quelle autre solution avons-nous ? Je ne te vois pas épouser un homme riche d'ici deux ans. La maison tombe en ruine, Pénélope. Tu t'en rends compte, j'espère ?

— Bien sûr ! m'écriai-je, au bord des larmes. Tu crois que je ne m'en suis pas aperçue ? La nuit, dans mon lit, quand je ne dors pas, il m'arrive de l'entendre gémir, comme un malade qui agonise.

— Pas de riche mari en vue, donc ? ironisa-t-il.

— Évidemment non. Hier soir, pourtant, j'ai eu une conversation très agréable avec un Américain qui s'appelle Rocky Dakota. Il est... »

Les yeux d'Inigo s'écarquillèrent. « Rocky Dakota ? Le producteur de cinéma ? Tu connais Rocky Dakota ?

— Oui. Ça t'étonne tant que ça ?

— Il faut que je fasse sa connaissance.

— Et pourquoi ?

— Il est riche et il connaît beaucoup de monde ! Voilà pourquoi. Il pourrait m'aider. Il pourrait *nous* aider. Ne me dis pas que tu n'y as pas pensé, Pénélope.

— Sans doute que oui, fugitivement. Je lui ai parlé de toi, d'ailleurs. Je lui ai dit que tu jouais de la guitare et que tu chantais...

— Il faut que tu me fasses rencontrer Rocky Dakota, Pénélope. Présente-le-moi et je gagnerai assez d'argent pour sauver Magna cinquante fois. »

Il en était absolument certain. Et, dans le fond, peu m'importait qu'il eût tort ou raison. Le principal, c'était qu'il y croyait. Ça me suffisait.

« Je vais voir ce que je peux faire », dis-je.

Les trois jours suivants, une paix relative régna à la maison. Nous évitions un certain nombre de sujets – l'école, Elvis Presley et l'état des plafonds, les Américains et les producteurs de cinéma – et nos conversations tournaient principalement autour du jardin et de la radio. Nous allions à l'église, nous cueillions des fleurs, nous lisions les journaux et je mis la dernière main à une dissertation sur Tennyson, avec l'aide de Charlotte. Elle me téléphona pour me dire que Marina était harcelée par les journalistes et que George clamait partout qu'il se battrait contre vents et marées pour la reconquérir. Quant à Harry, il avait momentanément disparu.

« Je pense qu'il est un peu dépassé par ce qu'il a déclenché, m'expliqua Charlotte. Tante Clare n'arrête pas de dire que c'est humiliant d'être la tierce personne, dans une rupture de ce genre. Elle est persuadée que tu es en train de mourir de chagrin.

– C'est bien ce qui m'arrive, justement. Rocky n'a pas téléphoné. »

Je pensais à lui tous les soirs avant de m'endormir et, dès mon réveil, il occupait à nouveau toutes mes pensées. Le téléphone me torturait – soit par son silence, soit à cause de la déception sourde que j'éprouvais quand il sonnait et que ce n'était jamais lui.

Le vendredi soir, maman partit pour le week-end, superbe dans son tailleur de lainage vert. « Prenez bien soin de la maison, n'est-ce pas, mes chéris, nous recommanda-t-elle.

– Oui, maman », répondîmes-nous en chœur.

En fait, ce ne fut pas Magna qui allait réclamer nos soins, mais quelqu'un qui allait nous faire une visite surprise.

XVI

Une visite surprise

Cette nuit-là, je n'arrivais pas à trouver le sommeil. J'aimerais pouvoir dire que c'était parce que je me faisais du souci pour Inigo, pour maman et pour Magna, mais la vraie raison c'était que je n'arrêtais pas de penser à Rocky, à Johnnie et à Harry. Johnnie et Harry et Rocky.

« Rocky n'est pas l'homme qu'il te faut, ma petite », disait Johnnie. Il m'était apparu dans ma somnolence, l'air préoccupé, mais souriant malgré tout. « Moi seul peux te rendre heureuse.

– Dis-moi pourquoi est-ce que je suis si ulcérée de la façon dont Harry s'est comporté avec moi, à ce dîner ? Ça faisait partie du plan, après tout ? Mais j'ai eu tellement l'impression qu'il... qu'il se servait de moi, Johnnie. Et Rocky Dakota ? Je sais qu'il est trop vieux pour moi, mais rien que de penser à lui, je me liquéfie.

– Et alors, n'est-ce pas l'effet que je te fais depuis si longtemps ?

– Oui, mais lui, il est réel, Johnnie. J'ai parlé avec

lui pour de vrai, pas dans mon imagination, comme avec toi.

– *Dans ton imagination ?* »

Et ainsi de suite. Je jetai un coup d'œil à mon réveil et vis qu'il était 3 heures du matin. Alors, puisque Johnnie n'était bon qu'à m'embrouiller les idées, je me dis que je ferais mieux de me plonger dans Shakespeare. Mais au lieu de ça, bien entendu, je pris un des magazines féminins empilés sous mon lit (il s'adressait plutôt aux maîtresses de maison qu'à des jeunes filles de mon âge, mais j'aimais bien les nouvelles qu'il publiait et on y parlait davantage d'amour et de sexe que dans les autres), avec l'intention de lui consacrer seulement une dizaine de minutes. J'étais tellement captivée par le dernier épisode du feuilleton que je n'entendis frapper que lorsque la porte s'ouvrit, laissant apparaître la forme maigre d'Inigo, le pyjama boutonné jusqu'au cou et les lunettes sur le nez, ce qui le faisait ressembler davantage au John de *Peter Pan* qu'à Elvis Presley.

« Qu'est-ce que tu fais ? chuchota-t-il.

– Je lis un magazine ? Et toi, qu'est-ce que tu fais ?

– Tu n'entends pas ?

– Quoi ?

– Ce bruit, en bas.

– Quel bruit ?

– Chchchut !

– Je n'entends rien », dis-je, mais mon cœur s'accéléra. Les fantômes, j'en faisais mon affaire, mais les visiteurs inconnus, c'était une autre paire de manches.

« C'est peut-être un cambrioleur, dit Inigo, en

apportant une confirmation à mes craintes. Il me semble avoir entendu des pas dans le hall.

– Des pas !

– Il faut que j'aille voir ce que c'est. » Il sortit sa batte de cricket de derrière son dos. « Heureusement que je l'avais emportée avec moi. J'avais pensé que tu pourrais me lancer des balles, demain. Il faut que je m'entraîne un peu avant le début de la saison.

– Comment peux-tu penser au cricket en un moment pareil ! » Quelquefois, Inigo était inouï.

« Je te faisais simplement remarquer que c'était une chance que je...

– Oh, tais-toi ! Qu'est-ce que tu feras s'ils sont armés ?

– Dans ce cas, ils auront affaire à mon swing, dit-il en balayant l'air de sa batte.

– Tu veux que je vienne avec toi ?

– Reste ici. Tu risquerais de me gêner.

– Il nous faudrait un code pour communiquer. Au cas où ça tournerait vraiment mal.

– En fait de code, je me contenterai de crier très fort "Au secours", après quoi tu n'auras qu'à appeler la police.

– Si on téléphonait tout de suite ?

– Non. Laisse-moi leur régler leur compte tout seul.

– D'accord. J'attends ici.

– Non, descends avec moi au premier. Comme ça, tu pourras me guetter sans courir de risques. S'ils me poursuivent, va vite te réfugier dans la chambre Wellington et mets le verrou. »

Je passai ma robe de chambre et nous descendîmes l'escalier sur la pointe des pieds, osant à peine respirer. Une fois sur le palier, Inigo me fit signe de rester là où j'étais, pendant qu'il poursuivrait ses investigations. Notre position dominante nous permit de voir que la lampe du hall était tombée par terre. La peau d'ours nous montrait les dents d'un air menaçant. À la place des cambrioleurs, je n'en aurais pas mené large. Je saisis le bras d'Inigo.

« Regarde, chuchotai-je. Il y a de la lumière sous la porte de la bibliothèque.

– Si seulement ils pouvaient voler le tableau de tante Sarah.

– Oh non !

– Ce ne sont pas des professionnels, déclara-t-il avec assurance. Tout à l'heure, j'en ai entendu un qui est rentré dans quelque chose et qui a dit "ouille", comme une fille. Bon. J'y vais.

– Je viens avec toi ! » dis-je d'une voix chevrotante, la peur de rester seule l'emportant sur la peur de ce que nous risquions de découvrir. J'aurais bien aimé nous voir, tous les deux, en train de descendre dans le hall en catimini, scrutant la pénombre et la batte de cricket levée devant nous en guise de bouclier. La nuit, c'était un endroit lugubre, avec les visages énigmatiques des ancêtres dont les portraits recouvraient les murs, les fenêtres basses remplies d'ombres et de secrets, et ces têtes d'animaux qui, toutes, respiraient. Nous restions plantés devant la bibliothèque, hésitants. Inigo colla son oreille contre la porte.

« J'entends des pages qu'on tourne, murmura-t-il, perplexe. Ce culot ! Écoute, ça recommence !

– Non, ne... »

Mais déjà, il était entré.

« Allez ! C'est fini, maintenant ! Rendez-nous ce que vous avez pris et on n'en parle plus ! » Il avait un ton drôlement adulte. Toute tremblante sur le seuil, j'avais le cœur qui cognait et les mains moites.

« Bon Dieu, vous voulez bien baisser ce machin ? »

C'était une voix de fille. Une voix américaine. J'avançais la tête dans l'encadrement de la porte et mes yeux faillirent sortir de leurs orbites. Installée dans le fauteuil de maman, un vieux *Dictionnaire du jardinier et du botaniste* sur les genoux et un sac de voyage posé par terre, à côté d'elle, je vis Marina Hamilton. Elle était toujours aussi élégante, mais je remarquai que ses hauts talons avaient semé des traces de boue partout dans la pièce, que ses bas étaient déchirés et sa jupe toute froissée. Couché à ses pieds, Fido nous regardait avec un air de dire, qu'est-ce que vous faites ici, vous deux ? Le traître, me dis-je, en pensant, je ne sais pourquoi, que Marina n'était pas le genre de personne dont on s'attendrait qu'elle aime les animaux. (Depuis cette nuit, je m'efforce de ne jamais avoir d'idée préconçue sur qui que ce soit.) Je décidai de ne pas intervenir tout de suite. Inigo pouvait très bien élucider cette énigme tout seul.

« Qu'est-ce que vous faites ici ? » demanda-t-il.

Marina se leva en vacillant un peu, les yeux hagards. Elle louchait très légèrement et je m'aperçus, non sans une certaine délectation, qu'elle était complètement ivre.

« Je suis venue voir Harry, dit-elle, sur un ton agressif.

– Harry ?

– Oui ! Et ne me dites pas qu'il n'est pas ici ! Où est-il ? Où est-elle ?

– Qui ça, elle ?

– Pénélope, évidemment !

– Pénélope ? Je suppose que vous parlez de ma sœur. »

Elle mit une minute pour saisir le sens de ces mots.

« Ah, vous êtes le frère de Pénélope ? Ça alors ! Je ne m'en serais jamais doutée. Ma parole, ce que vous êtes mignon ! Vous n'avez pas le nez de votre sœur, on dirait. » Elle fit quelques pas pour se rapprocher de lui, se prit le pied dans un tapis et faillit tomber. « C'est une façon peu ordinaire de faire connaissance, mais je suis absolument ravie. » Elle souriait de toutes ses dents. Inigo, éberlué, lui serra la main.

« Qui êtes-vous ? Qu'est-ce que c'est que cette façon de s'introduire comme ça chez les gens ? Voyez-vous, je pourrais téléphoner à la police...

– Non. Oh, pas ça, je vous en supplie ! » Elle porta la main à sa poitrine ; ses lèvres écarlates tremblotaient. C'était un spectacle sensationnel. Dissimulée derrière la porte, je commençais, malgré tout, à m'amuser énormément.

« Vous n'auriez pas une cigarette ? » demanda-t-elle d'une voix rauque. Inigo fouilla dans la poche de son pyjama et en sortit un paquet. Il s'avança, ouvrit son briquet, l'alluma et le lui présenta.

« Oh ! merci mille fois. Vous êtes vraiment très gentil. »

Jugeant qu'il était temps que je me manifeste, je sortis de derrière la porte et entrai dans la pièce.

« Oh, Pénélope ! » Marina chancela et faillit tomber pour la deuxième fois.

« Bonsoir, Marina.

– Tu la connais ? » s'étonna Inigo.

Marina se ressaisit de son mieux et vint vers moi d'un pas mal assuré. Avec l'art consommé qu'on pouvait attendre de la part d'une actrice de sa qualité, elle leva la main, me toucha la joue – elle avait la main glacée – et me dit à mi-voix : « Cruelle. »

Inigo toussa et elle se retourna vers lui.

« Ce ne serait pas du whisky, sur ce plateau ? »

Il était déjà en train de lui en servir un double. « De l'eau ?

– Non, merci. » Elle but une longue gorgée puis, d'un pas vacillant, retourna s'asseoir dans le fauteuil de maman.

« Où est-il ? Où est mon bien-aimé ?

– Votre bien-aimé ? répéta Inigo, en me regardant d'un air à la fois interloqué et courroucé.

– Oh, mes pauvres chaussures, mes chaussures si jolies ! » gémit-elle, en remarquant enfin qu'elles étaient pleines de boue. Elle sortit un mouchoir, se baissa pour les essuyer, mais elle glissa en avant et se retrouva par terre. « Oh là là ! s'écria-t-elle, prise de fou rire. Je suis tombée ! »

Inigo la releva et la remit dans le fauteuil, avec mon aide. Si ça continue, pensai-je, il va falloir attendre l'aube pour avoir la clé du mystère. Sur ma demande, Inigo me servit un whisky et tisonna le feu qui reprit un peu de vigueur, si bien que cinq minutes après, il régnait une température relativement acceptable. Je m'affalai sur le canapé, les jambes emmaillotées dans une vieille couverture de voyage.

En dépit (ou peut-être à cause) de son ébriété, Marina avait des cheveux magnifiques. Elle faisait penser à Natalie Wood, en version rousse, dans la dernière scène de *La Fureur de vivre*. Le bas de son élégant pantalon flottant était sale et trempé, mais c'était sur sa taille d'une minceur extrême que s'arrêtait le regard. Ses seins généreux débordaient de son corsage rouge, très décolleté, et dégrafé de façon presque indécente, ce qui produisait tout naturellement une impression d'érotisme puissant. Contrairement à Charlotte, dont la séduction résultait d'un mélange typiquement anglais de pagaille stylisée et de dynamisme fébrile, Marina était l'image d'une sexualité décomplexée à la californienne, même quand elle avait trop bu et marché de nuit dans la gadoue. Inigo me regarda, comme pour dire : bon, c'est ta copine, c'est à toi de lui poser des questions ! Je le sentais un peu vexé d'avoir été surpris en pyjama et avec ses lunettes sur le nez, ce qui lui donnait l'air d'avoir douze ans, mais qui se mettrait sur son trente-et-un pour affronter des cambrioleurs ? Marina, peut-être.

« Que faites-vous ici, Marina ? » Il me semblait que c'était par là qu'il fallait commencer, même si j'étais à peu près certaine de la réponse.

« Vous ne connaissez pas la nouvelle ?

– Éden est décidé à succéder à Churchill ? » dit Inigo, et Marina gloussa.

« Ce que vous êtes chou. Non, ma nouvelle à moi, idiot. Tout est annulé. Le mariage. George et moi. J'ai tout annulé, et hop, hop, hop. Vous ne trouvez pas ce mot merveilleux "hop" ! Tellement expressif. Tellement *hop*.

– Hop », répéta bêtement Inigo, et je commençais à perdre l'espoir de l'entendre jamais dire quelque chose de sensé.

« C'est pour ça que je suis venue chercher Harry, pour lui dire que ces fiançailles avaient été une erreur – elle avait prononcé ce mot avec quatre *r*, au moins – épouvantable.

– Harry ? » s'exclama Inigo.

Ça y est, nous y voilà, pensai-je.

Marina me fixa de son regard lourd de sirène. « Je ne peux plus supporter ça, dit-elle.

– Qu'est-ce que c'est que cette histoire ? » dit Inigo, mais elle ignora l'interruption.

« Harry et Pénélope ! Pénélope et Harry ! Ah, ensemble, même vos noms résonnent de façon romantique ! » Elle rit de nouveau, mais c'était un rire creux, sans gaieté, et il m'effraya un peu. Elle hocha la tête d'un air songeur. « Qui aurait cru que je serais jalouse de quelqu'un comme vous ? »

Je dois préciser pour sa défense qu'elle avait dit ça sans malveillance. Au reste, son étonnement était parfaitement justifié et je l'admirais un peu de l'avoir exprimé à voix haute. Elle se leva et commença à aller et venir, en faisant craquer le parquet séculaire de la bibliothèque. Je sentais le fantôme de la tante Sarah qui nous regardait, totalement captivé.

« Je ne peux pas épouser George, parce qu'en vous voyant ensemble, l'autre soir, Harry et vous, j'ai cru mourir, dit-elle simplement.

– Harry et toi ? » bredouilla Inigo. Je lui lançai un regard furieux.

« La façon dont il ne cessait de vous regarder quand vous parliez avec Rocky – la façon dont son regard s'est illuminé quand vous êtes arrivée, la façon dont vous vous êtes éclipsés, tous les deux, après le café, la façon dont il vous a embrassée, oh ! » Elle se mit la main devant les yeux, comme pour ne plus voir la scène qui se jouait en boucle devant elle. « C'était trop dur. Alors, j'ai compris que s'il ne me revenait pas, ce ne serait même plus la peine de vivre. Vous ne devinerez jamais ce que j'ai fait, ajouta-t-elle, la mine un peu coupable.

– Quoi ? demanda Inigo.

– J'ai libéré les oiseaux, chuchota-t-elle d'un ton emphatique.

– Les oiseaux ? répéta Inigo, totalement dépassé.

– Ah, les oiseaux ! m'écriai-je, en comprenant soudain de quoi elle parlait.

– Les perroquets qu'Harry m'avait offerts pour mes fiançailles. Je ne pouvais plus supporter de les voir emprisonnés. Je les ai lâchés en venant ici.

– Où ça ?

– Quelque part du côté de Richmond. Je ne sais pas trop où. J'ai demandé au chauffeur de s'arrêter dans un endroit qui lui semblerait leur convenir et j'ai ouvert la cage pour qu'ils s'envolent. D'abord, ils ont paru un peu désorientés – ils ne comprenaient pas qu'ils étaient libres. Ils n'avaient pas l'habitude. Je me suis sentie très heureuse pendant environ cinq minutes. Ensuite je suis remontée dans le taxi et, peu après, je me suis dit que j'avais fait une chose stupide. Par un temps pareil, ils ne survivront pas vingt-quatre heures.

– Ça, je ne le parierai pas, dit Inigo, rassurant. Qui sait, dans une cinquantaine d'années, on verra peut-être des milliers de perroquets sauvages dans le ciel de Londres.

– Oh ! s'écria-t-elle, en pressant la main sur son opulente poitrine. Oh ! Ce que vous dites me remonte le moral ! Vous pensez vraiment qu'ils ont une chance de s'en sortir ?

– Sûrement pas », coupai-je. J'en voulais terriblement à Marina. Ces oiseaux auraient fait merveille dans la volière du verger.

« Il ne veut plus de moi », pleurnicha-t-elle.

J'ouvris la bouche pour lui dire qu'elle n'avait pas besoin de s'inquiéter, qu'Harry n'avait jamais cessé de l'aimer et que je n'étais qu'un pion dans son jeu, mais, en définitive, je préférai me taire et lui laisser croire qu'il était amoureux de moi. Je trouvais la chose assez drôle. Harry était seul responsable de cette situation, il n'aurait qu'à tout lui expliquer lui-même. Aussi, au lieu de la détromper, je dis : « Vous ne trouvez pas que vous dramatisez un peu ? »

Elle me considéra avec étonnement. « Pouvez-vous imaginer ce que c'est que perdre l'homme qu'on aime à cause d'une autre femme ?

– Et que croyez-vous qu'il a ressenti quand vous êtes partie avec George ? Vous ne deviez pas l'aimer tant que ça pour accepter d'épouser quelqu'un d'autre, répliquai-je, indignée.

– J'étais aveugle ! s'écria-t-elle, en lançant les bras en l'air. Aveuglée par ce que je croyais désirer : l'argent, le succès, un mari très riche – quelqu'un pour régler mes factures, m'ouvrir toutes les portes et m'adorer. George est un amour, mais ce n'est pas Harry. Il ne m'enflamme pas comme Harry. Il ne m'emplit pas de passion, comme Harry. Il ne me donne pas envie d'enlever tous mes vêtements et de me jeter à ses pieds, comme Harry. »

Moi-même j'étais choquée par cette confession et Inigo, qui n'avait apparemment aucune difficulté à se représenter la scène, rougit jusqu'à la racine des cheveux. Malgré le rôle que je jouais dans cette histoire et le fait que j'étais supposée connaître la réponse, je ne pus m'empêcher de lui demander : « Qu'est-ce que vous lui trouvez de si irrésistible, au juste ?

– Tout, dit-elle d'un air accablé. Je ne connais pas d'homme plus séduisant. Il a ce je-ne-sais-quoi que peu de gens possèdent. Je pense l'avoir, moi aussi, par conséquent, je le reconnais chez les autres », ajouta-t-elle, sans le moindre humour. Taïaut ! Taïaut ! pensai-je, revoilà notre Marina de toujours. « Depuis que je sais que vous êtes ensemble, je suis à la torture. J'entendais tout le monde répéter que vous étiez tellement bien assortis, tous les deux, que vous étiez charmante, jolie et adorable. Je me consolais en me disant que vous étiez moins intelligente que moi, mais j'ai appris que vous étiez très calée sur Shakespeare et que Charlotte et vous n'en aviez jamais assez de Tennyson ! (Mince alors, pensai-je, voilà une rumeur qui me plaît !) Marina n'arrêtait plus de jacasser, ne se taisant que par instants pour boire son whisky. « Le pire, ç'a été d'entendre parler de cette maison, Milton Magna. J'ai su qu'Harry était venu vous voir ici, un après-midi, et qu'il... j'ai su qu'il... qu'il vous avait fait son numéro.

– *Son numéro ?*

– Sa magie », chuchota-t-elle. Maintenant elle s'amusait, c'était évident. « Sa magie, répéta-t-elle. C'est comme ça qu'il m'a séduite. Et il l'a fait pour vous aussi. Ici, à Milton Magna – le nom même de cette maison m'obsédait. La maison où vous vous êtes embrassés pour la première fois, où vous avez ri ensemble pour la première fois. Je n'arrêtais pas de me torturer, aussi je me suis dit qu'il fallait que je vous voie ensemble, encore une fois. Je me suis arrangée pour vous faire inviter au Ritz. J'avais besoin de me convaincre qu'il vous aimait, qu'il vous aimait vraiment. Et j'en ai eu la preuve. » Elle se rassit et ouvrit distraitement une boîte de chocolats à la menthe After Eight, qui était là depuis Noël, à côté de la lampe de maman.

« Comment George a-t-il pris la nouvelle ? lui demandai-je.

– Oh ! Il est resté très calme. Il ne me parle plus, bien entendu. Dans quelques mois d'ici, il remerciera sa bonne étoile de ne pas m'avoir épousée. Je l'aurais détruit, de toute manière, même sans être amoureuse d'un autre. » Elle mordit dans un chocolat. C'est drôle, me dis-je, elle a exactement la même façon de mâcher que le cochon d'Inde.

« Voudriez-vous nous expliquer pourquoi vous êtes venue ici ? » parvint à dire Inigo, en retirant ses lunettes et en rabattant ses cheveux en avant. Marina regarda ses mains.

« Où pouvais-je aller ? Cet après-midi – mon Dieu,

c'était aujourd'hui ? j'ai l'impression que c'était il y a un siècle – je suis allée à Kensington, chez la mère d'Harry, et on m'a dit qu'il n'était pas là. Charlotte a été adorable ; elle m'a offert tasse sur tasse de thé ; j'étais incapable de manger quoi que ce soit. Elle m'a invitée à passer la soirée avec elle. À 23 heures, Harry n'était toujours pas rentré et alors j'ai eu une illumination soudaine, j'ai pensé qu'il devait être chez vous, à Milton Magna. J'ai dit à Charlotte que je rentrais chez moi, à Dorset House, mais je suis passée d'abord au Claridge où je me suis commandé une bouteille de Moët que j'ai bue jusqu'à la dernière goutte. Ensuite j'ai filé à la maison, j'ai fourré quelques affaires dans un sac, j'ai pris les perroquets et je suis venue jusqu'ici en taxi. J'en ai eu pour quatorze livres – là, Inigo ouvrit la bouche d'admiration –, les paparazzi me suivaient à la trace, ces charognards. Mon brave chauffeur de taxi les a semés un peu avant d'arriver ici. Il m'a déposée en bas de votre allée. Ensuite, j'ai dû continuer à pied, mais je n'avais pas les chaussures qu'il fallait pour ça. » Elle recommença à pleurer. « Arrivée à la porte, je me suis aperçue qu'elle n'était pas fermée à clé, alors je suis entrée. J'imagine que j'avais l'intention de boire quelque chose avant de me mettre à la recherche d'Harry.

– Mais le *Dictionnaire du jardinier* vous l'a fait oublier », ne pus-je m'empêcher de remarquer.

Marina feignit de ne pas avoir entendu et prit un autre livre sur une étagère, juste devant elle. « *La Nymphe au cœur fidèle*, murmura-t-elle. Ha... a... arry m'appelait sa nymphe. Malheureusement, je n'ai pas été très fidèle. » Elle sortit un mouchoir. « Maintenant je l'ai perdu. Tout est fini pour moi.

– En tout cas, il n'est pas ici.

– Ne me racontez pas d'histoires ! Je sais qu'il est ici ! » Elle se leva, faillit perdre de nouveau l'équilibre et se retint de sa main libre, celle qui ne tenait pas le chocolat.

« Pourquoi est-ce que je vous mentirais ? Je vous jure qu'il n'est pas ici. J'ignore totalement où il se trouve, mais je pense que, demain, nous le saurons.

– Pourquoi n'est-il pas ici ? gémit-elle. J'ai fait tout ce chemin, tout ce chemin !

– En taxi, précisa Inigo.

– En taxi, oui. Et j'ai déchiré le bas de mon pantalon dans votre allée. Mes chaussures sont fichues ! Je ne fais jamais des choses comme ça, vous comprenez ce que je dis, Pénélope. Ce n'est pas mon habitude. Ça ne me ressemble pas. » Son désespoir paraissait vraiment sincère.

« Quelquefois, ça peut être très amusant de faire des choses qu'on n'a pas l'habitude de faire, dis-je.

– Ça peut être aussi très enquiquinant... et puis ce n'est pas parce que vous avez réussi à me le souffler qu'il faut prendre ce ton condescendant. »

Inigo avait les yeux qui pétillaient.

« Heureusement que maman n'est pas là, murmurai-je, prête à m'évanouir d'épouvante en imaginant Talitha réveillée en pleine nuit par la voix aiguë – et américaine – de Marina résonnant dans toute la maison.

– Votre mère ? On m'a dit que c'était une des plus belles femmes qui aient jamais existé.

– Apparemment.

– Vous tenez d'elle ? demanda-t-elle à Inigo.
– Oh ! je ne sais pas. Il paraît qu'on se ressemble un petit peu.
– Ils sont exactement pareils, dis-je d'un ton las.
– Vous êtes un amour. J'adore votre coiffure. »
Inigo rougit encore. S'il vous plaît, pas ça, pensai-je. Épargnez Inigo.

« Vous ne pensez pas que ce serait une bonne idée que je vous emmène dans une chambre, pour que vous puissiez vous reposer ? demandai-je, me préparant à affronter une nouvelle tempête, mais je vis avec surprise que ses paupières commençaient à se fermer.
– Je suis tellement fatiguée. J'ai fait tout ce chemin ! J'étais venue le chercher !
– On le cherchera demain matin, dis-je, comme si je parlais à un petit enfant.
– Où est-il ? » dit-elle encore, d'une voix pâteuse. Elle ferma les yeux et sa tête retomba contre le dossier du fauteuil.

« Inigo, je vais l'emmener dans la chambre rouge. À mon avis, demain matin elle ne se rappellera plus grand-chose de cette conversation.
– Tu vas avoir beaucoup de choses à expliquer », me dit-il en terminant son whisky.

Et ce maudit Harry aussi, pensai-je, alors que je sortais de la pièce, avec Marina.

« Aïe ! » s'exclama celle-ci, en se prenant les pieds dans le tapis. Elle se raccrocha à ma chemise de nuit et me fit tomber avec elle. On resta un moment à gigoter sur le parquet, toutes les deux, et elle riait tellement que je ne pus m'empêcher de rire, moi aussi. Je finis par me remettre debout, non sans peine.

« Oh, je vous ai déchiré votre chemise de nuit ! pleurnicha-t-elle.
— Ne vous inquiétez pas, je crois qu'elle l'était déjà.
— Il ne faut pas dormir avec une chemise de nuit déchirée, dit Marina, qui semblait avoir retrouvé soudain toute sa lucidité. Je vous en ferai envoyer une neuve la semaine prochaine. »

Le lendemain matin, je me réveillai tard et ne descendis prendre mon petit déjeuner que vers 9 h 30. Je me demandais si l'incident de la nuit n'avait pas été un rêve particulièrement surréaliste, mais pour plus de sûreté, je m'habillai avec davantage de soin qu'à l'accoutumée. En entrant dans la salle à manger, je faillis être asphyxiée par des effluves de Chanel n° 5 et une odeur du bacon en train de frire. Nous ne sommes pourtant pas dimanche, pensai-je. Assise à la table, Marina était en train de manger, belle, détendue, maquillée avec soin et vêtue d'une jupe et d'un chemisier à carreaux noirs et blancs. Devant elle était posé ce qui paraissait être un verre de jus d'orange. En face, Inigo lisait le journal tout en beurrant un coin de toast. C'était une scène des plus familiales ; je m'attendais presque à voir un enfant entrer en courant et les embrasser tous les deux, avant d'aller prendre le bus scolaire.

« Oh, Pénélope ! » Marina s'éclaira d'un sourire. « Voulez-vous une tasse de thé ?
— S'il vous plaît. Et ça, qu'est-ce que c'est ? Des œufs au bacon un jour de semaine ?
— Marina avait faim, expliqua Inigo.
— Et le jus d'orange ?

– Je suis allé au magasin en vélo, pour acheter des oranges.

– Je ne peux boire que du jus d'orange frais pressé, dit Marina. Il me faut ma vitamine C. » Inigo souriait, ravi de se trouver en compagnie d'une Américaine. « Je suis tellement désolée pour cette nuit, poursuivit-elle, avec un grand naturel, tout en me versant du thé dans une tasse appartenant à notre plus beau service de porcelaine, que nous avions utilisé pour la dernière fois à l'occasion du couronnement de la reine. Vous devez trouver que je suis un monstre abominable. Heureusement, je ne me souviens quasiment de rien, après le moment où je suis entrée dans votre superbe maison. Je me rappelle avoir fait la connaissance d'Inigo et avoir admiré votre magnifique bibliothèque, mais à part ça... – elle eut un petit rire aguicheur – c'est le trou complet.

Comme c'est commode, pensai-je.

« Vous cherchiez Harry, dis-je, trop heureuse de lui rafraîchir la mémoire.

– Oh, oui. Ça, je le sais.

– Vous avez rompu avec votre fiancé et la presse du monde entier a essayé de vous pister jusque chez nous. Vous avez remonté l'allée dans la nuit noire et vous avez déchiré le bas de votre pantalon.

– Oui. Ça aussi, je le sais, dit-elle de nouveau, joyeuse comme une jonquille se balançant dans la brise de mars.

– Comme nous vous l'avons déjà dit cette nuit, Harry n'est pas ici, mais vous n'êtes pas la seule qui aimerait savoir où il se trouve. Je propose de téléphoner chez tante Clare, après le petit déjeuner.

– Bonne idée, s'enthousiasma Marina. Regardez, votre Mary m'a trouvé de la succulente confiture de prunes. Je n'ai jamais rien mis de meilleur sur un toast. »

Au même instant, ladite Mary entra en traînant les pieds. « Je n'avais pas été prévenue que Mademoiselle Hamilton allait venir », me dit-elle d'un ton réprobateur.

Je serrai les dents. Mary, elle aussi, s'était laissé embobiner par cette bouche vermeille et ces cheveux roux. « Je suis désolée, Mary. Est-ce que ça ira, pour le déjeuner ?

– Je crois. Mademoiselle Hamilton a dit qu'elle pourrait commander un rôti de bœuf pour dimanche midi, se rengorgea-t-elle.

– Dimanche midi ? balbutiai-je.

– On est vendredi, intervint Marina. Je n'ai pas l'intention de retourner à Londres tant que je n'aurai pas récupéré de cette nuit. Dites-moi où est le téléphone et je vais appeler chez moi à Londres, pour qu'on nous apporte un rôti. Ce serait vraiment dommage de ne pas profiter de ce superbe temps de printemps. Du sucre et du lait ? »

Je regardai Inigo, mais il détourna les yeux. Il a envie qu'elle reste, pensai-je. Il est fasciné par son numéro.

« Noir et sans sucre, merci », dis-je.

Le petit déjeuner terminé, Marina annonça qu'elle aimerait bien prendre un bain et je l'emmenai dans ma salle de bains.

« Oh ! de l'huile de lavande, comme c'est charmant », dit-elle en ouvrant les robinets de la baignoire.

Puis, au moment où l'eau commençait à sortir en crachotant, elle se remit à sangloter. « Oh, Pénélope ! Je l'aime ! »

Saisie par la rapidité avec laquelle Marina passait de l'euphorie au désespoir, je battis des paupières à plusieurs reprises pour tenter de m'adapter à la situation. Rocky avait dit vrai. Elle était épuisante.

« Vous pensez qu'il vous épousera ? dit-elle en reniflant. Non ! Ne répondez pas tout de suite. Laissez-moi prendre mon bain en m'imaginant qu'il voudrait m'avoir auprès de lui. Laissez-moi rêver. S'il vous plaît, Pénélope. Ne dites rien. Ne dites rien. »

Docile, je ne dis rien et descendis aussitôt téléphoner chez tante Clare. À ma stupéfaction, ce fut Harry qui décrocha.

« Où étais-tu ? Ton Américaine bien-aimée est ici, à Magna, en train de vider le ballon d'eau chaude, d'organiser notre déjeuner de dimanche et de pleurer toutes les deux minutes. Elle veut te récupérer, bonté divine.

– Je sais. Notre plan a fonctionné.

– *Ton* plan.

– J'étais sûr qu'elle se précipiterait chez toi. Elle est assez prévisible. » Contrairement à ce que j'aurais cru, il n'avait pas un ton triomphant. Il paraissait un peu fatigué, mais il y avait autre chose. Il donnait aussi l'impression de s'ennuyer, peut-être. Oui, c'était ça. Il avait l'air de s'ennuyer.

« Je ne vois pas ce qu'il y a de prévisible dans le fait de débarquer chez les gens en pleine nuit, dans un état d'ébriété avancé. Ton intention n'est-elle pas de te précipiter chez moi et de l'escamoter au moment du crépuscule par un tour de passe-passe ?

– Je pense que oui.

– Tu penses que oui ? Tu ne savoures pas ton bonheur et ta victoire ? » J'avais envie de le secouer comme un prunier.

« Bien sûr que si, répliqua-t-il, en se réveillant soudain. Mais elle m'a fait tellement souffrir, Pénélope. La voir maintenant souffrir un peu à son tour ne me déplaît pas.

– Oh, arrête ! m'impatientai-je. Elle croit que tu es amoureux de moi. Ça m'était égal quand j'étais à Dorset House ou au Ritz, mais dans la bibliothèque de Magna, à 2 heures du matin, j'ai trouvé cette situation rudement inconfortable.

– Tu étais en beauté quand elle t'a vue, la nuit dernière ? » demanda-t-il d'un ton badin. Sans doute cela avait-il de l'importance pour lui. Il fallait que je reste conforme à l'image qu'il avait fabriquée.

« Pas du tout. J'avais une affreuse robe de chambre et une chemise de nuit déchirée. J'étais un véritable épouvantail », répliquai-je, toute contente.

Je fus surprise de l'entendre rire. « J'aurais voulu être là.

– Moi aussi, j'aurais voulu que tu sois là. Je n'aime pas beaucoup Marina, mais c'était affreux de la voir dans un tel état. Elle a besoin de toi, Harry.

– La seule personne dont elle ait jamais eu besoin, c'est elle-même.

– Est-ce que tu es en train de me dire que tu n'es plus amoureux d'elle, maintenant qu'elle a plaqué George ?

385

– Mais non, je l'aime, dit-il, lugubre. Mais en même temps, je la hais.

– Je t'en supplie, Harry. Ne me laisse pas régler cette affaire toute seule.

– Tiens bon. Ne lui dis surtout pas qu'on lui a joué la comédie, s'il te plaît, Pénélope. C'est dans ton intérêt, à toi aussi.

– Si elle est encore ici à la fin de la semaine...

– Que feras-tu ? » Il avait un ton presque amusé, maintenant.

« Je lui dirai que c'était un coup monté et je ne pense pas qu'elle te pardonnera. S'il y a une chose que je sais maintenant, concernant Marina, c'est qu'elle n'aime pas qu'on se moque d'elle. Salut, Harry. »

Je raccrochai et, à cet instant, je sentis qu'on me tapait sur l'épaule. La surprise me fit presque sauter au plafond. C'était Mary.

« J'ai pensé à faire un moka, pour ce soir, m'annonça-t-elle. Mademoiselle Hamilton a dit que c'était le gâteau qu'elle préférait. »

De là-haut me parvenait la voix de Mademoiselle Hamilton qui chantait « The Little White Cloud That Cried ».

« En plus, elle a une jolie voix », soupira Mary.

Personnellement, je la trouvais un peu trop aiguë. En plus, elle s'était trompée dans la deuxième strophe. Johnnie n'aurait pas supporté...

XVII

Un dîner-spectacle

Charlotte arriva au moment où Marina descendait, après avoir pris le bain le plus prolongé de toute l'histoire de Magna.

« Je suis venue dès que j'ai pu, me dit-elle, tout essoufflée. Les chemins de fer britanniques devraient donner notre nom à cette ligne. L'express Wallace-Ferris. J'ai l'impression de passer ma vie dans le train. Il s'est arrêté un temps fou à Reading. J'ai failli faire une crise de nerfs. Et dire que j'avais payé ma place ! Je suis en train de devenir beaucoup trop honnête. C'est la faute de cette ordure de Christopher Jones.

– À ta place, je dirais plutôt que c'est la faute de Marina.

– Où est-elle ?

– Quelque part dans la maison, en train de faire du charme à Inigo. »

J'étais soulagée de voir Charlotte. Avec elle auprès de moi, la situation paraissait moins désespérée, et plus drôle. Elle avait le chic pour lancer des blagues dans les situations qui s'y prêtaient le moins.

À mon étonnement, Marina avait déniché un vieux

fer à friser, tout au fond d'un placard depuis longtemps inutilisé ; elle s'était recoiffée, remaquillée avec soin et habillée de façon appropriée pour un week-end à la campagne, avec une jupe de tweed et un twin-set qui aurait fait ringard sur n'importe qui d'autre. Elle était incontestablement séduisante. Inigo, qui bataillait vaillamment sur un problème de géométrie, dans la salle à manger, décida de laisser son travail en plan pour aller faire « un tour de jardin », avec notre invitée américaine.

« Si on emportait une coupe de champagne ? suggéra-t-elle.

– Pourquoi pas une bouteille ?

– Il faut que tu aies terminé ce devoir ce soir ! » m'écriai-je d'un ton menaçant, au moment où il faisait sauter le bouchon. Mais il feignit de ne pas m'entendre, et il avait bien raison.

« Il va falloir que je me chausse autrement », dit Marina, en considérant ses pieds. Inigo se précipita dans le vestiaire et revint avec mes bottes en caoutchouc, qu'il lui tendit en disant : « Essayez ça.

– Oh, Seigneur ! Ce sont des bottes d'homme ! gloussa-t-elle, en faisant mine de basculer en avant, de manière à ce qu'Inigo la retienne.

– Non, je crois qu'elles sont à Pénélope.

– Mais elles sont gigantesques ! »

Je l'aurais étranglé, cet Inigo.

Une demi-heure plus tard, Charlotte et moi les vîmes revenir sans se presser, s'arrêtant au passage pour cueillir des jonquilles. Marina riait beaucoup, ce qui m'agaça, car en principe, je suis la seule qui trouve Inigo amusant.

« On n'a pas l'impression qu'Harry lui manque tant que ça », remarqua Charlotte. Nous étions dans ma chambre, assises sur la banquette de la fenêtre donnant sur l'allée, et nous fumions, tout en grignotant des pommes.

« Ça la prend par crises, dis-je. Et quand ça arrive, attention ! On ne dirait plus la même personne, elle est humble, terrorisée et convaincue qu'elle ne pourra jamais le récupérer. Harry veut que je continue à la mener en bateau encore un moment. Il estime que ce n'est que justice qu'elle souffre un petit peu, elle aussi.

– C'est écœurant. Et il appelle ça être amoureux ?

– C'est George que je plains. Il a un côté vraiment gentil. C'est ce que Rocky pense, lui aussi », ajoutai-je sans réfléchir et Charlotte ne laissa pas passer une aussi belle occasion.

« Ah, bon. Si Rocky le pense... Dis-moi, il t'a téléphoné ? Quand va-t-il t'inviter à dîner ?

– Je n'en sais rien. Il ne m'a pas appelée. Je me sens idiote, Charlotte.

– Laisse-lui un peu de temps. Les hommes comme lui sont bien trop importants pour téléphoner quand ils ont dit qu'ils le feraient.

– Qu'est-ce que tu en sais ?

– Je le sais. Voilà tout. »

Charlotte était de ces gens qui voient toujours le bon côté des choses. Elle se lançait avec un immense enthousiasme dans des entreprises qui m'auraient épouvantée. D'autre part, elle travaillait avec beaucoup plus d'acharnement qu'Inigo et moi pouvions même l'imaginer – elle avait le bout des doigts aussi dur que de la cire séchée, à force de frapper sur les touches de la machine à écrire de tante Clare. Quelquefois, disait-elle, elle avait l'impression de taper pendant son sommeil. Non seulement elle ne se plaignait jamais, mais bien plus, elle s'arrangeait de tout. Elle traitait à la légère ce qui devait l'être et savait quand elle devait ne pas le faire, ce qui est un don très peu répandu.

« Tu le reverras, ne t'en fais pas », me dit-elle en voyant mon expression dubitative et, une fois de plus, je pensai : C'est typique de Charlotte. Elle s'était rendu compte instantanément que ce que je désirais avant tout, c'était le voir. Pas l'embrasser, ni même lui parler. Elle comprenait la souffrance qu'un simple regard ou un sourire peut alléger. « Et puis si ça ne marche pas, ajouta-t-elle, il te restera toujours Johnnie. » Elle disait cela sans plaisanter. Elle ne pouvait tout bonnement pas imaginer une raison capable de donner envie à Johnnie Ray, un chanteur célèbre dans le monde entier, de consacrer le peu de temps qu'il passait à Londres à d'autres personnes que nous. Je l'aimais pour ça. Et pourquoi pas, après tout ? Nous étions jeunes et le monde tournait pour nous seules.

« On devrait peut-être descendre déjeuner, dis-je.

— Marina a un gros appétit ?

— Elle n'arrête pas de manger. Ça doit être nerveux, une compensation à son désespoir, m'esclaffai-je.

— Tu parles. Elle est gourmande, voilà tout.

— Mary l'adore. Elle l'appelle Mademoiselle Hamilton. »

Tandis que nous nous levions de la banquette, Charlotte souleva sa lourde chevelure du revers de la main, pour la dégager du col de son chemisier. Elle me demanda si j'avais un peigne et j'allai en prendre un sur ma coiffeuse. Marina le cochon d'Inde jaillit comme une fusée de sous mon lit.

« Tu as vu, il est complètement apprivoisé », dis-je, mais Charlotte regardait fixement par la fenêtre, la bouche ouverte de stupéfaction.

« Qu'est-ce qu'il y a ? » Pourvu que ce ne soit pas maman qui rentre plus tôt que prévu, pensai-je. Mais non. Une automobile de rêve gris métallisé remontait l'allée comme dans un rêve.

« Incroyable ! dit Charlotte dans un souffle. C'est une Chevrolet.

– Qui... ? » murmurai-je, mais je ne terminai pas ma phrase, car qui d'autre pouvait se déplacer en Chevrolet au fin fond du Wiltshire ?

Nous le vîmes descendre de voiture, ôter son chapeau et s'avancer vers la porte d'entrée.

« Au secours ! C'est lui ! Oh, Charlotte, qu'est-ce qu'il vient faire ici ?

– Je parie qu'il est venu chercher Marina. Les Américains ne peuvent pas s'empêcher de ne pas mettre leur nez dans les affaires des autres. »

Pourquoi, oui pourquoi ne m'étais-je pas lavé les cheveux ? Je me précipitai vers ma cuvette et m'aspergeai le visage à l'eau froide. Charlotte prit aussitôt les choses en main.

« Mets ça, ordonna-t-elle, en me lançant un pantalon rouge et un pull noir, au moment où la cloche sonnait et où Fido commençait à aboyer.

– Ce pantalon est trop grand !

– Remonte-le et fais-le tenir avec une ceinture. Ça tombe bien qu'il soit trop grand. Ça te donnera l'air d'avoir maigri.

– Et mes cheveux ? »

Elle m'arracha le peigne que j'avais à la main et s'affaira sur ma tignasse pendant quelques instants.

« Voilà. Ça ira. Enlève-moi ces perles et, par pitié, mets-toi un peu de poudre et de rouge à lèvres. C'est affreux quand un homme arrive sans prévenir, tu ne trouves pas ?

– Je ne peux pas dire que j'aie une grande expérience dans ce domaine, bredouillai-je. Et si jamais il nous invite à déjeuner ? Qu'est-ce que je dois faire ? Oh, non ! Regarde-moi ça ! »

Mais c'était trop tard. Depuis notre poste d'observation, nous vîmes la porte s'ouvrir et nous entendîmes la voix de Marina qui le priait d'entrer.

Je sortis en courant de ma chambre, suivie de Charlotte, et me postai sur le palier, légèrement en retrait, afin de voir la scène qui se déroulait en bas. Marina, très héroïne de Daphné du Maurier, avait encore la cape gris perle qu'elle portait pour sa promenade, ce qui lui donnait quelque chose de mystérieux. L'arrivée de Rocky ne paraissait guère la surprendre. Elle avait un petit sourire satisfait et elle lui tendit sa main à baiser, ce que je trouvai très chichiteux. Rocky était à tomber à la renverse, dans un long pardessus noir qui avait bien dû lui coûter dans les deux cents livres, et un foulard à carreaux rouges et noirs drapé autour de son cou. Il était si bien coiffé, malgré le vent qui soufflait ce jour-là, qu'il aurait pu poser pour une réclame de brillantine, et il tenait sous le bras une serviette en cuir brun clair et un journal. Je me sentais étrangement détachée de moi-même ; en les voyant tous les deux, plantés au milieu du hall, j'avais l'impression d'assister à un film dont on aurait changé la fin. J'entendis Rocky qui disait :

« Je suppose que vous avez envie que je vous demande ce que vous faites ici ?

– Je pourrais vous dire la même chose !

– Où est la petite Pénélope Wallace, celle qui a semé la zizanie ? » dit-il en retirant son manteau. Mon cœur fit un bond et Charlotte me donna un coup dans les côtes.

« Comment avez-vous deviné que j'étais ici ?

– Vous êtes aussi facile à lire qu'un roman de Salinger.

– Je suppose que c'est George qui vous envoie.

– George m'a seulement dit que votre ami le mordu de jazz était le jeune homme que Pénélope avait embrassé au Ritz. Il n'a pas eu besoin de m'en dire plus pour que je sache où vous étiez.

– Félicitations, monsieur Marlowe, dit-elle en enlevant sa cape, qu'elle lança sur la table du hall.

– J'imagine que vous avez si bien terrorisé cette charmante jeune fille qu'elle est désormais convaincue qu'elle doit renoncer à lui ? »

Fait surprenant, Marina eut l'intelligence de baisser la voix et ce qu'elle lui répondit m'échappa en grande partie, mais je compris tout de même qu'elle disait : « ne l'aime pas comme je l'aime ».

« Il n'est pas si vieux que ça, en fin de compte, chuchota Charlotte.

– Je te l'avais dit ! » Et puis il était tellement beau. Le hall de Magna qui transformait en nains la plupart des gens et leur donnait l'air ridicule était un cadre idéal pour Rocky. En nous voyant descendre l'escalier, Charlotte et moi, il tendit les bras.

« Comment allez-vous, les filles ? » Il sourit et m'embrassa sur les deux joues.

À cet instant, je ne songeai même pas à lui demander pourquoi il était venu comme ça, sans prévenir. Je ne songeais même pas à m'interroger sur les raisons qu'il pouvait avoir d'agir de la sorte. La seule chose qui me paraissait avoir une vague importance était le fait que dix minutes après que Charlotte et moi étions en train de parler de lui, il était là, à côté de moi, plus réel et plus monumentalement intimidant que jamais.

« Voulez-vous rester dîner ? lui demandai-je, en m'efforçant de dissimuler mon euphorie.

– Je ne vois pas ce qui pourrait être plus agréable. »

Je l'emmenai au salon et lui servis un scotch.

« C'est gentil », dit-il en me prenant des mains le verre qu'il but d'un trait. Tout paraissait trop petit pour lui, même le double whisky. « « Quelle maison ! » s'exclama-t-il en prenant conscience de son environnement pour la première fois. Il partit d'un grand rire et parcourut la pièce à pas lents. « Fichtre ! Ça, c'est l'Angleterre de mes livres d'enfant. Je croyais qu'elle avait complètement disparu. Apparemment, je me trompais. »

Pas tant que ça, pensai-je, en cachant une grande déchirure sur le dos du canapé avec un coussin dans un état tout aussi lamentable. Mary allait s'arracher les cheveux si je ne la prévenais pas que nous aurions un invité supplémentaire pour le dîner.

« Ça vous ennuierait beaucoup si je vous abandonnais quelques minutes ? dis-je poliment. Il faut que j'aille voir Mary, au sujet du dîner.

— Qui est Mary ? demanda-t-il, l'œil malicieux.

— Oh, juste la cuisinière !

— Formidable. Est-ce qu'on aura un pudding aux raisins de Corinthe ? Ou un *trifle*, ou un *suet pudding* ? »

Je me mis à rire, tandis qu'il faisait tourner les glaçons dans son verre.

« Vous êtes si jolie quand vous riez. J'ai du mal à croire que vous soyez responsable de tout cet imbroglio.

— Moi !

— Oui, vous. Je connais Marina mieux que je ne me connais moi-même. Ce qui l'embête, c'est que le mordu de jazz vous trouve sacrément jolie, ça l'embête bien plus que le fait qu'elle soit vraiment amoureuse de lui, en définitive. Vous lui menez la vie dure.

— Ce n'était pas censé se passer comme ça », dis-je, embarrassée. Je serrai les dents de toutes mes forces pour ne pas courir me jeter dans ses bras et lui avouer qu'il était le seul homme que j'aimerais jamais.

« Dans le fond, je comprends ce qu'elle ressent, voyez-vous. J'ai toujours envie de ce que je ne peux pas avoir, moi aussi.

— Ah ?

— Tout le temps. » Il plongea son regard dans le mien et je me sentis défaillir de bonheur.

C'est à ce moment qu'Inigo arriva, avec ses gros

sabots, ce qui me fit aussitôt redescendre de mon nirvana et arrêta la progression de la rougeur qui envahissait mon cou.

« Marina m'a dit que Rocky Dakota était ici ! Pourquoi ne m'as-tu pas prévenu qu'il allait venir ?

— Parce qu'elle ne le savait pas elle-même », intervint Rocky, qui se leva, la main tendue. Je dois reconnaître que mon petit frère retomba aussitôt sur ses pieds et, sans devenir écarlate ni du tout bafouiller, il demanda :

« Vous avez déjà rencontré Elvis Presley ?

— Qu'est-ce qu'un petit Anglais comme vous peut bien savoir d'Elvis Presley ? dit Rocky, sincèrement surpris.

— Tout », lâcha Inigo, en sortant son peigne.

Marina monta se coucher et Inigo monopolisa Rocky tout l'après-midi en lui rebattant les oreilles d'Elvis Presley, ce à quoi Rocky répondait par un feu roulant de questions. Depuis combien de temps écoutait-il des disques d'Elvis ? Pensait-il qu'Elvis pourrait avoir du succès en Angleterre ? Combien de disques de lui possédait-il ? Est-ce qu'il aimait Johnnie Ray autant que je l'aimais ? Pourquoi ne l'aimait-il pas ? Installées devant la cheminée, dans des poses gracieuses, Charlotte et moi faisions semblant de jouer au Monopoly, mais ce qu'ils se disaient nous intéressait bien davantage. En définitive, Inigo était sûrement le seul adolescent d'Angleterre à se teindre les cheveux pour ressembler à Elvis Presley et à être capable de chanter « Mystery Train » en l'imitant à la perfection. Ils s'entendaient tous les deux comme larrons en foire.

Une sorte de coup de foudre. Pour l'un comme pour l'autre ; il était impossible de dire lequel s'intéressait le plus à l'autre. Ce qu'ils avaient en commun, c'était leur passion, Inigo pour Elvis et l'évasion, et Rocky pour gagner de l'argent.

« Et vous, les filles, qu'est-ce que vous ressentez quand vous voyez Johnnie Ray ? nous demanda Rocky, pour nous faire participer à la conversation, tandis qu'il se servait un autre double whisky. Ce garçon vous donne envie de le materner ? C'est à cause du sonotone ? Il vous fait de la peine ?

– Pas du tout », dis-je. L'idée que nous puissions éprouver ce genre de sentiments ne m'avait même jamais effleurée.

« Sûrement pas, renchérit Charlotte, hilare. C'est une attraction d'ordre sexuel, hein, Pénélope ? »

Je devins toute rouge. Rocky me regarda en haussant les sourcils et je me mis à remuer frénétiquement des orteils.

« Vraiment ? C'est ça qui vous attire chez lui ? Vous avez envie d'être près de lui ? Tout près ?

– Évidemment, avouai-je, et nous fûmes prises d'un fou rire, Charlotte et moi.

– Eh bien. Le magicien est-il au courant de tout ça ?

– Oh oui. Il sait tout. » Comme d'habitude, le champagne me donnait l'impression que je pouvais dire ou faire ce qui en temps normal restait bien sagement à l'intérieur de ma tête.

Le soir, au dîner, nous n'étions que cinq à table, mais la forte présence de Rocky et de Marina nous donnait l'impression d'être beaucoup plus nombreux.

Mary avait sorti nos plus beaux couverts en argent, qu'elle avait astiqués pour l'occasion ; je me demandais avec un peu d'anxiété quel goût allaient avoir les mets qu'elle nous avait préparés. Après avoir dormi tout l'après-midi, Marina était venue nous rejoindre pour l'apéritif, dans une robe à paillettes vert et blanc qui n'aurait pas paru déplacée à l'Opéra. Bien qu'elle eût bu toute une bouteille de champagne avant de partir pour Magna, elle avait gardé assez de lucidité pour emporter tout ce qu'il fallait pour être élégante. Elle se glissa sur sa chaise, entre Rocky et Inigo, en évitant ostensiblement de croiser mon regard. Nous venions à peine de commencer à manger nos cocktails de crevettes (des morceaux de caoutchouc marinant dans une sorte de gelée rosâtre) quand ça commença à mal tourner. Décontenancée de voir que Rocky continuait à parler avec Inigo au lieu de s'intéresser à elle, Marina toussa pour s'éclaircir la voix. Si elle avait pu cogner sur son verre avec sa fourchette, sans se ridiculiser, je crois qu'elle l'aurait fait.

« Je suppose donc que nous allons tous rester gentiment assis en faisant comme s'il ne s'était rien passé », dit-elle d'une voix claironnante. Tout le monde se tut et je vis une étincelle s'allumer dans les yeux de Charlotte. Elle adorait les esclandres.

« Évidemment, dit Rocky d'un ton enjoué. Nous dînons, n'est-ce pas ? Charlotte, voulez-vous me passer l'eau ? » Je sentis mon cœur s'accélérer un peu.

« Ça ne vous gêne pas, alors, de me regarder me désintégrer ? » Elle posa ses couverts et prit une cigarette. Inigo lui donna du feu.

« Qu'est-ce que nous pourrions faire, à votre avis ?

demanda tranquillement Rocky. Vous voulez vous rabibocher avec George ? Si nous partons tout de suite, vous pouvez être chez lui dans deux heures. »

Un instant, il me sembla que Marina réfléchissait à cette possibilité.

« Non ! murmura-t-elle enfin. Je ne veux pas voir George. J'ai quitté George. Je ne veux plus jamais le revoir. J'ai besoin de voir Harry. J'ai besoin d'Harry ! » Sa voix devenait hystérique. Comme si elle suivait les indications d'un metteur en scène invisible, elle se leva et alla à l'autre bout de la pièce. Elle regarda fixement par la fenêtre, la main pressée sur sa poitrine. « Jamais, jamais je n'aurais cru qu'on pouvait avoir si mal, conclut-elle.

– Vraiment ? » dit distraitement Rocky, en terminant son cocktail de crevettes. Charlotte réprima un petit rire, leurs regards se croisèrent et il sourit. Marina se retourna vers nous ; ses yeux lançaient des flammes.

« Vous ! dit-elle, en pointant sur moi un ongle laqué de rouge. Vous ! Tout est de votre faute ! Vous l'avez séduit ! Vous lui avez fait croire qu'il vous aimait ! Vous lui avez volé son cœur ! *Vous–lui–avez–volé–son–cœur !* » Elle avait prononcé cette phrase avec toute la passion de Cléopâtre, en détachant bien chaque mot. Charlotte se pencha en avant pour mieux voir, comme au théâtre, et Rocky commença à applaudir lentement.

« C'était très bien, dit-il d'une voix teintée d'ennui. Est-ce que vous donnerez une représentation demain, en matinée ? » ajouta-t-il, en lui assénant le coup de grâce.

Marina, qui était sur le point de pleurer, décida de

changer de cible. « Vous n'y connaissez rien, dit-elle simplement. Rien du tout. Vous n'êtes qu'un richard au cœur sec ! Vous êtes incapable de comprendre que je puisse aimer quelqu'un qui ne pourra pas m'offrir ce que vous pensez pouvoir m'offrir. Et, de toute manière, qu'est-ce que vous êtes venu faire ici ? Je ne crois pas une seconde que vous faites ça pour George. C'est vous. Vous qui me voulez pour vous.

– Vous vous trompez, Marina, je n'en aurais pas les moyens, dit-il en avançant la main sur la table pour prendre ce qui restait de mon cocktail de crevettes. Pardon, mon petit. Je peux ? » Je fis oui de la tête et il termina mon entrée. « Rudement bon, dit-il. Où est Mary ? Ce que j'ai entendu dire d'elle me donne envie de la connaître. »

Probablement parce qu'elle traînait derrière la porte, l'oreille aux aguets, Mary apparut au bout de quelques secondes à peine. « Je peux débarrasser ? demanda-t-elle, en regardant Rocky.

– Oh, bien sûr, Mary ! C'était délicieux. Vous avez beaucoup de talent. »

Elle rougit en marmonnant quelque chose qui avait trait au fait qu'« on ne savait pas l'apprécier », jusqu'à ce qu'Inigo la fasse taire d'un regard furieux.

« Revenez donc vous asseoir, Marina, dit Charlotte. C'est du porc avec des légumes du jardin. »

Marina l'ignora et écrasa sa cigarette. Mary ignora Inigo et alla rôder dans le fond de la salle à manger, en feignant d'astiquer un objet quelconque.

« Vous ne nous avez toujours pas expliqué pourquoi vous êtes ici, dit Marina à Rocky.

– Pour le moment, je souhaite simplement profiter

de ce bon dîner. Si vous tenez absolument à nous jouer la grande scène du deux, je pense que vous devriez aller le faire ailleurs. »

Elle fronça les sourcils comme si elle n'avait pas bien entendu. « Est-ce que vous me demandez de sortir d'ici ?

— C'était juste une suggestion. »

Elle laissa échapper un sanglot étouffé et remonta dans sa chambre en courant, non sans emporter son verre de vin et les cigarettes d'Inigo. Mary sortit derrière elle, toute rouge d'émotion. Et voilà, pensai-je. L'admiration que lui inspire Marina a dû en prendre un sérieux coup.

« On devrait peut-être monter la voir, proposai-je, sans trop de conviction.

— Laissons-la languir un peu, dit Rocky. On reconnaît tout de suite ceux qui n'ont jamais eu de fessée, dans leur enfance. C'est une petite garce trop gâtée.

— Elle est tout de même ravissante, soupira Inigo.

— Comme la plupart des détraquées, mon petit. C'est un habile déguisement. Tu ferais bien de t'y habituer si tu veux te lancer dans la musique. »

Inigo prit son verre, en se donnant un air détaché, mais je voyais bien qu'il buvait du petit-lait. J'étais moi-même partagée entre une sorte d'excitation et la crainte que Rocky n'éveille en lui de faux espoirs. Qu'aurait pensé maman si elle avait été là ? En le voyant assis à cette table, j'eus une sorte de révélation. Je pris soudain conscience qu'il était le premier homme à tenir le rôle principal dans la salle à manger depuis la disparition de papa, et je voyais bien qu'Inigo avait la même impression. Instinctivement, il s'était redressé, il se servait de son couteau et de sa fourchette et avait renoncé à sa manie de mâcher de façon outrancière, bref, il se tenait comme il faut. Tout cela me semblait tellement singulier que j'en aurais hurlé de rire. Rocky monopolisait l'attention, même quand ce n'était pas lui qui dirigeait la conversation. Sa présence emplissait l'espace d'une chose que j'avais crue définitivement perdue, quand papa était mort. Non, ce n'était pas ça. Il s'agissait plutôt d'une chose dont l'absence ne m'avait même jamais frappée.

« Dites-moi, Pénélope ? Votre famille habite ici depuis la nuit des temps, je crois ?

– La famille de mon père.

– Qui était votre père ? »

Quelle drôle de question. Qui était papa ? Il était un million de choses dont je n'aurais jamais la moindre idée, ainsi qu'un million d'autres que mon ignorance m'avait entraînée à imaginer. « Il s'appelait Archie Wallace, dis-je et, comme chaque fois que je prononçais ce nom, je lui trouvai une sonorité insolite et aristocratique.

« Que faisait-il ? Avant la guerre, je veux dire. » Il étala une épaisse couche de beurre sur son pain, sans paraître gêné le moins du monde.

« Il travaillait à la City. Il était agent de change.

– Tiens ?

– Ce n'était pas un métier qui l'attirait », poursuivis-je d'une voix hésitante. Charlotte m'encouragea d'un sourire et je haussai un peu le ton. « Il... il ne supportait pas de mettre un costume. C'est pour nous qu'il faisait ça. Enfin, pour sa famille, parce qu'il estimait que c'était son devoir. En réalité, il était fait pour la vie au grand air.

– Et la guerre est une magnifique occasion de prendre l'air, remarqua Rocky, sans aucune ironie.

– Il s'est montré très courageux », intervint soudain Inigo. On aurait dit un petit garçon. Sans même le vouloir, j'avançai la main vers lui.

« Oui, il s'est montré très courageux », murmurai-je à mon tour. Pourquoi m'était-il impossible de parler de papa comme tant d'autres parlaient de leur père ? Mon cœur cognait dans ma poitrine et Rocky, grâces lui en soient rendues, sentit mon embarras.

« Moi, je n'aurais pas pu faire ce qu'il a fait, dit-il. À dix-neuf ans, j'ai eu un accident de voiture qui m'a esquinté un genou. Comme je ne pouvais pas m'engager, à cause de ça, je me suis dit que je pourrais peut-être quelque chose pour ceux qui n'étaient pas au front, pour les aider à garder l'espoir – les femmes, les enfants, les blessés. Ça me permettait de me sentir moins coupable. J'ai donc commencé à monter des spectacles pour la radio, pour la télévision. J'ai gagné tout de suite tellement d'argent que je me mouchais avec des billets de vingt dollars. »

Inigo s'esclaffa bruyamment.

« Et vous n'aviez pas mauvaise conscience ? » dit Charlotte. C'était justement la question que je me posais, sans oser la formuler à haute voix. « Ça ne vous gênait pas de gagner tant d'argent de cette manière ? Alors que tant d'autres se faisaient tuer ?

– Non. Pas du tout. Si je parvenais à leur faire oublier leurs soucis un petit moment, si je pouvais leur apporter un peu de rêve, c'était le principal. L'évasion n'a pas de prix. »

Je crus entendre Johnnie pousser un soupir d'assentiment.

« C'est pour ça que je veux partir », dit Inigo, qui commençait à s'agiter.

Charlotte, qui le regardait, leva les yeux au plafond. « Tu devrais faire attention à ce que tu dis. Cette maison... Magna... j'ai quelquefois l'impression qu'elle sait que tu veux t'en aller.

— Voyons, Charlotte ! m'exclamai-je. Qu'est-ce que tu racontes ?

— Oh, je ne sais pas trop ! Sans doute que je vendrais mon âme pour des chaussures de bonne qualité et une pile de disques de pop music. Qui ne le ferait pas, d'ailleurs ?

— Et puis ? fit Inigo, perplexe.

— Eh bien, peut-être sommes-nous tout simplement trop modernes. Cet appétit insatiable que nous avons... pour la musique, le cinéma, les fringues... alors que cette maison est la plus belle œuvre d'art qu'il nous sera jamais donné de voir. » Elle prit son verre d'un geste emprunté qui ne lui ressemblait pas et poursuivit : « En fait, je ne sais pas trop ; c'est juste une impression que j'ai quelquefois.

— Bravo, bravo, dit Rocky en levant son verre. Buvons à la santé de Milton Magna. Puissent ses charmants fantômes continuer à nous hanter longtemps après que nous aurons quitté ses murs. »

Ce toast fut repris à l'unanimité et chacun leva son verre pour trinquer.

Après le dîner, nous fîmes visiter la maison à Rocky. De même que Charlotte, il avait un œil infaillible pour repérer un bon livre ou un tableau intéressant, mais il reconnaissait volontiers ses lacunes. Il nous posa une foule de questions, et j'ai honte de dire que Charlotte y répondait plus souvent qu'Inigo et moi.

« Parlez-moi un peu de ces sculptures, dit-il, en se livrant à un examen minutieux des sabots des chevaux décorant le grand escalier.

– Elles datent du Moyen Âge, répondis-je, toute fière.

– Elles sont surprenantes. Comment se fait-il qu'elles soient aussi ouvragées ?

– Hem... » Je ne pouvais pas lui dire que je ne remarquais même plus ces sculptures et que cet escalier n'était pour moi qu'une partie de l'itinéraire familier que reliait le hall à ma chambre. Je me rappelle m'être adressé de vifs reproches, un peu plus tard, dans mon lit, au souvenir de l'indifférence avec laquelle j'avais répondu à la curiosité de Rocky, mais aujourd'hui j'ai conscience qu'il ne pouvait en être autrement. J'avais dix-huit ans, j'avais toujours vécu à Magna et ce que j'aimais dans cette maison n'était pas ce qu'aimaient les autres. Pour Charlotte, c'était différent, elle la connaissait depuis peu et la voyait avec un œil neuf.

« Oh ! C'est exactement la question que je me suis posée, la première fois que je suis venue ici, s'exclama-t-elle. Alors, j'ai cherché dans ce livre merveilleux que ma tante appelle *Les Grandes Demeures anglaises* et j'ai appris que le premier propriétaire de la maison, un certain Wittersnake, avait demandé à ce que la décoration intérieure soit copiée sur ce qu'il avait vu dans un palais hollandais. »

Rocky parut très admiratif. Charlotte m'adressa alors un regard implorant et s'écria : « Emmenons-le dans la salle des tapisseries ! » Puis s'adressant à Rocky : « Un jour, quand j'aurai une maison à moi, j'aménagerai un étage entier sur le modèle de la salle des tapisseries. Elle est absolument délicieuse.

– Vous devriez faire payer la visite, remarqua-t-il.

– Combien avez-vous sur vous ? » demanda-t-elle, en rejetant ses cheveux en arrière d'un mouvement de tête, et elle prit sans attendre la direction de l'aile est, suivie d'un pas plus lent par Rocky et moi.

« Vous ne pensez pas qu'on devrait aller prendre des nouvelles de Marina ? dis-je soudain. Elle n'a rien mangé, au dîner. Je me demande si nous ne nous sommes pas montrés trop durs avec elle ?

– Pas assez durs, au contraire, et de loin, répliqua gaiement Rocky. Quand la visite sera terminée, je la ramènerai à Londres.

– Je ne crois pas qu'elle sera d'accord, dis-je, en m'efforçant de dissimuler ma déception.

– Tant pis. Ça fait bien trop longtemps qu'on lui passe tous ses caprices. Je suis venu dans l'intention de vous en débarrasser et de lui dire ses quatre vérités, deux objectifs que je vais m'efforcer d'atteindre en l'embarquant dans ma voiture pour la ramener chez elle. »

Je haïssais Marina ! Elle allait avoir le bonheur de faire tout le voyage jusqu'à Londres dans la belle voiture de Rocky, chose pour laquelle j'aurais volontiers donné mon bras droit. « Elle était venue chercher Harry, dis-je. Il m'a semblé qu'elle n'avait pas l'intention de partir avant de lui avoir parlé.

– Ça alors, Pénélope, à vous entendre, on dirait que vous voulez qu'ils se réconcilient ! » Rocky sourit en me regardant de sous ses cils charbonneux et j'eus l'impression que tout se mettait à tanguer autour de moi.

« N... non, je pense seulement que je... oh, je ne sais plus quoi penser.

– Elle ne vous le prendra pas. Ça, au moins, je peux vous le promettre.

– Comment le savez-vous ?

– Je vous l'ai déjà dit. Elle ne l'aime pas vraiment et il ne l'aime pas vraiment. »

Je me mordis la lèvre pour m'empêcher de lui répondre.

« C'est vous qu'il aime, reprit-il. Je parle du magicien. Je m'en suis rendu compte, l'autre soir, au Ritz. Elle l'a perdu mais je veux bien être pendu si elle accepte de le laisser partir comme ça.

– Voici la salle des tapisseries », annonçai-je, en proie à un grand désarroi.

Rocky et Marina s'en allèrent une heure plus tard. Elle partit sans trop d'histoires et attendit docilement dans la voiture que Rocky nous eut fait ses adieux. Je la vis ouvrir son sac et fouiller dedans avec des gestes si désordonnés que tout le contenu se répandit sur le siège. D'une main tremblante, elle s'empressa de repêcher sa flasque, et c'est seulement à cet instant, il me semble, que je compris qu'elle était alcoolique, ce qui la diminua instantanément à mes yeux.

« Au revoir, les filles, lança Rocky. Restez toujours aussi belles et aussi charmantes.

– Prenez soin de Marina, m'écriai-je tout à coup.

– Oh, ne vous inquiétez pas pour elle, elle s'en remettra », répondit-il. J'étais contente qu'il ait dit ça. Il aurait pu dire n'importe quoi et je l'aurais cru. Je n'avais pas envie qu'il s'en aille. J'avais envie de me jeter dans ses bras en sanglotant pour l'empêcher de partir, pourtant j'agitai la main, en m'efforçant de sourire et de chasser des images où je me voyais en train de dire au revoir à papa, dans des circonstances semblables.

« Eh bien ! s'exclama Charlotte, tandis que la fabuleuse automobile se fondait dans la nuit, illuminant l'allée et semant la panique parmi les lapins. Maintenant je vois ce que tu voulais dire en parlant de lui !

– Et moi je vois ce que vous vouliez dire en parlant d'elle, enchaîna Inigo, tout songeur.

– Oh, tais-toi, Inigo », lançai-je.

Oui, peu importait, en définitive, que Marina fût une idiote, une alcoolique ou une enquiquineuse. Pour les hommes, ça ne comptait pas. Tel était le pouvoir qu'elle exerçait sur eux. Il fallait bien lui reconnaître ce talent.

XVIII

Dans la paix du jardin

Tout au long du week-end, je dus demander plusieurs fois à Charlotte si Marina était bien venue à Magna, car le souvenir que m'avait laissé son arrivée en pleine nuit me paraissait relever d'une aberration de mon esprit. En revanche, le souvenir de la brève visite de Rocky me semblait tout à fait réel. Il avait laissé de son passage des témoignages qui me remplissaient de nostalgie – son verre à whisky dans la bibliothèque, l'écharpe en cachemire qu'il avait oubliée sur la table du hall – sans toutefois qu'il me fût possible de définir ce qui la motivait. Car, bien entendu, l'attirance qu'il exerçait sur moi était toute différente de celle que j'éprouvais pour Johnnie, et qui était due, disons-le franchement, à son sex-appeal prodigieux. Concernant Rocky, c'était simplement sa présence qui me manquait. J'avais envie de l'avoir près de moi, tout près, même si je ne savais pas trop ce que j'éprouverais s'il essayait de m'embrasser. Avec lui, j'avais l'impression d'être une petite fille et, quelque part, ça me plaisait beaucoup.

Le soir, Inigo monta se coucher avec un numéro du *New Musical Express*, tandis que Charlotte et moi allions nous préparer une tasse de chocolat, dans la cuisine. Puis, après avoir décrété que nous n'étions absolument pas fatiguées, nous partîmes installer notre campement dans la salle de bal, munies d'une pile de disques et aussi d'une flopée de couvertures, afin de ne pas périr de froid. D'écouter chanter Johnnie en parlant de Rocky, une étrange sensation m'envahit – une overdose de félicité, en quelque sorte. Heureusement que Charlotte était restée à Magna, car si j'avais dû garder pour moi toutes ces émotions, au lieu de les partager avec elle, je crois bien que j'aurais éclaté.

« Pourquoi crois-tu qu'il ne s'est jamais marié ? me demanda-t-elle, en trempant dans sa tasse un biscuit au chocolat prélevé dans le paquet qu'elle venait d'ouvrir.

– Je n'en sais rien. Il n'a peut-être jamais été amoureux. Ou alors c'est parce qu'une femme lui a brisé le cœur. Quoique j'aie du mal à imaginer que ce soit possible.

– Tu as vu comment il était habillé ? Il doit avoir de l'argent à ne savoir qu'en faire.

– Imagine qu'il épouse maman et qu'il sauve Magna de la ruine », dis-je distraitement. Je me demande pourquoi j'avais parlé de maman et non de moi, mais le fait est que quelque chose m'y avait poussée. Était-ce à cause de l'âge de Rocky ou parce que j'avais pensé à papa, au moment de lui dire au revoir ? Je n'aurais su le dire.

« Pourquoi pas ? » fit Charlotte, avec le plus grand sérieux, en me regardant bien en face. Cette idée resta un moment en suspens dans l'atmosphère et j'eus soudain l'impression que la terre s'arrêtait de tourner. La lune était presque pleine et sa forme pâle luisait derrière les vitres de la salle de bal, ainsi qu'un fantôme argenté. C'était une nuit de printemps d'une extraordinaire clarté et le ciel était saupoudré de milliers d'étoiles, ainsi que d'une infinité de promesses.

« Oh ! s'écria-t-elle soudain. Une étoile filante ! » Nous nous levâmes précipitamment pour aller ouvrir la fenêtre. « C'est un signe, chuchota-t-elle. Il faut en chercher une autre. Fais un vœu. »

On resta à épier le ciel pendant toute la durée de « Walking My Baby Back Home », et à l'instant même où Johnnie chantait la dernière note, une étoile filante apparut. Je cessai de respirer et fermai les yeux. Quel vœu allais-je faire ? J'étais sur le point d'émettre le souhait qu'un homme aussi beau que Rocky tombe amoureux de moi, mais je ne sais pourquoi, au dernier moment je fis un vœu plus extravagant encore : je demandai que maman retrouve le bonheur.

Le lendemain matin, Charlotte prit le premier train pour regagner Londres et je téléphonai à Harry pour lui dire de ne pas venir chercher Marina, puisque quelqu'un d'autre s'en était déjà chargé.

« Qui ça ? demanda-t-il.

— Rocky Dakota, tout simplement. » Je sentis qu'il avait le souffle coupé.

« Quoi ?

— Rocky est venu chercher Marina, par conséquent tu n'as plus besoin de te déranger. Elle est rentrée à

Londres et tu vas sûrement l'entendre frapper à ta porte d'une minute à l'autre.

— De quoi se mêle-t-il ? Pourquoi tu ne lui as pas dit que j'allais venir la chercher moi-même ?

— Parce que je n'en étais pas certaine. Tu m'avais dit de la laisser mijoter un peu. De toute manière, dans combien de temps avais-tu l'intention de venir la récupérer ? Dans une semaine ? Dans un mois ?

— Je voulais prendre un train cet après-midi.

— Eh bien, comme je te l'ai dit, ce n'est plus la peine. Rocky l'a enlevée dans sa Chevrolet, répliquai-je, en espérant que ma voix ne trahirait pas la jalousie que j'en éprouvais.

— Tu aurais bien aimé être à sa place, dans cette saloperie de voiture, je parie.

— Ce n'est pas la question, dis-je, incapable de nier. Marina était furieuse et complètement ivre. En plus elle me déteste.

— Elle ne te déteste pas. Elle croit seulement te détester.

— Qu'est-ce que c'est censé vouloir dire ? » demandai-je, et je repensai soudain à Rocky qui avait fait la même remarque, à propos de l'amour de Marina pour Harry. Dieu, que c'était pénible, ces conversations au téléphone avec Harry ! Depuis que nous nous connaissions, nous n'avions pas réussi une seule fois à nous parler en gens civilisés.

« Tu as toujours envie qu'elle souffre un peu ?

— Bien sûr que non, soupira-t-il. Je ne suis pas salaud à ce point, Pénélope. Pourtant j'en ai bavé pour arriver à faire semblant que je ne l'aimais plus, je t'assure. J'avais une peur bleue qu'elle me quitte encore une fois pour un autre. C'est peut-être ce qui vient de se passer, d'ailleurs. »

Il y eut un silence, puis j'entendis une sonnerie lointaine et insistante. « On sonne à la porte, annonça-t-il.

– Bon, alors va ouvrir. C'est sûrement elle.

– Probablement. Il n'y a qu'elle qui soit assez cinglée pour sortir de son lit par un temps pareil.

– Bon, au revoir, dis-je d'un ton raide.

– Au revoir. »

Le silence retomba à nouveau, pendant que chacun de nous deux attendait que l'autre raccroche.

« Avant de te quitter, je voudrais juste te dire merci. Tu sais... pour tout. J'avoue que j'ai été un peu dépassé par les événements, l'autre soir. Mais toi, tu as été merveilleuse. Pénélope Wallace, comédienne de grand talent.

– J'ai eu mes places pour Johnnie Ray », dis-je. J'étais embarrassée. Je n'avais pas l'habitude qu'Harry me fasse des compliments.

« Au premier rang.

– Oui, au premier rang.

– Tu n'as plus longtemps à attendre, maintenant. »

Ces mots me restèrent dans la tête, longtemps après que j'eus raccroché le téléphone. J'avais toujours eu le vague pressentiment que, à un moment donné, ma vie allait changer de cours, mais jusqu'à cet instant, je n'y avais pas vraiment cru. *Plus longtemps à attendre*. Avant qu'il m'arrive quelque chose, n'importe quoi, *tout*...

Maman rentra à la maison un peu plus tard et Johns conduisit Inigo à la gare pour qu'il regagne son collège.

« Je t'en prie, mon chéri, tâche de bien te tenir au moins jusqu'à la fin du trimestre, lui dit-elle en l'embrassant, au moment de son départ. Plus de Radio Luxembourg », ajouta-t-elle d'un ton sévère. Inigo ne protesta pas trop, il réussit même à agiter gaiement la main par la portière de la voiture qui cahotait en descendant l'allée, et je me rendis compte que depuis sa rencontre avec Rocky, il était devenu indifférent au monde extérieur, inaccessible. Le peu de temps qu'ils avaient passé ensemble avait eu pour effet de transformer son impatience en une sérénité étonnante et une détermination farouche. Sa docilité inattendue avait déconcerté maman.

« Tu trouves qu'il a l'air normal ? me demanda-t-elle.

– Je ne crois pas, maman. Quand as-tu vu Inigo normal ?

– Je suis persuadée qu'il est en train de guérir de ce stupide virus de la pop music. »

Je ne pris pas la peine de lui dire que je n'étais pas de son avis. Elle savait bien qu'il n'y avait aucun espoir.

Je passai le reste de l'après-midi à désherber les framboisiers. Maman me regardait travailler, à distance prudente. (Elle passait beaucoup de temps à me regarder jardiner.) Je ne lui avais pas parlé de la visite de Rocky et de Marina, sachant qu'elle aurait été profondément contrariée à l'idée que notre maison avait abrité non seulement un mais deux Américains. Je n'aimais pas beaucoup lui faire des cachotteries – je préférais qu'elle soit au courant de tout plutôt que de la laisser imaginer des choses plus ou moins catastrophiques – mais les sentiments que m'inspirait Rocky avaient eu raison de ma franchise. Je ne voulais pas être contaminée – et j'emploie ce mot au sens propre – par ses préjugés. Elle avait peur de l'Amérique et des Américains. Ils représentaient le changement, le monde moderne et le départ d'Inigo. Était-il besoin d'une autre raison pour haïr ce pays et ses ressortissants ? Tout en arrachant les mauvaises herbes, je l'observais du coin de l'œil, en essayant de deviner ce qu'elle pensait. Je me demandais si elle me faisait confiance. Il m'arrivait même de me demander tout bonnement si je lui plaisais. Depuis quelque temps, je me sentais de plus en plus loin d'elle et de moins en moins capable de la comprendre. Nous n'avions que dix-sept ans de différence et si, dans mon enfance, j'avais eu l'impression que sept années seulement nous séparaient, il me semblait aujourd'hui qu'il y en avait dix fois plus. Je pris une pelle et me mis à creuser la terre avec énergie.

« Doucement, Pénélope ! cria-t-elle. Ce n'est pas la peine de t'acharner comme ça. Ce jardin est une chose vivante, vois-tu. »

Elle faisait souvent cette remarque. Quand elle se redressa pour s'étirer, quelques minutes plus tard, des mèches de ses cheveux noirs de gitane s'échappèrent du foulard qu'elle portait toujours au jardin. Le vent vigoureux de mars avait rosi ses joues et un peu de terre maculait le bout de son nez. Elle aurait pu poser telle quelle pour la couverture de *Country Life* et les jeunes célibataires de toute l'Angleterre auraient tourné de l'œil en passant devant les kiosques à journaux.

« Quelle chance tu as, maman ! dis-je soudain. Quand il fait froid, tu n'as jamais les yeux qui pleurent ni le nez rouge. »

Elle se mit à rire.

« C'est vrai, insistai-je. Le froid te va bien.

– Oh, Pénélope ! » dit-elle en balançant la tête.

Le silence retomba, tandis que le vent sifflait autour de nous et que les jonquilles se trémoussaient, me rappelant les danseurs éméchés que j'avais vus à la soirée de Dorset House.

« Je pensais... commença-t-elle.

– Oui ?

– Oh, rien ! » Elle semblait nerveuse. Elle retira ses gants et entrelaça les doigts, l'air soucieux. Avec en arrière-plan les nuages gris qui filaient à toute allure et la pelouse qui dégringolait vertigineusement vers l'étang, elle faisait penser à une héroïne d'Agatha Christie sur le point de craquer et d'avouer que oui, c'était bien elle qui avait assassiné le pasteur.

« Qu'est-ce que tu as, maman ?

– Par moments, je me sens tellement petite, pas toi ? Surtout à Magna. Comme si la maison était trop grande pour nous et qu'on s'y enlisait. Je fais d'étranges cauchemars. Je rêve que les murs s'écartent de plus en plus et que nous ne savons plus où nous sommes. Je cherche la porte d'entrée, mais elle est devenue si haute que je ne peux pas atteindre la poignée, pour l'ouvrir et sortir. » Elle parlait fort pour couvrir le fracas du vent et cela s'accordait bien avec ses paroles. Elle ferma les yeux.

« C'est drôle, dis-je. Pour moi, c'est tout le contraire. Je rêve que Magna se referme sur nous, que ses murs rapetissent de plus en plus. Inigo et moi nous courons nous réfugier sous les lits, parce que le plafond nous dégringole sur la tête.

– Et moi, je suis où pendant ce temps ?

– Oh ! avec nous, bien sûr », répondis-je, mais je mentais, parce que, fait étrange, maman n'était jamais présente quand je rêvais de Magna.

Elle sortit son poudrier et, en se voyant dans la petite glace, elle poussa un cri horrifié. « Quelle tête j'ai ! Pourquoi ne m'as-tu pas dit que j'avais de la boue sur le nez, Pénélope ?

– Tu me plaisais bien comme ça. »

Elle fouilla dans ses poches pour prendre son mouchoir et s'essuyer le visage, mais une bourrasque soudaine le lui arracha des mains et l'emporta à travers la pelouse. Je m'élançai à sa poursuite et j'entendis le bruit de succion de mes bottes en caoutchouc qui s'enfonçaient dans l'herbe gorgée d'eau. Le mouchoir continuait à voleter de-ci de-là, joyeux et aérien comme un ballon en caoutchouc. Chaque fois que j'étais sur le point de le rattraper, il reprenait sa course en direction de l'étang.

« Dépêche-toi ! me cria maman, affolée. C'est un des cinq mouchoirs brodés qu'Archie m'a offerts le jour de notre mariage ! »

Mais c'était trop tard. Un grand coup de vent emporta le petit carré de dentelle tout droit dans l'étang. Je me précipitai pour le repêcher, mais il était déjà trop loin. Je cherchai des yeux un bâton assez long, mais le temps que j'aie pu en repérer un, le mouchoir était déjà presque arrivé au milieu de l'étang.

« Qu'est-ce qu'on pourrait faire ? dit maman, d'un air malheureux.

– Avec un peu de chance, il va se coincer dans les roseaux, quelque part où on pourra l'attraper.

– Oh ! quelle importance, après tout ? » murmura-t-elle tristement et, à cet instant, le ciel se mit à déverser des trombes d'eau.

La brusque dépense physique que je venais de fournir me donna une idée. « On fait la course jusqu'à la maison, maman ?

– Ne dis pas de bêtises, Pénélope. »

Mais en voyant que je me mettais à courir, elle ne put s'empêcher de relever le défi – à cause de cet esprit de compétition enfantin qu'elle s'acharnait à anéantir sans jamais réussir à l'écraser complètement. Nous parvînmes ainsi jusque devant la porte de la cuisine – ce qui représentait une bonne distance –, trempées en un rien de temps par la pluie qui tombait de plus en plus dru. Ce fut maman qui gagna, parce que j'avais glissé au tout dernier moment.

« Pourtant j'ai des jambes plus courtes que toi ! » s'écria-t-elle triomphalement, en arrachant de sa tête son foulard dégoulinant d'eau.

Elle conserva sa bonne humeur tout le reste de la journée. Au thé, elle me parla de Marina le cochon d'Inde.

« J'ai pensé qu'on pourrait demander à Johns de construire une espèce de cabane pour ton rongeur. Il ne peut plus rester là-haut. Ce n'est pas digne d'une maison comme Magna. Tu sais que la reine Victoria elle-même a passé une nuit dans ta chambre. C'était en décembre 1878, je crois bien. *Le toit est en train de s'effondrer et tu t'inquiètes parce qu'un cochon d'Inde habite dans ma chambre ?* J'avais envie de hurler.

– Elle avait dû mourir de froid, dis-je, maussade.

– Ça m'étonnerait. C'était une femme très simple. En général, les gens simples ne craignent pas le froid.

– Simple mais puissante », marmonnai-je, en beurrant une croûte de pain rassis.

Quatre jours après, j'allai prendre le thé chez tante Clare. Depuis notre dernière conversation téléphonique, Harry ne s'était plus manifesté et, au lieu de pousser un ouf de soulagement, j'en éprouvais une sorte de désarroi. Après avoir passé tant de temps à comploter et à discuter, ce silence me faisait un drôle d'effet, bien qu'il y ait eu des moments, au cours de ces quelques mois, où j'aurais donné n'importe quoi pour ne pas avoir à lui parler. Je m'attendais un peu à ce que ce soit lui qui m'ouvre la porte et qu'il m'emmène dans la cuisine, afin de mettre au point la suite de notre offensive. Mais ce n'était plus la peine. Il l'avait récupérée. Il avait gagné. *Nous* avions gagné.

Mais ce fut Charlotte qui m'accueillit.

« Nous sommes au milieu d'un paragraphe, me dit-elle d'un ton las. Entre. »

Je crois bien que je ne l'avais encore jamais vue aussi fatiguée. Ses longs cheveux pendaient, mous et gras, sur ses épaules voûtées et elle avait les yeux terriblement cernés. C'est alors que je pris conscience qu'elle devait une grande part de sa séduction à l'éclat de son teint et à la vivacité de son regard. Sans cela, elle devenait presque ordinaire. Je ne crois pas avoir eu jamais conscience, avant cet instant, de la somme de travail qu'elle abattait et j'en eus honte tout à coup. La tâche qu'accomplissait Charlotte était quelque chose d'important. Sa tante lui dictait l'histoire de sa vie, et elle la restituait, intacte et parfaite, pour la postérité. Que le livre fût ou non publié un jour paraissait soudain tout à fait accessoire.

« On est debout depuis 6 heures du matin, m'expliqua-t-elle, en se tassant sur sa chaise, le regard rivé à la feuille de papier qu'elle venait de glisser sous le rouleau de la machine à écrire. Tante Clare voudrait avoir terminé demain soir. »

Ladite tante était allongée sur le canapé, les yeux clos, les bras en l'air. Malgré l'électrophone qui jouait en sourdine, dans un coin, le silence me parut plus épais que d'habitude.

« *Il devait être le seul homme que j'aimerais jamais vraiment*, disait-elle. Non. Barre ça. *C'est le seul homme que j'aie jamais aimé*. Ça suffit, non ? On ne peut pas dire les choses plus clairement, il me semble. » Elle rouvrit les yeux. « Rien qu'une demi-heure, Charlotte, ensuite on s'y remet. Ah ! Pénélope, bonjour, fit-elle, en se redressant. Je ne vous avais pas entendue entrer. J'étais très loin, en compagnie des fantômes de ma folle jeunesse. Ce maudit livre est en train de devenir un véritable cauchemar. Je ne comprends pas comment on peut en écrire plusieurs, dans une vie. » Elle eut un petit sourire. « Je suppose que c'est un peu comme pour un accouchement – la tête préfère oublier la souffrance que le corps a endurée.

– Personne n'écrirait jamais une seule ligne si on savait d'avance à quoi on s'expose, enchaîna Charlotte.

– Mais quand un livre se vend bien, je pense que la souffrance est vite oubliée, m'empressai-je d'ajouter.

– Voilà des paroles réconfortantes, dit tante Clare en souriant. Allons prendre le thé, maintenant.

– Est-ce que... est-ce qu'Harry est à la maison ? » bredouillai-je.

Son expression s'adoucit et j'aurais juré que ses yeux s'étaient emplis de larmes. « Oh ! Ma pauvre enfant ! dit-elle, en prenant son mouchoir. Ma pauvre enfant !

– Il lui est arrivé quelque chose ? demandai-je, brusquement inquiète.

– Comment savoir ? dit Charlotte. Ils ont disparu sans laisser de traces, Marina et lui.

– Ah ! Du moment qu'il va bien...

– Voyez comme elle est courageuse, la chère enfant ! Je l'étranglerais volontiers pour ce qu'il vous a fait, je vous jure, Pénélope.

– À mon avis, il n'a jamais cessé d'aimer Marina, marmonnai-je, embarrassée. Pour lui, je n'ai jamais été qu'une amie...

– Quelle sottise ! coupa-t-elle, en s'emportant tout à coup. Je n'ai jamais vu Harry aussi heureux que lorsqu'il était avec vous, il n'a jamais été autant lui-même qu'avec vous. Dès l'instant où je vous ai vue, je me suis dit : la voilà ! La fille que je n'espérais plus voir apparaître est... est...

– Apparue ? proposa Charlotte, en enfournant un *muffin* dans sa bouche.

– Tu es d'accord avec moi, n'est-ce pas, Charlotte ?

– Oh oui, ma tante ! Bien entendu. Mais vois-tu, l'essentiel, maintenant, c'est que Pénélope se mette bien dans la tête qu'elle ne doit pas le laisser échapper. »

Je lui donnai un coup de pied sous la table, mais elle ne réagit pas. « Il s'est déjà échappé, dis-je, sur un ton qui me sembla suffisamment désespéré pour tante Clare, et assez convaincant pour Charlotte.

– Pas du tout, répliqua cette dernière. Toutefois ce n'est pas la peine de lui courir après si tu n'es pas sûre que c'est le bon.

– Le bon ?

– Oui. Le bon.

– Le bon quoi ?

– Celui que vous aimerez toujours. Celui sans qui vous ne pouvez imaginer de vivre », dit tante Clare. Elle se leva et je m'aperçus qu'elle nageait dans son tailleur qui, jusque-là, m'avait toujours paru tomber à la perfection. C'était donc qu'elle avait beaucoup maigri ces derniers temps.

« Oh, Charlotte, coupe-moi encore une tranche de gâteau, veux-tu ?

– C'est fou ce que vous êtes mince, tante Clare », dis-je.

Elle examina ses mains. « Vous trouvez ? Vous voyez ce que m'a fait ce livre.

– On devrait prescrire les autobiographies pour combattre les kilos superflus, dit Charlotte. Quant à

Harry... il a disparu avec Mademoiselle Hamilton. Elle a débarqué ici dimanche matin...

– Complètement beurrée, pourrais-je ajouter, enchaîna tante Clare, entre deux bouchées.

– Oui, complètement beurrée, répéta Charlotte. Harry a mis quelques affaires dans un sac et il est parti avec elle. Il a dit qu'ils iraient peut-être passer quelques jours au bord de la mer, loin de Londres, dans un endroit où Marina ne risquait pas d'être reconnue. Brighton, probablement.

– À t'entendre, on croirait que c'est Marilyn Monroe ! ne pus-je m'empêcher de remarquer.

– Pourtant elles n'ont aucun point commun. Cette Monroe m'a toujours paru très vulnérable, dit tante Clare. Ce qui n'est pas le cas de Marina. Vous connaissez la dernière, Pénélope ? Avant de partir, Harry et elle ont fait une razzia dans la cave. Ils ont emporté une caisse entière de Leibfraumilch. Du Leibfraumilch ! Je vous demande un peu ! »

J'avais du mal à ne pas rire.

« C'est d'une vulgarité, poursuivit-elle. En fait, ils m'ont rendu un grand service. J'essayais de me débarrasser de ce vin depuis qu'on me l'avait offert, l'été dernier. Ça m'a étonnée de Marina, je l'aurais crue plus raffinée. Oh ! je sais, il en faut pour tous les goûts. » Elle fut prise d'une quinte de toux.

« Tu crois qu'elle a déjà tout bu ? » demanda Charlotte.

Je me représentais Marina avec Harry, sur la jetée de Brighton, ce qui nécessitait de ma part un certain effort d'imagination, puisque je n'y avais jamais mis les pieds, mais je m'étais fait une idée romantique de ces plages de la Manche que je me représentais battues par les vents et pleines de galets qui vous rentrent dans les chaussures. J'étais tout de même un peu vexée qu'Harry y soit allé avec Marina, alors qu'il ne m'avait jamais proposé de m'emmener respirer l'air du large, à l'occasion de l'une de nos sorties.

« Harry a toujours trouvé Brighton romantique, dit Charlotte. Il aime les plages de galets et les boissons chaudes, sans compter que ça l'amuse beaucoup de voir les mouettes chiper les cornets de glace des promeneurs.

– À votre avis, que feront-ils quand ils en auront assez de Brighton ? demandai-je.

– Quand il en aura assez de Marina, rectifia tante Clare, ce qui finira par arriver un jour ou l'autre. Eh bien, il rentrera au bercail, la queue entre les jambes, en vous suppliant de lui pardonner, Pénélope.

– Je n'ai encore jamais vu Harry la queue entre les jambes », remarqua Charlotte.

La conversation se poursuivit ainsi, comme toujours pendant le thé. Ce jour-là, pourtant, il y avait quelque chose d'inhabituel dans le bureau de tante Clare. Quelque chose de bizarre que j'étais incapable de définir mais dont je sentais la présence dans le tic-tac de la pendule et les rayons de soleil tremblotants qui s'infiltraient dans la pièce et se réfléchissaient dans les yeux de tante Clare.

« Va fermer les rideaux, Charlotte. Il y a trop de lumière. »

Je n'aurais jamais pensé que tante Clare pût trouver le soleil trop éclatant. C'était souvent elle qui paraissait trop éclatante pour le soleil.

Vingt minutes plus tard, je me levai pour partir. « J'espère que tout va bien pour Harry, dis-je à Charlotte, qui m'avait raccompagnée à la porte.

– Vraiment ?

– Vraiment quoi ?

– Tu espères vraiment que tout va bien pour lui ?

– Mais oui. Je sais qu'il voulait la reconquérir, mais maintenant qu'il a atteint son but, j'ai un peu de mal à imaginer ce qui va se passer.

– C'est exactement ce que je me suis dit, alors. » Elle s'illumina d'un grand sourire. Sa fatigue semblait s'être dissipée.

« Qu'est-ce qu'il y a, Charlotte ? Pourquoi cet air mystérieux ?

– Tu es amoureuse de lui, évidemment.

– Quoi ? » L'espace d'une fraction de seconde, il me sembla que tout s'éclairait et que cette impression pénible que j'éprouvais d'aussi loin que remontait mon souvenir, cette impression que tout allait trop vite, de n'avoir aucun pouvoir sur moi-même, me quitta tout à coup. Puis, l'instant d'après, elle était là de nouveau.

« Tu dis n'importe quoi, m'emportai-je. Je ne te comprends pas, Charlotte.

– Il n'y a rien à comprendre. C'est tout simple.

– Mais ce n'est pas *vrai* ! J'aimerais bien que tu cesses de sortir de grandes phrases qui n'ont absolument aucun rapport avec la réalité. Je crois que ça t'amuse, voilà tout. »

J'avais l'air hors de moi. J'étais hors de moi, mais Charlotte se contenta de rire. « La dame, ce me semble..., commença-t-elle.

– Oui. La dame *proteste* foutrement [1], coupai-je. Tu crois bien me connaître, n'est-ce pas ? Eh bien, non, tu ne me connais pas et tu viens de m'en donner la preuve. »

Je la plantai là et descendis l'escalier. Arrivée au bout de la rue, je m'engageai dans Kensington High Street, puis je remontai Notting Hill, Queens Road et continuai ainsi jusqu'à Paddington, sans me retourner une seule fois.

---

1. Shakespeare, *Hamlet* : « La dame, ce me semble, fait trop de protestations. » (*N.d.T.*)

XIX

Une soirée mémorable

Depuis cinq mois que nous nous connaissions, Charlotte et moi, nous ne nous étions encore jamais disputées et la perspective de perdre son amitié me consternait. Néanmoins, je lui en voulais tellement d'avoir pu supposer que j'étais secrètement amoureuse d'Harry que je m'interdis, quatre jours durant, de lui téléphoner. Je pensais que ce serait elle qui ferait le premier pas, mais le téléphone demeurant affreusement, farouchement muet, je commençais à me demander si elle n'en avait pas tout simplement assez de moi. J'étais dans une mauvaise passe. Assise à la table de la salle à manger, je transpirais à grosses gouttes sur une dissertation, ayant cette fois pour sujet la Dame de Shalott, présentée sous l'aspect d'une séductrice coquette et superficielle – des adjectifs qui ne servaient qu'à me rappeler Marina –, et je me demandais pour la centième fois où ils pouvaient bien être tous les deux, elle et Harry.

J'aurais supporté cette situation sans trop de difficulté si Rocky avait téléphoné ou écrit, ou, mieux encore, s'il était arrivé dans sa belle auto, pour prendre le thé à la maison. Je ne sais pourquoi, mais j'étais persuadée que je le reverrais un jour – en raison d'un optimisme inné et stupide, probablement – et je ne parvenais pas à croire qu'il ait pu repartir aux États-Unis sans même me dire au revoir. J'avais supplié Mary de ne pas parler à maman de la visite de nos deux amis américains et, tout en prenant un air suprêmement réprobateur, elle avait reconnu que nous avions toutes deux intérêt à ne rien dire. Sans doute craignait-elle que maman lui reproche d'avoir laissé entrer des étrangers dans la maison, alors que, pour ma part, j'avais la certitude que c'était sur moi que tout retomberait. Mary, qui avait toujours feint de professer une grande antipathie envers les Américains, afin de faire plaisir à maman, avait du mal à oublier Rocky.

« Quelle présence il a ! m'avait-elle dit, en essuyant une larme, alors qu'elle hachait des oignons. Et ses chaussures, quelle élégance. »

Maman passait ses journées dans le jardin, sans se rendre très utile pour autant. Ses lamentations perpétuelles concernant notre situation financière m'agaçaient prodigieusement. Elle était toute prête à reconnaître que nous ne pouvions pas continuer à vivre comme nous le faisions, pourtant rien ne changeait. Sa peur de l'argent se manifestait en toutes choses. Quelquefois, quand elle ouvrait son sac, ses mains tremblaient comme si ce qu'il contenait avait pu la contaminer. Un jour, alors que je lui demandais deux shillings pour acheter des timbres, elle m'avait donné un billet de dix shillings, en me disant, avec une lueur de défi dans les yeux, d'acheter une glace et un magazine pour Inigo et pour moi.

« Mais...

— Pénélope, prends ce qu'on te donne, » avait-elle insisté, sur un ton péremptoire. Cette fois-là, j'avais mangé ma glace sans aucun plaisir. Contrairement à Inigo, qui était capable de faire des folies sans se sentir coupable – une disposition que je lui enviais.

« Tu as l'air énervée, ma chérie. Qu'est-ce que tu as ? me demanda maman, le quatrième jour de ma grève du téléphone.

— Rien. J'ai beaucoup de devoirs à terminer, c'est tout.

— Charlotte ne t'aide pas ?

— On s'est un peu disputées.

— Ah ?

— J'ai l'impression qu'elle croit me connaître mieux que je ne me connais moi-même. » La rancune que j'éprouvais envers Charlotte m'avait entraînée à lui en dire plus que je ne le voulais. Elle se mit à rire.

« Oh, c'est probablement le cas, ma chérie. Les filles comme Charlotte sont très fines. »

Je restai sans voix. D'un côté, j'étais furieuse contre maman mais, de l'autre, les mains me démangeaient de décrocher le téléphone, aussi j'attendis qu'elle soit partie pour me glisser dans le hall (vous devez penser que je passais ma vie pendue au téléphone – en tout cas, maman le pensait – mais avant de rencontrer Charlotte, il m'arrivait très rarement d'appeler des amis. Elle était la première personne que je connaissais dont je pouvais dire avec certitude qu'elle était une intoxiquée du téléphone et cette addiction était contagieuse, ce qui m'avait rendu encore plus pénibles ces quatre journées de privation).

Charlotte décrocha instantanément. « Allô ?

— C'est moi. Pénélope.

— Ma parole, ce que tu as l'air grave, Pénélope. Ça va ?

— Je ne suis pas amoureuse d'Harry ! Je trouve que c'était vraiment injuste de ta part de me jeter ça à la figure. Je ne l'ai jamais aimé. Tu le sais, tout de même, hein, Charlotte ? »

Le silence retomba, le temps que nous puissions digérer, l'une comme l'autre, ce que je venais de dire.

« Je crois que nous allons devoir tomber d'accord pour dire que nous ne sommes pas d'accord. » Elle sortait fréquemment ce genre de petites phrases qu'elle agrémentait d'un accent américain si bien imité que c'en était encore plus agaçant.

« Il n'y a pas à être d'accord ou pas ! Ce que j'ai dit est vrai et si ça te déçoit, j'en suis désolée.

— La seule chose qui me déçoit, c'est que tu ne l'aies pas encore compris. Mais on a tout le temps. »

Je me sentis devenir rouge de colère. « Qu'est-ce qui te fait croire que tu peux me dire de qui je dois ou ne dois pas tomber amoureuse ?

— Mais non, je ne crois rien.

— Et Rocky. Je l'aime, lui aussi ?

— Bien sûr que non.

— Que veux-tu dire ?

— Je veux dire, bien sûr que non. Oh ! tu as un petit béguin pour lui, je n'en doute pas ; moi aussi d'ailleurs. Et ce serait pareil pour la totalité de la popula-

430

tion de ce pays si tout le monde le voyait quand il sert du champagne, ou quand il te parle en te regardant comme si rien d'autre n'avait d'importance pour lui. Il est absolument, irrésistiblement, délicieux. Ça ne veut pas dire que nous soyons amoureuses de lui. Sa compagnie nous est agréable, de même que l'idée que nous pouvons l'intéresser. C'est complètement différent. »

Je faisais mon possible pour saisir le sens de ces propos, sans parvenir à leur en trouver aucun.

« Tu m'as manqué, reprit-elle. Tante Clare a des maux d'estomac épouvantables – à force de trop parler, j'imagine –, aussi je suis allée me balader dans le quartier pour reluquer les vitrines des bijoutiers, en rêvant de devenir riche. Mais toute seule, ce n'est pas très drôle, tu peux me croire.

– Pourquoi tu ne m'as pas téléphoné ?

– Je me suis dit que tu avais besoin de temps pour réfléchir.

– À quel sujet ?

– Harry et toi, bien sûr.

– Est-ce qu'on ne pourrait pas arrêter de parler d'Harry et moi ?

– Tu pars au quart de tour, dit-elle, amusée. D'accord, je ne te parlerai plus de lui, si ça te contrarie tant que ça. Ah ! sauf pour t'informer qu'il m'a envoyé une carte postale de Brighton.

– Qu'est-ce qu'elle disait, cette carte postale ? demandai-je, emportée par ma curiosité.

– Seulement de penser à donner à manger à Julien. Il se croit spirituel, probablement.

– C'est assez drôle, en effet.

– Tu dois te douter que je ne pense plus qu'à une seule chose, en ce moment.

– Bien sûr. C'est pareil pour moi.

– Johnnie. » Ce nom prononcé d'une même voix déclencha une explosion de joie simultanée.

Et voilà, nous étions raccommodées, Charlotte et moi. Quant à Harry, il était en vie et toujours en Angleterre. Cette allusion à Julien, sur sa carte postale, nous mettait du baume au cœur – c'était une manière de nous faire savoir que Marina ne l'avait pas changé, contrairement à ce que nous aurions pu craindre. Puisque Harry était heureux, pensai-je, l'humanité tout entière pouvait recommencer à respirer.

Le lendemain matin, je me réveillai à 7 heures, avec le soleil dans les yeux et la tête pleine de chants d'oiseaux. J'enfilai une petite robe que Charlotte s'était confectionnée, puis qu'elle m'avait donnée parce qu'elle était trop grande pour elle (donc parfaite pour moi), et je partis au village avec Fido pour acheter du lait, un paquet de céréales et des berlingots. La rosée scintillait sur l'herbe des bas-côtés, l'éclatant soleil d'avril accentuait la blancheur de mes bras et de mes jambes, sous le tissu léger de la robe de Charlotte, et j'avais l'impression d'être une autre, une créature de l'hiver émergeant des enfers. En passant devant le *green*, la place du village, je vis trois filles à peu près de mon âge qui mangeaient des sandwiches en buvant du lait à la bouteille, assises sur le vieux banc. On aurait dit qu'elles ne s'étaient pas couchées de la nuit. Pour avoir été en pension pendant cinq ans, j'avais toujours envié la liberté de ces adolescentes qui allaient à l'école du village – elles se déplaçaient en bandes et me semblaient toujours rire d'une blague qu'elles seules pouvaient comprendre. Alléché par l'odeur du fromage et du jambon, Fido courut vers elles et commença à mendier quelque chose à manger.

« Fido ! » criai-je, affreusement gênée à cause de ma robe. Si maman apprenait que j'étais sortie si peu vêtue, elle en serait mortifiée. Fido fit mine de ne pas m'entendre ; il avait pratiquement le museau dans leur casse-croûte. « Saleté de chien ! » marmonnai-je, avant de l'appeler une deuxième fois. La plus jolie des trois filles se mit à rire et lui donna un petit bout de pain.

« Hé, doucement ! Il a failli m'attraper la main ! »

Je m'approchai et le saisis par le collier. « Excusez-moi, dis-je. Il est très mal élevé.

– On adore les chiens, toutes les trois, annonça la deuxième, une blonde à l'air enjoué, qui avait des yeux ronds comme des soucoupes et une voix éraillée.

– Ce qu'il est mignon », dit la troisième. Elle ressemblait à une petite souris et avait les lèvres tartinées d'une épaisse couche de fard rose. Tandis qu'elle caressait Fido, je vis qu'elle portait un insigne du fan-club de Johnnie Ray sur le revers de sa veste.

« Oh ! m'écriai-je. Vous êtes une admiratrice de Johnnie Ray ! »

Trois paires d'yeux écarquillés se posèrent sur moi. « Tu l'aimes bien, toi ? demanda la petite souris.

– Moi, je l'aime, rectifiai-je automatiquement. Je vais le voir la semaine prochaine.

– Comme nous, dit la blonde. Tu es placée où ?

– Oh... je... je ne sais pas exactement, dis-je,

n'osant pas avouer que j'avais une place au premier rang.

– Tu ne sais pas ? » La souris me regarda avec stupéfaction. « Tu vas voir Johnnie Ray et tu ne sais pas où tu es placée ? »

Elles étaient perplexes, presque indignées.

« Vous y allez toutes les trois ?

– Évidemment, dit la blonde, condescendante. On ne le manque jamais.

– On se verra peut-être là-bas, pouffa celle qui était jolie. La semaine prochaine, Kevin sera chez ma sœur.

– Kevin ?

– Son fils », expliqua la souris, d'un air important.

J'étais un peu désarçonnée.

« Après, on va toujours attendre Johnnie à la sortie, poursuivit la souris. La dernière fois, il a embrassé Sarah. »

La blonde rougit et se cacha la figure dans les mains. « C'est vrai ! bêla-t-elle. Même que je ne me suis pas lavé la figure pendant une semaine.

– Il t'a embrassée ! » chuchotai-je, incrédule. Donc, c'était possible. Charlotte avait raison.

« On va l'attendre devant la petite porte, ou bien à l'entrée principale. On ne peut jamais savoir par où il va sortir, alors on surveille les deux côtés. Mais il est bien obligé de sortir par quelque part, hein ? » dit Sarah. Elle tira de sa poche un paquet de cigarettes et elles en prirent chacune une qu'elles allumèrent en laissant dessus des marques de rouge à lèvres, pendant que je restais à les regarder, les bras ballants. Derrière le banc sur lequel elles étaient assises, les yeux plissés à cause de la fumée, se dressait l'église et, au-delà de l'église, s'étendaient les prés que maman avait loués à un paysan pour la moitié de leur prix. Les bêlements des agneaux nouveau-nés, ajoutés à la fanfare triomphale et assourdissante des oiseaux perchés dans les bouleaux argentés du *green*, déclenchèrent soudain une grande bouffée de printemps qui me monta à la tête. En l'espace d'une seule nuit, le paysage s'était métamorphosé et le village n'avait plus rien de commun avec ce qu'il était hier. La blonde m'offrit une cigarette.

« Oh, non, merci !
– Tu ne fumes pas ?
– Si, de temps en temps. Mais pas si tôt le matin. »

Je crus entendre le couinement de chauve-souris par lequel maman exprimait généralement sa désapprobation. Avais-je le droit de traîner sur la place du village et de fumer avec ces jeunes filles ? J'avais une peur bleue que Johns, ou Mary, ou même maman, arrive et me surprenne. J'étais persuadée que Charlotte ne se serait pas posé tant de questions.

« Cette fois, on sera tout au fond, dit la petite souris. On n'avait pas assez d'argent, alors on a pris des places debout, à deux shillings. C'est mieux que rien. On le verra quand même. Et peut-être qu'on aura droit à un baiser, quand il sortira. »

Sarah grattait de son ongle la peinture du banc, qui s'écaillait. « Ton chien a mangé mon sandwich, remarqua-t-elle tranquillement.
– Oh, zut ! Je suis désolée, dis-je en poussant Fido.
– Il a recraché la tomate, Sarah ! s'esclaffa celle qui avait de gros yeux.
– Comme ça, je serai plus mince pour voir Johnnie.

– Je m'appelle Pénélope, dis-je, un peu embarrassée, à cause de mon élocution distinguée et de mon prénom à rallonge.

– Moi, c'est Lorraine, dit la souris, en me tendant sa main.

– Deborah, annonça la plus jolie.

– On se verra peut-être au Palladium, alors », dis-je, d'un air emprunté.

Pour une raison qui m'échappa, elles se mirent toutes les trois à glousser et il me sembla que quelque chose avait attiré leur attention. Jugeant qu'il était temps que je parte, j'empoignai Fido par le collier et, au même moment, de l'autre côté de la place, apparut une bande de Teddy Boys d'une quinzaine d'années, complet impeccable, coiffure parfaite. Je m'éloignai en baissant la tête – et furieuse contre moi-même d'être aussi bêtement timide.

« Hé ! » Je me retournai et l'une d'elles me cria : « Dis bonjour à ton frère de notre part ! »

J'étais stupéfaite. Évidemment, je n'étais pas sans ignorer qu'Inigo était bien connu dans le village (il était trop beau pour qu'il en fût autrement), mais je n'aurais jamais pensé qu'elles savaient que j'étais sa sœur.

« Vous connaissez mon frère ? dis-je, en revenant sur mes pas.

– Si on veut, dit Deborah.

– Il fait partie du club, lui aussi ?

– Quel club ?

– Il aime bien Johnnie ?

– Oh non ! Il n'écoute plus qu'Elvis Presley.

– Qui ? demanda Lorraine.

– Elvis Presley », répétai-je. Ce nom qui m'était devenu tellement familier ne leur disait rien. « Il est très célèbre à Memphis, dans le Tennessee, expliquai-je. Inigo... mon frère... pense que ce sera pareil chez nous, avant la fin de l'année. » J'étais assez fière de leur fournir ces informations.

« Il chante comment ? demanda Lorraine, méfiante.
– Comme personne. Absolument comme personne. »

Elles ne disaient rien, songeuses, avec l'air de se demander comment pouvait bien chanter « personne ». Je me contentai de sourire et au moment où je repartais, elles me crièrent encore quelque chose.

« Elle est chouette, ta robe ! » C'était Lorraine.

« Merci ! criai-je à mon tour, ne sachant pas trop comment je devais prendre le compliment.

– Tu l'as achetée où ? » demanda Deborah.

Une réflexion de Charlotte me revint alors en mémoire : toutes les filles vont adopter ces robes. Toutes les filles voudront les porter.

« C'est une amie à moi qui les fabrique ! répondis-je. Bientôt, elle se fera un nom dans la mode ! » Je m'attendais à les entendre pouffer, mais elles hochèrent la tête sans rien dire, tout en écrasant leur cigarette. Elles n'avaient pas ri. Ça devait vouloir dire qu'elles me croyaient.

« Fais nos amitiés à Indigo ! » hurla Sarah.

Nous étions convenues, Charlotte et moi, de nous retrouver dans un café plutôt que chez tante Clare, un peu avant le concert de Johnnie. Johns devant se rendre à Londres afin d'acheter des pièces détachées pour la voiture, il m'avait emmenée avec lui, si bien que j'étais arrivée au rendez-vous avec vingt minutes d'avance. J'avais l'impression, ce soir-là, que Londres tout entier était en effervescence, qu'un bouleversement général s'était produit parce que la ville avait appris que moi, Pénélope Wallace, j'allais voir Johnnie Ray en chair et en os, pour la première fois de ma vie. J'avais eu toutes les peines du monde pour décider de ce que j'allais mettre. Je désirais bien entendu que Johnnie me distingue entre toutes ses admiratrices, sans toutefois oser prendre le risque de m'habiller différemment des autres filles de mon âge – un petit corsage bien ajusté, avec une jupe ample, serrée à la taille à ne presque plus pouvoir respirer et, naturellement, une épaisse couche de rouge à lèvres. À la dernière minute, j'avais mis le collier de perles que m'avait légué mon arrière-grand-mère et dont maman avait précisé qu'il ne devrait être porté que dans les grandes occasions, et si ce n'était pas là une grande occasion... J'avais pris le petit sac du soir que ma marraine la fée m'avait fait parvenir pour le dîner du Ritz, et j'avais souri en pensant qu'où qu'il se trouvât et quoi qu'il fît en ce moment avec Marina, Harry penserait à moi ce soir ; il se demanderait si j'étais bien placée et si j'avais pleuré en voyant Johnnie arriver sur la scène. Je me disais qu'il aurait donné n'importe quoi pour être avec Charlotte et moi. Notre passion pour Johnnie le fascinait au plus haut point.

En attendant Charlotte, je commandai des frites et une glace. L'établissement était rempli de filles – il y en avait de si jeunes que leur mère avait dû les accompagner – dont beaucoup arboraient l'insigne du fan-club de Johnnie. Il faisait une chaleur étouffante – résultat de la vapeur montant des théières, des bavardages fébriles et de l'attente du grand événement. Je me souviens d'avoir été obligée de me mordre les lèvres pour arrêter de sourire comme une idiote. Je ne pensais qu'à une seule chose : ça y était ! Le jour auquel j'avais tant pensé était venu et, dans moins d'une heure, je verrais Johnnie en vrai. Quand Charlotte apparut, il me sembla que le silence se faisait, comme s'il s'imposait à l'évidence que c'était la seule fille que Johnnie allait vouloir embrasser. Elle n'avait plus les yeux battus et les épaules voûtées que je lui avais vus l'autre fois, chez tante Clare, et respirait de nouveau l'énergie. Elle portait une robe bleu pâle à taille haute et, par-dessus, un cardigan rose bonbon, très sage. Avec ses longs cheveux épais flottant librement dans son dos, contrairement aux autres filles, qui avaient toutes un chignon d'une sorte ou d'une autre, et ses chaussures éclaboussées de vert et d'or, qui ne ressemblaient à rien de ce qu'on pouvait voir, elle fit une entrée très remarquée. Et, comme d'habitude, elle ne paraissait nullement en avoir conscience.

« C'est affreux, je suis trop nouée pour avaler quoi que ce soit, soupira-t-elle, mais ses yeux verts s'agrandirent quand elle vit arriver mes frites. Tiens, dans le fond, j'arriverai peut-être à caser un petit quelque chose, remarqua-t-elle, et elle commanda un hamburger et un verre de vin.

« Tu as les billets ? me dit-elle, et je les sortis de mon sac avec autant de précautions que si ç'avait été un trésor sans prix.

– Tu crois que toutes les filles qui sont ici sont amoureuses de Johnnie ? demandai-je.

– Évidemment. Mais pas une ne sera aussi bien placée que nous. »

C'était la première fois que je mettais les pieds au Palladium. Charlotte y était déjà allée, deux ans plus tôt, avec tante Clare et Harry, pour voir *Cendrillon*, et elle s'était endormie au milieu du spectacle.

« Je ne me suis réveillée que parce qu'Harry avait attrapé le fou rire, à cause de l'acteur qui faisait la citrouille », m'expliqua-t-elle, tandis que nous suivions le flot qui s'écoulait vers les portes de l'auditorium. Je n'avais jamais vu une foule aussi nombreuse et, à en juger par leur air ébahi, les policiers non plus. Le plus impressionnant, c'était de savoir que, partout où se posait le regard, il n'y avait que des gens qui étaient venus pour Johnnie et pour personne d'autre. Un peu comme si on rencontrait enfin des parents éloignés dont on savait qu'ils existaient sans les avoir jamais vus. Nous attendions toutes bien sagement, par petits groupes, souriant jusqu'aux oreilles parce qu'il nous était impossible de ne pas sourire, un peu inquiètes, malgré tout, à la pensée de ne pas être la plus jolie et de voir Johnnie tomber amoureux d'une autre. Alors que nous approchions de l'entrée, une grande bringue affublée de lunettes de myope, qui se trouvait juste derrière nous, lança d'une voix sifflante : « Les journalistes ! Là-bas ! »

Je me retournai aussitôt et vis deux reporters, accompagnés de deux photographes, qui parlaient avec deux admiratrices de Johnnie, en griffonnant fébrilement sur un bloc-notes.

« Ce qu'elles sont bêtes de leur répondre, dit la fille aux lunettes. Elles vont se rendre ridicules. »

Il ne ressemble à personne, disait l'une des deux filles aux journalistes. Je ne marierai pas, tant que ce ne sera pas avec Johnnie.

« Elle peut se préparer à attendre vachement longtemps, ricana notre nouvelle amie. Tout le monde sait que Johnnie préfère les blondes.

– Où habitez-vous ? lui demandai-je, surprise par son accent.

– Dans le Lancashire. Je suis venue en stop.

– En stop ? »

Elle rit. « Oui. J'ai levé le pouce et me voilà. »

J'ouvrais la bouche pour lui répondre mais une marée puissante m'emporta en avant et je fus propulsée sur les marches du bâtiment, puis dans le hall, où je restai un moment à cligner des yeux pour accommoder mon regard à l'éclairage artificiel tamisé, après l'éclatante lumière d'avril. Charlotte me prit par la main et me dit :

« Suis-moi ! » D'elles-mêmes, mes jambes se mirent en mouvement. Je serrais les billets dans ma main comme si ma vie en dépendait. Autour de nous, des filles à qui on aurait donné le bon Dieu sans confession, avec leur jupe et leur pull-over, avaient dans les yeux une lueur sauvage. Il était clair que, pour Johnnie, elles auraient volé, poussé, frappé, tué et voyagé en stop – je le savais parce que je n'aurais pas hésité moi-même à en faire autant.

Je m'installai à ma place, à côté de Charlotte, et après avoir examiné le plafond pendant quelques instants, je me retournai pour jeter un coup d'œil au public. En proie à un rire nerveux, j'ouvris un paquet de bonbons, tout en écoutant la rumeur de l'excitation qui montait de minute en minute. Plusieurs filles vinrent nous demander comment il se faisait que nous avions de si bonnes places et elles nous proposèrent de nous les racheter. L'une d'elles, qui ne devait pas avoir plus de treize ans, m'offrit son manteau et ses chaussures en échange de mon billet. Je refusai d'un signe de tête et, sans dire un mot, elle repartit en courant retrouver ses amies qui nous regardèrent avec curiosité, Charlotte et moi. Il y avait aussi quelques garçons (comme toujours pour la pop music), mais ce soir, c'étaient les filles qui avaient le pouvoir, qui déterminaient l'ambiance et attendaient l'arrivée de Johnnie avec cette impatience délicieuse, magique, que l'on éprouve seulement quand on est jeune, moderne et débordant de désir. Le désir ! Oui, c'était le mot. De temps à autre apparaissait un visage d'adulte – une ouvreuse ou un vendeur de glaces – et je sentais alors le fossé qui nous séparait, nous les jeunes et eux, les résignés, les quadragénaires, s'élargir aux dimensions d'une gigantesque faille. Ils auraient pu aussi bien avoir trois cents ans – et même appartenir à une autre espèce, à une ère différente. Nous n'avions rien en commun.

Quand le rideau se leva enfin, l'effervescence avait atteint un sommet et nous étions devenues, Charlotte et moi, des créatures que je ne reconnaissais pas. Au moment où l'on commença à voir le piano, sur les planches noires et lisses de la scène, les hurlements redoublèrent et je sentis un flot d'énergie qui prenait sa source dans la plante de mes pieds monter dans tout mon corps, ainsi que du mercure, et embraser le bout de mes doigts : alors mes mains s'élevèrent toutes seules, comme si elles ne faisaient pas partie de moi et se mouvaient de leur volonté propre. Je n'y pouvais rien. Il ne me restait qu'à regarder et à suivre le mouvement.

« Johnnie ! vociféra Charlotte, et son cri alla se perdre dans la formidable clameur qui montait derrière nous.

– JOHNNIE ! » J'avais hurlé, hurlé véritablement. Cela revenait à s'époumoner face au grondement d'un raz de marée, mais comment faire autrement ? Car il venait d'apparaître, beau, irréel, efflanqué, tremblant comme s'il avait reçu une décharge électrique – Johnnie Ray. Il sourit et tous les cœurs s'arrêtèrent de battre ; il parla et nous nous sentîmes défaillir. Il commença à chanter « The Little Cloud That Cried », et je crus que le plafond du Palladium allait s'affaisser sous l'effet de la faim ardente qu'il déclenchait en nous. Je regardai Charlotte et vis que ses joues ruisselaient de larmes, elle me regarda à son tour et un même éclat de rire nous échappa, car ni elle ni moi, qui avions pourtant tant fantasmé sur cette soirée, ne nous attendions à ressentir une telle émotion. Tout autour de nous, dans la vaste matrice de velours du Palladium, des filles se dressaient en criant, comme en proie à une extase religieuse ; si Elvis allait bientôt devenir le King, nous avions ici notre Jean-Baptiste, gémissant, prêchant dans le désert de la scène et se nourrissant de sauterelles et de miel sauvage. Il nous tenait dans le creux de sa main et, pour rien au monde, nous n'aurions voulu être ailleurs. Quand il monta sur le piano et se mit à frapper sur le clavier avec une violence inouïe, se déchaînant complètement et nous entraînant à en demander encore et encore... je fermai les yeux afin de fixer cette image en moi pour toujours.

« Merde alors, il est fantastique, me dit Charlotte, quand il s'arrêta de chanter.

– Oh, je l'aime trop, me lamentai-je.

– Je sais. Tu as vu son costume ? Il est sublime, hein ? »

(À dire la vérité, je n'avais pratiquement pas remarqué comment il était habillé – pour moi, ça n'avait aucune importance – mais Charlotte, elle, voyait tout. Au retour, elle fit même une allusion à la couleur de ses chaussures – pourquoi avait-elle pris le temps de s'intéresser à ce détail au lieu de s'abîmer dans la contemplation de son visage divin ? Je ne saurais le dire.) À l'instant où il attaquait les premières notes de « Whisky and Gin » et que tous mes sens s'emplissaient des cris et des acclamations, je pensai tout à coup à maman, brisée et anéantie par la guerre et la mort de papa, et je fus prise d'une envie profonde qu'elle pût comprendre ce que nous ressentions ce soir – sentir qu'on a dix-huit ans et qu'on n'a pas encore connu de défaite, avoir dix-huit ans et être vivant.

« Il descend ! » hurla une fille derrière moi. En effet, au milieu de « Walking my Baby », Johnnie descendit de la scène et la clameur s'enfla à tel point que j'eus presque peur. Charlotte et moi étions debout, pétrifiées, les mains à hauteur du visage, attendant de voir ce qu'il allait faire. Il s'approcha de nous, de plus en plus près, et soudain, alors que je ne m'y attendais pas du tout, il se pencha vers moi et m'embrassa sur la joue.

« Salut, ma belle », dit-il en souriant. Je le regardai sans rien dire, les yeux écarquillés, la bouche grande ouverte, tandis que tout autour, le public hurlait et que des milliers de filles se marchaient dessus pour tenter de parvenir jusqu'à lui, en poussant des cris à faire écrouler les murs de la salle.

« JOHNNIE ! » ce nom résonnait dans mes oreilles et ma poitrine ; il distribua des sourires à la ronde, accompagnés de quelques clins d'œil et, aussi vite qu'il était descendu de la scène pour partager ma vie l'espace d'une fraction de seconde, respirer le même air que moi, m'appartenir, en somme, il y remonta pour se remettre à gémir dans le micro, en se tordant les mains, tout frémissant de l'émotion dont était empreinte sa chanson.

« Ça y est ! marmonnait sans cesse Charlotte. Il nous a vues ! Il t'a embrassée.

– Je n'arrive pas à y croire ! » C'est tout ce que j'arrivais à dire.

« Harry était sûrement au courant. Il devait savoir que ces places... c'est pour ça, d'ailleurs, qu'elles ont tellement insisté pour nous les racheter... »

J'étais persuadée qu'elle avait raison. Harry savait forcément que Johnnie viendrait nous embrasser. Il s'était débrouillé pour nous avoir ces places. C'est alors qu'un phénomène des plus curieux se produisit. Johnnie venait de commencer à chanter « Cry », quand une foule de sensations bizarres m'assaillirent et, plus elles s'emmêlaient dans ma tête, plus j'avais du mal à les assembler pour en dégager quelque chose de cohérent.

En sortant du Palladium, j'entendis qu'on m'appelait. Je me retournai, stupéfaite, et vis Deborah et Sarah, deux des jeunes filles que j'avais rencontrées sur la place du village.

« Ah, bonsoir ! » m'exclamai-je.

Charlotte m'interrogea du regard.

« On va aller l'attendre, chuchota Deborah. Vous venez avec nous ? »

J'allais répondre, mais Charlotte me devança, en leur disant, la main tendue : « D'accord. Ravie de vous connaître. Charlotte Ferris. »

Deborah jeta un coup d'œil furtif à ses chaussures. « C'est toi la fille qui fait des robes ?

– Oui. Je crois bien.

– Suivez-nous », ordonna Sarah.

XX

Mes idoles américaines

J'avais l'impression que nous attendions devant l'entrée des artistes depuis déjà une bonne heure, mais en réalité ça ne faisait guère plus de dix minutes. Il y avait avec nous beaucoup de filles qui, toutes, paraissaient avoir une grande expérience de la chose ; certaines d'entre elles avaient apporté des soixante-dix-huit tours, ou des posters, pour que Johnnie les leur dédicace, tandis que d'autres chantaient ses chansons en se balançant, en fumant et en riant entre elles. Le climat était explosif ; un petit groupe d'admiratrices avait même enfoncé les barrières de sécurité et des policiers arrivèrent pour les refouler. Je regardais la scène, un peu en retrait, la bouche entrouverte de saisissement. Johnnie avait libéré en nous une violence latente que la guerre et notre éducation avaient étouffée, et nous n'avions plus peur de rien. Nous faisions un curieux assortiment – toutes pomponnées avec soin et habillées dans le but unique de plaire à Johnnie, saturant la nuit d'effluves de parfums bon marché (Fern de Yardley porté par une quarantaine de filles était à mourir d'asphyxie) et de rouge à lèvres à deux sous – toutes assoiffées de choses dont nous ne savions presque rien, un homme, l'amour, et désireuses de se sentir belles et adultes. De temps en temps, la porte s'ouvrait sur un ingénieur du son ou un machiniste un peu effrayé, et c'étaient alors des clameurs d'espoir suivies de lamentations déçues.

« Il va peut-être sortir par-devant, dit Charlotte.

– On a envoyé Lorraine pour faire le guet, dit Deborah, qui avait toujours réponse à tout. S'il sort par l'autre côté, elle sifflera très fort et on se précipitera pour le coincer avant qu'il ait le temps de filer. Personnellement, je crois plutôt qu'il sortira par ici. »

Je n'en étais pas aussi sûre. Sarah, qui s'était tellement tartiné la figure de fond de teint et de blush qu'on ne voyait même plus qu'elle était belle, était en train de farfouiller dans son sac, dont elle finit par extraire une bouteille de gin.

« Je l'ai piquée à mémé, dit-elle en dévissant le bouchon. Vous en voulez ? Ça tient le froid en respect. » Elle en prit une bonne rasade, en veillant à ne pas abîmer son rouge à lèvres, puis elle essuya le goulot avec sa manche et passa la bouteille à Charlotte qui, bien entendu, ne la refusa pas.

« Il faut savoir s'adapter, me dit-elle à voix basse, tout en buvant un grand coup. Berk ! Le gin est vraiment un alcool répugnant. Qu'est-ce que je ne donnerais pas pour un cognac.

– Tu en veux ? me demanda Deborah. À moins que le gin ne te convienne pas. Pas assez distingué pour toi, hein ?

– Qu'est-ce que tu racontes ? » dis-je, en saisissant la bouteille. Bon Dieu, ce que c'était fort ! Je faillis m'étrangler et mes yeux se mouillèrent, mais je tournai la tête et personne ne s'en aperçut. Je rendis la bouteille à Deborah qui la passa à Sarah et, très vite, il n'en resta plus une seule goutte, car, honnêtement, c'était la seule chose à faire. J'étais d'accord avec Charlotte. C'était un breuvage immonde qui laissait un détestable arrière-goût dans la bouche. De plus, bien entendu, il entraînait une dépendance. Dix minutes plus tard, Lorraine arriva, dans un trench-coat beige. (Ces filles avaient beau être de la campagne, elles savaient s'habiller.) Elle nous regarda avec amusement, Charlotte et moi.

« Tiens, vous êtes là ! Où étiez-vous placées ?

— Au premier rang, dit aussitôt Charlotte. Johnnie a embrassé Pénélope. »

Il y eut un grand silence.

« C'était toi ? gémit Sarah. Pendant "Walking my Baby" ? Pourquoi tu ne nous as pas dit que tu serais au premier rang, l'autre jour ?

— Je ne savais pas que c'étaient des places spéciales, avouai-je.

— Merde alors, et tu prétends être une fan ! s'exclama Deborah, ce qui m'irrita au plus haut point.

— Comment vous avez eu ces places, alors ? demanda Lorraine, qui mourait de curiosité.

— Par un ami. C'était pour me remercier d'un service que je lui avais rendu.

— La prochaine fois, dis-lui que je suis prête à lui rendre tous les services qu'il voudra, ricana Sarah.

— Dis-moi, jusqu'où tu as dû aller pour avoir ça ? demanda Deborah, ce qui déclencha une tempête de rires.

– Ce n'est pas du tout ce que tu crois.

– Allez, allez ! » Lorraine me considéra avec une certaine admiration et me proposa encore une lampée de gin. Je bus, avec l'impression d'être Marina. Je regrettais qu'Harry ne fût pas là pour me voir sur mes hauts talons, complètement pompette, en train d'attendre Johnnie Ray au coin d'Argyll Street, dans la lueur sale d'une nuit de Londres sans étoiles, encore toute chavirée du baiser de mon idole, le cœur troublé par l'approche de l'été qui s'annonçait soudain. En cette nuit d'avril, les fleurs de cerisier tapissaient déjà le sol sous nos pieds. Harry aurait été ravi, pensai-je, car s'il ne comprenait pas notre amour pour Johnnie, il savait ce que cela signifiait d'éprouver des sentiments si violents qu'on en perdait presque la tête. Je m'efforçai de refouler la nostalgie qui m'avait envahie en entendant Johnnie chanter des chansons qui me rappelaient notre après-midi dans la Grande Galerie et je formulai le souhait qu'il soit heureux avec Marina. Qu'est-ce que cet après-midi avait donc de si particulier pour que j'en aie conservé si précieusement le souvenir ? D'autant que ni lui ni moi n'en avions jamais reparlé depuis...

« Je crois bien qu'on ne le verra pas », gémit Deborah, après que cinq autres minutes se furent écoulées. Déjà, plusieurs filles avaient renoncé à espérer et il y en avait même quelques-unes qui pleuraient en silence.

« Il faudra bien qu'il sorte, pourtant, s'impatienta Sarah. Débouche une autre bouteille, Deb. »

Au bout d'une heure, notre petit groupe décida enfin de partir ; nous étions les dernières et probablement aussi les plus ivres. Je m'écroulai sur le trottoir, avec

Charlotte ; nos trois amies firent de même et s'affalèrent les unes sur les autres, mortes de rire.

« Oooh Lorraine ! gémit Deborah. Tu m'écrases le pied !

— Et maintenant, qu'est-ce qu'on fait ? demanda Charlotte.

— On rentre à la maison, je suppose, dit Sarah, morose. Et c'est pas la porte à côté.

— Hé, je t'échange mon manteau contre tes chaussures, dit Deborah à Charlotte, qu'elle secouait par le bras.

— Je te les donne, ma cocotte. Mais je ne veux pas de ton manteau, merci beaucoup.

— Qu'est-ce qu'il a, mon manteau ? dit Deborah d'une voix pâteuse, ce à quoi Charlotte répondit par un de ses regards les plus meurtriers.

— Je n'ai pas le temps de t'expliquer exactement pourquoi je ne veux pas de ton manteau. Mais je veux bien essayer tes gants. »

On resta là, à regarder Charlotte enfiler les gants de Deborah et Deborah tenter de glisser ses pieds dans les chaussures de Charlotte – une opération malaisée étant donné son ébriété. Je pense qu'il s'était écoulé encore une demi-heure quand la porte de l'entrée des artistes s'ouvrit à nouveau sur une silhouette masculine.

« Johnnie ! s'exclama Sarah d'une voix mourante.

— Non. Il est parti, mes enfants. Vous devriez rentrer vous coucher ; il est plus de minuit et demi », dit l'inconnu, un petit bonhomme revêtu d'un uniforme, qui ressemblait aussi peu à Johnnie qu'il était possible.

« Pourquoi il est pas venu nous dire bonsoir, pleurnicha Lorraine. On est venues de loin pour le voir.

— Vous allez attraper du mal, dit l'homme, non sans gentillesse. Vous voulez que je vous aide à chercher un taxi ? »

On se releva toutes les cinq, en vacillant sur nos jambes ainsi que des faons nouveau-nés, et se retenant les unes aux autres pour ne pas tomber de nouveau.

« Vous lui direz qu'on est venues du Wiltshire pour le voir, fit Deborah.

— Vous le lui direz. Les gens sont vraiment... », enchaîna Sarah. Mais le ronronnement d'un moteur couvrit sa voix et, débouchant du coin de la rue, nous aveuglant par l'éclat de ses phares, apparut la silhouette anguleuse et superbe d'une automobile de marque étrangère. Une voiture de cinéma, une voiture qui ne semblait pas moins incongrue dans Londres qu'un vaisseau spatial. Une voiture américaine.

« Bon Dieu ! s'exclama Deborah, en portant la main à son front. Les extraterrestres ont débarqué !

— Putain, c'est James Dean ! hurla Lorraine.

— Merde ! C'est la voiture de Rocky ! » Charlotte avait réagi plus vite que moi, ce qui n'était pas surprenant, vu que mes réflexes marinaient dans le gin.

« Rocky ? répétai-je, stupéfaite. Oh non ! »

La voiture s'arrêta à notre hauteur et la portière du conducteur s'ouvrit.

« C'est peut-être Johnnie qui s'en va, s'écria Deborah, pleine d'espoir, en se précipitant vers le véhicule d'un pas chancelant, les bras tendus devant elle, comme un zombie.

— Je crains bien que non, dit une voix américaine,

délicieusement familière. Pénélope, Charlotte... qu'est-ce que vous faites ici ?

– Rocky ! » m'écriai-je. Il me rattrapa au moment où j'allais tomber.

« Du gin, dit-il d'un ton sec. Vous êtes complètement folles, mes enfants.

– Et vous, qu'est-ce que vous faites ici ? » dis-je, incapable d'effacer le sourire idiot plaqué sur mon visage, tandis que je buvais des yeux son smoking somptueux, l'ombre de la barbe naissante sur ses joues et sa moustache magique.

« J'avais un dîner au Claridge. À la table voisine, des gens parlaient du concert de Johnnie Ray au Palladium et ils disaient qu'il y avait une foule de jeunes filles qui l'attendaient devant l'entrée des artistes. J'ai eu le curieux pressentiment que je vous y trouverais. »

Sarah eut un hoquet.

« Mais je ne pensais pas vous trouver dans cet état, poursuivit-il, avec un regard sévère. Il faut rentrer, maintenant. Montez.

– Pas question, protestai-je. On attend Johnnie et, ensuite, on ira chez la tante de Charlotte.

– À vrai dire..., marmonna celle-ci. Je viens de m'apercevoir que j'ai oublié mes clés.

– Vous attendez Johnnie, eh bien, bon courage, répliqua sèchement Rocky. Si ce garçon est tant soit peu malin, il aura mis les voiles avant même que vous soyez sorties de la salle.

– Mais..., commença Deborah.

– Il n'y a pas de mais. Et qui sont-elles, celles-là ?

– Elles habitent près de chez moi. Elles adorent Johnnie, elles aussi.

– Bien. En vous serrant un peu, vous pourrez toutes vous caser dans la voiture, mais je vous préviens... s'il y en a une qui vomit, vous descendrez tout de suite, précisa-t-il, sur un ton qui montrait bien qu'il ne plaisantait pas.

– Où est-ce qu'il nous emmène ? demanda Sarah, en s'entassant joyeusement à l'arrière.

– Vous ne risquez rien avec lui. On le connaît, la rassura Charlotte.

– Des sièges en cuir rouge ! glapit Lorraine. Hé ! Le volant est du mauvais côté ! »

C'était un véritable exploit que de faire entrer dans la Chevrolet cinq admiratrices de Johnny complètement éméchées, exploit que Rocky réussit à accomplir. En proie à un fou rire monumental, Deborah, Lorraine et Sarah se mirent à poser à Rocky toute une série de questions ridicules, dont je brûlais d'envie de connaître les réponses.

« Qui vous avez été obligé de liquider pour avoir une voiture comme celle-là ? »

Il ignora la question.

« C'est quoi comme voiture, de toute manière ?

– Une Chevrolet.

– Ça alors. Dommage que Kevin ne soit pas là.

– Kevin ?

– Mon fils. » Deborah rougit. « Il est allé passer une semaine dans le Nord, chez ma sœur. Elle a un petit garçon qui s'appelle Jack. Ils sont copains, tous les deux, ça, on peut le dire. Ils aiment bien Johnnie Ray, eux aussi, mais Londres c'est pas un endroit pour les mômes.

— Quel âge as-tu, Deborah ? demanda Charlotte, en se faisant mon porte-parole et celui de Rocky.

— Dix-huit ans. Je vous signale que Kevin est encore un bébé... pour que vous n'alliez pas penser du mal de moi. »

Je la regardai avec une admiration un peu spéciale. À travers le brouillard du gin, elle me semblait beaucoup plus expérimentée que moi. J'eus un choc à la pensée que maman m'avait eue au même âge qu'elle. Toutes les deux des bébés avec un bébé, même si leur milieu ou la maison qu'elles habitaient étaient différents.

« Johnnie a une voiture comme celle-là ? » demanda Lorraine, consciente qu'il existait des sujets de conversation plus appropriés que Kevin et Jack, quand on était assis sur la banquette arrière d'une Chevrolet.

« Je n'en ai aucune idée et ça ne m'intéresse pas.

— Comment c'est possible de ne pas s'intéresser à Johnnie ?

— Je n'aime pas ce style larmoyant, ces pleurnicheries continuelles qu'on entend à la radio, qui brisent les cœurs sur disque... au bout d'un moment ça me tape sur les nerfs. »

Deborah se mit à rire. « Briser les cœurs sur disque ! Elle est bonne, celle-là.

— Et d'abord, comment vous avez fait pour amener votre voiture jusqu'ici ? s'entêta Lorraine.

— Je l'ai fait expédier par bateau, depuis New York.

— Vous habitez à New York ?

— De temps en temps.

— Vous avez une femme ? »

J'ouvris grand mes oreilles J'étais tout ouïe.

« Non, dit-il d'une voix égale. Je n'ai ni parents, ni enfants, ni animaux de compagnie. Et en ce moment, je remercie le Ciel de ne pas en avoir.

– Qui admirez-vous le plus, dans le cinéma ? » demanda Sarah, avec le plus grand naturel. Elle avait apparemment retrouvé sa lucidité plus vite que nous.

« Moi-même, répondit aussitôt Rocky.

– Pourquoi vous êtes ici, et pas en Amérique ?

– Les affaires. Et vous ?

– Nous ? On habite ici ! » s'écria Lorraine, aussi naïve que Deborah était futée. Elle le regarda avec curiosité. « Vous êtes célèbre ?

– Pas du tout.

– Vous êtes riche ?

– Assez riche pour ramener cinq jeunes filles de Londres dans le Wiltshire, au milieu de la nuit. »

Charlotte et moi, assises côte à côte à l'avant, nous nous donnâmes un coup de coude.

« Puis-je me permettre de vous demander ce que vous auriez fait si je n'avais pas été là ? nous dit Rocky, sans même nous regarder.

– Je n'en sais rien, répondit Charlotte, songeuse. On se serait vendues corps et âme à la nuit impitoyable, je suppose.

– Parle pour toi », répliquai-je d'un ton pincé, et je vis Rocky qui essayait de ne pas sourire.

On arriva à Westbury à 5 heures du matin. Le trio de l'arrière s'était endormi pendant la dernière heure du trajet, de même que Charlotte, dont la tête roulait sur mon épaule. Moi j'étais restée tout le temps éveillée, ne serait-ce que pour ne pas risquer de m'en vouloir jusqu'à la fin de mes jours, si jamais je ne gardais pas un souvenir intégral de ce voyage en voiture de Londres à Magna, avec Rocky.

« Réveillez-vous, chuchotai-je en me retournant. On arrive !

— Où habitez-vous, les filles ? demanda Rocky à Deborah.

— Oh ! laissez-nous devant le *green* », dit-elle en bâillant, les yeux lourds de sommeil. Elle s'étira et fouilla dans son sac. « On ne peut pas vous donner quelque chose ? Vous avez été tellement gentil de nous ramener dans votre belle voiture. J'ai l'impression d'être une star.

— Promettez-moi seulement que vous n'allez pas passer votre vie à traîner autour des chanteurs, dit-il, en leur ouvrant la portière.

— Oh ! Ça, je ne pourrais pas vous le promettre. »

Un calme étrange régnait sur la place. Une chouette ulula au fond du cerisier et l'ombre d'un renard traversa la rue, juste devant nous. Ici, la nuit grouillait d'étoiles et la lune, qui donnait l'impression d'avoir subi un vigoureux décrassage des mains de Mary, luisait d'un blanc aussi éclatant que les dents de Marina. Charlotte alla s'asseoir à l'arrière. Les cinq minutes qu'il nous fallut pour regagner Magna s'écoulèrent dans le plus grand silence. Pourquoi a-t-il fait ça ? me demandai-je. Rien ne l'obligeait à nous raccompagner.

« Vous devriez rester dormir à la maison, lui dis-je.

— C'est la première chose sensée que vous avez dite de toute cette nuit, mon petit. »

Rocky nous fit descendre de la voiture sans ménagement et nous entrâmes dans la maison sur la pointe des pieds. Maman ne fermait jamais les portes à clé, ce que Rocky jugea fort imprudent.

« Je vais vous emmener dans la chambre Wellington, dis-je, en trébuchant sur une batte de cricket. Toi, Charlotte, tu sais où tu dors. »

En montant l'escalier, je me sentis douloureusement consciente du fait que Rocky me suivait dans l'escalier et je regrettais amèrement d'avoir bu tant de gin. J'étais comme assommée par la fatigue et, soudain, une tristesse indicible m'envahit. Rocky, à qui rien n'échappait, s'en aperçut aussitôt.

« Le gin a un effet plus abominable que n'importe quel autre alcool, dit-il, en s'asseyant sur le lit. Je vous conseille de dormir un peu et de boire deux ou trois bols de café noir, à votre réveil. »

Lui aussi, il avait l'air épuisé, tout d'un coup, la fatigue rétrécissait ses yeux bienveillants. Il bâilla à se décrocher la mâchoire, comme un lion. Je mourais d'envie d'aller me jeter dans ses bras et de lui dire combien j'étais désolée de lui avoir fait faire tous ces kilomètres, mais je n'osais pas et je restais plantée sur le seuil de la chambre, à le regarder avec l'air d'un enfant qui attend un signe d'approbation.

« Maman va sûrement avoir la surprise de sa vie, quand elle vous verra, demain matin, dis-je d'une voix aiguë. Ne vous inquiétez pas, je lui expliquerai tout. Une fois qu'elle saura de quels périls vous nous avez sauvées, elle vous pardonnera.

— Je ne vois pas pour quelle raison je devrais implorer son pardon, répliqua-t-il calmement.

— Vous êtes américain.

– Ah ! Ainsi le fait que j'ai arraché sa fille de l'enfer de Soho ne me sera aucunement compté ?

– Aucunement. »

Le silence retomba et je me dis que je ferais bien de me retirer et de regagner ma chambre, mais je ne sais ce qui me poussa à demander : « Comment va Marina ? »

Il parut surpris. « Marina ? Vous n'êtes pas au courant ?

– Au courant de quoi ?

– Elle est retournée auprès de George, naturellement. Exactement comme je l'avais dit. Elle s'est rendu compte qu'elle ne pouvait pas vivre sans lui. Ils se sont déjà envolés pour les États-Unis. Par conséquent, il se pourrait très bien que votre magicien réapparaisse. À votre place, je lui accorderais une seconde chance. Marina est une drogue puissante, mais je crois qu'il n'a jamais cessé de vous aimer. Comment aurait-il pu, d'ailleurs ?

– Oh », murmurai-je, trop abasourdie pour dire autre chose.

En me réveillant, le lendemain matin, je crus avoir rêvé. Après tout, si Marina avait retrouvé George, où était donc Harry ? Rocky se trompait, j'en étais certaine. Sauf que je ne parvenais pas à imaginer que Rocky pût se tromper. Il ne se trompait jamais.

J'avais réglé mon réveil sur 8 heures, ce qui ne me laissait en définitive qu'à peine trois heures de sommeil, mais je n'avais pas dû l'entendre, car lorsque j'ouvris les yeux, le soleil entrait à flots par la fenêtre, triomphant, l'air de dire, je t'y prends, et je m'aperçus qu'il était 11 heures. Zut, pensai-je, en essayant de retrouver le fil des événements de la nuit. Je m'habillai en hâte et traversai le palier sur la pointe des pieds pour aller frapper à la chambre de Charlotte. N'obtenant pas de réponse, j'ouvris la porte et la vis recroquevillée dans son lit.

« Laisse-moi tranquille. Je ne me sens pas bien du tout, dit-elle d'une voix mourante.

– Tu ferais bien de te grouiller. Il est 11 heures passées et maman a sûrement déjà vu Rocky. » J'allai à la fenêtre pour ouvrir les rideaux. « Il pleut ! » m'exclamai-je, surprise de voir la lumière du jour baignée par une de ces grosses averses d'avril, qui tombent à l'oblique et font scintiller le soleil.

Je dévalai l'escalier et courus vers la salle à manger. Un instant, je m'arrêtai sur le seuil pour m'imprégner de la scène qui se présentait à moi et, aussitôt, je compris tout. Maman m'avait pris Rocky. Ça devait arriver, bien sûr, mais ça ne m'empêchait pas d'avoir mal, et je commençai tout de suite à souffrir, parce que le doute n'était pas permis. Elle riait de quelque chose qu'il venait de dire, et tout son corps se portait vers lui au lieu de s'écarter, de fuir, ainsi que je l'avais vu faire si souvent, du plus loin que portait mon souvenir. Ils étaient assis côte à côte sur la banquette de la fenêtre, encadrés par le vert profond de la pelouse qui repoussait avec, derrière eux, chose inouïe, le dessin estompé d'un arc-en-ciel irisant le ciel limpide du matin.

« Regardez ! m'entendis-je crier, et je me précipitai, le doigt pointé sur le ciel.

– C'est magnifique », dit maman. Puis s'adressant

à Rocky : « Avez-vous aussi de beaux arcs-en-ciel, en Amérique ? »

Il eut un rire moqueur, ce à quoi maman ne savait ordinairement pas répondre. « Bien sûr que nous en avons.

– Pénélope, ma chérie, Rocky m'a tout raconté, dit-elle en me prenant la main, avec un sourire. Quelle chance qu'il soit passé devant le Palladium juste à ce moment ! Il paraît qu'il y avait là plein d'ivrognes.

– Quelques-uns. Mais ce n'était pas grave. On voulait juste voir Johnnie.

– Voulez-vous rester déjeuner ? Ce sera à la fortune du pot, bien entendu, mais nous serons ravis de vous avoir. »

Rocky me regarda et je me rendis compte qu'il quêtait mon assentiment. Il y avait une imperceptible lueur de défi dans ses yeux, comme pour dire, nous allons voir ! Tu prétendais qu'elle détestait les Américains, mais pour le moment je m'en suis plutôt bien sorti !

« Il faut que vous restiez, Rocky, bien entendu. »

Me dire que je ne pourrais pas avoir Rocky pour moi seule était une chose, mais savoir que c'était parce qu'il était en train de tomber amoureux de ma mère en était une autre. Après avoir conduit Charlotte à la gare pour le train de 12 h 45, il revint déjeuner à la maison et je m'efforçai de ne pas regarder quand je le vis retenir la main de maman plus longtemps qu'il n'avait jamais tenu la mienne et que je la surpris à rougir pour la première fois de ma vie. Je lui trouvais quelque chose de fascinant, ce jour-là. On aurait dit un papillon à peine sorti de sa chrysalide, voletant de ses ailes encore hésitantes vers la lumière que dégageait Rocky. Terrassée par les émotions de la veille, je montai dans ma chambre aussitôt le déjeuner terminé, en disant que j'allais faire une sieste. Marina le cochon d'Inde se précipita pour m'accueillir ; je lui donnai une des carottes de Mary, puis je restai à contempler le paysage par la fenêtre jusqu'à ce que le ciel eût commencé à s'assombrir et que l'horizon se fût teinté de rouge et de rose foncé. À 16 heures, j'allumai ma lampe de chevet, j'ouvris mon bloc-notes et j'écrivis sans m'arrêter jusqu'à 20 heures, quand on m'appela pour le dîner. J'avais intitulé ma nouvelle « Pleure », d'après la chanson de Johnnie, et je savais, tout au fond de moi, que c'était ce que j'avais écrit de meilleur jusqu'à présent. C'était en tout cas ce que j'avais écrit de plus sincère. Je mis les feuillets dans une enveloppe et allai tout de suite la poster au village. Ce jour dont j'avais toujours su qu'il arriverait était arrivé, mais ça me faisait moins mal que je ne l'avais craint. Évidemment, c'était douloureux, mais d'une douleur étrangement douce, comme lorsqu'on donne son dernier berlingot à quelqu'un dont on sait qu'il l'appréciera davantage que soi-même. Ce n'est pas que je comparais Rocky à un berlingot, mais... je pense que vous me comprenez. Le soir, Charlotte me téléphona.

« Tu ne devineras jamais ce qui est arrivé, me dit-elle.

– C'est quoi, cette fois ?

– Marina a filé en Amérique avec George. »

Bien que Rocky me l'eût déjà dit, j'eus de nouveau un choc. « Tu dois te tromper.

– Pas du tout. Harry n'a toujours pas reparu. Je suppose que, après un coup pareil, il n'ose plus se montrer. Il me fait de la peine, tu te rends compte ? Je crois bien que c'est la première fois que ça m'arrive. »

Nous voilà tous les deux avec le cœur brisé, pensai-je. Ce n'était pas prévu dans notre programme.

La semaine suivante fut révélatrice pour moi, pour maman et pour Magna. Rocky, qui aurait dû regagner l'Amérique le lendemain du jour où il m'avait ramenée à la maison, remit son départ, en disant qu'il resterait au moins jusqu'à la fin du mois. Il nous téléphonait tous les deux jours et il vint dîner à la maison, le samedi soir. Pas une seule fois, maman et moi n'avions parlé de lui en son absence. Le sujet semblait tabou, comme si le seul fait de l'aborder revenait à reconnaître une évidence que maman avait trop peur de voir : il prenait la place de papa. Il la rendait heureuse. Et moi, qu'est-ce que je faisais, pendant ce temps ? J'écrivais dans mon journal et me promenais parmi les jacinthes des bois en réfléchissant à la situation qui m'apparaissait désormais avec bien plus de clarté que le jour où j'avais rencontré Rocky dans le train, ou le soir du dîner du Ritz, ou même la nuit où il nous avait reconduites à la maison, à peine une semaine plus tôt. Je me rendais compte, désormais, qu'il n'y avait jamais eu aucune chance sérieuse que Rocky tombe amoureux de moi. J'étais trop jeune (bien que lorsqu'on a dix-huit ans et qu'on est folle d'un homme qui en a quarante-cinq, on ait l'impression d'être une adulte aguerrie et nullement l'ingénue sans malice qu'il voit en nous) – mais surtout, Rocky ne savait pas grand-chose de ce qui avait de l'importance pour moi et vice versa. Les vingt-sept années qui nous séparaient incluaient une guerre dont je me souvenais à peine et que lui n'oublierait jamais. Alors que maman... elle comprenait d'instinct des choses que je ne pouvais même pas commencer à comprendre. Et puis, bien plus, je suppose, il y avait cette réalité aveuglante : elle était trop belle pour qu'on n'en tombe pas amoureux, et, chose curieuse, j'en éprouvais de la fierté. Je n'en revenais pas de souffrir si peu. C'est alors que je compris que si je souffrais si peu, c'était parce que ce n'était pas Rocky qui me manquait, en définitive. C'était quelqu'un d'autre. Malheureusement, quand j'eus découvert de qui il s'agissait, je me mis à souffrir pour de bon.

La semaine suivante, quand je sus que Rocky devait revenir dîner à Magna le samedi soir, j'invitai également Charlotte, afin qu'elle se rende compte par elle-même de la situation que je lui avais décrite au téléphone. J'espérais, par la même occasion, avoir des nouvelles d'Harry, tout en m'en voulant terriblement d'espérer en avoir.

Inigo était à la maison, tellement excité de voir Rocky qu'il l'emmena dans la salle de bal, à peine avait-il enlevé son pardessus.

« J'étais en train de jouer de la guitare », annonça-t-il, en rejetant ses cheveux noirs en arrière. Depuis le début de l'année, ou peut-être depuis qu'il connaissait Rocky, je le trouvais considérablement mûri. Il paraissait plus grand, il faisait davantage homme et moins petit garçon.

« Joue-nous quelque chose », lui dit Rocky.

Il parut hésiter et je compris qu'il s'inquiétait à cause de maman.

« Elle ne descendra pas avant vingt minutes, dis-je pour le rassurer, sachant qu'elle était en train de prendre son bain.

— Tu ne veux pas que ta mère t'entende ? demanda Rocky.

— Elle n'aime pas que je joue de la guitare, répondit-il, embarrassé. Elle pense que ça ne me mènera à rien. »

Rocky hocha la tête.

« J'ai choisi la salle de bal, parce que l'acoustique est meilleure. Ça rend un peu comme sur un disque.

— Mais non, rétorqua Rocky, avec le plus grand sérieux. Si tu es bon, tu seras bon n'importe où. Viens plutôt jouer dans la bibliothèque. »

Inigo sembla un peu pris de court, mais il ne discuta pas et tout le monde se transporta dans la bibliothèque. Charlotte – chaussée de ses souliers décorés – et moi nous assîmes sur le canapé. Inigo sortit sa guitare de son étui.

« Pour commencer, je vais vous jouer un morceau d'Elvis Presley, histoire de vous mettre en train », dit-il, comme si son public se composait de cinq cents personnes et non de trois.

Rocky se mit à rire.

« Vas-y. »

Inigo s'éclaircit la voix et regarda ses pieds. Je compris qu'il faisait le plein d'assurance et j'eus affreusement peur pour lui, tout en étant persuadée que si quelqu'un était capable d'accomplir l'exploit consistant à jouer devant Rocky, dans un endroit comme la bibliothèque de Magna, c'était justement lui. Il plaqua un accord sur sa guitare et, quand il commença à chanter, à chanter véritablement, j'eus l'impression d'écouter un disque, tant sa voix était parfaite, pleine d'audace et portée par la conviction. Il avait choisi un morceau que Luke lui avait envoyé peu de temps avant, intitulé « Heartbreak Hotel », dont l'étendue du registre était phénoménale – aigu et agressif un instant, grave et tendre, l'autre. Tout en chantant, il ne nous quittait pas des yeux. Il semblait nous mettre au défi de détourner le regard, ce que personne ne faisait, bien entendu. Jamais je ne l'avais trouvé aussi bon et je sentis un frisson parcourir ma colonne vertébrale, en même temps qu'une légère tristesse me saisissait à la pensée que c'était le début de la fin – que la vie d'Inigo allait bifurquer définitivement s'il continuait à chanter comme ça. Quand il eut fini, je ne pus m'empêcher de regarder Rocky. En voyant qu'il restait imperturbable, j'eus un instant d'inquiétude. Que voulait-il de plus ?

« Tu en as une autre, petit ? demanda-t-il simplement.

– Oui. Bien sûr. » Inigo sourit et attaqua « Mystery Train », qu'il chanta peut-être encore mieux que le morceau précédent.

« OK, rejoue-la-moi », dit Rocky, qui alluma une cigarette, en s'animant un peu, cette fois. Inigo sortit son mouchoir pour s'éponger le front et le lança à Charlotte, qui le rattrapa en faisant mine de s'évanouir.

Maintenant, Charlotte et moi chantions à tue-tête, en même temps que lui, tapant des pieds, frappant dans nos mains et poussant des cris. Ce n'est qu'à la fin, en l'entendant applaudir, que nous nous aperçûmes que maman était là, debout sur le seuil de la bibliothèque, le visage ruisselant de larmes.

« Maman ! » s'écria Inigo, en posant aussitôt sa guitare pour se précipiter vers elle. Mais déjà elle s'était enfuie en refoulant un sanglot. Quelques instants après, j'entendis le claquement de ses talons dans le hall, puis le bruit mat de ses pas dans l'escalier.

« Est-ce que je peux aller la voir ? demanda Rocky.

— Non, j'y vais, fis-je. Charlotte, sers quelque chose à boire à Rocky, tu veux bien ? »

Accoutumée aux situations dramatiques, Charlotte opina calmement. « C'était bien à ce point, dit-elle à Inigo. À la place de ta mère, moi aussi j'aurais pleuré. »

Mais Inigo ne souriait pas. « Elle me rend les choses tellement difficiles, dit-il, sur un ton plein d'amertume, en criant le mot "difficiles", les dents serrées. Je me sens si coupable, maintenant.

— Il n'y a aucune raison de se sentir coupable quand on a chanté comme tu l'as fait », dit Rocky. Il s'était exprimé calmement, sans beaucoup d'émotion, mais je sentais que ce qu'il venait de dire était un grand compliment.

Je trouvai maman devant sa coiffeuse, en train de se démaquiller.

« Qu'est-ce que tu fais, maman ? demandai-je, éberluée.

— J'enlève ce maquillage répugnant, dit-elle, en raclant ses jolies pommettes. Je me demande bien ce qui m'a pris de me farder comme ça.

— Je ne comprends pas », dis-je, mais en réalité, j'avais parfaitement compris. Sa chambre, d'habitude si bien rangée, était tout en désordre ; des bas, des robes, des chaussures et des chemisiers étaient répandus sur le lit et le tapis. On aurait dit ma chambre quand je me préparais pour un rendez-vous important, et je compris que maman s'était torturé l'esprit pour savoir ce qu'elle allait mettre, ce soir. C'était la première fois, depuis la mort de papa, qu'elle s'habillait en vue de plaire à quelqu'un. Je dus écarter une jupe de Dior posée sur le lit, pour pouvoir m'asseoir.

« Est-ce que... est-ce que tu trouves qu'Inigo a bien chanté ? demandai-je avec hésitation.

— Évidemment qu'il a bien chanté. Il chante mieux que tous les disques dont il se gave, dit-elle, en enduisant un morceau de coton avec de la crème démaquillante.

— Tu n'es pas... un peu fière de lui ?

— Évidemment que je suis fière ! Comment pourrais-je ne pas être fière ? Je suis sa mère, tout de même, Pénélope !

— Alors, pourquoi ne le montres-tu pas ?

— Quoi ? Pour l'encourager à s'en aller ? Pour qu'il parte en Amérique, comme Loretta ? » Elle se frotta les cils avec plus de vigueur qu'il n'en fallait.

« Mais il est tellement bon, maman. Tu n'es pas juste avec lui. Là-bas, il pourrait avoir une chance de réussir, et je sais que Rocky pense comme moi. Il pourrait gagner beaucoup d'argent.

– Il ne peut pas faire ça ici ? » Elle s'essuya énergiquement la bouche et le coton se teinta du sang de son rouge à lèvres. Le visage à nu, maintenant, elle s'examina dans la glace. Une grosse larme tomba sur le verre de sa coiffeuse.

« Il ne partira peut-être pas pour très longtemps, dis-je. Ensuite il reviendra nous voir, à Magna, et il aura peut-être gagné assez d'argent pour qu'on puisse faire des réparations. Pourquoi ne vois-tu jamais le bon côté des choses, maman ?

– Je ne veux plus de cette maison. » Il y eut un silence, le temps que nous prenions toutes les deux conscience de ce qu'elle venait de dire. « Je ne veux plus vivre ici. »

Je fus prise d'une sorte de nausée. « Ne dis pas ça, maman ! Tu ne le penses pas ! Magna est notre maison, elle est tout pour nous...

– Elle était tout. Elle était tout quand ton père était là, lui aussi.

– Oh, maman ! Ne recommence pas... »

Mais elle ne m'écoutait pas. Elle se leva et commença à aller et venir devant moi, mais je pense qu'elle ne s'en rendait même pas compte. Je remarquai, je ne sais pourquoi, que le parquet craquait beaucoup.

« J'aimais cette maison, chuchota-t-elle. Je l'aimais parce qu'il l'aimait. J'aurais volontiers passé toute ma vie ici si Archie était resté avec moi. » Elle parlait de plus en plus vite – comme si la vérité lui apparaissait peu à peu et qu'elle avait besoin de la dire avant qu'elle ne reparte. « Mais à quoi me sert-elle, maintenant ? Nous sommes perdus tous les trois dans cette maison, comme des quilles qui attendent que quelqu'un les culbute, où que j'aille, il est là, où que je regarde, je vois son visage. J'ai trente-cinq ans et...

– Oui ! Tu as trente-cinq ans ! m'écriai-je. Est-ce que tu te rends compte combien tu es jeune, maman ? Très jeune ! »

Son visage se décomposa en entendant ces mots et elle se laissa tomber sur son fauteuil, devant la coiffeuse. Sans maquillage, elle avait l'air d'avoir douze ans. Je n'avais jamais vu quelqu'un paraître aussi désemparé et je ne l'avais jamais aimée autant qu'à ce moment. Elle regarda ses mains et fit tourner son alliance autour de son doigt.

« Trente-cinq ans, et que dois-je faire pendant le reste de ma vie ? murmura-t-elle. Rester ici et regarder mourir la maison parce que je ne peux ni la vendre ni la quitter ? Parce qu'en donnant mon cœur à Archie, je l'ai également donné à cet énorme amas de pierres ? » Elle avait craché le mot « pierres » et il retomba lourdement entre nous deux. « Quelquefois je... quelquefois je me dis qu'il n'aurait pas dû m'épouser. Une autre femme, plus âgée, lui aurait peut-être mieux convenu, une femme qui aurait eu plus d'assurance... »

Je m'étais mise à pleurer, en silence, parce que j'avais horreur des scènes et que je ne voulais surtout pas que quelqu'un m'entende et monte voir ce qui se passait.

« Je me souviens qu'au début de notre mariage, Archie m'avait dit que notre vie ne serait pas que fêtes et bains délicieux. Je ne l'avais pas vraiment entendu – je me croyais au paradis. Je n'avais jamais vu une maison pareille. Je pensais qu'il était complètement fou. Aujourd'hui je comprends ce qu'il avait voulu dire. Une fois que l'or commence à se ternir, il ne vous reste plus rien que des barreaux en acier.

– Mais Rocky, il est riche...

– Tu penses qu'il pourrait m'épouser et s'occuper de la maison, me dit-elle avec un sourire triste.

– Ce n'est pas une idée si bête que ça. »

Elle secoua la tête. « C'est hors de question, Pénélope. Pas seulement parce qu'il me serait impossible de vivre à Magna avec un autre... un homme qui n'est pas ton père, mais parce que je ne pourrais jamais me remarier. Jamais. Je me déteste d'avoir pensé, ne serait-ce qu'une seconde, à Rocky Dakota. Un Américain, qui plus est ! » Un nouveau sanglot lui coupa la parole. « C'est une chance qu'Inigo ait joué de la guitare ce soir. Ça m'a permis de voir clair. Il faut que cet homme s'en aille avant d'emmener mon fils à Hollywood.

– Mais, maman, il a été si gentil avec nous ! On ne peut pas le mettre à la porte comme ça, avant le dîner !

– On le peut très bien.

– Mais tu ne le trouves donc pas sympathique ? Tu n'aimes pas parler avec lui ? »

Les yeux de maman s'emplirent de souffrance. « Je suis désolée, Pénélope. Veux-tu descendre lui dire que j'estime qu'il ne serait pas convenable qu'il reste ici plus longtemps ? »

Je trouvai Charlotte et Inigo dans le hall, en train de faire semblant de jouer au jacquet.

« Maman va bien ? me demanda Inigo.

– Bien sûr que non, répliquai-je sèchement. Tu ne devrais pas jouer de la guitare à la maison, Inigo. Tu sais qu'elle ne le supporte pas. Va lui demander pardon. »

Charlotte se leva. « Tu ne crois pas que je suis de trop ? me demanda-t-elle à voix basse.

– Oh, non, reste, je t'en prie. Où est Rocky ?

– Dans la bibliothèque. »

Il était debout devant la cheminée, un verre de whisky à la main.

« Que se passe-t-il ? » me demanda-t-il d'une voix inquiète.

Adorable Rocky, avec sa voix douce et ses yeux tendres. Rocky qui aurait pu rendre maman heureuse.

« Elle pense que ce ne serait pas convenable que vous restiez dîner, dis-je d'un ton amer. Elle a dit qu'il vaudrait mieux que vous partiez. »

Il vida son verre d'un trait. « Dites-lui que je l'ai trouvée très belle, ce soir. » Il vint vers moi, tout tremblant d'une émotion contenue « Elle a besoin de vous. Veillez bien sur elle », dit-il seulement.

Cinq minutes plus tard, on entendit les pneus de la Chevrolet crisser sur les graviers de l'allée.

Au dîner, il y avait du canard et personne ne prononça le nom de Rocky. Maman parla du jardin. Nous voici revenus à la case départ, pensai-je, remplie de désespoir. Rien, même le fait de savoir que Rocky était tombé amoureux de maman, ne me faisait autant souffrir que l'idée qu'elle était incapable de lui rendre cet amour.

XXI

L'art oublié de garder un secret

Inigo retourna en pension le dimanche après-midi, sans avoir fait aucune allusion à la soirée de la veille. À l'instar de maman, il était tout à fait capable de se refermer sur lui-même, s'il en avait décidé ainsi, et je craignais que ce qui venait de se passer ne l'ait affecté plus que je ne le saurais jamais. Une grande lassitude planait sur Magna, comme s'il s'était produit une transformation irréversible. Pour ne pas avoir à évoquer notre conversation du samedi soir, maman passa toute la journée dans le jardin, avec Johns. Mary arriva à midi, terriblement enrhumée. Je n'avais qu'une envie : fuir la maison.

« Viens nous voir demain, me dit Charlotte. Nous allons fêter l'achèvement du livre de tante Clare. Elle a invité quelques personnes triées sur le volet, pour le thé. Champagne et petits-fours. Bien entendu, elle espère que tu pourras venir.

– Harry est au courant ? demandai-je, en m'efforçant de prendre un ton détaché.

– Je ne crois pas. Et même s'il l'était, il se sauverait en vitesse, j'imagine.

– Je viendrai. Ne serait-ce que pour le thé.
– Je... je me suis permis d'inviter Christopher.
– Ah ? Parce que tante Clare t'a dit de le faire, ou parce qu'il te tarde de revoir ce vieux dandy ?
– Arrête. De toute manière, il n'est pas aussi vieux que Rocky », remarqua-t-elle, après un silence.

C'était la première fois que j'allais chez tante Clare sans que l'idée des gâteaux et des scones me fasse saliver par avance. J'avais mis ma robe la plus élégante – elle n'en attendrait pas moins de moi – et j'avais cueilli quelques jacinthes précoces dans le petit bois. Bien que Charlotte m'eût dit qu'Harry ne serait pas là, je ne m'étais jamais sentie aussi nerveuse de ma vie. Dans le train, j'achetai un journal et je m'efforçai de me concentrer sur des comptes rendus alambiqués, décrivant l'apparition, dans nos régions, de soucoupes volantes – des soucoupes volantes, je vous demande un peu ? –, mais je ne réussis même pas à lire une seule phrase jusqu'au bout. Je me disais qu'il me suffirait peut-être de revoir Harry pour guérir une bonne fois pour toutes de ce sentiment encombrant. Il était trop petit, il avait une allure trop bizarre et il était trop amoureux de Marina. Ensuite, il redeviendrait simplement mon ami, le seul garçon avec lequel je n'hésiterais pas à passer une demi-heure dans les toilettes du Ritz ou à pique-niquer dans la Grande Galerie. Pour la dixième fois depuis que j'étais montée dans le train, je me regardai dans la glace. J'étais plus pâle que d'habitude, mais quoi de plus normal quand on a si peu dormi plusieurs nuits de suite. Tout en me passant un peu de rouge sur les joues, je me demandais où était Rocky et s'il n'avait pas déjà complètement oublié maman. Peut-être était-il même rentré en Amérique et prenait en ce moment son petit déjeuner avec George et Marina, en se moquant des Anglais et de leurs petites manies. Mais je ne sais pourquoi, je n'arrivais pas à le croire. Où qu'il soit, me dis-je, je lui souhaite d'être heureux.

C'était l'un de ces après-midi où l'on a envie de danser, comme dans une comédie musicale – les cerisiers de Kengsington Church Street étaient en pleine floraison et de joyeux petits nuages vaporeux ponctuaient le bleu du ciel. Je songeai tout à coup que je n'avais connu Charlotte qu'en hiver et je me demandai si l'été et la chaleur conviendraient aussi bien à sa personnalité. Le tumulte de la ville me réconforta instantanément – depuis le départ de Rocky, le samedi soir, un calme mortel était retombé sur Magna – et comme j'étais en avance, j'entrai chez Barkers pour voir les nouveaux chapeaux. Au rayon des disques, il y avait le dernier disque de Bill Haley, « Rock Around the Clock » et, mue par une générosité soudaine et parce que je trouvais qu'il en avait vu de dures ces derniers temps, je l'achetai pour Inigo. Il me restait juste le temps de passer à la poste pour le lui expédier à son collège. Cette démarche simple, jointe à la sublime douceur du soleil, aurait dû calmer mon anxiété mais, hélas, quand je me retrouvai en haut des marches, à Kensington Court, je sentis mes jambes flageoler. Je ne pouvais plus rien faire, sinon sonner à la porte, en me répétant : Il n'est pas là. En entendant dans ma tête Johnnie chanter « Whisky and Gin », je murmurai : Aide-moi, Johnnie.

« Ils sont en haut », m'annonça Phoebe, qui était venue m'ouvrir. Elle avait l'air encore plus malheureuse que d'habitude, sa peau était grasse et elle nageait dans sa blouse. Malheureuse sans Harry, pensai-je. Je lui remis le bouquet de jacinthes et il me sembla les entendre soupirer et les voir se faner dans sa main. Il n'existait pas de fille mieux faite pour le malheur. Je montai jusqu'au bureau de tante Clare et, après avoir pris une grande respiration, j'ouvris la porte. Le calme qui baignait la pièce la dernière fois que j'y étais venue avait laissé place à une atmosphère de foire. Il y avait un monde fou et, fort heureusement, mon arrivée passa totalement inaperçue, sauf de Charlotte, qui se dégagea de la cohue pour venir vers moi.

« Viens que je te présente Patrick Reece, le célèbre critique de théâtre, me dit-elle, avec un clin d'œil. Ça faisait des années qu'il n'avait plus revu tante Clare, mais cet après-midi, il n'a pas pu résister à faire une apparition.

– Tellement il a peur d'être dans son livre, j'imagine.

– Et à juste raison, chuchota Charlotte. Il occupe une grande partie du chapitre douze.

– Enchanté, l'interrompit Patrick, en m'adressant un sourire rayonnant. Quel plaisir de voir des jeunes ici.

– Oui. » Je ne trouvai rien d'autre à dire. Je pensais à Hope Allen, à la cocaïne, à la soirée de fiançailles à Dorset House et à Harry et moi en train de jouer aux Sosies.

« Je suppose que vous connaissez aussi Harry, me

dit-il, et une inquiétude me saisit à l'idée qu'il savait peut-être lire dans la pensée des gens.

– Oui, je connais Harry, répondis-je, avec un sourire forcé.

– Vous êtes amoureuse de lui, je suppose ? »

Je sentis que j'allais piquer un fard. « Qu'est-ce qui vous fait dire ça ?

– Oh, je ne sais pas ! Ce merveilleux regard bicolore qu'il a et qui le rend absolument irrésistible pour les jeunes filles, j'imagine. »

Tante Clare qui arrivait, superbe dans une robe à rayures rouges et noires et des chaussures assorties, m'évita d'avoir à lui répondre. Sa fatigue de l'autre jour s'était envolée. Elle étincelait.

« Il ne faut pas monopoliser cette petite, Patrick. Pénélope, ma chère enfant, allez vous chercher une coupe de champagne, voulez-vous ? »

Je ne demandais pas mieux que de lui obéir, mais j'eus tout de même le temps de l'entendre qui disait : « Une jeune fille délicieuse ! L'aînée d'Archie et Talitha Wallace.

– Anciennement Talitha Orr ? demanda Patrick d'une voix rauque.

– En effet.

– Elle n'a rien de sa mère et tout de son père. C'est diablement intéressant. Est-elle fiancée ?

– Non, et c'est bien dommage. J'espérais tellement que mon Harry tomberait amoureux d'elle, mais apparemment, il était trop entiché de cette épouvantable Américaine.

– Ah ! »

Je ne réussis pas à entendre la réponse de tante

Clare et faillis renverser Phoebe et son plateau de boissons, dans ma hâte d'aller retrouver Charlotte dans le couloir, où elle s'empiffrait de gâteau aux groseilles.

« Pardon de t'avoir laissée seule avec lui. Je l'avais déjà subi pendant presque une heure. Actuellement, le bureau de tante Clare est la capitale mondiale de la mauvaise haleine. On ne devrait pas autoriser les hommes de plus de soixante ans à boire du champagne, c'est tout simplement indécent.

– Quelle est la suite du programme ?

– Tante Clare va lire un passage de son grand œuvre. Un passage que j'ai choisi et qui raconte sa rencontre avec un bébé tigre, en Inde. Une fois qu'elle aura terminé, je propose de faire main basse sur tout ce qui restera à boire, afin de prendre une bonne et joyeuse cuite.

– Il vaudra mieux que je rentre chez moi, ce soir », lui dis-je. L'idée que maman reste seule à la maison, en ce moment, me préoccupait. Charlotte fit semblant de ne pas avoir entendu.

« Montons dans ma chambre et je te montrerai quelques-uns de mes nouveaux modèles.

Avant d'arriver à l'escalier, on tomba sur Christopher.

« Je savais que vous seriez là, lui dis-je, tout heureuse. J'aime beaucoup votre veste.

– Elle n'est pas mal, n'est-ce pas ? Il faut dire qu'elle me l'a fait payer assez cher.

– Qui donc ? » Je regardai Charlotte qui avait eu le bon goût de rosir légèrement.

« Je la trouve assez réussie », dit-elle.

Christopher posa sur elle un regard affectueux. « Ça

me coûte de dire ça, mais je dois reconnaître qu'elle a du talent. Cet après-midi, j'ai eu neuf compliments pour ma veste, dont huit de Patrick Reece. Savez-vous qu'il a essayé de me fourguer de la cocaïne, quand je suis arrivé ? Moi qui croyais qu'il avait tiré un trait là-dessus. »

Après nous être absentées plus longtemps que ne le permettait la politesse, Charlotte jugea qu'il était impossible de retarder encore la lecture de tante Clare. En rentrant dans le bureau j'eus l'impression de pénétrer dans un four. L'alcool avait fait monter le volume des voix et les vitres étaient couvertes de buée.

« Ouvrez la fenêtre et allez me chercher quelque chose à boire, Phoebe », dit Charlotte. Lorsqu'elle eut son verre en main, elle tapa dessus avec une petite cuillère, ce qui n'entraîna pas la moindre diminution du brouhaha ambiant.

« S'il vous plaît ! dit-elle. Et de nouveau, plus fort : S'IL VOUS PLAÎT ! »

Tout le monde se tut et la regarda avec autant de saisissement que si elle s'était mise toute nue.

« Je voudrais vous présenter celle qui nous a réunis ici cet après-midi, reprit-elle de sa voix claire. C'est à la fois un ange et un bourreau. La seule, l'unique, celle qu'il est impossible d'oublier une fois qu'on la connaît... Son altesse sérénissime... Clare Delancy ! »

Des applaudissements éclatèrent et tante Clare s'approcha de la cheminée devant laquelle se tenait Charlotte.

« J'ai accompagné ce livre exceptionnel depuis l'origine, et j'ai pensé que vous aimeriez entendre tante Clare vous lire aujourd'hui un passage de ses mémoires. »

Il y eut des murmures d'assentiment.

« Si vous voulez bien vous asseoir ou simplement rester debout sans parler, pendant quelques instants, tante Clare va commencer. »

Tante Clare prit le manuscrit, parcourut des yeux le passage choisi par Charlotte, puis le reposa sur la table. Charlotte fronça les sourcils. Tante Clare soupira et sourit. « Je voudrais vous lire quelque chose que ma nièce bien-aimée elle-même ne connaît pas, dit-elle en sortant de son sac deux feuilles de papier, sur lesquelles l'encre avait laissé des taches bleutées. Il m'a fallu attendre d'avoir terminé mon livre avant d'écrire ces quelques lignes. J'espère que ça ne te contrarie pas, Charlotte. »

Charlotte semblait perplexe. Les invités s'étaient agglutinés dans le bureau – il y en avait même jusque dans le couloir, qui tendaient le cou pour essayer de voir ce qui se passait. La cohue m'avait poussée plus loin que je le souhaitais et une brusque sensation de claustrophobie me submergea. Je me sentais affreusement grande, coincée que j'étais entre une dame arborant une volumineuse chevelure platine et des ongles très longs, qui avait la moitié de ma taille et cinq fois mon âge, et un homme d'environ soixante-cinq ans, vêtu de manière excentrique, qu'on aurait presque pu qualifier de nain. Il constituait une exception à la théorie de Charlotte concernant la mauvaise haleine, car il dégageait une odeur puissante de pastilles de menthe et de tabac à priser. J'essayais de déplacer un peu mes pieds et faillis perdre l'équilibre. Je croisai le regard de Charlotte, qui se retenait pour ne pas pouffer.

« Je voudrais vous lire le prologue de mon histoire car, sur bien des plans, il est la clé de tout ce livre », commença tante Clare, à la manière d'une maîtresse d'école parlant à des enfants, et le magnétisme de sa personne, joint au charme de sa voix, était tel que l'assistance fit aussitôt silence. « Tout est vrai et cela s'est passé en 1936. Que faut-il de plus pour un prologue ? » Elle baissa les yeux sur sa feuille et se mit à lire.

« *J'ai toujours pensé qu'il y avait une signification dans le fait que j'avais exactement le même âge que le siècle et, par conséquent, j'ai toujours mesuré le monde à l'aune de ma propre existence. Quand j'avais dix ans, l'univers qui m'entourait en avait également dix et il grandissait à vue d'œil. De même, le siècle et moi sommes entrés dans la Grande Guerre en enfants de quatorze ans, pour la terminer en adultes de dix-huit.* » Elle s'interrompit et je crus déceler fugitivement dans son regard une lueur d'affolement. Elle a le trac, pensai-je, et c'est tant mieux. Elle s'éclaircit la voix et reprit sa lecture, un peu trop rapidement, d'abord, puis sur un rythme de plus en plus lent, pour permettre à son auditoire de bien s'imprégner du sens de chacune de ses phrases. Quand elle eut fini, il me sembla qu'il ne restait plus personne dans la pièce. Oh, bien sûr, tous les invités étaient présents physiquement mais leur imagination avait suivi tante Clare dans le passé et ils étaient tous en 1936, avec elle.

« *À trente ans, j'ai rencontré le seul homme que j'aie jamais véritablement aimé, devant l'Opéra de*

Covent Garden. J'étais seule et ravie de l'être ; à cette époque la liberté était pour moi un cadeau rare et délicieux. Un jeune homme, qui avait l'air de sortir à peine de l'école et qui portait une cage à oiseaux vide, me demanda s'il pouvait se permettre de me chiper une cigarette. Certainement, répondis-je, et pour finir, il me remboursa sa dette en m'emmenant au restaurant. Là, nous avions parlé de tout, sauf d'opéra, beaucoup ri, bu d'innombrables verres de chablis, et je le voyais devenir adulte sous mes yeux. Il avait à peine dix-neuf ans et débordait d'un tel appétit de vivre, d'une telle soif de savoir, que j'avais l'impression de me transformer moi aussi sous son regard. Je lui parlais comme jamais je n'avais parlé à personne, j'avais posé mon cœur sur la table, entre nous deux, pour qu'il puisse l'élever dans la lumière et l'examiner. Je voudrais voir le monde, dis-je. Alors, mettez-vous en route, me répondit-il. Je suis mariée avec quelqu'un qui déteste les voyages, objectai-je. Partez sans lui. J'ai un fils de sept ans. De mieux en mieux. Un garçon de sept ans est un compagnon de voyage idéal. L'espace de quelques heures enchantées, je m'imaginai avec lui pour toujours, mais quand minuit sonna, il m'annonça qu'il devait retourner chez ses parents, à la campagne, et il m'appela un taxi, pour que je rentre à la maison. Pendant le trajet, je m'attendais à ce que la voiture se métamorphose en citrouille, à tout instant. Cette soirée est restée gravée à jamais dans ma mémoire. À cause de cette rencontre, bien entendu, mais aussi parce que je m'étais rendu compte que le monde pouvait tourner rien que pour moi, ne serait-ce que le temps d'un dîner. Pen-

dant ces quelques heures, j'avais ressenti un bonheur si profond qu'il me semblait presque sacré, un bonheur d'autant plus intense que je savais qu'il ne durerait pas, qu'il n'était que passager. Je fis ensuite ce que je lui avais laissé entendre que je ferais. Je fis ce que jamais je ne me serais cru le courage de faire. Je laissai Samuel pendant toute une année et partis avec Harry, afin d'ouvrir les yeux sur le monde. Ce qui suit est le récit de ce qui s'est passé au cours de cette année et qui n'aurait jamais eu lieu si je n'avais pas rencontré un inconnu, devant Covent Garden. »

Elle se tut un instant et il se fit un tel silence qu'on aurait pu entendre les mouches voler.

« Je ne l'ai jamais revu, mais j'ai entendu parler de lui à plusieurs reprises. J'étais en Inde, quand j'appris ses fiançailles par le journal, un an plus tard. Peu après, il épousa une jeune fille de dix-sept ans, d'une incroyable beauté. »

Je me mordis la lèvre en refoulant le flot salé qui menaçait de jaillir de mes paupières. À croire qu'elle avait deviné, tante Clare chercha mon regard et ses yeux me sourirent, avec une infinie tendresse.

« Il est mort, évidemment. La guerre s'en est chargée. Pourtant le souvenir que j'ai gardé de lui est aussi net aujourd'hui que le lendemain de notre rencontre. Je pense souvent au jeune homme à la cage à oiseaux et, pendant que j'écrivais ce livre, il n'a jamais été loin de mes pensées. »

Elle se tut et posa les feuilles sur la table, devant elle. Sa main tremblait un peu. C'est alors que cette chose que je savais depuis le début, sans en avoir conscience, m'apparut dans toute sa clarté : ce jeune homme à la cage à oiseaux, c'était papa.

La lecture était terminée, pourtant les invités n'avaient pas l'air de songer à partir. Au contraire, ils parlaient encore plus fort, entrechoquaient leurs coupes de champagne et réclamaient des gâteaux et des scones à Phoebe. Sans même nous être consultées, Charlotte et moi partîmes nous installer dans le petit salon, à l'abri du brouhaha.

« Eh bien. Tu ne t'attendais pas à celle-là, je suppose. Pour moi, en tout cas, ç'a été une sacrée surprise. » Elle s'approcha de la fenêtre et regarda la rue. « Tante Clare est toujours aussi experte dans l'art de tenir son public en haleine.

— Ce n'est pas grave, dis-je, d'une voix qui me parut aiguë et peu naturelle. Il me semble que j'ai toujours su qu'il existait un lien mystérieux entre tante Clare et moi. Toi aussi, sans doute.

— Elle ne m'a jamais parlé de cette introduction, Pénélope, dit-elle, avec une soudaine véhémence. Là-dessus, il faut que tu la croies. Elle savait que je t'en parlerais, bien sûr. »

Maintenant tout s'éclairait. Ce que maman avait écrit dans son journal, le soir où je lui avais parlé de tante Clare pour la première fois. Sa réflexion de l'autre jour : « Peut-être une femme plus âgée lui aurait-elle mieux convenu, quelqu'un qui aurait eu plus d'assurance. » Elle était certainement au courant de cette rencontre devant l'Opéra. Papa avait dû lui parler de la seule femme qui l'avait troublé, avant elle, et étant ce qu'elle était, maman ne l'avait jamais oublié.

« Je peux t'assurer qu'il ne s'est jamais rien passé entre eux. Ce qu'elle a dit est absolument vrai, reprit Charlotte, qui me regardait avec une grande attention. Oh, Pénélope, ma chérie, ne pleure pas ! »

C'était précisément le genre d'injonction qui déclenche aussitôt les larmes et, une fois qu'elles eurent commencé à couler, il me fut impossible de les arrêter. Je pleurais pour papa et pour ce dont sa mort nous avait privés. Je pleurais pour maman, pour Magna et pour Inigo. Mais surtout, je pleurais pour moi, pour avoir compris trop tard que j'aimais Harry depuis le début et pour l'avoir repoussé loin de moi, chaque fois qu'il voulait s'approcher. C'est alors que la porte s'ouvrit en grinçant et que je vis apparaître, à ma grande consternation, la tête de tante Clare qui nous regardait.

« Pénélope ! » s'écria-t-elle. C'était la première fois que je la voyais véritablement bouleversée.

« Qu'est-ce qui t'a pris de lire ça ? lui demanda Charlotte, et c'était la première fois que je la voyais véritablement hors d'elle. Comment as-tu pu lui faire ça ? Devant tout le monde ? »

Tante Clare se contenta de soupirer et posa sa main sur mon épaule. « Je n'arrivais pas à vous le dire. Et le plus curieux dans cette histoire, c'est qu'on pourrait penser qu'il n'y a rien à raconter. D'ailleurs, il n'y a rien à raconter, si ce n'est que j'ai dîné, il y a bien longtemps, avec un jeune homme absolument charmant qui allait être votre père. Mais pour moi, évidemment, cette soirée a eu une importance capitale. S'il te plaît, Charlotte, reprit-elle, après un bref silence, va ouvrir la fenêtre. On a l'impression qu'il y a le feu à la maison.

– Oh ! ne vous inquiétez pas. C'est seulement que je suis tellement... comment dire ? tellement *en colère* que papa se soit fait tuer, dis-je, en me mouchant. Par moments, je lui en veux terriblement de ne pas être resté en vie.

– Pour l'amour du Ciel, Charlotte, sers-lui un petit cognac. »

Charlotte m'en apporta un double, dont je pris une longue gorgée.

« Il me semble que j'ai beaucoup bu, cette année, remarquai-je, avec un petit rire.

– Console-toi en pensant que même si tu as beaucoup bu, Marina Hamilton aura bu encore davantage, dit Charlotte.

– J'interdis qu'on prononce le nom de cette fille chez moi, lança tante Clare, l'œil menaçant.

– Est-ce que... est-ce que je ressemble à papa ? Physiquement, je veux dire. » Je connaissais la réponse, bien entendu, mais j'avais un besoin impérieux de l'entendre de la bouche de quelqu'un d'autre que maman.

« Oh oui ! vous lui ressemblez beaucoup. Ce long nez superbe et ces exquises taches de rousseur ! J'ai tout de suite compris, dès que je vous ai vue, vous vous souvenez ?

– Tu l'avais trouvé très beau ? » demanda Charlotte.

Elle réfléchit un instant avant de répondre. « Je ne dirais pas qu'il était beau au sens habituel. Il était trop exceptionnel pour ça, son teint si particulier et ses longs cils lui donnaient un aspect insolite. Mais enfin, Charlotte, s'écria-t-elle, sa nature reprenant le dessus, est-ce qu'on tombe amoureux de quelqu'un parce qu'il est beau ? La beauté est ennuyeuse à mourir. »

Je nous revis dans le taxi, Charlotte et moi, le jour où elle m'avait abordée à l'arrêt de l'autobus.

C'est vraiment le plus beau garçon de Londres ? lui avais-je demandé, en parlant d'Harry.

Sûrement pas, avait-elle répondu. Mais c'est de loin le plus intéressant.

« Est-ce que vous voulez dire par là qu'il était amusant ? Maman prétend qu'il ne gardait jamais son sérieux plus de cinq minutes. Elle dit toujours que personne ne la faisait rire comme lui.

– Il aimait beaucoup les mots – il aimait la façon dont on pouvait les détourner de leur sens, de manière à faire rire.

– Ooh ! Toi aussi, tu fais ça ! s'exclama Charlotte.

– Tu trouves ? » Je me sentais ridiculement flattée.

« Il avait quelque chose d'*aérien*, remarqua tante Clare. C'est le seul mot que je vois pour le qualifier. Vous aussi, d'ailleurs.

– Comment ça ? »

Elle avança la main vers mon verre de cognac. « Il m'avait paru posséder de remarquables dispositions pour vivre ; il n'existe pas de don plus précieux. Le talent pour la vie.

– Vous voulez dire qu'il semblait très heureux ?

– Pas seulement. C'est un peu plus compliqué.

– Expliquez-moi, alors.

– Il était à l'aise avec lui-même, il était bien dans sa peau. Je me souviens que le regard de la serveuse s'était illuminé quand il lui avait demandé où elle avait acheté ses jolies chaussures.

– C'était donc un charmeur ?

– Plus que ça, aussi. Pas parce qu'il était beau, mais parce qu'il donnait aux autres l'impression qu'ils étaient au bon endroit, au bon moment. Je ne crois pas un seul instant qu'il en était conscient. C'était instinctif, ce talent qu'il avait de vivre brillamment.

– Brillamment ? » Ce mot me semblait curieusement choisi. Je n'avais encore jamais entendu dire que papa était brillant.

« De vivre avec éclat.

– Mais dans ce cas, pourquoi a-t-il fallu qu'il meure ? » Je m'en voulus d'avoir dit ça. C'était stupide. Pourtant tante Clare me sourit.

« S'il y a une chose que j'ai constatée, dit-elle en parlant lentement, c'est que ceux qui sont doués pour vivre sont également doués pour mourir. Je ne crois pas qu'il avait peur de la mort.

– Vous ne... vous ne le croyez pas ? »

Soudain, un instant, il me sembla qu'on m'avait délivré d'un grand poids, et le soulagement que j'en éprouvais me donna presque le vertige. Mais je me repris aussitôt en me disant qu'il ne fallait pas que j'accorde trop de crédit aux souvenirs idéalisés d'une femme qui n'avait passé que quelques heures avec mon père. Que pouvait-elle savoir de sa nature profonde ? Ce n'était pas parce que j'aimais Clare que je devais me laisser entraîner à croire qu'elle connaissait papa mieux que personne. Ce n'était pas possible.

« Comment pouvez-vous dire ça ? Vous l'avez à peine connu », dis-je tristement.

Elle prit ma main dans la sienne. « Il n'avait pas peur, me dit-elle à voix basse. Je le sais, voilà tout. Il n'avait pas peur. »

Et je la crus. Non parce que j'en avais envie, mais parce que je savais que c'était la vérité.

Charlotte m'accompagna à la gare de Paddington en taxi. Nous parlions peu. Je voyais défiler dans ma tête des images de papa avec tante Clare, de papa avec Talitha, le jour de leur mariage, de papa en train de se battre, de papa en train de mourir.

« Dommage qu'Harry n'ait pas été là », dit soudain Charlotte. Et au seul énoncé de ce nom, je sentis l'adrénaline se répandre jusque dans les extrémités de mes doigts.

« Il me manque, à moi aussi », dis-je. Ces mots m'avaient échappé. Charlotte me regarda avec un sourire narquois.

« Oh, je n'ai jamais dit qu'il me manquait. Je regrette simplement qu'il n'ait pas été là, cet après-midi. Dis donc, Pénélope, j'ai l'impression que tu ne vas pas tarder à tout m'avouer, non ? »

Je ne souris pas. Je ne répondis pas. L'absence d'Harry me causait une grande souffrance. D'autant plus qu'il souffrait autant que je souffrais, mais pas à cause de moi.

« Il reviendra, tu verras, me dit-elle, tandis que le taxi remontait Kensington Church Street. Ils reviennent toujours. »

Les événements extraordinaires arrivent toujours quand on s'y attend le moins, paraît-il. J'avais pris le train de 18 h 15, comme à l'accoutumée, et récupéré ma bicyclette à Westbury, à l'endroit habituel. En passant devant la place du village, déserte à cette heure, j'accélérai avant de remonter péniblement Lime Hill en direction de Magna. Il faisait très sombre, aussi je roulais bien à gauche, en longeant le mur de la propriété, et je pédalais tout en fredonnant des chansons de Johnnie Ray, dans l'espoir de me débarrasser du pressentiment étrange et insistant qu'un terrible malheur se préparait. Je ne sais pas lequel de mes sens m'alerta le premier – était-ce la vue, parce que le ciel était plus rouge qu'il ne l'aurait dû, ou bien mes oreilles, qui avaient capté le bruit de cris lointains ? Était-ce une saveur différente, mais indéfinissable dans l'air de la nuit, ou le picotement de la peur sur ma peau ? Quand j'arrivai à l'entrée de l'allée, je vis un policier s'avancer en braquant sur moi une torche électrique aveuglante. Me protégeant les yeux de la main, je freinai brutalement.

« Que se passe-t-il ? demandai-je. Qu'est-ce que vous faites ici ?

– Ne restez pas là, mademoiselle, m'ordonna-t-il. Ce n'est pas un endroit où une jeune fille comme vous devrait venir se promener.

– Mais c'est ici que j'habite ! m'écriai-je, en tentant de contenir la panique qui était en train de m'envahir.

– Vous habitez ici, mademoiselle ? répéta-t-il, soudain radouci.

– Oui, j'habite ici !

– Il vaudrait mieux que je vous raccompagne à la gare, mademoiselle. » Mais avant qu'il ait pu me donner des explications, j'étais déjà remontée sur ma bicyclette. Il me sembla qu'il me criait quelque chose, mais je ne me retournai même pas, car je n'avais qu'une idée : arriver à la maison, la maison, la maison. Mes pieds appuyaient sur les pédales, de plus en plus vite, de plus en plus fort, mon cœur cognait dans ma poitrine, mes mains étreignaient le guidon et j'avançais. Parvenue au tournant, je me souvins d'avoir emmené Charlotte à cet endroit, lors du premier week-end qu'elle avait passé à Magna.

« Ça ne ressemble à rien d'autre, » s'était-elle émerveillée.

Ma première pensée fut pour me dire que le tableau qui s'offrait à moi était de toute beauté. La pelouse et l'allée de tilleuls étincelaient sous un ciel orange, qui blessait les yeux tant il était éclatant, tonitruant même, et la maison me sembla plus majestueuse que jamais. Magna brûlait. Il y avait quelque chose de triomphal dans la lueur rougeâtre qui balayait méthodiquement le toit, de superbe dans le bondissement féerique des flammes qui s'étaient emparées du bâtiment, en dansant avec les madriers qui dégringolaient et les murs qui se fissuraient ; et Magna donnait l'impression de participer de son plein gré à cette danse, car on n'entendait aucun hurlement de terreur s'élever du brasier, seulement un grand rire, comme si la maison se réjouissait de sa propre destruction et exultait devant la splendeur de ce spectacle. *Maman !* pensai-je, soudain glacée d'épouvante, et je continuai à pédaler jusqu'au moment où la chaleur dégagée par l'incendie devint si violente et la fumée si épaisse que je dus m'arrêter de nouveau pour reprendre mon souffle. C'est alors que je vis se dessiner une silhouette massive et familière.

« Mary ! Oh, Mary !

– Mademoiselle Pénélope ! Oh, c'est terrible, terrible !

– Où est maman ? Mary ! Où est maman ?

– Elle est à Londres. Elle a téléphoné il y a à peine quelques heures pour me dire qu'elle était chez des amis et qu'elle ne rentrerait que demain. Pour trouver ça », ajouta-t-elle. Elle toussait tellement qu'elle titubait et je me penchai sur mon guidon pour l'empêcher de tomber. « Elle va rentrer pour trouver ça. Comment est-ce possible ? Demain matin, il ne restera plus rien. Plus rien du tout !

– Elle est à Londres ? hurlai-je. Tu en es sûre, Mary ?

– Absolument sûre. Je suis arrivée à 17 heures, comme d'habitude. Elle était déjà partie. Johns l'a emmenée à la gare et puis elle lui a donné son week-end.

– Elle n'est pas dans la maison ?

– Non. Tu peux me croire.

– Oh, mon Dieu ! Et Fido ? Où est Fido ?

– Avec Johns. Ta mère lui a demandé de le prendre chez lui, vu qu'elle devait passer la nuit à Londres. Elle a dit que tu ne serais pas là, toi non plus, ajouta-t-elle, avec une note de reproche dans la voix.

– En effet, murmurai-je. Mais j'avais le pressentiment qu'il fallait que je rentre. »

Notre conversation fut interrompue par l'arrivée d'un second policier. « Mesdames, vous feriez mieux de vous éloigner », commença-t-il, mais je n'entendis pas la suite. Je regardai fixement Magna et, en voyant les flammes s'échapper des fenêtres du rez-de-chaussée, je me sentis infiniment petite, comme la nuit où Charlotte et moi avions essayé de repérer des étoiles filantes. Les yeux brûlés par cette masse rougeoyante, je reculai, frappée de stupeur. Je voyais des formes danser sur la pelouse, maman et papa tels qu'ils étaient le soir d'été où ils s'étaient connus. Je nous voyais, enfants, Inigo et moi, courir vers la maison en poussant des cris, le jour de l'armistice, tout excités parce que cette guerre sans laquelle nous ne pouvions imaginer de vivre venait de se terminer. Je me vis aussi dans le verger, en train de fantasmer sur Johnnie, avec Charlotte, et je nous vis, Harry et moi, allongés par terre, dans la Grande Galerie, écoutant le vent et la pluie battre les murs de l'aile est. Enfin, je crus voir Rocky venir à ma rencontre, et alors je sentis quelque chose se fermer dans ma tête puis, tandis que tout se mettait à tourner alentour, l'idée rassurante que ce n'était qu'un rêve s'insinua en moi.

XXII

Une lueur intermittente

Je me réveillai dans la chambre que j'avais partagée autrefois avec Inigo, au petit manoir. Je crus un instant que j'avais toujours huit ans et qu'on était encore en guerre.

« Maman ? croassai-je.

— Pénélope ! dit sa voix à mon chevet. Enfin, tu es réveillée ! »

En effet, j'étais réveillée. La lumière du jour entrait à flots par la fenêtre. Je m'assis dans mon lit.

« Quelle heure est-il ?

— Tu t'étais évanouie. Mary et un gentil policier t'ont amenée ici. Tu as dormi toute la nuit. Il est 7 heures du matin.

— Magna ! L'incendie ! » Je me levai d'un bond et courus à la fenêtre.

« Va doucement, ma chérie... le choc...

— Ça brûle encore ! On ne peut rien faire ? »

Elle s'assit sur le bord de mon lit. Elle était affreusement pâle. Elle avait sa plus belle robe et une étole de fourrure sur les épaules. À l'évidence, elle ne s'était pas changée en rentrant.

« Comment as-tu su ? lui demandai-je, la gorge desséchée et les cheveux imprégnés d'une odeur de fumée.

— J'étais à Londres. Je me sentais incapable de rester seule à la maison une nuit de plus. J'ai appelé Johns et il m'a conduite à la gare.

— Qui es-tu allée voir ? »

Elle s'empourpra. « Il m'a téléphoné tout de suite après ton départ, en disant qu'il serait très heureux de m'inviter à dîner, mais qu'il ne m'en voudrait pas si je préférais ne plus jamais le revoir.

— Rocky ? »

Elle détourna les yeux ; ses mains tripotaient machinalement le *quilt* que Mary nous avait confectionné au cours des « longues et sombres soirées de 1943 ». Je n'avais plus revu cette couverture depuis notre départ du petit manoir et des souvenirs d'enfance remontèrent alors à ma mémoire. Inigo et moi blottis dessous, écoutant les bombes qui explosaient, maman s'enveloppant les jambes dans sa chaleur, les soirs où il y avait pénurie de charbon.

« Ce quilt... tu te souviens comme tu l'aimais ? » dit-elle, en voyant que je le regardais avec intensité.

C'est à cet instant que je pris conscience de la vision qu'elle continuait à avoir de ces années de guerre. La peur était présente, bien sûr, mais l'espoir aussi. Ce n'est que tout à la fin, quand papa avait été tué, que l'espoir était mort. Auparavant, notre vie baignait dans une atmosphère poétique, dans l'attente grisante de son retour. Ce n'est qu'après notre réinstallation à Magna que nous avions appris la mort de papa. Pour maman, le petit manoir restait à jamais le lieu de douces rêveries.

« Rocky t'a téléphoné ? demandai-je à nouveau, et elle opina d'un signe de tête.

– Je me disais que je devais accepter de le voir, ne serait-ce que pour lui demander pardon de la façon dont je l'avais traité, l'autre soir. Je ne peux même pas imaginer ce qui se serait passé si j'étais restée ici. Je serais... je serais morte.

– Pas forcément, dis-je, terrifiée par cette pensée. Tu aurais sûrement pu te sauver, maman.

– Peut-être pas, dit-elle en hochant la tête. Peut-être pas.

– Comment as-tu su, pour l'incendie ? »

Elle posa sur moi ses yeux fatigués et barbouillés de mascara. « C'est une drôle d'histoire. Rocky m'avait emmenée dîner au Claridge... – quel régal, ne put-elle s'empêcher d'ajouter. En sortant, nous avons eu envie de marcher un peu. Londres était si beau hier soir, tu sais, dit-elle, oubliant que je m'y trouvais également. Il devait être un peu plus de minuit quand je me suis rendu compte que je n'avais plus de train pour rentrer à la maison, alors il m'a proposé de me ramener à Magna en voiture. Nous sommes arrivés ici à 2 h 30 du matin. Tu devines par quel spectacle nous avons été accueillis ! »

J'étais étonnée des mots qu'elle avait employés. Ce n'était pas l'épouvante qui transparaissait dans sa voix, mais plutôt l'incrédulité. Ce n'était pas les « C'est terrible, terrible », de Mary, et elle ne s'était pas évanouie, comme moi.

« J'ignorais complètement que tu étais rentrée. »

Elle s'approcha de la cheminée pour redresser une photo qui nous représentait, Inigo et moi. « Tu as dû avoir un choc épouvantable, ma chérie.

– Et pas toi, maman ?

– Bien sûr que si ! s'exclama-t-elle d'une voix tremblante. C'est... c'était la maison de papa. S'il avait été là, ça ne serait jamais arrivé...

– Et Inigo ? Il faut le prévenir, dis-je en mettant mes chaussures.

– Rocky est allé tout de suite à son collège pour le lui dire. Il est parti il y a une heure. Il doit être arrivé maintenant. »

Je ne fis pas de commentaire, mais je fus obligée de reconnaître intérieurement que Rocky était la personne la mieux placée pour annoncer une pareille nouvelle à Inigo.

« Que va-t-il rester de la maison ? murmurai-je. Oh, mon Dieu ! Marina !

– Qui ?

– Le cochon d'Inde ! » Je sentis les larmes me monter aux yeux. Marina, cet animal que m'avait confié Harry, le lien qui me rattachait à lui... qu'était-il devenu, dans cette catastrophe ?

« Oh ! ma chérie, ne t'inquiète pas pour ça. C'est drôle, mais hier je me suis dit qu'il était temps de l'installer dehors. Je l'ai mis dans un carton et l'ai apporté à Johns, juste avant de partir pour Londres. Il devait l'emmener chez lui pour lui montrer la cage qu'il est en train de lui fabriquer.

– Oh, merci mon Dieu ! » marmonnai-je, et ce n'est que bien plus tard que l'idée me vint que c'était là une coïncidence fort curieuse. Pourquoi avait-on déménagé Marina de ma chambre, avant que son nouveau logis soit prêt ?

« Tu avais raison pour Rocky », dit maman, et je crois bien que c'était la première fois qu'elle reconnaissait que j'avais raison, sur quelque sujet que ce fût.

« À quel propos ?
— Il est formidable. Je m'en étais rendu compte dès le début, naturellement, mais j'avais peur, Pénélope. Tellement peur de... de...
— D'être heureuse.
— Le bonheur peut faire peur, quand on en a perdu l'habitude.
— Et maintenant que Magna n'est plus qu'un tas de cendres, tu penses que tu pourrais être heureuse ? » J'avais eu un ton plus dur que je ne le voulais. « Et papa ? C'était sa maison ! Notre maison de famille. C'est fini, maintenant, maman ! Elle n'existe plus !
— Ton père non plus ! s'écria-t-elle, l'animation rendant son visage encore plus blanc. Je ne voulais pas que la maison meure de cette manière ! Mais je ne pouvais plus continuer à vivre ici, non plus. Ton père n'aurait jamais exigé ça de moi. Il me disait souvent que Magna ne lui semblait avoir de réalité que lorsque j'y étais avec lui.
— Il aurait fait quelque chose. Il aurait combattu les flammes, il aurait fait n'importe quoi pour sauver Magna ! La maison était dans son sang, maman. Elle est dans notre sang !
— Non ! hurla-t-elle. C'est nous qui étions son sang, pas la maison ! Cette maison l'avait prise au piège, elle le possédait, elle lui faisait peur, comme à moi. Il

l'aimait, bien sûr, mais il aurait donné n'importe quoi pour partir. Il ne me l'a jamais dit explicitement, mais il avait parfois dans les yeux une petite lueur d'incertitude, intermittente, comme s'il se demandait s'il ne s'était pas mis une charge trop lourde sur les épaules. Tu comprends ce que je dis, n'est-ce pas ? Il fallait que ça change. Il fallait que ça change ! »

C'était la première fois depuis bien des années que je l'entendais émettre une opinion aussi catégorique. Toutefois, je savais que je ne pourrais pas croire vraiment à l'incendie, tant que je n'aurais pas vu de mes yeux ce que Magna était devenu. Je sortis de la chambre comme une fusée et descendis l'escalier quatre à quatre. Maman se précipita sur le palier et me cria quelque chose, mais sa voix me parut irréelle, fantomatique, désincarnée. Je sortis du petit manoir et courus vers Magna. J'entendais mes pas claquer en rythme sur le sol et cela me donnait de la force, je vis les touffes de jacinthes éclatantes se dessiner à mesure que je remontais l'allée en courant. Je sentis la chaleur du soleil sur ma nuque, et l'éclat inattendu du matin me blessa les yeux. Je dépassai le tournant, entrai dans la cour et arrivai au bord de l'étang, près du banc où nous nous étions assis par une nuit d'hiver, Inigo, Charlotte, Harry et moi, pour manger des œufs durs et boire du champagne, dans la neige. Aujourd'hui, l'air était doux et j'avais trop chaud avec mon pull-over, pourtant léger. Je l'ôtai par la tête et repartis à pas lents, très lents, en direction de la maison.

Comment était-il possible qu'il ait suffi d'une seule nuit pour tout changer ? Il m'était arrivé de lire des articles à propos de maisons que le feu avait anéanties en l'espace de quelques heures, pourtant je ne pouvais pas le croire. On aurait sûrement pu arrêter les flammes avant qu'elles embrasent tout. Cependant, à Magna, le feu n'était même pas encore éteint. Il avait perdu de sa vigueur, mais il résistait toujours. Je le voyais qui achevait de consumer tranquillement les fenêtres calcinées du petit salon. Machinalement, j'avançai de quelques pas et m'arrêtai à l'endroit où, hier encore, se trouvait la porte d'entrée. Plus rien. Elle s'était effondrée, laissant voir le hall, ou ce qui avait été le hall, indiscernable du tas de décombres qu'était devenu le rez-de-chaussée. J'entrai, tout en me disant que c'était imprudent. Devant moi s'élevait une montagne de gravats et un énorme morceau de plafond gisait sur le sol, encore rougeoyant de chaleur, encore brûlant de la violence du désastre.

On voyait le ciel à travers le plafond, la matinée de printemps bleue et blanche faisait taire par son rire la coquille noircie qu'était devenue Magna. La maison me donnait l'impression, pour la toute première fois, d'être nue, honteuse, de n'avoir nulle part où se cacher. Cette nuit, elle m'avait semblé flamber avec des gloussements de joie. Maintenant elle paraissait... oui, c'était le mot ! Elle paraissait avoir la gueule de bois.

Trois pompiers allaient et venaient ; l'un d'eux était en train de boire à une Thermos. Derrière eux était entassé un énorme amas d'objets arrachés à l'incendie. Le secrétaire de maman disparaissait sous des ustensiles de cuisine – un fouet pour battre les œufs, une poêle noircie et un magazine de Mary, tout roussi. Par une ironie du sort, le calendrier de 1955 du Women's Institute était ouvert à la page de décembre, illustrée par la photo d'un magnifique pudding de Noël qui flambait, trônant sur une cheminée. Plus jamais nous ne passerions Noël à Magna.

« Mademoiselle Pénélope ? »

Je me retournai brusquement et vis Johns, sa pipe dans une main et une binette dans l'autre. Je m'écartai pour le laisser passer et il sortit en hochant la tête, pour aller vers l'étang. Je le suivis, sans trop savoir s'il était vrai. Il semblait impossible que Johns pût exister, surtout ce matin. Y avait-il un Johns sans Magna ? Comme s'il avait deviné ma pensée, il se pencha et commença à biner les mauvaises herbes autour du banc. Instinctivement je m'agenouillai pour l'aider et je commençai à arracher les tiges rugueuses en les enroulant autour de mes doigts, tout en écoutant leurs racines qui se cramponnaient à la terre.

« Si on les laisse trop pousser, on n'arrive plus à s'en débarrasser, marmonna-t-il. Vaut mieux bien entretenir le jardin, surtout à cette époque de l'année, quand ça sort de partout.

– Oui », dis-je dans un murmure.

Combien de temps avions-nous travaillé ainsi, tous les deux ? Je n'en sais rien. À première vue, j'aurais dit cinq minutes, mais c'était peut-être une heure. De temps en temps, quand une voiture de police ou un camion de pompiers arrivait dans l'allée, nous relevions la tête. Je ne disais pas un mot. J'avais la gorge serrée et j'avais peur d'essayer de parler.

« Ils pourront plus faire grand-chose maintenant. »

Tels furent les seuls mots qu'avait prononcés Johns. Personne ne s'occupait de nous. Je ne sais même pas si on nous avait vus. Plus le temps passait, plus il me devenait difficile de parler. Je ne savais pas quoi dire, je ne savais pas par où commencer. Je me réglais sur Johns qui, semblait-il, n'était pas non plus d'humeur bavarde. Puis, à un moment donné, je me redressai en disant qu'il fallait que je parte, que je m'étais absentée trop longtemps et que maman devait m'attendre au petit manoir.

« Vous voulez pas me rendre un petit service, juste pour une minute, mademoiselle Pénélope ?

– Mais bien sûr, Johns. De quoi s'agit-il ?

– Vous pouvez pas venir avec moi au pigeonnier ? Il y a quelques oiseaux qui m'inquiètent un peu. Ils ont eu très peur, cette nuit. Comme ça, vous pourrez dire à votre maman qu'ils vont bien. »

Je le suivis en silence dans le jardin. Le soleil inondait le chemin, les pommiers étaient couverts de fleurs blanches. Là, pas un seul brin d'herbe, pas un seul pétale ni un seul bourgeon ne se souciait de savoir si la maison était encore debout ou non. On se serait cru dans un autre pays. Tout en marchant, Johns remettait en place une chose ou une autre, comme à l'accoutumée. Lui qui donnait toujours une impression d'inconséquence, il était aujourd'hui celui qui avait le comportement le plus sensé. Il continuait à faire son travail de jardinier.

Les colombes d'Harry étaient perchées ensemble, dans la volière, un peu à l'écart de celles de maman. Elles ressemblaient tellement à Harry que mon cœur se serra en pensant à ce qu'il dirait s'il pouvait voir ce qu'était devenue la Grande Galerie. Les oiseaux ne semblaient pas spécialement traumatisés – ils voletaient autour des mains de Johns, qui était en train de garnir les mangeoires, sans faire plus de tapage que d'habitude.

« Ils m'ont l'air en forme, Johns, dis-je, soulagée.
– Ah !
– Il faut vraiment que j'y aille, maintenant.
– Encore une chose, mademoiselle Pénélope. Juste une petite chose. »

Je le vis se pencher et tirer un petit carton de sous les casiers à graines.

« J'ai trouvé ça ici, ce matin.
– Qu'est-ce que c'est ?
– Prenez-le. Voyez vous-même. »

Le carton était attaché avec de la ficelle et des rubans, parmi lesquels je reconnus celui du jambon que Charlotte et Harry avaient apporté pour le réveillon du Nouvel An. Je crus entendre la voix de maman qui disait ! *Oh ! mets ce ruban de côté... il est trop joli pour qu'on le jette.*

« C'est sûrement des affaires de maman, dis-je, mal à l'aise. Quelque chose qu'elle aura rangé là et oublié...
– Ça, c'est sûr. Rapportez-le-lui, d'accord ? Faut pas laisser ce genre de choses traîner trop longtemps dans la volière.
– Merci, Johns », lui dis-je.

Et tout d'un coup, je compris.

Je ne sais pas pourquoi j'avais compris, sauf peut-être parce que je le savais depuis le début. Je retraversai le jardin en hâte et sortis par le portillon, le carton serré contre moi. Il n'était pas lourd et j'entendais quelque chose qui ballottait à l'intérieur. Arrivée à la clairière, en haut de l'allée, à l'endroit où l'allée de tilleuls cachait presque entièrement Magna, je m'accroupis sous le hêtre pourpre.

J'ouvris le carton et le papier de soie qui recouvrait son contenu s'envola sans que je puisse le rattraper. Dessous, il y avait quelque chose de doux, de soigneusement plié, de si familier que je l'aurais reconnu rien qu'au toucher et à l'odeur. La robe de mariée de maman. Les mains tremblantes, je la sortis et la secouai pour la déplier. Le soleil luisait sur le fin tissu rose, qui en devenait translucide. On aurait dit une robe de fée. Je la posai précautionneusement par terre, à côté de moi, et j'entrepris de vider la boîte. Ce qu'elle renfermait était du maman tout pur. Elle y avait mis le livret de rationnement de l'année dernière, ses disques de la comédie musicale de Gilbert et Sullivan, *Les Pirates de Penzance,* plusieurs photos de papa et, dessous, l'aquarelle de tante Sarah, retirée de son affreux cadre. C'est drôle, pensai-je. Maintenant qu'elle ne voisinait plus avec les vénérables tapisseries anciennes de Magna et les plafonds d'Inigo Jones, je la trouvais assez réussie. Je la calai contre le tronc de l'arbre et plongeai la main tout au fond du carton. Il y avait une lettre. Une lettre dont je reconnus aussitôt l'écriture. Tante Clare. Mais contrairement à ce que j'avais d'abord cru, elle n'était pas adressée à papa, mais à ma mère. Talitha Wallace, Milton Magna, Westbury, Wiltshire. Le cachet de la poste portait la date de mars 1955, à peine un mois plus tôt. Je restai un instant immobile, à réfléchir intensément. Puis je lus. Lentement, avec beaucoup d'attention, en entendant tout le temps dans ma tête la voix de tante Clare.

Ma chère Talitha

Je ne saurais vous dire combien j'ai été soulagée d'avoir de vos nouvelles. Depuis que j'ai fait la connaissance de Pénélope, tout ça m'a beaucoup préoccupée – comment vous alliez depuis la guerre et comment vous aviez pu vous occuper toute seule de Magna. Cela a dû vous être difficile de m'écrire et je vous en suis très reconnaissante. Il y a longtemps que nous aurions dû mettre au clair cette situation à la Rebecca. *Mais il n'est jamais trop tard.*

C'est drôle, mais j'ai souvent pensé à vous. Talitha Orr, la fille la plus heureuse du monde, celle qui avait conquis le cœur d'Archie. Chaque fois que je voyais une photo de vous deux, dans le journal, j'examinais vos visages, à la recherche d'une imperfection, un signe indiquant que votre existence n'était pas aussi idyllique que tout le monde le disait. Je cherchais en vain. Même après la mort d'Archie, j'ai continué à vous envier. N'est-ce pas curieux ? Envier une veuve aussi jeune que vous l'étiez. Mais vous l'aviez tout de même eu pour vous pendant quelque temps. Tout cela a changé quand j'ai rencontré Pénélope et que j'ai réalisé dans quelle situation vous vous étiez trouvée. Perdre un époux et se retrouver avec une maison comme Magna sur les bras... Quel lourd fardeau. Et puis votre lettre était si triste. Vous vous êtes retirée du monde bien trop longtemps. Cette idée que vous vous êtes fait du souci à cause de moi est totalement ridicule. Extravagante. Vous êtes bien trop jeune pour mener ce genre d'existence. La vie est longue et remplie de possibilités, à condition de savoir prendre sa liberté.

Une grande demeure est une chose remarquable, mais les grandes demeures ont été construites pour les hommes, par les hommes. Toutes les maisons, grandes ou petites, perdent leur réalité, lorsque les êtres qu'on aime ne les habitent plus. Il vous faut retrouver votre liberté, parce que vous êtes trop jeune pour ne pas le faire.

Avec toute mon affection

Clare Delancy

PS : Pénélope est un amour. Mon fils m'a dit un jour qu'il n'était pas assez bien pour elle. Peut-être pourriez-vous la convaincre qu'il se trompe ? !

Le point d'exclamation me plaisait bien. Je remis la lettre dans son enveloppe et l'enveloppe dans le carton, et c'est alors que je m'aperçus qu'il y avait encore quelque chose. Une autre photo. Une photo que je ne connaissais pas, bien qu'elle nous représentât, Inigo et moi, en train de rire, dans la volière. Je la retournai. *11 juillet 1941 (21ᵉ anniversaire) Pénélope et Inigo,* avait écrit maman au dos. Elle avait dessiné un cœur un peu tremblé, à côté de nos deux noms. Je ne sais pourquoi, ce fut cette photo, qui venait par-dessus tout le reste, qui me fit monter les larmes aux yeux.

Inigo et Rocky arrivèrent un peu plus tard dans l'après-midi. Rocky avait l'air fatigué, mais il n'avait rien perdu de son incroyable séduction. J'avais envie de courir me jeter dans ses bras pour qu'il me dise qu'il n'y avait rien de grave, car sa seule présence donnait l'impression que tout allait s'arranger. Avec lui, c'était toujours pareil. On était d'abord frappé par son charme et sa haute stature, puis par son incontestable bonté. Il nous servit, à Inigo et à moi, quelque chose de très raide à boire.

« Il me semble que vous ne devriez pas trop vous approcher de la grande maison pendant quelques jours, dit-il en me regardant. Il y a encore des gens, à l'intérieur, qui essayent de récupérer le plus de choses possible, et je pense que vous devriez leur laisser cette tâche. Il faut que j'aille à Londres pour quelques jours, mais je pourrais revenir ici à la fin de la semaine. Si vous le souhaitez, je jetterai un œil à vos contrats d'assurance, pour voir un peu ce qu'il en est de ce côté. C'est toujours une affaire compliquée, mais je peux vous aider, si vous le voulez.

– Tous mes disques, se lamenta Inigo. Je suppose qu'on n'a pas pu en sauver un seul. »

Rocky ne répondit pas et alluma une cigarette. Dans la soirée, je montai déposer le carton dans la chambre de maman. Ni elle ni moi n'y fîmes aucune allusion. Ce n'était pas la peine.

Rocky s'occupa de tout, bien qu'il fût contraint de passer une grande partie de son temps à Londres. Des camions d'un grand magasin arrivèrent avec des meubles neufs pour le petit manoir – des canapés modernes et élégants, un réfrigérateur américain et même un poste de télévision.

« Tu ne peux pas le laisser payer tout ça, maman, dis-je, stupéfaite. C'est trop. »

Estimant que j'avais raison, elle essaya en vain de tout renvoyer.

« Ça doit lui faire plaisir, je suppose. De venir en aide aux autres. »

Il m'était impossible de dire le contraire. Rocky était le seul véritable philanthrope que je connaissais. C'était justement ce qui rendait les gens méfiants à son égard. Ils avaient du mal à croire qu'il voulait sincèrement que tout le monde soit heureux. Dans notre cas, naturellement, le fait qu'il était amoureux fou de maman lui facilitait les choses.

« À mon avis, il veut t'épouser, dis-je, histoire de tâter le terrain.

– Ne dis pas de bêtises, Pénélope. Tout le monde ne pense pas comme toi. C'est un homme très généreux, tout simplement.

– En effet, ironisai-je. Et ça ne te gêne pas, tous ces appareils américains ? La cuisinière, le "frigo" ?

– Si, c'est un peu ennuyeux, soupira-t-elle. Mais Mary dit que la machine à laver est une merveille. »

Les premières journées qui suivirent l'incendie ne ressemblèrent en rien à ce qu'on aurait pu prévoir. Je redoutais des larmes et des lamentations de la part de maman, de l'entendre s'adresser des reproches rétrospectifs ; je pensais qu'Inigo et moi allions sombrer dans le désespoir, une fois que nous aurions pris conscience que notre enfance et notre maison avaient disparu à jamais. Je me trompais complètement. Tout en se gardant de nous noyer sous les détails, Rocky nous informa que l'assurance nous verserait une somme suffisante pour que nous puissions vivre tout à fait confortablement dans le petit manoir, pendant quelques années. Je ne lui posai aucune question. De tout ce qui était arrivé, je ne retenais que sa générosité. Quand je les regardais, maman et lui, j'avais l'impression de voir un film fabuleux, projeté au ralenti, tellement il y avait de délicatesse dans leurs rapports, une grâce semblable à celle d'un papillon. Lorsqu'il arrivait pour dîner, je m'attendais presque à trouver dans mes mains un paquet de pop-corn à partager avec Inigo, pendant le spectacle. Rocky lui faisait des cadeaux, pas forcément coûteux, de petits présents délicieux qu'il pensait devoir lui plaire – un sachet de pralines de chez Fortnum, une bougie parfumée achetée dans une boutique de Portobello Road. Je ne connaissais personne de moins sentimental que lui – il avait une solution pratique pour tout – mais quand maman parlait, on voyait nettement son expression s'adoucir et ses yeux sourire. Il la trouvait fascinante et irritante en égales proportions (et elle l'était) mais il n'hésitait pas – pour notre plus grand plaisir – à la remettre à sa place. Parfois, il la grondait – à cause de ses préjugés sur l'Amérique, de sa mauvaise humeur au dîner, un soir, ou quand elle reprochait à Inigo sa passion pour la musique – et elle l'écoutait. De son côté, elle le taquinait, elle le faisait rire avec ses imitations de Mary et ses anecdotes sur la vie du village, pendant la guerre. Il me fallut les observer deux semaines durant pour conclure qu'ils se complétaient à merveille. Maman mit beaucoup plus de temps pour l'admettre. Plus que tout, presque, j'étais reconnaissante à Rocky de me comprendre. Un soir, tandis que je lisais, allongée sur mon lit, un article de *Woman and Beauty*, vantant les charmes de l'Espagne, et que je me demandais si Harry connaissait ce pays, j'entendis frapper discrètement à ma porte.

« Entrez », dis-je.

Rocky restait sur le seuil de ma chambre, l'air embarrassé. Je posai mon magazine.

« Je me demandais... non que ça me regarde, bien sûr, mais qu'est devenu votre magicien ?

– Oh ! ce n'est pas mon magicien, répondis-je gaiement.

– Ah ! dit-il, après un silence. Du moment que ça ne vous préoccupe pas.

– Oh non, pas du tout. Je vous remercie. »

Il ne me croyait pas, bien entendu, mais il avait senti qu'il ne fallait pas insister. Je n'avais jamais autant souffert ; à vrai dire c'était une souffrance permanente, insistante, une douleur sourde et continuelle. La nuit, au lieu de dormir, je n'arrêtais pas d'écrire dans mon bloc-notes et j'enrageais en pensant à la vanité, à la bêtise, qui m'avaient empêchée de m'avouer que j'étais amoureuse. Et maintenant c'était trop tard.

Un soir, Rocky arriva, fleurant bon *Dior pour Homme*, et je faillis m'évanouir.

« Tu te sens bien, Pénélope ? demanda maman.

– Oui », murmurai-je.

Ce n'est que trois jours après l'incendie que Rocky proposa à maman de l'accompagner à Magna. Il avait emporté une flasque de cognac et un mouchoir, mais elle n'eut besoin ni de l'un ni de l'autre. Le même jour, j'étais allée chez tante Clare, à Londres. Elle m'avait écrit en me demandant de venir la voir dès que possible. Dans sa lettre, elle ne parlait pas du tout de l'incendie. « Tout finira par s'arranger, vous verrez, Pénélope », telle était la seule et lointaine allusion à la catastrophe. Je m'étais demandé pourquoi elle voulait me voir si vite ; peut-être était-ce à cause d'Harry.

Chose inouïe, ce fut tante Clare qui vint m'ouvrir.
« Pénélope ! dit-elle en m'embrassant. Entrez donc. Nous sommes seules, ça nous change, n'est-ce pas ?
— En effet. Où est Phoebe ?
— Je lui ai donné sa journée. Elle n'est pas dans son assiette, en ce moment. »

L'a-t-elle jamais été ? me demandai-je.

Curieusement, je n'étais jamais allée à Kensington Court entre 11 heures du matin et l'heure du thé. De me retrouver dans le bureau de tante Clare à midi, par une matinée ensoleillée, me donnait une impression d'incongruité. L'impression d'être complètement ailleurs.

« Pas de thé, pour une fois, dit-elle, devinant ma pensée. Voulez-vous quelque chose de plus corsé ? C'est une heure où j'aime bien boire un gin. »

Au souvenir de mon attente devant l'entrée des artistes du Palladium, je fis la grimace. « Je n'ai besoin de rien, merci. »

Elle se servit un grand gin tonic et s'assit. « Dites-moi. Comment va votre mère ?
— Incroyablement bien, dis-je en riant. Elle survit à merveille sans Magna. Elle s'est libérée, ainsi que vous le lui avez conseillé. » Je me sentis rougir. « J'ai lu votre lettre. »

Elle ne se donna pas la peine de paraître même vaguement surprise.

« Je suis tombée dessus par hasard. Maman n'a jamais été très douée pour garder les secrets. Je n'en reviens pas qu'elle ait réussi à nous cacher si longtemps que vous aviez échangé des lettres.

— Elle croit beaucoup au destin, n'est-ce pas ? Elle a dû penser que votre amitié avec Charlotte était un signe qu'elle ne devait pas ignorer. » Elle alla à son secrétaire et prit une enveloppe adressée à Clare Delancy, écrite à l'encre émeraude, la marque déposée de maman. « Ne l'ouvrez pas tout de suite, dit-elle d'une voix étrange. Vous le ferez quand je ne serai pas là.

— En arrivant chez moi ?

— Non. Quand je serai partie.

— Que voulez-vous dire ? »

Elle s'assit, me tendit la main et je m'installai à côté d'elle, tandis qu'une inquiétude soudaine m'envahissait. « Je n'en ai peut-être plus pour très longtemps. » Elle avait un ton léger, dépourvu de toute gravité. « Je vais bientôt mourir, Pénélope. »

Soudain, tout devint noir. Je retirai ma main de la sienne, en aveugle, et me levai sans même l'avoir voulu, bien que mes jambes se fussent complètement liquéfiées. « Comment... Que voulez-vous dire ? chuchotai-je.

— Oh ! c'est quelque chose que je sais depuis déjà un certain temps. On ne peut plus rien faire pour moi, maintenant, voilà ce qu'ils disent. Une fois que ça s'est propagé, et cetera, et cetera. J'ai tout de même eu plus de temps que ce qu'on m'avait laissée espérer l'été dernier. Mais ces dernières semaines ont été... difficiles. Je ne veux pas finir ici. J'ai toujours dit que lorsque j'en serais là, je partirais à l'étranger. À Paris, peut-être. Il n'y a rien qui égale les Tuileries au printemps.

– Ce n'est pas vrai. Ce n'est pas possible ! » De nouveau je m'écroulai sur ma chaise et à cet instant, je sus que c'était vrai, à cause des larmes qui ruisselaient sur mes joues.

« Oh ! ma chère enfant. S'il vous plaît, ne pleurez pas. Vraiment, il ne faut pas. J'ai eu une vie merveilleuse. On ne peut pas demander plus. Ne pleurez pas. » Elle était près de moi, sa main posée sur la mienne.

« Charlotte sait ? demandai-je en reniflant.

– Non, elle ne sait rien, si ce n'est que j'envisage d'aller passer quelques mois à Paris. Je ne voulais pas qu'elle pense à ça pendant qu'on écrivait ce livre. J'avais besoin qu'elle soit d'attaque et qu'elle se rebelle quand je lui en demandais trop. Je ne voulais pas qu'elle se dise qu'elle travaillait avec une femme qui était en train de mourir. Mon livre n'est que vie et aventures. Oh non ! Il n'aurait pas fallu que Charlotte sache.

– Au contraire, il faut qu'elle sache... elle voudra vous dire adieu...

– Elle ne voudra pas. Pas Charlotte. »

C'était vrai ; j'en étais convaincue.

« Par moments, elle me détestait de tant la harceler pour terminer le livre. Mais j'étais obligée... vous comprenez pourquoi, maintenant ? Il fallait finir ce que nous avions commencé avant qu'il soit trop... trop tard.

– Et vous y êtes arrivée. Vous l'avez terminé.

– Peu m'importe que j'en vende cinq exemplaires ou cinq mille. J'ai écrit ce livre pour moi et pour ceux que j'aime... après tout, se faire plaisir n'a jamais nui à personne. Il se trouve même que ça a fait beaucoup de bien à ma Charlotte. Avant que je lui mette la main dessus, elle n'avait aucun sens de la discipline. »

C'était la première fois que j'entendais tante Clare s'approprier Charlotte. « Et Harry ? demandai-je.

– Harry est au courant depuis le début. »

De surprise, je m'arrêtai de pleurer.

« Je l'ai dit à Harry parce que je ne pouvais pas faire autrement. Il me connaît trop bien. Je n'aurais pas pu le lui cacher comme je l'ai caché à Charlotte. Je savais que ça ne changerait rien à notre comportement, et c'est d'ailleurs pour ça que tout s'est si bien passé. On a continué à se chamailler. J'ai continué à me désespérer à cause de Marina. Il a continué à ne pas vouloir chercher un vrai travail. Mais il a dépensé pour moi une grande partie de ce qu'il gagnait comme magicien. Pour les médecins, les spécialistes. Ça n'a servi à rien, mais il a essayé. C'est la seule chose qui compte. Il a essayé.

– Où est-il en ce moment ?

– Il viendra me rejoindre à Paris, dit-elle calmement. Si je le lui demande.

– Vous le ferez, j'espère ? Dites que vous le ferez !

– Oui, je vous le promets.

– Il sera désemparé sans vous, murmurai-je. Il a besoin de vous. Pour... pour lui dire qu'il se conduit comme un idiot. Pour l'obliger à garder les pieds sur la terre...

– Il me semble que je n'ai pas trop mal réussi à former Charlotte pour qu'elle s'occupe de lui.

– Si seulement il n'était pas aussi amoureux de Marina.

– Il ne l'est pas. » La réaction de tante Clare ne s'était pas fait attendre. « Pas du tout. Il n'a jamais été amoureux d'elle. Il le croyait seulement.

– Mais où est la différence ? » La colère m'avait saisie tout à coup. Pourquoi parlait-elle toujours par énigmes ? Pourquoi fallait-il qu'elle meure ? Et pourquoi devait-elle aller à Paris pour le faire ?

« Il est en train de le découvrir par lui-même. Nous ne serons jamais des amies, votre mère et moi, et je le regrette, dit-elle avec une réelle tristesse. Mais finalement, tout s'est passé comme il le fallait. J'ai eu la chance de pouvoir profiter de la vie, et maintenant c'est son tour.

– Mais vous ne trouvez pas que c'est une chose épouvantable ? De détruire une maison comme Magna ? dis-je, en prenant son verre.

– Bien moins épouvantable que de continuer à y vivre. Les dettes, ça, c'est épouvantable, Pénélope. Ça vous tue à petit feu. Mais... » Elle me regarda avec des yeux pleins de malice. « Harry aura une bonne surprise quand je ne serai plus là.

– Comment ça ?

– J'ai vendu l'autre jour une porcelaine que je croyais sans valeur, pour une somme astronomique. Enfin... suffisante pour payer ses cigarettes pendant quelque temps, ainsi qu'il aime le dire. Christopher

Jones l'avait remarquée quand il est venu ici pour ma lecture. Il était tout excité. Il disait qu'il n'avait jamais vu une pièce de ce genre dans un état aussi impeccable.

– Quoi ? Et en attendant, vous lui laissez croire qu'il est pauvre comme Job ?

– Bien entendu ! Il ne faut pas qu'il se dise qu'il a de l'argent à dépenser. Il risquerait de perdre la tête et de s'imaginer qu'il a les moyens de s'offrir Marina.

– Et quel est ce bibelot ?

– Oh ! vous ne vous en souvenez certainement pas. C'était quelque chose de très laid, en réalité. La petite laitière qui était là... »

Alors, en dépit de tout, j'éclatai de rire.

Je repartis au bout de dix minutes. Tante Clare n'avait sûrement pas envie que je me croie obligée de continuer à lui faire la conversation plus longtemps, maintenant que je savais que c'était la dernière fois. Et je n'en avais pas envie, moi non plus. Elle me raccompagna à la porte.

« Est-ce que Phoebe est au courant ? Pour votre... votre secret ? lui demandai-je, furieuse contre moi-même d'avoir employé ce mot.

– Oh oui ! elle est au courant depuis le début !

– Je comprends. Ça explique sa tristesse.

– Oh non ! c'est sa nature. Elle a toujours été triste. Et c'est pire que jamais maintenant qu'Harry est parti. »

Harry. Il me semblait qu'il allait entrer tout à coup, avec sa mallette de magicien, fredonnant un air de jazz et faisant des réflexions narquoises sur Johnnie Ray.

J'avais tellement envie de le voir que je me sentais presque capable de le faire apparaître, de même qu'un voyageur perdu dans le désert imagine qu'il voit une nappe d'eau.

« Encore une chose, dit tante Clare.

— Tout ce que vous voudrez, fis-je, avec chaleur.

— Veillez bien sur Charlotte à ma place. Je sais qu'elle est toujours entichée de cet Andrew. Ce n'est pas l'homme qu'il lui faut, mais elle va mettre un certain temps pour le comprendre. Elle m'en voudra toujours un peu de l'avoir mise en garde contre lui. Mais voyez-vous, Pénélope, remarqua-t-elle d'un air songeur, l'expérience a parfois du bon. Elle me parle souvent de Christopher, depuis que vous les avez mis tous deux en relation. Il est resté le même que le jour où l'ai connu. Toujours aussi mignon et toujours aussi peu conscient de l'être.

— Charlotte prétend qu'elle le trouve agaçant.

— Justement ! Ça veut tout dire, non ? »

Je pris un taxi pour aller au Ritz et je m'assis au bar pour lire la lettre que m'avait remise tante Clare. Il me semblait que c'était l'endroit idéal pour le faire et, en plus, je sentais la présence d'Harry, à mes côtés. Tante Clare m'avait demandé de ne pas la lire avant son départ. Mais je ne pouvais pas attendre, et elle le savait pertinemment.

Milton Magna, Westbury
2 mars 1955

Chère Clare,
J'espère que vous ne trouverez pas curieux que je vous écrive. Qu'est-ce que je dis, évidemment vous

trouverez cela curieux. (Typique de maman, pensai-je. Ses lettres étaient toujours comme ça – sa pensée s'écoulait au fur et à mesure, sans aucun plan préalable.)

Ma fille Pénélope s'est liée d'amitié avec votre fils et votre nièce, et apparemment, vous lui avez dit que vous nous connaissiez, Archie et moi, et aussi Milton Magna. Oh ! je me demande bien ce qui me prend de vous écrire cette lettre – peut-être que j'attache trop d'importance à cette coïncidence, j'y vois peut-être un signe. Quoi qu'il en soit, me voici en train de vous écrire, tandis que les courants d'air entrent en sifflant par la fenêtre.

Vous étiez la seule femme dont Archie parlait avec tendresse, la seule qui l'ait troublé, avant moi. Comme je vous ai détestée à cause de ça ! Peu de temps après que nous nous soyons connus, je lui avais demandé s'il avait déjà songé à se marier, et étant donné sa nature, il n'avait pas pu s'empêcher de me dire la vérité. Il m'avait parlé de l'étrange soirée où vous vous étiez rencontrés, devant l'Opéra, au cours de laquelle vous aviez parlé pendant des heures. Seulement parlé. Il m'avait dit que vous étiez plus âgée que lui, que vous étiez mariée et mère d'un garçon, et oui, plutôt belle. Il disait que si vous aviez été libre, il aurait peut-être cherché à vous revoir. Je m'étais sentie tellement malheureuse en entendant ça ! Vous me paraissiez tellement raffinée, tellement femme du monde, intimidante, supérieure. Vous étiez devenue ma torture, ma Rebecca personnelle. Je redoutais, plus que n'importe quoi, qu'Archie tombe un jour sur vous.

Oh ! il m'aimait. Il m'aimait plus qu'il ne vous aimait, là-dessus, je n'avais aucun doute – Je lui avais donné des enfants, nous étions inséparables. Pourtant rien ne pouvait effacer le fait qu'il y avait eu quelque chose avant moi, quelque chose qui n'avait pas eu de suite, mais... quelque chose, tout de même ! (Elle avait souligné « quelque chose » plusieurs fois et, en le lisant, je l'entendis le dire.)

Après la mort d'Archie, je ne supportais plus de voir ses vêtements suspendus dans son armoire, avec l'air de m'implorer. Tout au fond, j'avais trouvé un costume que je ne lui avais jamais vu porter. Je fouillai dans les poches. Rien, sauf un billet pour l'Opéra. Intact. Inutilisé, parce qu'il avait trouvé, ce soir-là, une occupation encore plus agréable que d'aller voir La Bohème. *Il vous avait rencontrée, Clare.*

Mais qu'importe. Tout cela est sans conséquence. Vous ne m'aviez pas volé mon mari. Je ne le connaissais pas encore. C'est peut-être justement pour cette raison que j'ai eu plus de mal à supporter. Vous étiez, et vous êtes toujours, irréprochable.

J'ai trente-cinq ans, mais j'ai l'impression d'en avoir cent trente-cinq. J'habite une maison que je n'aime pas. Je ne comprends pas mes enfants parce que je ne me comprends pas moi-même. Et je me demande bien pourquoi je vous raconte tout ça ! Je me demande pourquoi je n'ai pas déchiré ce billet, en vous chassant tout simplement de mes pensées. Pénélope m'a dit que vous m'aviez qualifiée de « beauté sensationnelle », et j'ai pensé tout à coup que vous l'aviez peut-être aimé, vous aussi. C'est une idée qui ne m'était encore jamais venue.

Voici donc ce billet. Peut-être le jetterez-vous en vous disant que je suis effectivement quelqu'un de très bizarre. Peut-être pleurerez-vous dessus, pendant des jours. Je ne le saurai sans doute jamais. Pénélope a énormément d'affection pour Charlotte et Harry.

Bien à vous et morte de froid, comme de coutume,

Talitha Wallace

Je mis la lettre dans mon sac et, tout en prenant mon mouchoir, je songeais à ce paradoxe qui voulait que les plus beaux mois de ma vie aient été également les plus tristes. Au moment où je quittais le bar, je vis Kate et Helena Wentworth qui arrivaient pour un déjeuner tardif, accompagnées d'une bande de jeunes filles, toutes aussi jolies qu'elles. C'était, bien entendu, la voix d'Helena qui dominait.

« Il me semble que je ne suis pas très exigeante, disait-elle. Je veux seulement un homme bien de sa personne, qui aurait du goût, un avion privé, une fortune personnelle et une passion pour l'Italie et pour moi. »

Ses compagnes éclatèrent de rire. Le plus drôle, c'était que, la connaissant, j'étais certaine qu'elle ne plaisantait pas.

J'entendis alors dans ma tête la voix de tante Clare s'exclamer : « Bravo, bravo ! »

Le lendemain, je retournai à Londres pour voir Charlotte. Nous nous étions donné rendez-vous dans un café de Knightsbridge et, pour la première fois, je fus frappée par sa ressemblance avec Harry. Elle apparaissait dans l'éclat de ses yeux, dans sa façon de

521

parler et d'incliner la tête, et une douleur aiguë me transperça : il me manquait plus que jamais. Arriverais-je, un jour, à me débarrasser de cette douleur permanente, qui ne semblait pas devoir s'atténuer ? Malgré tout, si le temps ne me guérissait pas, grâce à lui, je m'habituais à souffrir.

« Je suis presque sûre que maman épousera Rocky avant la fin de l'été, dis-je en plantant les dents dans mon hamburger.

– Tu seras contente ?

– Je crois.

– Quel effet ça fait ? me demanda-t-elle, après un silence. De ne plus avoir Magna ? »

C'était la première fois que quelqu'un me posait cette question, que je m'étais posée à moi-même un million de fois déjà, en tentant d'y répondre.

« D'un côté, c'est épouvantable, c'est comme quelqu'un qui meurt. Mais d'un autre côté, ça me donne l'impression d'être libérée », avouai-je et, en m'entendant prononcer ces mots, je me mordis la lèvre, parce qu'il me semblait que c'était une trahison. « La personne qui a mis le feu à la maison savait très précisément ce que nous ressentions tous.

– Qu'est-ce que tu veux dire... la personne qui a mis le feu ? demanda Charlotte, en avançant la main pour prendre une frite dans mon assiette. Tu crois que quelqu'un a mis le feu volontairement ?

– Oui. Je l'ai compris tout de suite.

– Mais qui, bon Dieu ?

– Tous les disques d'Inigo ont été sauvés, de même que Marina le cochon d'Inde et les carnets où j'avais écrit des nouvelles. Sans parler des cadeaux que la fée ma marraine m'avait envoyés pour le dîner du Ritz. Ah ! et aussi la robe de mariée de maman.

– Tiens, dit Charlotte.

– Tu comprends, maintenant ? »

Elle ne répondit pas.

« Il l'avait entendue dire qu'elle en était venue à détester vivre dans cette maison, et il a trouvé un moyen de l'en délivrer. De nous en délivrer tous.

– C'est très américain.

– Je n'ai pas de preuve véritable, bien sûr. Il se pourrait que je me trompe complètement. Mais tout est tellement bien tombé. Maman n'était pas à la maison, on avait mis les animaux à l'abri...

– Et elle, comment va-t-elle ? Ta chère maman...

– Elle aussi savait. Elle a été le déclencheur, je pense. Mais sans lui, elle n'aurait jamais songé à faire une chose pareille. » Et sans tante Clare, ajoutai-je in petto.

« Comment pouvaient-ils êtres sûrs de ne pas se faire prendre ? murmura Charlotte.

– Je suppose qu'il a dû tout prévoir, dans les moindres détails, tu ne crois pas ? Il n'est pas du genre à agir à la légère. Il dit qu'il peut aider Inigo... le mettre en relation avec des gens qui lui donneront la possibilité de faire un disque.

– Je suppose, par conséquent, qu'Inigo peut tout lui pardonner ?

– Il n'est pas comme moi... il ne s'est jamais posé de question sur l'incendie. Il trouve que nous avons eu de la chance, voilà tout, que c'est un miracle si maman n'était pas à la maison à ce moment-là. Il est tellement obsédé par sa musique que, pour lui, tout le reste est secondaire.

– A le T a été arrêté la semaine dernière, annonça Charlotte, avec un petit sourire. Digby et lui se sont fait prendre en train de lacérer les fauteuils, dans un cinéma, après la projection de *Graine de violence*. Il m'a envoyé une carte pour me raconter toute l'affaire. Il prétend qu'il n'y est pour rien. »

Je ris. « Maman dit que si jamais Inigo s'attirait des ennuis en faisant la java, elle ne lui adresserait plus la parole.

– La java, répéta-t-elle d'un air pensif. Il faudra qu'on la fasse un peu, nous aussi, avant que la semaine se termine. Et toi, à propos, comment te sens-tu ? me demanda-t-elle, en me regardant avec attention.

– Je ne sais pas trop. Au début, je trouvais ça affreux ; j'ai toujours été beaucoup plus attachée à la maison que maman ou Inigo. Je n'arrête pas de penser aux disques qu'on passait dans la salle de bal, à la nuit où Marina a débarqué chez nous, à tous les Dîners de canard qu'on a faits depuis la fin de la guerre, je me dis que je ne m'assoirai jamais plus sur la banquette de ma fenêtre pour regarder dans l'allée et... et, c'est bizarre, mais il me semble que je n'ai vraiment apprécié Magna que lorsque je vous ai connus, Harry et toi.

– Tu dis n'importe quoi, rétorqua-t-elle sèchement.

– C'est la vérité, pourtant. Quand vous étiez là, je l'aimais beaucoup plus. Il faut dire qu'on avait quelquefois l'impression que c'était une sorte de prison, mon frère et moi. Elle me faisait peur, avec tous ces recoins obscurs ; elle était si vieille et si sombre.

Quand la guerre s'est terminée, nous aurions largement préféré rester au petit manoir.

– On trouve bien plus de charme à ces grandes demeures, quand on n'a pas à s'y laver les dents », remarqua-t-elle, en enfonçant une barrette dans ses cheveux épais.

J'acquiesçai d'un hochement de tête. Ce qu'elle venait de dire était parfaitement exact.

« Pour moi, Magna était une maison de rêve, reprit-elle, mais tu me connais, tout ce qui est ancien, raffiné et romantique me transporte. Toutefois, je n'aurais pas pu y vivre. C'était comme un musée, un endroit où on joue à être quelqu'un d'autre. Elle échappait à la réalité et c'était ce qui me plaisait tant.

– Quand vous étiez là, elle devenait tout à fait réelle. Et c'était pareil pour maman quand papa était vivant. Ces soirées où nous restions très tard dans la bibliothèque, toutes les deux... et quand j'étais avec Harry... » Je me sentais sur le point de pleurer, exactement comme on se sent sur le point d'éternuer, mais je réussis à refouler mes larmes. « Je ne sais pas pourquoi, poursuivis-je d'une voix tremblante, je ne sais pas pourquoi, mais je n'arrête pas de penser à... à Harry et à la Grande Galerie, le jour de cet orage épouvantable... je ne sais vraiment pas pourquoi...

– Dans sa dernière carte postale, il m'a chargée d'un message pour toi, me dit-elle sur un ton affectueux, en me tendant un mouchoir, et je vis qu'elle guettait ma réaction. *Dis à Pénélope que je pense à elle,* a-t-il écrit. *Même si elle ne se rappelle plus qui je suis, maintenant qu'elle a vu Johnnie Ray au Palladium.* Ça venait de Paris. Il compte y rester jusqu'à la fin du mois. Il semblerait que les Français raffolent de la magie.

– Et Marina. Il en parle ?

– Non. J'ai su par les journaux qu'elle était de retour en Europe, avec George, et qu'ils allaient donner un cocktail, à Nice, à bord d'un yacht quelconque, pour fêter leurs re-fiançailles.

– La fête continue, alors. Mais quelque chose me dit que, cette fois, nous ne serons pas invitées.

– Oh ! mais si, nous serons invitées, dit-elle gaiement. Marina ne peut pas se permettre de nous battre froid. Nous savons trop de choses sur elle, tu comprends ? Quels sont tes projets, maintenant ? » reprit-elle, après un silence.

Je fermai un instant les yeux, en me demandant ce que j'allais lui répondre. « Je n'ai pas très envie de moisir encore longtemps au petit manoir.

– Ce n'est pas moi qui te critiquerais.

– Ce n'est pas seulement ça. Je ne tiens plus en place. J'ai envie de partir, peut-être irai-je en Amérique, avec Inigo. » C'était la première fois que cette idée me venait, mais le seul fait de l'avoir exprimée me renforçait dans l'idée qu'il fallait que je change d'horizon pendant quelque temps.

« Non !

– Comment ça, non ?

– Toi, Pénélope Wallace ? » Charlotte se tordait de rire. « Ça alors, on aura tout vu !

– Je me suis dit que je pourrais me lancer à la recherche de Johnnie, fis-je avec un sourire. Tu viens avec moi ?

– Tante Clare part à Paris, dit-elle tout à coup. Je crois qu'elle ne reviendra pas.

– Quoi ? »

Elle secoua la tête. « Il est possible que je me trompe, mais à mon avis, elle risque de s'absenter au moins pour un bon moment. »

Je gardai le silence. Tante Clare avait choisi de ne rien dire à Charlotte. Il n'était pas question que je trahisse sa confiance.

« Hier, j'ai parlé avec Christopher, dit-elle en rougissant légèrement. J'essaie de le convaincre de s'associer avec moi. Si tu veux, je vais te montrer la boutique que j'ai choisie, ajouta-t-elle, tandis que son regard s'éclairait. C'est dans King's Road. À deux pas d'ici. »

Au moment où nous sortions du café et que Charlotte glissait son bras sous le mien, je songeai à cet après-midi glacé de novembre où elle m'était apparue, dans son manteau vert, en me proposant de partager un taxi avec elle. Il me semblait que c'était hier, pourtant un siècle avait dû s'écouler depuis la première fois où j'avais pris le thé chez tante Clare.

« Tante Clare dit toujours qu'on devrait suivre ses rêves », remarquai-je distraitement.

Elle s'arrêta soudain de marcher, me regarda en souriant et lança :

« Qu'est-ce que tu dirais si on les suivait en taxi ? »

Épilogue

Harry regagna Londres deux mois plus tard et nous invita à déjeuner chez Sheekey, Charlotte et moi. J'avais mis la même robe que pour le dîner du Ritz et j'espérais qu'il ne remarquerait pas que je tremblais comme une feuille. Le voir par un temps si doux, lui que je n'avais connu qu'en hiver, me faisait un drôle d'effet, mais je pus constater que l'été lui allait bien. Il était en grande forme, alors que je m'attendais à le trouver un peu vieilli – fatigué d'avoir porté seul si longtemps le secret de tante Clare –, mais j'aurais dû savoir qu'il ne fallait jamais chercher à prédire quoi que ce fût concernant Harry. En entrant dans le restaurant, il écarta ses cheveux de ses yeux et je surpris la serveuse en train d'écarquiller les siens. Nous étions assises au comptoir, en train de boire un Coca-Cola avec une paille et, en l'apercevant, je sentis les larmes me picoter les yeux, tellement j'étais soulagée de le voir. Mais curieusement, alors même que nous étions tous deux ensemble dans le même endroit, je me languissais plus que jamais de sa présence. Personne ne m'était à la fois aussi familier et aussi totalement étranger. Pense-t-il toujours autant à Marina ? me demandai-je, puis, aussitôt, la certitude qu'il l'avait oubliée s'imposa à moi.

Au cours du déjeuner, il nous raconta qu'il était resté jusqu'à la fin auprès de sa mère, laquelle avait beaucoup parlé de nous. Il nous confia qu'elle lui manquait énormément. Charlotte se mit à pleurer, alors il lui prit la main en disant que tante Clare avait un jour remarqué que le plus grand bonheur que ce livre lui avait procuré, c'était de l'avoir écrit avec l'aide de sa nièce. Du coup, ses larmes redoublèrent. Je les regardais sans rien dire. J'avais mal. Je ne m'étais encore jamais rendu compte qu'il avait du cœur. Je l'avais toujours trouvé distant, compliqué, brillant – mais capable de dévouement, sûrement pas. Et voilà que je découvrais qu'il s'était occupé de sa mère avec la plus totale abnégation. L'idée me vint que l'affaire Marina était tombée à point nommé pour les distraire l'un et l'autre de l'angoisse que sa maladie leur occasionnait. Tout le temps qu'elle le houspillait, qu'elle se plaignait de lui et s'ingéniait à lui trouver un vrai travail, tante Clare continuait à se battre. D'ailleurs, Harry n'aurait pas accepté qu'il en soit autrement.

Au bout d'une heure, Charlotte nous quitta pour aller retrouver Christopher. Après son départ, Harry me demanda des nouvelles d'Inigo et je lui annonçai qu'il devait partir en Amérique pour jouer de la guitare et conquérir la gloire. Mon frère, le chanteur pop ! Peut-être se produirait-il un jour au Palladium, comme Johnnie Ray. D'après Harry, ça ne faisait aucun doute. Il me dit ensuite qu'il avait eu l'intention de partir directement pour l'Italie de Paris, mais que quelque chose l'avait poussé à rentrer à Londres. Je lui demandai ce que c'était, mais il me semble que je le savais déjà. Je le savais parce qu'en levant les yeux sur son visage, j'y vis quelque chose que je n'y avais encore jamais vu. Je le savais parce que, trois heures plus tard, nous étions toujours là, tandis que les serveurs regardaient leur montre et commençaient à préparer les tables pour le dîner. Je le savais, parce que si Elvis Presley en personne était arrivé, je n'aurais même pas tourné la tête. Nous restions là, à fumer, à boire du vin rouge et à parler de musique et de magie. À parler de la Grande Galerie et du petit manoir. De tante Clare et de mon père, de maman et de Milton Magna.

À parler de l'avenir. Et de l'art oublié de garder un secret.

Postface

Quand Elvis accéda enfin à la célébrité, en 1956, Johnnie Ray tomba plus ou moins dans l'oubli. Mais pour moi, il restera toujours la plus emblématique de toutes les pop stars. Je n'ai jamais rien vu de semblable aux foules amassées devant le Palladium, le soir où j'étais allée le voir, avec Charlotte. C'était un précurseur. Il est mort le 24 février 1990. Il avait soixante-trois ans.

REMERCIEMENTS

Ce livre n'aurait même pas franchi la ligne de départ sans les personnes dont les noms suivent, à qui j'adresse mes plus humbles remerciements : Claire Paterson, Eric Simonoff, Molly Beckett, Christelle Chamouton et tous ceux de Janklow et Nesbit, Harriet Evans (éditrice extraordinaire), Catherine Cobain, Georgina Moore et la brillante équipe de Hodder Headline, Paul Gambaccini, Ray Flight (incollable sur les Teddy Boys), Joanna Weinberg, Ed Sackville, Tim Rice, ma grand-mère Joan Rice, qui m'a énormément aidée, ma mère, Jane Rice (qui ne ressemble en rien à Talitha), Donald Rice, qui n'a pas son égal dans la connaissance des grandes demeures d'Angleterre, Petrus, Martha et Swift. Bravo à Sue Paterson pour avoir eu la bonne idée de ne pas jeter ses superbes magazines des années 1950, ainsi qu'à Ann Lawlor, qui a vu Johnnie Ray au Palladium. Je voudrais également remercier Ruby Ferguson, qui a été pour moi une grande source d'inspiration.

Table

I. La fille au manteau vert 11
II. Tante Clare et Harry 23
III. Le Dîner de canard 45
IV. Un mètre quatre-vingts tout rond 75
V. De la neige et des quarante-cinq tours 97
VI. Comment se plaire chez soi 125
VII. Perdue dans la foule 149
VIII. Rien que du miel 181
IX. Garçons modernes et cochons d'Inde 209
X. Cinq heures de l'après-midi et après 225
XI. Ma folle jeunesse 243
XII. Inigo face au monde entier 269
XIII. La Grande Galerie 293
XIV. Un cadeau de ma marraine 311
XV. Marina tombe dans un piège 345
XVI. Une visite surprise 365
XVII. Un dîner-spectacle 387
XVIII. Dans la paix du jardin 409
XIX. Une soirée mémorable 427
XX. Mes idoles américaines 447

XXI. L'art oublié de garder un secret 473
XXII. Une lueur intermittente 495

Épilogue 529
Postface 533
Remerciements 535

Le Livre de Poche

www.livredepoche.com

- le **catalogue** en ligne et les dernières parutions
- des **suggestions de lecture** par des libraires
- une **actualité éditoriale permanente** : interviews d'auteurs, extraits audio et vidéo, dépêches…
- **votre carnet de lecture** personnalisable
- des **espaces professionnels** dédiés aux journalistes, aux enseignants et aux documentalistes

Composition réalisée par NORD COMPO

Achevé d'imprimer en avril 2009 en Allemagne par
GGP Media GmbH
Pößneck (07381)
Dépôt légal 1re publication : février 2009
Édition 02 – avril 2009
LIBRAIRIE GÉNÉRALE FRANÇAISE – 31, rue de Fleurus – 75278 Paris Cedex 06

31/2474/0